涼宮ハルヒの驚愕

谷川 流

角川文庫
21609

目次

第四章

α―7

月曜日という平日の一日目に節目も何もあったものではなく、怠惰《たいだ》な休日を過ごしていた日曜の弛緩《しかん》した状態が身体《からだ》に残っているためか、学校から自宅へと至る道がやけに長く、歩行時間もまた永いように感じる。

ハルヒたちと歩いていた下校の途中《とちゅう》まではまだ気が紛《まぎ》れてよかったが、別れて一人になると途端《とたん》にうら寂《さび》しいような心持ちになるのは、どうやらＳＯＳ団の面々と一緒《いっしょ》にいるのが俺にとってオーソドックスモードになってしまっているからのようだ。とりたてて気を付けていたわけではないものの、すっかり朱《しゅ》に交わってしまった現在の自分を何と表現すべきだろう。藪《やぶ》をつついていたつもりが自分が棒だったとでも言うべきか。

「まあ」

俺は足を止め、意味もなく振《ふ》り返ってみた。春の登下校路がいつもより明るく見える。それは放課後にやってきた入団希望者の一年生たちがやけに初々《ういうい》しく目に映《は》えていたからかもしれないし、単に日照的な気象条件のせいであったからかもしれない。

「どうだっていいことさ」

この独り言もまったく無意味だ。たまに思うのだが、独り言ってのは誰《だれ》かに聞かせてなんぼのものじゃないのかね。誰にも伝わらなかった言葉は発声練習以上のものではないだろうからな。そして俺には独り言を呟《つぶや》くクセなどないつもりだ。だから、今のセリフは自分に言い聞かせているものなのである。

実際、ハルヒが朱色なんだとしたら俺はとっくの昔に赤く染まっちまっているわけで、今さら別の色のペンキを頭からかぶろうとは、たとえそんなことが可能だったとしてもゴルジ体の直径ほども思わんね。

てなことを考えつつ、俺は帰巣《きそう》本能のおもむくまま自宅へ戻《もど》る作業を再開し、佐々木《ささき》やら九曜《くよう》やらという新年度に割り込んできたSOS団的イレギュラー因子たちのことも頭の隅《すみ》に追いやって、自室にて夜を迎《むか》え一日を終えることになるのは俺のごくナチュラルなタイムテーブルであり、当たり前だが普《ふ》通《つう》にその通りになった。

そんなわけで――――。

特筆すべき事は、今日のところはもうない。

そのはずだ。

β―7

崖《がけ》から転がり落ちる石ころのような勢いで、というとさすがに誇張《こちょう》だが、ハルヒが坂道を進む速度は競歩の世界選手権代表といい勝負だったと言える。

ハルヒの後ろ姿から伸《の》びる見えない綱《つな》に引っ張られるがごとく、俺と古泉《こいずみ》、朝《あさ》比《ひ》奈《な》さんも下校路を下り続け、ようやくの平地である光陽園《こうようえん》駅前にたどり着いた時点ですっかり息が上がっていた。常にデオドラント状態の古泉でさえ、額の汗《あせ》を拭《ぬぐ》っているくらいだから程度が知れるだろう。朝比奈さんなんか膝《ひざ》に手を当ててふうふう言ってる。

しかし、この女だけは放射性物質を体内で飼っているかのような疲《つか》れ知らずで、

「なに休んでんのよ！　ここまで来たんだから、後は走るわよ！」

長門《ながと》のマンションめがけて徒競走を始めた。

これまた五輪級のスピードで、ハルヒについていけるのは現役《げんえき》生活全盛《ぜんせい》期の実

業団アスリートくらいだ。古泉を先行させ、俺は遅《おく》れがちな朝比奈さんの鞄《かばん》を持って可能な限り全力の早足で後を追う。

「ひぃ。はふ」

脚《あし》をもつれさせる朝比奈さんを気遣《きづか》いつつ、遅れて到着《とうちゃく》した俺を、ハルヒはマンションのエントランスで待っていたが、全員が揃《そろ》ったのを確認《かくにん》した瞬間《しゅんかん》にインターホンのボタンを押した。7・0・8、呼び出し。

応答は即《そく》だった。待っていたようなタイミングで、

『…………』

「有希《ゆき》、あたし。みんなでお見舞《みま》いに来たわ」

『…………』

ふつっとインターホン通話が切れ、オートロックのマンションドアがゆっくりと開く。

一階で停止していたエレベータに乗り込み、ハルヒは7Fを示すボタンを連打した。あまり広いとは言えないエレベータは四人も乗ればかなり手狭《てぜま》であり、朝比奈さんの息づかいがすぐ耳元で聞こえるほどだ。あとはかすかな機械の音。

まるで人力かと思うほどノロノロと上昇《じょうしょう》する箱の中で、ハルヒはずっと口元をひん曲げていた。機嫌《きげん》を損《そこ》ねているわけではない。どんな表情をしていいのか迷

ったとき、とりあえずこいつは怒《おこ》ったような顔を作るのだ。

エレベータの扉《とびら》が七階で開くのを待ちかねたように、ハルヒは肩《かた》で風切り音を発生させつつ通路を進軍し、708号室のドアホンを連続プッシュした。

室内の人物が内側で待機していたような速《すみ》やかさで施錠《せじょう》が外され、ゆるゆると鉄の扉が開かれていく。暖色系の室内灯を逆光にして、人影《ひとかげ》が玄関先《げんかんさき》に伸びている。

「…………」

ドアの隙間《すきま》が形作った矩形《くけい》の中に、ぽつねん、という感じで立っていたのはパジャマ姿の長門有希だった。

「起きてていいの？」

ハルヒの問いに、長門は茫洋《ぼうよう》とした瞳《ひとみ》でうなずき、戸棚《とだな》から人数分のスリッパを取り出そうとして、

「そんなのいいから」

足だけで靴《くつ》を脱《ぬ》いだハルヒに止められ、肩を押されて速やかに寝室《しんしつ》へと運ばれた。長門の部屋には俺や朝比奈さんだけでなく、全員が何度も来ているのでハルヒの頭にも間取りは当然入っている。俺は寝室に足を入れたことはなく、せいぜいリビングと客間の和室くらいだが、そんなこともどうでもよかった。

本当にベッドしか置いてない寝室にお邪魔《じゃま》した俺は未踏《みとう》の地に足を踏《ふ》み入れた

った。

感動を味わう前に、ハルヒに寝《ね》かしつけられている長門の様子をひたすらうかがった。

「…………」

天井《てんじょう》を凝視《ぎょうし》する白い顔は揺《ゆ》るぎなく無表情で、熱を帯びているようには見えない。いつもと違《ちが》うところを探せば、髪《かみ》が寝癖《ねぐせ》にまみれているくらいだ。常態より二ミリほど目蓋《まぶた》が閉じていると俺の観察眼が告げていたが、少なくとも苦しげではなさそうである。しかし色気のないパジャマだな。

俺は少しばかり平静を取り戻《もど》し、そうして初めて冷静さを欠いていたことに気づいた。

ハルヒは長門の額に手を置いて、

「有希、ご飯食べた？　頭痛い？」

長門の頭が枕《まくら》の上で微細《びさい》に左右に動く。

「食べなきゃダメよ。一人暮らしなんだし、そんなことだと思ったわ。んー」

余っている手を自分の額にも当て、

「ちょっと熱あるわね。氷枕《こおりまくら》、あったっけ？」

長門の回答は否定の仕草だった。

「まあいいわ。後で冷却《れいきゃく》シート買ってきてあげる。それよりご飯ね。有希、冷蔵庫の中身と台所借りるわよ」

ハルヒは長門の許可を待たず、立ち上がるのと歩き出すのと朝比奈さんの腕《うで》をつかむ行為《こうい》を同時におこない、

「あたし特製おかゆを作ってあげるわ。それともスペシャル鍋焼《なべや》きうどんがいい？　どっちを食べても風邪《かぜ》なんか一発よ。みくるちゃん、手伝って」

「はい……はいっ」

心配そうに長門を見ていた朝比奈さんは何を動転したのか大量のスリッパを抱《だ》きしめていたが、何度もうなずきながらハルヒに伴《ともな》われ、しかしハルヒは部屋を出る寸前で立ち止まってバカみたいに立ちつくしている俺と古泉に、

「二人とも寝室から出てなさい。女の子が寝てるところを眺《なが》めてていいもんじゃないわ」

「それでしたら」と古泉が、「僕が買い物を担当しましょう。冷却シートと風邪薬でいいでしょうか」

「ちょい待って。晩ご飯の用意もあるから、冷蔵庫の中身次第《しだい》ね。ネギあるかしらネギ。うん、お買い物メモ作るわ。来てちょうだい、古泉くん」

「かしこまりました」

出際《でぎわ》に古泉は俺の肩を叩《たた》くスレスレの仕草で触《ふ》れ、妙《みょう》な目配せとともに退室した。

何をすることもなく突《つ》っ立つ俺と、ベッドで綺麗《きれい》に仰向《あおむ》け体勢を作っている長門が残される。

キッチンの方からハルヒが朝比奈さんと古泉に何やら指示を飛ばしている声が切れ切れに聞こえていた。「缶詰《かんづめ》ばっかじゃないの。これじゃ栄養が偏《かたよ》るわ。おいしい野菜をどっさり食べないから体調がおかしくなるのよ。みくるちゃん、お米をといで炊飯器《すいはんき》、ついでにそっちの土鍋用意して、それから古泉くん、卵とほうれん草と長ネギと……」

こういう時のハルヒは役に立つ。団長だからと言いつつ、SOS団とは関《かか》わりのない作業になるとあいつは一級品なんだ。料理の腕前が確かなのは俺の舌がよく知らされている。

しかし、今は雑音に気を取られている場合ではなかった。

まず、問おうか。

「長門」

「…………」

「具合はどうだ。俺の見たまんま、感じたまんまで合ってるか？」

「…………」

「声が出ないのか？」

「出る」

長門は漠然《ばくぜん》と天井を眺め続けていたが、ゆるゆると掛《か》け布団《ぶとん》ごと上半身を起こした。起き上がりこぼしでもこれよりは左右に動くだろうと感じさせる、まるでアンダーテイカー。

「お前がそんなことになってるのは、九曜とやらのせいか」

「そうとは言い切れない」

長門の石英を研磨《けんま》したような目が、静かに俺を見据《みす》える。

「でも、そうとも言える」

「九曜ってやつがやってんじゃないのか？　その——」

冬の一件、幻《まぼろし》の館《やかた》で長門が倒《たお》れたとき、あれはどういう仕組みだった？　吹雪《ふぶき》の山中を何時間も彷徨《さまよ》い、ようやく見つけた灯《あか》りの元は脱出《だっしゅつ》不能の洋館で、そこで長門はいつもの冴《さ》えを失っていた。あれは……。

「負荷《ふか》」

長門が囁《ささや》くように呟《つぶや》き、ぼんやりした目を布団に落とした。

こいつ、こんなに小さな身体《からだ》をしていたっけ。一日、目を離《はな》していただけなのに、ずいぶんと薄《うす》っぺらくなっているような印象を受ける。天啓《てんけい》が走り抜《ぬ》け、俺は気づく。

「いつからだ」

俺は昨日の出来事を思い出しつつ、

「お前が熱で寝《ね》てなきゃならなかったのは、いつが始まりだ」

「土曜の夜」

新年度第一回不思議探索《たんさく》パトロールのあった日だ。あの日中の長門は平熱に違《ちが》いなかった。

まさか、俺が佐々木から風呂《ふろ》中に電話を受けとったあたりじゃないだろうな。

「…………」

長門は答えず、黄砂のような漠《ばく》とした目で俺の胸あたりを見つめている。

考えてみればおかしかったんだ。昨日、日曜。俺は佐々木に呼ばれて橘京子《たちばなきようこ》、周防九曜《すおうくよう》、藤原《ふじわら》と会席したわけだが、そこに意外な闖入者《ちんにゅうしゃ》がいた。喜緑江美里《きみどりえみり》さん。俺たちの一コ上で、長門とも朝倉《あさくら》とも違う情報統合思念体のインターフェース。これまで長門や生徒会長の陰《かげ》に隠《かく》れ、表に出てこなかった宇宙人作製による有機ヒューマノイド。あの日に限って喫茶店《きっさてん》でアルバイトしていたなどという、そんな偶然《ぐうぜん》があるわけはなかったんだ。喜緑さんは九曜の監視《かんし》を請《う》け負っていたに違いない。何のために？　九曜が俺に何か宇宙的なイタズラを仕掛《しか》けないようにだろう。だが、本来ならそれは長門の役目だったはずだ。そして長門はあの場にいなかった。

突発《とっぱつ》的な怒《いか》りが渦巻《うずま》き、俺は自分のテンプルを一人クロスカウンターで撃《う》ち抜きたくなった。

とんだボンクラだ。あん時に解《わか》っておけよな、俺よ。

長門が動けなくなっていたから、喜緑さんが出てきたんだ。長門のバックアップ、朝倉涼子《りょうこ》はもういない。唯一《ゆいいつ》、俺たちの周りに存在するのは派閥《はばつ》は違えど喜緑さんだけじゃないか。だから喫茶店に喜緑さんがいたんだ。つかず離れず、ウエイトレスに扮装《ふんそう》してまで。

長門の目は今までになく鈍《にぶ》い色をしていた。古い地層から掘《ほ》り出した和同開珎《わどうかいちん》みたいな輝《かがや》きで、まるで新鮮《しんせん》さを欠いている。削《けず》ったばかりの鉛筆《えんぴつ》のようだった、あの光沢《こうたく》のある黒い瞳《ひとみ》が失われていた。

エアコンのないこの寝室《しんしつ》はほとんど常温だ。なのに俺は精神的肌寒《はだざむ》さを感じる。俺の身体ではなく、心が寒さを主張していた。

「どうすればお前を治してやれる」

市販《しはん》の風邪薬《かぜぐすり》やハルヒ特製料理で治まるほど、一筋縄《ひとすじなわ》でいくものじゃない。いわば宇宙病原体だ。そんなもののワクチンや特効薬を精製できるのは長門くらいで、そして倒れているのは長門有希本人だった。

「…………」

色の薄くなった唇《くちびる》を閉《と》ざして十数秒、長門はようやく唇を動かし、

「わたしの状態回復はわたしの意思では決定されない。情報統合思念体が判断する」

あの薄らバカげたお前の親玉か。一度俺の前に出てきやがれ。腹蔵なく話し合おうじゃないか。

「不可能。情報統合思念体は、」

長門は目蓋《まぶた》をさらに一ミリほど下げ、

「有機生命体と直接的に接触《せっしょく》できない……だから、わたしを作り出した……」

くらり、と揺《ゆ》れた寝癖《ねぐせ》頭がぽすんと枕《まくら》に舞《ま》い戻《もど》った。

「おい」

「平気」

改めて確信する。これはただの熱じゃない。長門を襲《おそ》っているのは、地球上のどんな名医がドリームチームを結成しても解析《かいせき》することができないたぐいのものなのだ。

天蓋《てんがい》領域なるコズミックホラーどもからの情報攻撃《こうげき》。長門に負荷をかけることで万能《ばんのう》の宇宙パワーを封《ふう》じている。

「九曜に話をつけたら何とかなるのか」

それ以外に考えられない。長門が統合思念体の代表者なら、九曜は天蓋領域とやらのエージェントだ。長門ほどではないが言葉が通じる相手であるのは佐々木や橘京子たちから教わった。かなりの低次元だが、それでもあいつは日本語を喋《しゃべ》っていた。だったら、俺の話す言葉だって理解しやがるだろう。

「言葉は……」

長門が薄《うす》っぺらいセリフのような吐息《といき》のようなものを漏《も》らし、

「言語は難しい。今のわたしは対有機生命体インターフェースとの対話に向いていない。わたしには言語的コミュニケーション能力が欠如《けつじょ》している」

それは最初から解ってた。だがお前の無口さは今やなくてはならないものだぜ。俺にもハルヒにも。

「わたしは…………」

しかし長門自身は透明《とうめい》な苦渋《くじゅう》を噛《か》みしめるような無表情で、

「わたしという個体に社交性機能が付与《ふよ》されていたら、」

白皙《はくせき》の表情はどこを切り取っても無限小に限りなく近い無でしかなかった。

「朝倉涼子のようなツールを持ち得た可能性はゼロではなかった。そのように作られなかった。確定されたインデックスには抗《あらが》えない。わたしは活動を停止するまで……このままで……いる……」

三ミリほど閉じられた双眸《そうぼう》が無機質な天井《てんじょう》を見つめていた。

俺はかける言葉をなくす。

もし長門と朝倉の立場と中身が入れ替《か》わっていたらどうだっただろうか。無口で排他的《はいた》な読書好きの委員長。かたや、人好きのする笑顔《えがお》で世話焼きな唯一の文芸部員。

あきらかなミスマッチだ。いや、その前に想像できない。俺は長門からナイフで刺《さ》されたり、その状況下《じょうきょうか》で朝倉に助けられたかったりしなかった。あっちのが朝倉で、こっちにいたのが長門で心底よかったと信じて疑わない。すまんな朝倉。もう二度とカナダとやらから帰ってこなくていいぞ。俺には長門で充分《じゅうぶん》だ。長門とハルヒと朝比奈さん、この三人だけで幸せ袋《ぶくろ》はいっぱいではち切れそうなんだ。

「教えてくれ、長門」

ザンバラとした前髪《まえがみ》の長門の顔に、屈《かが》み込んで口を近づけた。

「俺はどうしたらいい。いや、どうしたらお前は元に戻るんだ」

「…………」

答えはなかなか訪《おとず》れなかった。

時間をかけて長門は俺に視線を向け、ようやく放った言葉ははなはだ短く、

「何も」

「何もって、お前……」

俺が身を乗り出しかけたとき、

「こらぁっ！　キョン、有希に何しようとしてんのよっ！」

セーラーの上にエプロンをひっかけたハルヒがシャモジ片手に仁王立《におうだ》ちし、二等辺三角形のようになった目を怒《いか》らせていた。

「さっさと手伝いなさいよ。古泉くんなんか、もう買い出しに行ってくれたわよ。あんたも役に立ちなさい。むしろあんたが一番働かないといけないんだからね。だってあんたはあたしたちの雑用係で、肉体労働といったらあんたでしょっ。お皿用意したり箸《はし》を洗ったり、色々することが目白押しよ！　さあ来なさいったらっ」

俺はハルヒに首根っこをつかまれ、水害時に使う土嚢《どのう》のようにズルズルとキッチンまで引きずって連れて行かれた。

いいとも。何だって手伝うさ。長門が回復するんであれば、どんな料理だって作ってやる。そうだな、可能性があるなら、ここ、今だ。ハルヒの作る滋養強壮《じようきようそう》ゲテモノ料理をもってすれば地球外生命体も青くなって裸足《はだし》で逃《に》げ出すかもしれない。それもよほどマズければの話だ。

しかして俺はハルヒが作った料理にうっかり感涙《かんるい》しそうになることはあっても舌が拒絶《きよぜつ》したことはなかった。確実に言える。すまない、我を育てたまいし母よ、ハルヒの手料理は貴女《あなた》が作る晩飯よりうまい。

こいつが子育てしているところなど想像もできないが、ハルヒの最もダイレクトな子孫が味覚障害に陥《おちい》ることだけはないだろう。


システムキッチンに立つハルヒは、ぐつぐつ煮《に》えている土鍋《どなべ》の火加減を朝比奈さんに一任し、一息つくように蛇口《じゃぐち》に直接口をつけて水を飲んだ後、

「少し安心したわ。有希が学校休むなんて考えたこともなかったから、もっとタチの悪い風邪《かぜ》かと思って不安だったのよ。熱もそんなにないし、消化のいいものを食べて寝《ね》てたら大丈夫《だいじょうぶ》そうね」

「病院に行くまでもなさそうですね」

古泉がさりげなく口火を切った。長門に人間の医者が役立ちそうにないのはハルヒ以外全員が知っていることだが、言われてみれば話題に出さないのも不自然か。

「僕の知り合いにいい医師がいますから、いざとなれば良く効く薬を処方してもらいますよ」

ハルヒは唇《くちびる》を袖《そで》で拭《ぬぐ》いながら、

「薬なんか気休めみたいなものよ。だから逆に気合いで治すわけ」

高説を垂れ始めた。

「薬が苦いのはね、風邪の細菌《さいきん》とかウイルスとかを『こんなマズいものが身体《からだ》に入るんなら出ていこう』って騙《だま》くらかすためなのよ」

「そ、そうだったんですかぁ？」

「そうよ」

そんな自信満々な顔で朝比奈さんに嘘《うそ》を吐《つ》くな。信じたらどうする。

というツッコミを入れる気にもならず、俺は古泉とともにリビングの電気のついていないコタツに入って漫然《まんぜん》たる時間を過ごしていた。

買い物から帰ってきた古泉は即座《そくざ》にお役ご免《めん》を言い渡《わた》され、最初から何の任務にも就《つ》いていなかった俺は棚《たな》から食器を出して水洗いした程度の雑役《ざつえき》で許されて、朝比奈さんを助手にしたハルヒがテキパキと調理している姿を眺《なが》めているのみである。

それにしてもハルヒの手際《てぎわ》のよさは、解《わか》ってはいたが専業主婦顔負けだ。野菜を刻む包丁さばきも、ダシの取り方一つを見ても、よくぞここまで難なくこなすものだと感心するぜ。

「こんなの慣れたら誰《だれ》だってできるわよ」

ハルヒは言った。小皿で鍋汁を味見しつつ、

「あたしは小学生のときから料理してるんだもの。家族の誰よりもうまいわよ。あ、みくるちゃん、醤油《しょうゆ》とって」

「はぁい」

そういやハルヒが弁当を持ってくることは稀《まれ》だが、オカンは作ってくれないのか？

「言えば作るでしょうし、たまに作りたがるけど、あたしが断ってんの。お弁当がいるときは自分でやるわ」

ハルヒは若干《じゃっかん》複雑な表情となり、

「こんなこと言うのもなんだけど、うちのおか……母親はね、ちょっと味オンチなのよ。舌がおかしいの。おまけに調味料を目分量で入れたり魚の焼き加減も適当なもんだから、同じ料理でも毎回味付けが違《ちが》うわけ。子供のころはそれが普通《ふつう》なのかと思ってて、おかげで学校の給食が一番おいしいものだと思ってたわ。けど、ためしに自分で作ってみたら、それが物凄《ものすご》くおいしかったのよね。あ、みくるちゃん、味醂《みりん》とって」

「はぁい」

「今は晩ご飯の半分はあたしが作ってるわ。母親は働きに出てるから、お互《たが》い助かってるって寸法よ。実体験に勝《まさ》る練習はないって本当ね。料理でも何でも、やっぱり日々の精進《しょうじん》が必要なわけ。別に精進に精を出すことはないけど、やっているうちに自然とコツが飲み込めるものよ。みくるちゃん、これ味見してみて。どう？」

「はぁい。……あ、おいしい……！」

「でしょ？　あたし特製オリジナル野菜スープよ。ビタミンはＡからＺまでたっぷり、スタミナ抜群《ばつぐん》。倦怠感《けんたいかん》や頭のモヤモヤなんてこれで土星の輪までひとっ飛び」

適当なキャッチコピーを述べながら、ハルヒは深皿にスープの中身を移し始め、ついでに土鍋の火を止めて蓋《ふた》を開けた。途端《とたん》に俺の腹が鳴る。食欲《しょくよく》を増進させるいい香《かお》りだ。

「こっちが有希専用のおかゆ。キョン、何よその物欲しそうな顔。あんたにはあげないわよ。それより有希の部屋まで運ぶの手伝いなさい。そのくらいしてもバチは当たらないでしょ」

言われなくても今ならどんな滅私奉公《めっしほうこう》でもする。できるのがこれくらいってのが情けなくてしかたがないだけだ。

俺はハルヒのよそったおかゆと野菜スープを盆《ぼん》に載《の》せ、慎重《しんちょう》に長門の寝室《しんしつ》へ運んだ。朝比奈さんは急須《きゅうす》と湯飲みを持って同行する。古泉はハルヒ指定の漢方薬と水の入ったコップを持って後に続き、ハルヒがまっ先に寝室の扉《とびら》を開いた。

「有希、できたわよ。おまたせ」

「…………」

長門はゆっくり身を起こし、俺たち四人に物言わぬ瞳《ひとみ》を向けた。

「先に薬飲んじゃって。これ、食前用だから。あたしの経験から一番よく効く薬を選んできたわ。ご飯はその後ね。まだお代わりはあるから、どんどん食べなさい。お昼抜きなんでしょ？」

ハルヒのポジティヴなかいがいしさがひたすらまぶしい。このパワーの片鱗《へんりん》を与《あた》えられたなら、確かにちょこざいな感冒《かんぼう》ウイルスふぜいなど靴《くつ》を履《は》かずに家から出て行くだろう。まともな生存本能を持つ病原体なら必ずそうする。

「…………」

長門はベッドから降りようとして、またもやハルヒに止められた。古泉が紙に包まれた薬とコップを渡し、長門は効果のほどを疑念視したように見つめてから、義務的にそれを飲む。

ハルヒ的には手ずから長門の口元に料理を運びたかったようだが、長門は拒絶《きょぜつ》して、茶碗《ちゃわん》とレンゲを受け取った。一口すくって、食べる。

「…………」

ろくに咀嚼《そしゃく》せず、つるりと滋養強壮粥を飲み込む長門を、ハルヒは頭を突《つ》き出すようにして見つめていた。ハルヒだけではなく、俺と朝比奈さんと古泉もだ。

「……………」

長門は手にした茶碗をヨウ素液を垂らしたデンプンの変色を観察するような目で見ていたが、

「おいしい」

小さな声で呟《つぶや》いた。

「そ。よかった。もっと食べなさい。じゃんじゃん食べなさい。これが野菜スープよ。本当はもっと煮《に》込めばよかったんだけど、これでも充分《じゅうぶん》味が染《し》み出ているはずよ」

勢い込んでハルヒの突き出した皿を取り、長門はこくりと飲んで、

「おいしい」

「でしょ？」

ハルヒは途方《とほう》もなく嬉《うれ》しそうに、長門の食事風景を見守っていた。

長門はちまちまと一定のリズムで食べ続けている。ハルヒの手料理に感動しているかどうかは定かではないが、大盛りのレトルトカレーを食べていたときに比べたら味わっているようにも見えたものの、本当は食欲のなさを無理矢理抑《おさ》え込んでいるのかもしれなかった。長門は出されたものは何でも食べる。食べる必要がなくてもそうする。

何かいたたまれなかった。

それは長門がベッドの上でパジャマ姿でいるからか、ハルヒの作った養生食を黙々《もくもく》と食べているからか、それともこうして手を伸《の》ばせば触《ふ》れられる距離《きより》にいるというのに長門の存在感がいつもより希薄《きはく》に見えるからなのか。

「すまん」

俺は誰《だれ》にともなく断りを入れ、

「ちょっと手洗いを借りる」

誰の返答も待たずに寝室を出てトイレに入った。何も催《もよお》してなどいないが、これ以上長門の姿を眺《なが》めていたら対象の定まらないものに対して意味なく怒《いか》りにかられそうだった。

小綺麗《こぎれい》な便座カバーに腰《こし》を下ろし、俺は唇《くちびる》の内側をやわく噛《か》む。そして考える。

当面、俺が大急ぎで問いつめなければならないヤツの最優先が誰か解《わか》って大助かりだ。何をすりゃいいのかは不明だが、何を措《お》いても捨てては置けない。

あの九曜とかいう女をどうにかしてやらんといかん。長門が倒《たお》れてててあっちがピンピンしてるなんざ、まるっきり不公平だろう。どこかしらバランスが崩《くず》れている。許し難《がた》い。まずは佐々木に連絡《れんらく》をとって——。

「うわっ」

ブレザーポケットの携帯《けいたい》電話がいきなり振動《しんどう》し、俺は便座からずり落ちそうになった。

この不意をつくグッドタイミング、相手は誰かとディスプレイを見ると、電話ではなくメールの着信だ。

「何だ？」

送信者のアドレスが完全に文字化けしていた。誰だいったい。受信ボックスを開く。

「ああ？」

いきなり画面がブラックアウトした。まさかウイルスか？　やべ。入力していたデータがオシャカになってたら困るぞ。

慌《あわ》てていると、真っ暗な小型液晶《えきしょう》の左上隅《ひだりうえすみ》で白いカーソルが瞬《また》いているのを発見し、俺は眩暈《めまい》に似た懐《なつ》かしさを覚えた。いつだったか、こんな挙動をするモニタを俺は見たことがある。

数秒も待たず、カーソルがすっと横に移動、無機質な文字を映しだす。この変換《へんかん》作業を無視して流れる出力方法にも、俺は見覚えがあった。

yuki.n〉心配はいらない

長門……。長門か。

俺とハルヒが閉鎖《へいさ》空間に閉じこめられたあの時と同じだ。ならば、こちらからも発信できるはずである。俺はボタンを乱雑に叩《たた》いた。心配すんなだと？　そういうわけにいくか。返信だ返信。俺はまどろっこしくメールを打つ。

『おまえが熱を出したのはテンガイ領域とやらのしわざなんだろ』

送信後、即座《そくざ》に着信があった。

yuki.n〉そう

どう考えても油断していたとしか言えず、俺は自分の頭を窒素冷却《ちっそれいきゃく》した後バットで粉砕《ふんさい》したい気分だった。あれだアレ。橘京子と並んで座っていた着せ替《か》え人形チックな九曜が、あまりに無害に見えたせいだ。おまけに変な思いこみをしていたのも悪かった。あいつらが用のあるのは俺やハルヒだろう、と。

ハルヒの力をどうにかしたいために俺に接触《せっしょく》してきた、そうとだけ考えていた。

俺は救いがたい軽はずみな思考の持ち主だ。古泉の言ったとおり、ＳＯＳ団中で最も巨大《きょだい》な石垣《いしがき》となってくれそうなのが長門だったってのに、敵がまず突《つ》き崩すとなればそこからだってのは事前的瞬間的《しゅんかん》に解りそうなもんじゃないか。

yuki.n〉あなたと涼宮《すずみや》ハルヒには手出しをさせない

俺はイライラとボタンをプッシュしまくる。

俺やハルヒのことはいいんだ。自分たちでなんとかするし、現に今もピンピンしてる。手出しされて倒れてんのはお前じゃないか。やめさせろ。

送信。即、返信。

yuki.n〉これはわたしの役目の一つ□□□□情報□□思念体は□□□域との交信□試

文字列がふつっと途切《とぎ》れた。

『どうした』

長門の寝室《しんしつ》と生活感溢《あふ》れるトイレ、何メートルも離《はな》れていない空間が果てしなく遠く、数秒という間隔《かんかく》がとてつもなく長く感じる。

yuki.n〉わたしの稼働??????僖儉儕?扂??偆?賎?暘??奥??偲???偵???偰???

携帯が壊《こわ》れたのかと思った。というか故障であって欲しい。

yuki.n〉???????働扂????抜???偵??側?華??側??偰??????????側??

冷や汗《あせ》が噴《ふ》き出してきた。長門が本物の電波を送ってくるなど前代未聞だ。それほど参っているのか？　もしや治らないなんてことになれば……。

目の前が暗くなりかけた。滑《すべ》った手が携帯電話をトイレに落っことしても不思議ではなく、俺もまたそんな手を責めたりはしないだろう。

だが、俺が電話を使い物にできなくする前に、モニタ上の文字列が回復した。

yuki.n〉少し眠《ねむ》る

瞬《またた》く短い文章がぽつんと浮《う》かび上がり、溶《と》けるようにフェードアウトする。実に長門らしい、簡素なメッセージだった。もう一度言ってやる。なにが心配するなだ。できっか、そんなん。すまないが長門、俺はそれほど人間ができていないんだ。あまり俺を買いかぶってくれるな。

トイレを飛び出た俺は、そのままの勢いで寝室に駆《か》け込んだ。

「長門！」

俺の変調をきたした血相を見て、ハルヒは一瞬ぎょっとしてから、

「ちょっとキョン！　静かにしなさい。有希、今寝《ね》たところだから」

しかめ面《つら》で俺を睨《にら》み、

「ご飯食べたらころんと横になって、すぐに寝ちゃったわ」

その言葉通り、長門は目を閉じてじっとしていた。氷漬《こおりづ》けにされた姫君《ひめぎみ》のように、呼吸の気配すら感じさせずに。

「きっと安心したのよ。一人暮らしってこういうときはよくないわ。やっぱり人の気配がしないと、自分は一人で寝てても他《ほか》の部屋に誰《だれ》かがいて起きて何かしてるって感覚が大切なのよ。それってなんとなく微笑《ほほえ》ましいでしょ。誰でもいいから近くにいたほうが——」

ハルヒのもっともなセリフに俺は背を向けた。聞いていたかったが、今はそんな気分ではなかった。頭ではなく身体《からだ》が動く。

「キョン、どこに、」

寝室をダッシュで出た俺はさらに加速して玄関《げんかん》からも跳《は》ねて出た。一階に下りていたエレベータを待つ気にならず、階段を駆け下りる。エントランスを抜《ぬ》けて、マンションから躍《おど》り出た俺は、ただひたすらに走り出した。

この時間、九曜がどこにいるのかは知らん。しかしあいつは光陽園女子の制服を着ていた。長門が北高に通っているように、あいつも真面目《まじめ》に登校しているんだとしたら、そこにいるかもしれない。警備員がどんな制止をしようがかまわん。ホップステップジャンプで何とかする。職員室に駆け込んで訊《き》いても名簿《めいぼ》に住所が載《の》っているかどうかも解《わか》らん。それはそれで何とかしてやろうじゃないか。

ともかく、じっとしていることだけは俺の身体が許さなかった。

女神《めがみ》から与《あた》えられた羽根を持つ靴《くつ》を履《は》いたのごとき足どりが緩《ゆる》やかになったのは、うすのろな心肺機能しか持たない俺の息が切れてきたからに他ならず、そこはちょうど踏切《ふみきり》の前だった。

一年近く前。ちょうどこの辺りで、俺はハルヒから長々とした独白を聞いた。

呼吸を整えるべく、俺はしばらく深呼吸に没頭《ぼっとう》し、何気なく線路の向こうに視線をやって、そこで目と手足が固まる。

周防九曜。

長門と俺の外なる敵が、踏切をまたいだ対面に立っていた。最初からそこにいたように。

「────」

黒い制服、幅広《はばびろ》で長い髪《かみ》。そして異次元レベルの無表情。

遮断機《しゃだんき》の警告灯が点滅《てんめつ》を開始する。同時に電車の接近を告げる鐘《かね》の音が被《かぶ》さり、ものぐさそうにバーが下りてきた。

なぜ、ここにいる。まるで……俺を待っていたみたいじゃないか……。

九曜は動かない。俺と踏切の幅ぶんの距離《きょり》感を保ち続け、足に根が生えたように立つ姿は段ボールでできた手製のロボットよりも人間味がなく見えた。

カン、カン、カン──。

遮断機が完全に下り、電車の接近を教える線路の振動《しんどう》と風切り音が大きくなる。

俺は九曜を凝視《ぎょうし》して、九曜はどこを見ているのか知れたものではない。あり得ないタイミング。偶然《ぐうぜん》じゃない。こいつは……。

こいつは俺を待っていたんだ。

突風《とっぷう》を撒《ま》き散らしてやって来た電車の車列が九曜の姿を覆《おお》い隠《かく》した。駆け抜けていく車両はそれほど多くないにもかかわらず、ほとんど時間が止まったようにも思える。窓からのぞく乗客の顔の一つ一つが判別できるほどの強烈《きょうれつ》な錯覚《さっかく》は、次に強い予感へと繫《つな》がる。

電車が通り過ぎたとき、線路の向こうに九曜がいないのではないかという未来視のような予感だ。そしていつの間にか俺の背後に立っていて、幽霊《ゆうれい》じみた白い手を伸《の》ばしてくる……。

まさしく錯覚だ。

電車が去り、赤色警告灯が役目を果たして点滅を終えたとき、九曜の黒い姿は相変わらずバーの向こう側にあった。意外と律儀《りちぎ》なのか、演出効果を狙《ねら》ったりしないのか。そんな人間的な思考すらないのか。

黒黄色の長い棒が軋《きし》みながら上がりきるのを待って、九曜は水の中を歩いているような調子で動き出した。こっちへ来る。髪やスカートをまったく揺《ゆ》るがさず歩く仕組みが知りたい。

実体のないホログラムじみた人影《ひとかげ》は、俺から数メートルの地点で静止した。

俺は垂らした手の拳《こぶし》を握《にぎ》り、

「長門に何をしやがった」

九曜の巨大《きょだい》なビー玉のような目が俺を見据《みす》えている。本能が目を合わせるなと警告していた。これは魂《たましい》を吸い取る装置だ。そう思える。

九曜の色鮮《いろあざ》やかな唇《くちびる》が動いた。

「人間のことを知りたかった……いいえ」

離《はな》れていながら、まるで耳元で囁《ささや》かれているような声が、

「そう、違《ちが》った……知りたかったのは」

首を傾《かし》げる。あまりにも人間くさい仕草に虚《きょ》をつかれた。

「あなたのことだったわね……」

なんだと？

「わたしと付き合う……？」

何を言ってる？

「いいわよ……」

手を伸ばしてくる。

宇宙人。

カン、カン、カン——

踏切《ふみきり》の警報が鳴り始めた。赤い光が二つ、交互《こうご》に点滅を開始する。電車の接近を告げる警報……だが、俺にはまるで、それが暴走電車と正面から激突するよりも、もっと恐《おそ》ろしいモノへの警鐘《けいしょう》に感じられる。緊急《きんきゅう》事態。これは何だ。どうなっているんだ。脈絡《みゃくらく》がなさすぎた。鉛《なまり》の人形に魔女《まじょ》が命を吹《ふ》き込んだような、この突然の変貌《へんぼう》は何なんだ。

九曜の手はなおも接近中だ。近づいてくる。人のカタチをした人でないものが。人類と解《わか》り合えるはずもない、人知を超越《ちょうえつ》した銀河の外からきた、見える正体不明だ、それは。はためく翼《つばさ》のような髪を持つ女……。

新月のように黒い瞳《ひとみ》。だめだ、見るな。視界が暗くなる。

よせ――、と言いたい俺の口が動かない。情けなさすぎるぜ。ここまで来て……。

「よしなさい」

九曜の手を止めたのは、俺以外の声だった。

またしても愕然《がくぜん》とする。

俺の真後ろから聞こえた声は、凜《りん》とした自信に満ち、そこはかとない明るさを持っていた。久しぶりに聞く声であり、もう一度聞きたかったとはお世辞にも言えない女の声が、

「それ以上の接近は許さないわ。だってね、」

俺のうなじあたりで、そいつは透明《とうめい》感のある笑い声を短くあげ、

「この人間はわたしの獲物《えもの》よ。あなたたちの手に渡《わた》すくらいなら、いっそこうするわ」

俺の肩口《かたぐち》から頭の横を通り、腕《うで》が伸びてきた。北高の長袖《ながそで》セーラー服に包まれた、その先にある手が見覚えのある物を握りしめている。凶悪《きょうあく》な光を反射させる、

鋭利《えいり》な刃《は》。

逆手に握られたコンバットナイフの先端《せんたん》が、俺の喉元《のどもと》を正確に狙っていた。

「わたしはどちらでもいいのよ」

くすくすという笑い声が、俺の後頭部を総毛立たせる。麻薬《まやく》かと思えるような甘い香《かお》りが大気に乗って鼻腔《びこう》に届いた。こいつは、

「お前……」

俺はようやく声を絞《しぼ》り出す。

「…………朝倉か」

「ええ、そうよ。他《ほか》に誰《だれ》かいる?」

間違えようのない旧一年五組の同級生、朝倉涼子の声が背後から響《ひび》く。

「今の長門さんはお休みしているでしょ。だからわたしが出てきたの。何か気にすることがあるかしら」

俺は振《ふ》り向けなかった。もし後ろにいる朝倉涼子の姿を確認《かくにん》してしまったら、とんでもないことになるような気がしてならなかったからである。長門の影役にして情報統合思念体の急進派、かつて俺を二度殺そうと図《はか》り、二度目は本格的に死にかけた。どちらも助かったのは長門のおかげで、ここに長門はいない。代わりに九曜がいる。バカげた話だ。虎《とら》と狼《おおかみ》、どちらも俺の味方とはいいがたい。こ

んな二択《たく》問題があってたまるか。

「エマージェンシーを受け取ったわ。だからわたしが現れたの。不思議なことじゃないでしょう?」

甘い声が言う。

「だってわたしは長門さんのバックアップ。彼女が動けないなら、次はわたし。そのはずじゃなかった?」

長門が動けない——。

これはよほどのことなのだ。消された朝倉が復活するくらいに。殺人鬼《さつじんき》に助力を仰《あお》がねばならないほどの。

「失礼ね。わたしは殺人鬼なんかじゃないわよ。だって、ほら。まだ、誰も、殺してないもの」

じゃあナイフの切っ先をどけてくれ。うっかり唾《つば》も飲み込めない。

「それは無理ね。あちらの人がそこにいる限り、わたしは任務を忠実に守るわ」

ナイフの柄《つか》を握《にぎ》っていた人差し指がピンと立ち、棒立ちの九曜を示した。

「仮称《かしょう》、天蓋《てんがい》領域の人型ターミナルさんだったかしら。興味があるわ。ここであなたが死んだら、あの人、どんな反応をするんでしょうね」

ぞっとすることを世間話のように言いやがる。委員長だった時代と変わっていない。朝倉涼子以外の他にこんなヤツがいてたまるか。

俺は砂漠《さばく》に置き去りにされた干物《ひもの》のように動けなかった。暑いのか寒いのかさえ曖昧《あいまい》だ。ただ刃物の鈍《にぶ》い輝《かがや》きは宇宙空間のように冷たく、九曜の瞳は地下四階のように静かだった。

静かすぎだ。

だしぬけに気づいた。点滅《てんめつ》していた踏切の警告灯はどうなった？　耳障《みみざわ》りな鐘《かね》の音が消えているのはどうしたことだ。電車が来ないのは何故《なぜ》だ。

俺は目を見開いた。赤い警告灯が点灯したままになっている。遮断機《しゃだんき》のバーが斜《なな》めに傾《かし》いだまま、半端《はんぱ》に止まっていた。風がまったく吹いていない。線路に面した道路には誰一人、車一台通らないのは……これは……。

世界が静止していた。

彼方《かなた》の空で雲が身じろぎ一つせず、あろうことか飛行中のカラスが宙に固定されているのを見て、まっこと遅《おく》ればせながらに俺は悟《さと》った。

空間が凍結《とうけつ》されている。

「どうなってるんだ、ここは……」

　ふふ、と朝倉が微笑《ほほえ》む声を出した。

「邪魔《じゃま》が入って欲しくはないわ。これなら誰にも見られることはないじゃない？　空間の情報制御《せいぎょ》はわたしの得意よ。誰も脱出《だっしゅつ》できない」

　罠《わな》か。しかし誰にとってのだ。

「さあ九曜さん」

　朝倉は楽しげに続けた。

「お話を始めましょうか。それとも戦う？　いいのよ。わたしはあなたたちの手の内が見たいから。それもお仕事の一つ」

　九曜は表情なく立ちつくしていたが、

「……その人間を解放して。危険性が高い……あなたの殺意は本物……」

　ゆっくりと瞬《まばた》きをした後、九曜の黒い目に初めて見る光が灯《とも》った。

「あなたではない。わたしはあなたに興味を持たない。あなたは重要でない」

　わずかに感情のまじった九曜の声に、朝倉は、

「気分を害する答えね。いいわ、そっちがその気なら」

　ナイフを持っている手が残像を滲《にじ》ませて動いた。あまりに瞬時《しゅんじ》のことだったため俺の目に入らなかったのも当然だ。以前、一年五組の教室でおこなわれた長門との異次元バトルの渦中《かちゅう》にあった俺はすでに知ってる。見て取れたのは朝倉が手

首のヒネリだけでナイフを投じ、その凶器《きょうき》がほとんど光速で九曜を襲《おそ》ったことくらいで、しかしながら見たものを脳が認識したのはさらに数秒後だった。

「……危険性が二段階 上昇《じょうしょう》」

呟《つぶや》くように言った九曜は、顔面の直前でナイフの柄を握り止めていた。鼻先ギリギリに迫《せま》ったナイフに怯《おび》えるようでもなく、俺から見ればまるで自分で顔面を刺《さ》そうとしているようにも思えるが、逆だ。

「……なおも上昇中」

ナイフとそれを握る九曜の腕《うで》が細かく振動《しんどう》している。なんてこった。朝倉が投げたナイフは止められてもなお九曜に突《つ》き立とうとしている。超《ちょう》高速の投げナイフに超高速で対応した九曜もバケモノだが、朝倉はさらに恐《おそ》ろしい。いったいどれだけの運動エネルギーがあのナイフに込《こ》められているんだろう。考えたくもない。

「やるわね」

朝倉が感心したように、

「ほんの小手調べだったけど、算出した予想能力数値を上回る力を込めたのに。面白《おもしろ》くなりそうだわ」

背後の空気が何やらざわめく。振《ふ》り返ったら朝倉の髪《かみ》が蛇《へび》のように持ち上がっているような気がして、俺は決して後ろを見ない。だが耳を塞《ふさ》ぐことはできなかった。

「情報制御レンジ拡大。攻性《こうせい》情報展開。ターミネートモードへシフト。当該《とうがい》対象の解析《かいせき》を目的とした限定空間内での局地的疑似《ぎじ》戦闘《せんとう》許可を申請《しんせい》」

朝倉の早口が、たぶんそのようなことを告げた、と思った途端《とたん》、周囲の光景が粉々に砕《くだ》け散った。風景画をモチーフにしたジグソーパズルをバラバラにしたように、すべてが一変し、その外側にあったものが姿を現した。うねった幾何《きか》学《がく》模様で占《し》められた朝倉の情報制御空間、俺の前に二度目の登場だ。

「……危険性は維持《いじ》」

九曜の白いだけだった顔色が、徐々《じょじょ》に血の通った色になり始めていた。その口調も、

「その人間から離《はな》れて」

顔の前でナイフをつかんだまま、それにしては緊張《きんちょう》感のない声だったが、

「あなたでは話にならない……」

段違《だんちが》いにまともなセリフだった。九曜は暴れ馬のようなナイフをじりじりとした動きで顔の横に持っていく。刃《は》が髪に触《ふ》れないだけの距離《きょり》を保ち、首を傾《かたむ》けて手を離した。

朝倉の投げたナイフは、投じられた本来の軌跡《きせき》を忠実に再現してミサイルのよ

うにすっ飛んで行き——、

「——！」

俺は三度《みたび》、もうこうなったらしつこいまでに驚愕《きょうがく》する。

九曜の背後に第三の人影《ひとかげ》がちらりと小さく見えた——と脳が認識《にんしき》したのもつかの間、朝倉印のナイフはその人物の顔面へ超マッハな音速超《ご》えの速度で直進し、九曜がそうしたのをそっくりコピーしたかのように、顔面刺殺《しさつ》直前ギリギリで握《にぎ》り止められていたのである。その曲芸師のような投げナイフつかみ取りを可能とした腕の持ち主は、

「喜緑さん」

と、朝倉が指摘《してき》した。

「こんなところまで、何の用？」

セーラー服姿の喜緑さんは、幾何学空間の中で妙《みょう》に浮《う》きあがっていた。たおやかな微笑《びしょう》は生徒会長の横にいる状態のままだ。これだけおかしな世界で、まともな表情をしているのはいいが、それがかえっておかしかった。すまん、今の俺はまともな日本語が考えつかん。

喜緑さんはナイフを握った手を返し、刃を朝倉に向けながら、

「逸脱行為《いつだつこうい》を停止させるために来ました。あなたの行動は統合思念体の総意に基

づいていません」

「へえ？　そうだった？」

「はい。許可できません」

「そう？　いいわ」

異常なまでに朝倉はあっさり同意し、

「それ、返してくれる？」

喜緑さんが手を開き、ナイフが……今度は俺の動体視力でも追跡《ついせき》可能な速度でゆっくり空を飛んで戻《もど》ってきた、と思えたのもわずかな間で、朝倉が短い早口で何かを唱えた。

急加速したナイフが真っ直《す》ぐ九曜の後頭部を襲う。避《さ》けられるスピードではなかった。まるでレーザーだ。

「？」

俺は目を疑う。

九曜の姿がいきなり平面になったかと思った次の瞬間《しゅんかん》、目の前から消滅《しょうめつ》したのだ。

そうだな、そこに立っていたのは九曜の厚さ一ミリくらいの立て看板で、そいつを瞬間的に横向きにしたような消え方だった。そっちに目を引かれていたおかげで、俺がナイフの行き先に思い当たったのは、朝倉の手が順手でナイフを握って元通りの位置、俺の首にあたかも今から刺《さ》しましょうと言わんばかりのところにあるのを発見した段階でのことである。

　それを認識した直後、頭のてっぺんから汗《あせ》が噴《ふ》き出した。

　朝倉が止めていなければ、飛来したこの物騒《ぶっそう》な刃物は間違いなく俺の息の根を止めていただろう。もはや腰《こし》も抜《ぬ》けない。

　不審《ふしん》げな朝倉の声が、

「脱出した？」

　おいおい、俺に対してはノーコメントか。

「いいえ」

　喜緑さんがかぶりを振《ふ》り、喉《のど》を晒《さら》すように上空を見た。

「居ます」

　九曜が目の前に降ってきた。

　舞台《ぶたい》の天井《てんじょう》からつるされたような直立不動の姿勢で着地した九曜は、片手で朝倉のナイフを握った手首をつかみ、もう片方で抜き手を作り、ノーモーションで放った。どこへ？

　俺の顔面に。

「!?」

状況《じょうきょう》が変調しすぎてほとほと疲《つか》れる。しかし、この時の俺に余裕《よゆう》など欠片《かけら》もなかった。何が起きていたのか理解したのはたいていが事後で、それが今だ。固体のような風が俺の前髪《まえがみ》を弾《はじ》き、とっさに目を閉じてしまう。不覚だ。あわてて目を見開いた俺は、次のような光景を目にした。

九曜の指先が俺の眉間《みけん》数ミリ前で止まっているのは、朝倉が黒い制服の手首をつかんで固定しているおかげでしかない。一方は凶器《きょうき》を持つ手を止め、もう片方で手刀を止めているという両すくみである。そして俺は、見た目は人間そのままだが中身は魔人《まじん》とも言うべき二人に挟《はさ》まれてバカのように突《つ》っ立っているっていうわけだ。再び言う。情けない。

俺は二度も朝倉に命を救われたことになるじゃないか？　待てよ？　なんか話がおかしくなってないか？

「九曜さん」

朝倉の声はからかうようだ。

「あなた、この人間をどうしたいの？　殺したいの？　生かしておきたいの？」

九曜は俺を土嚢《どのう》を見るような目の刃《やいば》で突き刺していたが、目を俺の頭の横……朝倉の顔があるであろう方向へ転じ、

「――設問の意味が不明。人間とは何か。殺すとは何か。生かすとは何か」

声帯ではなくどこかに仕掛《しか》けられたスピーカーから聞こえるような声で、

「——情報統合思念体とは何か。答えよ」

独り言のように言い、表情を——劇的にと言ってもいい——変化させた。

微笑《ほほえ》んだのだ。

とんでもなく玲瓏《れいろう》で美しい笑《え》みだった。

感情の発露《はつろ》というよりは高度なプログラムが完璧《かんぺき》に模倣《もほう》したような笑顔だったが、こんな笑みを向けられた男はどんな朴念仁《ぼくねんじん》でも一瞬にして一目惚《ひとめぼ》れ病に罹患《りかん》する。耐《た》えられたのは俺でこそだ。もし事情を知らない谷口《たにぐち》あたりなら即《そく》、墜落《ついらく》だ。俺は発すべき言葉のすべてを失い、朝倉は白々しく、

「いい顔するわね。九曜さん。でもここまでにしようよ。この人間の生死を含《ふく》めて、指一本だってあなたたち天蓋《てんがい》領域に譲《ゆず》ったりはしないわ」

両手を互《たが》いに拘束《こうそく》しあったまま、九曜と朝倉が会話している。

——イッタイコイツラ、ナンノハナシヲシテイヤガルンダ。

だんだん腹が立ってきた。

ちなみに言っておくと、俺は本質的に温厚だ。どのくらいかというとだな、うちの妹が俺の大切にしていたマフラーを面白《おもしろ》がってシャミセンの身体《からだ》に巻き付けて遊んでいるとイヤがったシャミセンが本能の赴《おもむ》くまま歯と爪《つめ》でそのマフラーを

単なる羊毛繊維《せんい》集合体に変えやがってくれた時にだ、双方《そうほう》にデコピン一発で許してやるくらいに低温性の性質なんだよ。

その俺が頭に来るくらいだから相当だぞ。

ああ。解《わか》った。

こんな唐変木《とうへんぼく》なシチュエーションでニコニコしているヤツは全員おかしい。その証拠《しょうこ》に、ここにいる三人は全員が地球産じゃない。

まともなのは俺だけだ。だからこうしてビビっているんだ。悪いか。

「――天蓋領域とは何か」

人工無能のような、それでいて極上《ごくじょう》の美を表現した笑顔が言うことには耳を貸さず、朝倉は宣言した。

「攻性《こうせい》情報による侵食《しんしょく》を開始」

足元が泡立《あわだ》ち始めた。ボコボコと煮立《にた》つような音とあわせてまるで毒の沼《ぬま》だ。

次いで、朝倉のナイフが結晶《けっしょう》化した砂のように溶《と》け崩《くず》れる。さらに朝倉のつかむ九曜の手首が青白いモザイクに包まれた。細かい無数のヘックスが腕《うで》を伝ってすさまじい速度で広がっていく、と見えたのも一瞬《いっしゅん》で、九曜の姿が再び平面化したかと思うや否《いな》や、ついには一本の線と化す。

ゴワァァァァァン――

「く⁉」

耳元で特大の音叉《おんさ》を叩《たた》き合ったような金属音が響《ひび》き、俺は反射的に目を閉じた。しかし、その音響《おんきょう》も長くは続かず、あたかも巨人《きょじん》の手が空中に舞《ま》う音符《おんぷ》を掻《か》き消したように沈黙《ちんもく》する。

「…………」

俺が恐《おそ》る恐る目蓋《まぶた》を開いたとき、九曜はどこにもいなかった。俺の前には喜緑さんしかいない。そして背後には恐るべき女の気配がいまだにする。

目に痛い幾何学《きかがく》模様は一掃《いっそう》され、風景はもとの道路、線路沿いの道に常態回帰を遂《と》げていたが、そんなことにいちいち驚《おどろ》いたりはしなかった。

「今度こそ逃《に》げた？」

後ろの朝倉の声に、前方の喜緑さんが答えた。

「あなたの構築した情報防護網《もう》は未知の集束データにより突破《とっぱ》されました。現在、マークの追跡及《ついせきおよ》び現空間の修復にかかっています」

「身体情報の物理的次元変動……。わたしたちとは違《ちが》う端末《たんまつ》形態ね。申請《しんせい》が必要ないんだわ」

「彼女は対人類を専門としたコミュニケータではないようです。むしろ、わたしたちと対話するために作り出されたインタープリタプラットフォームである確率が高いと目されます。涼宮ハルヒさんに目をつけたのも、情報統合思念体の動きを探知、推測してのことでしょう」

「ただのターミナルとは思えないわ。わたしの攻性情報を復号せずにブレイクしたから」

「論理基盤《きばん》が異なっていますから、致命《ちめい》的なダメージを与《あた》えるには彼女と連結している領域のアルゴリズムを解析《かいせき》する必要があります」

「そっちはあなたに任せるわ、喜緑さん。これで少しはデータを取得できたでしょう？　思うのだけど、情報の抹消《まっしょう》は無理でもハード端末を破壊《はかい》する程度ならできそうね。欠片《かけら》を拾ってゆっくりプラットフォームの構造を解析するのがよさそうじゃない？」

「独断専行は許可できません」

「長門さんみたいなことを言うのね。でも、今の長門さんならわたしに賛成してくれるわ」

「わたしが中断させます。統合思念体は許可しません」

「あら」

朝倉は、さも意外そうに、

「いつからあなたが代表者になったの？」

「インターフェースとしてのパーソナルネーム長門有希は自律判断基準の一部をわたしに譲渡《じょうと》しました。それは彼女の提言によりおこなわれ、統合思念体中央意思によって承認《しょうにん》されています。わたしの行動は統合思念体の総意に基づいています」

「総意ですって？　のんびり屋で保守的な現状維持《いじ》論者グループのこと？　それともわたしが少数派だって言いたいのかしら」

「両方です」

朝倉は持ち前の優等生ボイスを嗤《わら》わせ、

「わたしの行動パターンは以前の所属のまま、まだ書き換《か》えられていないわよ」

「あなたは緊急措置《きんきゅうそち》としてのバックアップ要員です。わたしや長門有希の所属意思があなたの必要性を限定的に認めているだけです。危険性より有効性がわずかに上回ってるだけのこと」

「感謝したほうがいい？　おかげでまた復活できたわ」

「情報結合解除の権限はわたしに委託《いたく》されています」

「あなたと戦っても勝てないってわけね。いいわよ。わたしはわたしの意思に基づいて行動するだけだもの。長門さんが教えてくれたわ。自律進化の可能性がどこにあるのかをね。喜緑さん。あなたは知らないの？　彼女は既《すで》に単なる端末じゃなくなっている。なら、わたしたちもそうなることができると思わない？」

思わねーよ。俺には長門一人で充分《じゅうぶん》だ。九曜の攻撃《こうげき》を防いでくれたことは感謝する。だが、もう一度言うぞ。

俺は長門でいい。朝倉、お前は要《い》らない。

「あんまりだわ」

朝倉は明らかに面白《おもしろ》がっている。

これも言わせろ。お前ら、俺の身体《からだ》越《ご》しに何を好き勝手な意見交換《こうかん》をやってんだ。電波話を聞き続ける俺の身にもなれ。

「ですって、喜緑さん」

それにだ、こんなところに出てきて俺にナイフを突《つ》きつけるヒマがあったら長門のところに飯でも作りに行ってやれよ。前回のお前はそんなヤツだったぜ。

「悪い宇宙人の魔《ま》の手から助けてあげたのに、その言いぐさはどういうこと？」

朝倉は微笑《ほほえ》ましげに、とりわけ機嫌《きげん》を損《そこ》ねているわけでもなさそうに言った。

「残念だけど、わたしはこの形態を継続《けいぞく》維持させることができないの。恨《うら》み言《ごと》ならそこの優秀《ゆうしゅう》なわたしたちの先輩《せんぱい》さんと統合思念体主流派にお願い。長門さんにお願いしてみてくれる？　彼女がうんと言えば、わたしはカナダから帰ってくるかもしれないわよ」

断る。どうやってもハルヒを納得《なっとく》させられるだけの材料が見つからないからな。

好きなだけ留学しててくれ。

「そう？　残念」

　ころころと朝倉は小波《さざなみ》のような笑い声を出して、

「わたしの臨時活動はそろそろお開きね。また呼ぶといいわ。いつでも出てきてあげる。そちらの恐《こわ》いお姉さんが阻止《そし》しない限りね」

　呼んだ覚えなどなかったので俺が黙《だま》っていると、朝倉の声がさらに近くなった。

「わたしと長門さんは鏡の裏表のようなもの。あなたには解《わか》るかしら。喜緑さんより、わたしのほうが長門さんに近いのよ。今あなたの目の前にいるインターフェースは何もしてくれないわ。傍観《ぼうかん》するのが彼女の仕事なのだから」

　耳元に息がかかるようなポイントから、

「どうして振《ふ》り向かないの？　別れの挨拶《あいさつ》くらい、顔を見てしましょうよ」

　意地でも動いてなるものか。これで朝倉がまともな委員長スマイルでも浮《う》かべていてみろ。俺は恐怖《きょうふ》心をなくしてしまうかもしれない。人好きのする笑顔《えがお》にころりと騙《だま》されてしまうかもしれないだろう。俺から見たらお前も九曜も似たようなもんだ。

「最後まで失礼なのね。いいわ。それじゃあ、さようなら。またね」

　声が消え、気配が失《う》せても、俺はまだ動かずにいた。こうなりゃ根比べだ。

喜緑さんも無言で俺を見つめている。その制服スカートの裾《すそ》が風にはためいているな、と気づいた刹那《せつな》、遮断機《しやだんき》の鐘《かね》の音が復活して俺は五ミリほど飛び上がった。赤い点滅《てんめつ》と下りてくる通せん棒。遥《はる》か上空で雲は流れゆき、カラスは巣へと飛んでいく。

環境音《かんきよう》が元に戻《もど》っていた。いつのまにか。時間が動いている。

喜緑さんはゆるやかに歩き出し、俺との間に絶妙《ぜつみよう》の間隔《かんかく》を得たところで止まった。何か説明してくれるんじゃないかというほのかな期待は裏切られ、生徒会書記の笑みで形作られた唇《くちびる》はいつまで待っても動かない。

根負けした。

「喜緑さん」

「はい」

「あいつは……あの九曜ってのは何なんです。性格がまるでつかめない。言動が一貫《いつかん》してないのは人間じゃないからですか」

「天蓋《てんがい》領域の行動原理は理解不能です。自律意識があるのかどうか、未《いま》だ論争の域を脱《だつ》していません。確とした生命の概念《がいねん》に該当《がいとう》するのか否《いな》なのかすらも未知数なのです」

口調の堅苦《かたくる》しさに、やたらとゲンナリする。

……はあ、そうっすか。それはお困りでしょう。俺も困ってます。でもっすね、とりあえずここで俺が言えることはですね、

「せめて長門の熱を下げてやってくれませんか」

「長門さんは特別任務に就《つ》いています。天蓋領域との高次元段階におけるコミュニケーションがその任です」

「長門は寝《ね》込んで動けないんですよ。それのどこが任務だ」

喜緑さんは、俺に微笑みかけつつ、その実、遠くを見るような目で、

「言語に頼《たよ》らない高度な対話です。地球人類には本質的に不可能なミッションです。わたしたちは初めて彼等《ら》と物理的なコンタクトをしているのです。間接的ではありますが、相互《そうご》理解不全状態にあった過去の履歴《りれき》と比べて飛躍《ひやく》的進展です。長門さんは彼等との中継《ちゅうけい》機器の役割を果たしています。今も実践《じっせん》中です。見守ってあげてください」

「だからって、あいつ一人に押しつけることはないでしょうがっ」

語尾《ごび》にビックリマークを付けないようにするのに大変な労苦を要する。俺は春風にそよぐ和製タンポポのようにたおやかな喜緑さんの飄然《ひょうぜん》とした相貌《そうぼう》にガンを飛ばしつつ、

「あなたや朝倉ではダメなんですか？」

「彼等が最初にコンタクトを図《はか》ったのが長門さんです。涼宮さんと最も近接しているインターフェース。わたしも当然の選択《せんたく》だと思います」

その平然とした回答に、俺の頭は本格的に痛み出した。

つまり長門のことは放《ほう》っておけというわけか。やはり情報統合思念体はくそったれ野郎《やろう》の集まりだ。おそらく長門のような人材が派遣《はけん》されて、あいつと最初に出会えたのは奇蹟《きせき》みたいなものだったんだ。もし朝倉と長門の役割が逆だったら、もし文芸部にいたのが喜緑さんだったら、こんな現在は到来《とうらい》してない。長門だったからだ。ハルヒが希望したのは宇宙人ではなく、長門有希だったのだと思いたくなる。インターフェースなどという単語は思う存分海王星軌道《きどう》まで飛んでいけ。ハルヒの前に出てくればいいんだ。主流派だろうが急進派だろうがまとめてハルヒの前に出てくればいいんだ。そして長門と天秤《てんびん》に乗ってみろ。ハルヒは長門を指差してこっちが重いと言うだろう。

「お許しください」

喜緑さんはバカ丁寧《ていねい》なお辞儀《じぎ》をして、

「わたしにできることは多くありません。わたしに課せられた制限が逸脱《いつだつ》を阻《はば》むのです。それ以外のことでしたら、何なりと」

穏《おだ》やかな上級生は俺とすれ違《ちが》い様《ざま》、もう一度小さく頭を下げて駅方向へ歩いていった。後を追っても仕方のないことは解っている。俺の頭じゃ理解できないようなことを宇宙人同士がやってるってのも、何とか理解可能だが、これだけは言っておきたい。

「ここは地球だ。エイリアンたちの遊び場じゃないんだぜ」

俺の声は一陣《いちじん》の春風に紛《まぎ》れて消えゆき、喜緑さんはすでに消えた後だった。

ただ、

――おもしろい冗談《じょうだん》だわ…………とても。

誰《だれ》のものだったのかは聞き取れなかった。九曜か、朝倉か、喜緑さんのうちのいずれかの声だったのかすらも解《わか》らない。

しかし、確かにどこかからそんな声がしたように思ったのは、俺の鼓膜《こまく》が耳たぶをかすめる風の音を人語と聞き間違ったせいではないだろう。


携帯《けいたい》電話はいつも前触《まえぶ》れなく鳴り出すものだ。この時もそうだった。

長門のマンションへ重い足を引きずっていた俺の歩みを止めたのは、ハルヒからの電話だ。

『んもう！　あんた、どこ行ってんのよ。邪神《じゃしん》の呼び声でも聴《き》いたの？　いきなり出て行っちゃって、みくるちゃんがびっくりするじゃないの』

「ああ……すまん。近くにいるから、すぐ戻る」

『理由を言いなさい』

「……あれだよ、見舞《みま》いの品を忘れてたと思い当たってな。桃缶《ももかん》でも買ってこようかと」

『いつの時代よ。フルーツセットにしなさい。んん、そんな大げさにしなくてもいいわ、有希、入院してんじゃないんだしさ。オレンジジュース買ってきて。果汁《かじゅう》百二十パーセントのやつ』

どこに売ってるのか教えてくれたらな。

『じゃあ百パーセントでいいわ。それから三分以内に戻《もど》ってくること。いいわねっ？　オーバー！』

一方的にブツ切りされても腹は立たない。いつものことだ。こいつの一方向なストレートで単純気ままな行動は俺の精神を少しだけ安定させる効果がある。涼宮ハルヒかくあるべしってやつさ。こうでもなければSOS団とかいうバカ組織のトップは務まらないのだ。

俺は駅近くのスーパーに入って夢遊病者のように棚《たな》の間をさまよい歩き、ハルヒ指定のカリフォルニア産オレンジ百パーセントジュースのボトルを抱《かか》えて精算をすませて、我ながらむっつりとした足取りで長門マンションに戻った。オートロックにつき、エントランスで部屋を呼び出すとハルヒがインターホンに出て開《かい》錠《じょう》してくれた。

長門の部屋に戻った時にはハルヒの指令時間を二分ばかりオーバーしていたが、団長殿《どの》は何も言わず、俺の差し出したジュースのボトルを受け取ると、そばにいた朝比奈さんにバケツリレーして、

「冷蔵庫に入れておいて。お願いね、みくるちゃん」

「解りましたー」

すっかり命令され慣れしている朝比奈さんがたたっとキッチンへ駆《か》けていく。何て愛らしい方だろう。何があっても庇《ひ》護してあげないといけない人物ベスト3に入る仕草だった。

「長門は？」

「さっき少しだけ目を開けたけど、また眠《ねむ》ったわ。だから寝室《しんしつ》に入っちゃダメよ。寝《ね》顔《がお》を凝視《ぎょうし》するなんて悪趣味《あくしゅみ》だもんね」

ハルヒは口元を波線にしていたが、躊躇《ためら》ったような連続四分休符《きゅうふ》の後、

「前にもこんなことがあったわね。有希が熱出して、あたしたちが看病するってやつ。あれは幻覚《げんかく》だったけど、なぜだか今でもリアルに思い出せるの」

そりゃ、現実だったからな。集団催眠《さいみん》とか抜《ぬ》かしたのはあくまで古泉によるで

っち上げなウソっぱち理論に過ぎない。おいそれとハルヒに言えることではないので、俺は口をつぐむ。

ハルヒは何かを念じるように、

「あの時と同じよね？　鶴屋《つるや》さんの別荘《べっそう》で、有希はすぐによくなったわ。あの症状《じょう》はスキー場の寒さがこたえたのよ。今は春先で季節の変わり目だし、体調を崩《くず》すことだってよくあることだわよね。花粉症《かふんしょう》の一種なのかも」

自分に言い聞かせているようにも聞こえた。

「ああ。大したことはないさ。三日もすれば回復するだろ」

どの口が言うのかとツッコミたいが、いかんせんそれは俺の口だ。古泉のすべらかに回る舌がうらやましい。どんな異常事態でも、あいつならもっともらしいデマカセ解を導き出すであろうからな。ゆくゆくは閻魔《えんま》大王の世話になるに違《ちが》いない。

閉じた寝室のドアにまるでキープアウトのテープが貼《は》られているように見え、そのまま素通《すどお》りしてリビングに来た。

コタツ机の中に長い脚《あし》を突《つ》っ込んでいた古泉が、ちらりと俺に視線を寄越《よこ》し、

「どちらへ？」

「閉鎖《へいさ》空間なみにしみったれた所まで」

「そのようですね」

古泉はコタツテーブルに両肘《りょうひじ》をつき、

「周防九曜と喜緑さんの姿が観測できたと報告がありました」フローリングの床《ゆか》に置いてあった自分の携帯電話を指し、「それも一瞬《いっしゅん》だったようですが、あなたのその顔色では、ただの邂逅《かいこう》ではなかったようですね」

「ああ」

誰《だれ》が味方で敵なのか解《わか》らなくなってきた。宇宙人どもの目的が完全に理解不能だ。九曜も朝倉も喜緑さんも、人間の姿をしているだけの、あれはバケモンだ。人間はたまに突拍子《とっぴょうし》もないことをするヤツがでてくるが、それだって何を考えていたのか推測することはできる。しかしモンスターの思念は読めない。行動パターンがデタラメすぎて、まるでショボイRPGのNPCみたいに感じるぜ。バランスを無視したパラメータを持っているからなおさら非道《ひど》い。

「解決策はないのかよ」

「こちらとしても尽力《じんりょく》しますよ。橘京子をつつけば何かでてくるかもしれませんが、推測するに期待薄《うす》ですね。彼女たちの一派と長門さんのこの症状は無関係に等しい。橘京子たちは手を組む相手を間違えました。周防九曜は話の通じる相手ではありません。統合思念体にも解らない存在を人類が理解しようというほうが暴挙です」

では未来人ならどうだ。藤原とかいう超《ちょう》イヤミ男は、少なくとも九曜に恐《おそ》れを抱《いだ》いているようには見えなかった。くそ、あいつに頼《たの》もしさを感じてどうする。藤原の目的も不明のままなんだ。

「単なる涼宮さんの観察が目的でないことは確かですね。それはどちらの未来人にも言えることとです。この場にいる朝比奈さんには知らされていないのでしょうが」

古泉の目が平行移動し、キッチンで洗い物にいそしむ朝比奈さんを捉《とら》えた。その隣《となり》でハルヒもまたたいそがしそうな立ち振《ふ》る舞《ま》いで、スープ鍋《なべ》の中身を容器に移し替《か》えたり、具材の余りをタッパーに詰《つ》めたりしていたが、

「決めた。有希がよくなるまで晩ご飯作りに来ることにするから。あたしが勝手にそうするんだからね。たとえ有希が嫌《いや》だと言っても絶対来るから」

独り言にしては声量豊か過ぎる声で言い、誰の同意も求めなかった。

お前は銀河で一番自分勝手な女さ。その特性、変わってくれるなよ。

どこからか合い鍵《かぎ》を見つけ出したハルヒが、それで長門の部屋扉《とびら》を施錠《せじょう》し、砂金の粒《つぶ》をしまい込むようにスカートのポケットに滑《すべ》り込ませる。長門の眠る70

8号室を後にした俺たちは、長門のマンション前で解散することになった。

「しばらくSOS団は活動休止にするわ」

ハルヒはマンションを見上げ、夕闇《ゆうやみ》に染まった空に怒《おこ》ったような目を注ぎながら、

「有希が学校に来るようになるまで、みんな部室に来なくていいわ。来るのはここ。有希んとこ。みくるちゃん、明日も頼むわよ」

「はいっ、もちろん！」

こくこくうなずく朝比奈さんの真摯《しんし》な従順さには涙腺《るいせん》が緩《ゆる》みそうになった。ヤバい。

ハルヒと朝比奈さんは率先《そっせん》して長門の看病にあたる心づもりのようだ。ここで団長の務めだからなんとかと理屈《りくつ》付けしないのがハルヒらしい。

俺にもできることがあるはずだ。いや、俺にしかできないことだ。

一刻も早く家に帰り、連絡《れんらく》を取らねばならないヤツがいる。

新たに登場した関係者のうち、俺が電話番号を知っているのはそいつだけだった。

『すまなかったね、キョン。返信が遅《おく》れてしまった。塾《じゅく》の最中だったもので携帯《けいたい》を切っていたんだ。留守電聞いたよ。明日の夕方、学校終わりだね。明日は塾も

ないので、そうだな、四時半になら北口駅前に着けるだろう。もちろんあの三人にも声をかけておくよ。賭《か》けてもいいが、彼等《ら》は確実に来るね。キミが僕に連絡してくるのを待っていたフシがある。キョン、キミはずいぶん立腹のようだが、今日明日中で頭を冷静にしておいたほうがいいだろうと僕は考えるね。まさに今のキミの反応が彼等の計画の一環《いっかん》かもしれないからさ。いや、僕は知らないよ。でも、僕が首謀者《しゅぼうしゃ》ならそうするだろうと考えた結果さ。うん、では明日。おやすみ、親友』

第五章

α—8

翌日、火曜日。

レアなことに意味もなく定時より早く醒《さ》めた目のおかげで、俺は学校前の心臓破り坂をのんびりと歩いていた。日々変わらない登校風景にさほど目新しさはないが、一年生らしき生徒どもが生真面目《きまじめ》に坂を上っているのを見ると去年の自分の影《かげ》がよぎる。そうやってのびのび登校できんのも今のうちだぜ。来月にでもなりゃウンザリし始めることこの上なしだからな。

ふわあ、とアクビしながら、俺はやはり無意味に立ち止まった。

なんであろう。何の変哲《へんてつ》もない一日の始まりだが、妙《みょう》な感じがする。

佐々木とは先日の胡散臭《うさんくさ》い鉢合《はちあ》わせ以来で、あれっきり連絡がない。ないといっても、土曜に会ったばかりだからそう急がれても困るのだが、それがまずおかしみを感じさせる気の源泉だろう。そのうち何か仕掛《しか》けてくるには違《ちが》いないのに、いつになるか解《わか》らないというのはむず痒《がゆ》いものだ。特に周防九曜と名無しの未来人野郎《やろう》は、誘拐《ゆうかい》女橘京子よりも何をしでかしてくれるか怪《あや》しい。そういや全員紹介《しょうかい》シーンだろうに、未来人男が顔見せをいやがったのも気がかりだ。佐々木の口ぶりではあいつがまたこの時代に来ているのは確かだが、しばらくは何もするつもりがないんだろうか。どうも未来人の考えることは朝比奈さん（大）といい、回りくどいことが多いな。前回は橘京子の起こした誘拐騒動《そうどう》を傍観《ぼうかん》していただけのあの野郎だったが、するってことは今度は九曜の当番回かね。

「ふむ」

俺は生徒会長の口調を真似《まね》てみた。考えていても前進せんな。まずは教室まで歩け。そこで団長の面《つら》でも拝むとしよう。俺の学校生活はそうせんと始まらん。いつしかそういう身体《からだ》になっちまった。

俺が登山を再開すると同時に、ポンと肩《かた》が叩《たた》かれた。

「おはようございます」

誰《だれ》かと思ったら古泉だ。

下校はともかく登校時に一緒《いっしょ》になるなんざ、ひょっとしたら初めてじゃねえか？

「よう」

投げやりに返した俺の横に並びつつ、コールドスリープからの蘇生《そせい》に成功した宇宙船船員が目的地である惑星《わくせい》表面を目にしたような微笑《びしょう》顔で、

「何やら釈然《しゃくぜん》としてなさげな顔をしていますが、どうかしましたか」

どうもこうも朝っぱらから簡易登山を強《し》いられている最中の俺は今も昔もこんな顔さ。それよりお前が無性《むしょう》に晴れやかな表情してんのはどういうこった。ハルヒの情緒《じょうちょ》不安定の余波を一番こうむっているのはお前だろう。

「それなんですが」

絵に描《か》いたようなハンサム男は、揺《ゆ》れる前髪《まえがみ》を弾《はじ》き、

「多発していた閉鎖《へいさ》空間の発生がぱったり止《や》みましてね。僕としても安堵《あんど》しているところですよ。涼宮さんは新団員に関する様々な事柄《ことがら》を考えるあまり、無意識によるストレス衝動《しょうどう》の発露《はっろ》を一時的に忘れてしまったようです」

俺はやれやれと首を振《ふ》る。ハルヒよ、お前はなんて単純なヤツなんだ。

「単純なようでいて複雑ですよ。コントロールがききませんからね。なにしろ舵《かじ》を握《にぎ》っている本人である涼宮さんにもできないものを、ただの乗客である僕などには不可能です。SOS団に入部希望者があんなに来るとは、僕も予想外でした」

十一人の新入生たちが気の毒だね。何もハルヒのオモチャになるために入学し

たわけではないだろうに、ハルヒにとっては絶好の気晴らしだ。

「いつまでもその気が晴れていてくれればよいのですが、保《も》って一週間でしょうね。昨日、部室を訪《おとず》れた人数のうち、今日も門を叩くような人材が何人いるか見物ですよ」

賭《か》けでもするか。俺は……そうだな、半減して六人だ。そのペースだとちょうど今週末には誰も来なくなる。

「妥当《だとう》な数字ですね。では僕は五人以下で」

いいだろう。負けたほうがジュース奢《おご》りな。

校門を通り抜《ぬ》け、昇降口《しょうこう》が見えてきたあたりで考えていたことを思い出した。

「ところで古泉、あいつらを放《ほう》っておいていいのか。九曜とか、橘京子とか、まだ名を聞いていない未来人とか」

「そして佐々木さんとか――ですね」

古泉は五月晴《さつきば》れのように微笑《ほほえ》み、

「今のところは、まだ。僕の見立てでは彼等《ら》は動き出してもいません。結託《けったく》がうまくいっている様子も見あたりませんから、落ち着きを持って観察している段階ですよ」

下駄箱《げたばこ》の前で別れる際、古泉は俺の向かう先を指差し、

「彼等の中でキーとなりそうな人物は未来人だと思われます。橘京子は『機関』が何とかしますし、新種の宇宙人はのんびりと地球観光をしていてくれたらいいわけですが、しかし相手が未来となるとうかつに動けません。橘京子ほど目的が明確でなく、宇宙人ほど不明でないのがいかにも中途半端《ちゅうとはんぱ》で読みにくい。僕よりもあなたが知るほうが早いかもしれませんよ」

立ち話もなんですのででは放課後に、と言い残し、無遅刻《むちこく》無欠席を信条とするらしい古泉はいそいそ自分の上履《うわば》き方面へ闊歩《かっぽ》していく。

俺は自分の下駄箱前に辿《たど》り着くと、一切《いっさい》の躊躇《ためら》いを捨てて蓋《ふた》を開いた。入っていたのは俺の小汚《こぎたな》い上靴《うわぐつ》のみで、未来からの通信文などどこにも皆無《かいむ》だった。

今なら不条理お使い指令に従ってもいい気分だったのに、気が利《き》かないな、朝比奈さん（大）。今度現れるときも「久しぶり」が彼女の第一声になるんだろうか。

その日の授業中、ハルヒはロープで繋《つな》いでおかないと宙に舞《ま》い上がりかねないほどソワソワとした機嫌《きげん》を維持《いじ》していた。気になって仕方がないらしいのは俺も共有する思いさ。古泉とのバクチの対象だからな。さて団員希望の一年生は何人来るか、昨日の一方通行な演説を聞かされて翌日も足を運ぼうなどと考えるイカしたヤツがどれだけいるのか。

俺がちょっと気にしているのは、クリーニングから返って来たばかりのような、パリッとしたセーラー服を肩からずり落ちそうなほどダブつかせていた女子生徒で、昨日のあの反応を見た限り、あの娘《こ》だけはやって来そうな予感がする。スマイルマークの髪留《かみど》めしか特徴《とくちょう》のない、朝比奈さんとは違《ちが》う意味で幼げな少女は、あの魔窟《まくつ》のような部室でも平常心を揺るぎなく堅牢《けんろう》なものとさせていた。そう感じるのは俺がそいつしか顔を覚えていないからかもしれない。他《ほか》にどんな一年がいたっけな。総じて顔が思い出せなくなっているのは、個性的な見栄《みば》えのヤツがいなかったという証左でもあろう。

校則には割とルーズな高校だが、一年から突飛《とっぴ》な格好をしている例も少ないし、たまに気持ち悪いほど真っ赤なソックスを穿《は》いているのとか、さっそく制服を改造して違反《いはん》な服装をしているのも見かけるが、それも生徒会長麾下《きか》の風紀粛正《しゅくせい》部隊が乗り出すまでの短い期間でのことだ。ハルヒはその程度の突飛さには目もくれないし、自分でもそうしようなどとまるで思考外のようなので気にはすまいが、半端にグレ気分を味わいたいようなお調子者に対しては鼻息一つで拒否《きょひ》するに違いない。

ハルヒのお眼鏡《めがね》に適《かな》うのは、その手のしゃらくさいパフォーマンス的なベイツ型擬態《ぎたい》ではなく、本質的な突《つ》き抜けぶりなのである。それもどちらかと言えば内面だったり、属性であったりする。例外が朝比奈さんだったが、結局あの方もただ者でなかったわけで、まさしくハルヒの本質を見抜く力は神業《かみわざ》に近い。新学期が始まってあいつも新入生のクラスを一通り覗《のぞ》き込んだろうから、今のところハルヒの心眼をキラリと光らせるにいたった一年生はいなかったということで、ようするにハルヒによる拉致《らち》被害者《ひがいしゃ》はゼロであり、非常にまろやかな口当たりの安心を俺に運んでくれていた。

ハルヒが実行しようとしている入団試験、それに合格者が出たとしても、そいつは普通《ふつう》に普通の普通人であることが決定的だ。いうならば俺のお仲間であって、しかも後輩《こうはい》であり、そして俺はようやくにしてハルヒから回される数々のパシリ役を丸投げできるメンバーを得るのである。

と言いつつ、あまり期待はしてないというのが本音だが。

ちなみに数学の小テストは、おかげさまと言うべきだろう、バッチリで終えることができた。ハルヒの山張りはことごとく的中し、試験関係で久々に心地《ここち》よい気分を満喫《まんきつ》したのが団長直々《じきじき》に授《さず》かった知恵《ちえ》によるものだというのも業腹《ごうはら》だが、過程にケチをつけても今さらだな。人間に火の有効利用法を教えたプロメテウスが悲惨《ひさん》な晩年を送ったという故事をなぞらないよう、ハルヒには重々気を付けてもらいたい。

もっとも、ハルヒを鎖《くさり》で縛《しば》りつけてじっとさせておくなんて、どんな神々にだって不可能だとは思うがね。


いったいどういう風の吹《ふ》き回しか、放課後を告げるチャイムが鳴り響《ひび》いた後も、ハルヒはダッシュで部室に直行することなく教室に居座っていた。掃除《そうじ》当番の邪魔《じゃま》にならないよう、教卓《きょうたく》に陣取《じんど》って俺を呼び寄せる。

何だよ、明日にテスト類は予定されていないが、抜《ぬ》き打ちテストの情報でもつかんだのか。

「新入生が部室に揃《そろ》うのを待ってんの」

ハルヒはニヤリとした笑顔《えがお》で、

「真打ちは遅《おく》れて来るものよ。もしくは結局来なかったりね。最初からあたしが部室にいて、一年生たちがポツポツ来るのを待ってるのも手間がかかってアレじゃない。だったら最後にどーんと登場して、団長らしく堂々と重役出勤するくらいがちょうどいいってわけ。ついでにあたしより遅れて来るような人間は落第だから」

そんなものお前のさじ加減一つじゃねえか。何分後に登場つかまつるつもりだ。その際に流す入場テーマ曲は『吹けよ風、呼べよ嵐《あらし》』でいいか？

「そんなところにまでこだわらなくていいけど、あんたにしてはいいアイデアじゃないの。ぬかったわね、部室からラジカセ持って来てればよかったわ」

休み時間に口走らなくてよかった。ハルヒの後ろをラジカセ担《かつ》いでついて歩く自分の有様を想像しただけで泣けてくる。ショーマンシッププロレスラーの悪徳セコンドじゃあるまいし、俺はいいように操《あやつ》られる覆面《ふくめん》レスラーか。

俺がげんなりしていると、ハルヒは教室の時計を見上げて、

「三十分くらい遅れていけば充分《じゅうぶん》でしょ。待たせるのも試練の一つよ。団長を待たせるのは相応の量刑《りょうけい》が必要な罪だけどね。聞いてんのキョン？　これ、あんたのことなんだからねっ」

だからいつもいつも罰金刑《ばっきんけい》を甘んじて言い渡《わた》されているだろう。俺の小遣《こづか》いの半分は実にお前や朝比奈さんたちの胃袋《いぶくろ》に消えてんだぜ。

「当然の報《むく》いよ。時は金なりなのよ。五分もあれば百年分の歴史を遡《さかのぼ》って考察を加えることだってできるんだから、安いものでしょ」

思いついたように、ハルヒは鞄《かばん》から世界史の教科書を出してきて、

「あんた、社会の選択《せんたく》科目何にするつもり？　あたしは世界史にするって決めて

るから、あんたもそうしなさい。こういうのは早めに決めちゃうほうがいいからね。いいわよ、世界史。なんたって覚える単語が日本史なんかより美的感覚に優《すぐ》れているのがいいわ。武家諸法度《しょはっと》よりウェストファリア条約のほうが詩的に聞こえるじゃん」

日本人にあるまじきことをいいつつ、

「時間を潰《つぶ》すついでに一年で習ったところのおさらいをしてあげるわ。なによ、そんな顔することないでしょ。講習料は団員特権で免除《めんじょ》にしといてあげるからね」

頼《たの》んでもいない講習を受けさせようとするほうがどうかしているので、俺の顔つきもそれなりの反応になるってもんだ。しぶしぶという副詞は今が使い時だろう。なので俺はあくまでしぶしぶと教科書を取り出し、ハルヒがまくし立てるページを開いて、古代メソポタミアへと脳内時間を移動させるはめになった。

「覚えるだけなんだから簡単よ。それから年号は特に気にしなくていいわ。時系列だけ頭に入れて、この歴史上の人物がこの時何を思ってこんなことをしてたのかなって考えるところまでいけば上出来ね。たとえばピラミッドなんてワケの解《わか》んない建物、昔の人はよほどヒマだったか、子孫のためにお客を呼べる観光資源を作っておこうとしてたに違《ちが》いないわ」

まあ、どこにでも勝手に何やら言い出して周囲に有無《うむ》を言わせず実行してしまう勢いだけはカリスマ的な仕切り野郎《やろう》がいただろうしな。現在の歴史で言えば、いま俺の目の前にもいる。

「あたしはあんな邪魔になるものを作ったりしないわよ。でもそうね、卒業までには SOS団記念碑《きねんひ》を校内のどこかに立てたいわ。今のうちにデザイン考えておかないと。何の石がいいかしら。やっぱ大理石？　御影石《みかげいし》もいいわね」

よほど SOS団の名を歴史に残したいと見える。案外ピラミッドもそれじゃないか？　昔のエジプト人はその時を生きているという証《あかし》を後世に残すべく、せっせと石運びに従事していたんじゃないかと。

「それよ、キョン」

ハルヒは目をベンチャラのうまい教え子に向ける色に染め、

「そういう考え方が歴史には必要なの。詰《つ》め込み式の勉強より遥《はる》かに頭が有意義になるわ。それが記憶《きおく》するきっかけの一つにもなるのよ。あんたも解ってきたじゃない。あたしのおかげでね」

はいはい。お前は教え上手だよ。認めてやる。学年末の定期試験でも大いに役立ってくれたさ。ハルヒが臨時家庭教師を務めているという、あのハカセくんはさぞかし優秀《ゆうしゅう》なお子さんであることだろう。うっかりタイムマシンを開発してしまうくらいいのな。

かのハカセ少年が今でもゼニガメを大切に飼っていることを俺は疑いもせず、またハルヒに御注《ご》進するこもなかった。カメになんという名を付けているのか知りたくはあったが、ハルヒを通じて聞くことでもないね。いずれどっかで聞くこともあるだろう。

ＳＯＳ団きっての不勉強生であるところの俺に対し、ハルヒは団長としての威《い》厳《げん》と部下を思う義侠心《ぎきょうしん》に忽然《こつぜん》として目覚めたのか、担任岡部《おかべ》以上の熱意で勉学の道を踏《ふ》み外させないよう心しているようだった。こういう場合に教育熱心なだけの体育教師は役に立たんからな。

しかし世界史の時間外補習を、掃除中の教室で、しかも教壇《きょうだん》で向かい合わせに立ちっぱなしで受けている俺という今の立場もかなり微妙《びみょう》なスタディスタイルなんじゃないか？　まくしたてるハルヒの言葉を一方的に享受《きょうじゅ》するまま、ただ教科書に載《の》っている固有名詞に赤線マーカーを引いているだけとあっては、なおのこと言われるまま以外の何でもなく、いかに己《おのれ》が無力であるかを懇切丁寧《こんせつていねい》に知らされているという事実をそのまま事実として飲み込むしかないってこった。

ヘタに優秀なヤツがアクティヴに襲《おそ》いかかってきたとき、哀《あわ》れな無能者は唯《い》々《い》諾《だく》々《だく》とクジラの腹に海水ごと飲み込まれなくてはならず、そのうち俺はハルヒの胃の中でじわじわ溶《と》かされていくんじゃないかね。

今のところ俺はハルヒの胃腸を経てヤツの身体《からだ》の一部になんぞなりたくないので、確たる自分を現出すべく、己がために世界史知識をつめこむ作業に付き合わされるのだった。

「試験に出る地名とか人物名なんかほとんど定型だから、それだけ記憶しておきなさい。覚えのある名前を半分勘《かん》で書いたって高確率でなんとかなるから。一番いいのは歴史を好きになることだけど、あんたには期待してないわ。どうせあんたは勉強にまつわるほとんどのことを覚える能力が欠如《けつじょ》しているみたいだしね。今度、有希に頼んでみたら？　面白《おもしろ》い歴史小説を推薦《すいせん》してくれるかもよ」

あいつの蔵書に歴史物なんてあったかな。神話みたいなものはあったような気がするが。

「とっかかりはそんなのでいいのよ。興味をもったことをもっと知りたいと思うのが人の世の常だからね。何でもいいから胸を張って、自分はこのジャンルのマニアだと言い切れるくらいの知識を持つのが先決なの。いい？　この時期が人生で最大の重要期間なのよ。なぜって、この時分に熱心に取り組んで得た知識は、いつまでも覚えているものだから。って昔の人が言ってたわ。それが進路を決定することだってよくあるわけ。人間の脳細胞《のうさいぼう》が一番活性化しているのは、十代の半ばなのよ。いま色々と興味の対象を取得してないと、あとあと後悔《こうかい》するわよ」

ハルヒはまるで十年後から来たみたいな大人的意見を述べつつ、俺に世界史談義を開陳《かいちん》し、それは授業というよりトリビアルな豆知識的エピソードであったが、世界史教諭《きょうゆ》のベルトコンベア式授業の流れよりはよほど面白くて、かつ脳みそに刻まれるものだったのは、やはりハルヒには無知なものに知識を与《あた》える才能があるのかもしれなかった。

とことん司令官向きの性質をしていることだ。団長の職はダテではない。その求心力は歴代総理大臣の誰《だれ》よりも勝《まさ》っていることだろう。ただしあまり民主的かつ文治主義的ではなさそうではあるが。

こうして教卓《きょうたく》に立ちっぱなしのままハルヒ講義を聴き続けること三十分、我らの団長が赤ペンを置いたのはそろそろ本命の時が来たと認識《にんしき》するだけの時間経過があってのことだった。とうに教室の掃除《そうじ》は終了《しゅうりょう》し、残されているのは俺とハルヒのみになっている。

「これで充分《じゅうぶん》でしょ」

ハルヒは教科書を鞄《かばん》にしまい、

「一年たちも部室に集まっている頃《ころ》よ。さ、キョン。どどーんと登場して、今日もやって来るような熱意とやる気に満ちた連中の顔を確認しに行きましょ。あたしの勘じゃあね、たぶん六人くらいは脱落《だつらく》せずに残っているはずよ。昨日の試験第一弾《だん》は、けっこう甘くしたからね。五人以下ってことはないわね」

それが本当なら古泉の負けだが、はたしてそう上手《うま》くいくものかね。半減で上出来、それ以下なら今年の一年生の中でも物好きな連中はさらに少ないという傍証《ぼうしょう》の一つだ。でだ、俺の見た限り、ＳＯＳ団に冷やかしないし興味本位以外の目的で部室に来たような一年生は、確実にほとんどゼロに近いぜ。いっそゼロになっていれば些末《さまつ》な雑事からも解放されて、普段《ふだん》の日常風景が回帰してくれるのだが……。

ハルヒにせっつかれて教室を出て、また引っ張られるようにして部室に来た俺が目にしたのは、無関心そうに読書に励《はげ》む長門、メイドではなく制服姿で紙コップにお茶を注ぐ朝比奈さん、一人でトランプカードを並べ一人神経衰弱《すいじゃく》に興じる古泉と――。

正確に六人の新一年生たちの場違《ばちが》いな姿だった。

男子三名、女子三名。

古泉との賭《かけ》には勝ったが欣喜雀躍《きんきじゃくやく》とはいかない。マジかよ。まさかこれほど気骨のある、またはＳＯＳ団に執着心《しゅうちゃくしん》のある入団希望者がいるとは、これは一筋縄《ひとすじなわ》ではいかないようだ。

というのも、団長が心ゆくまで満足そうに胸を張り、吹奏楽部《すいそうがくぶ》のトロンボーン

練習の音に負けないくらいの大声で、

「いいわ。あたし誤解してた。てっきり十分の一くらいになってるかと危惧《きぐ》してたけど、そんなことはなかったわ。今年の一年は見所アリアリだったのね。ではっ」

ハルヒは俺に自分の鞄を投げつけ、団長机にさっさと移動すると、

「これよりSOS団入団試験、第二段階を開始します！」

と、宣告するや、机の中から試験官バージョンの腕章《わんしょう》を取り出して振《ふ》り回した。

「ペーパーテストよ、ペーパーテスト。ううん、そんなに緊張《きんちょう》しなくていいわ。適性試験というか、アンケートみたいなものだから。これが直接的に合否に関係することはないから。でも、参考にはさせてもらうわよ。それからこの個人情報はあたしが責任をもって管理します。教師や生徒会に漏《も》れたりは絶対しないので安心してちょうだい。他《ほか》の団員にも見せないからね」

ハルヒの瞳《ひとみ》は海底火山のように熱を帯びていた。こいつの行動パターンは、まるで間欠泉だ。

「だからキョン、古泉くんとみくるちゃんもいったん部屋を出て行ってね。あ、有希はいてもいいわ。さ、早く動きなさい。一年たちは等間隔《とうかんかく》でテーブルに座ること。あら、椅子《いす》が足りないわね。キョン、借りてきて」

仰《おお》せのままにせざるをえない。いっさいの諫言《かんげん》を受け付けないからこそ暴君は

暴君と呼ばれるのである。文芸部の部室を思うがままにすること一年弱にして、すっかり我が家と同じ意義を持つ空間にしているハルヒであった。卒業後も領有権を主張しないよう、生徒会長のがんばりに期待したい。

かくして俺と古泉、朝比奈さんは廊下《ろうか》に出され、閉《と》ざされた部室の扉《とびら》をそれぞれまちまちな表情で見つめるのみだった。長門が残されたのは存在自体が誰の邪魔《じゃま》にもならないと判断されたからだろう。ハルヒはまだ長門を部室の備品の一つだと思ってやがるのか。

「お水、入れてきますね」

朝比奈さんはヤカンを大切そうに抱《かか》えて、パタパタと上履《うわば》きを鳴らしつつ階段へと消えていった。その小間使い的動作のすべてを見送った後、俺はせめてもの時間稼《かせ》ぎとして自分の鞄を部室に放《ほう》り込み、昨日と同じ行動に出た。すなわち、近隣《きんりん》の部活にパイプ椅子を貸与《たいよ》してくれるよう頼《たの》みにである。こんなこったら昨日借りたやつをそのままガメておけばよかったぜ。

とりあえずコンピ研を目指そうかと足を踏《ふ》み出しかけたとき、古泉が軽快に片手を挙げて、

「椅子ならすでに取り寄せています。あなたと涼宮さんが来るまでけっこうな時間がありましたからね。あらかじめ、周辺を回ってかき集めてきました。そこに

置いてありますが、目に入らなかったようですね」

からかうような口調を無視して冷静に見回せば、なるほど、用意のいいことに旧館通路の壁際《かべぎわ》に畳《たた》んだパイプ椅子が五つほど連座している。

「古泉、だったら追い出される前に言えよ。無駄《むだ》な時間を過ごすところだったぜ」

「あながち無駄とも言えませんが」

古泉はひょいと俺の横に顔を接近させ、

「放課後が始まって半時ほど僕たちは待ったのですよ。その間、あなたと涼宮さんは何でもって時間を使用していたのですか？　私的意見ながら、興味がありますね」

そんな火星と地球が何万年ぶりかに公転軌道《きどう》を重ねたみたいな物珍《ものめずら》しそうな顔をしても無駄だ。なーんもねえよ。ハルヒのやることに表面的でしかない意味があったことなんてないだろうに。

俺は咳払《せきばら》いを一つ落とし、

「あいつは遅《おく》れてくるのがある種のステイタスの持ちようだと思っているみたいでね。わざと一年生達が集まってくるのを待ってたんだよ。俺はその思いつきに付き合わされていただけだ」

「その割には、いつもの駅前集合で彼女が遅れてくる割合は非常に小さな数字に止《と》まりますがね。まるであなたを待つことに心血を注いでいるような気迫《きはく》を感じますよ。他の誰《だれ》を待たせようと、あなただけは待たせまいとしているようにも思えます」

意地でも張ってんだろ。俺がハルヒに先んじることができたのは、お前たち三人が欠席を表明した、あの時くらいだからな。おまけに結局奢《おご》るのは俺になっちまった。あいつは金輪際俺に金をかけるつもりはないらしいな。

「そうとも言えないのではないでしょうか。二人きりならば、いかな涼宮さんでもあなたに奢られっぱなしにはならないでしょう。最低でもワリカンで通すはずですよ。昔の彼女ならいざ知らず、今の涼宮さんなら確実です。一度試《ため》してみてはいかがです？」

試すったってどうやるんだ。

「簡単ですよ。タイミングを見計らって涼宮さんに電話でもかけ、今度の日曜ヒマならともに出かけないかと囁《ささや》くだけで充分《じゅうぶん》です。もちろん僕や朝比奈さんや長門さんは無視していただいてもかまいません。たった二人で、どこへなりとも行けばいいではありませんか」

俺はしばし考えて、

「お前、それ、俺にハルヒをデートに誘《さそ》えと言ってんのか？　気は確かか？」

「おや、僕はデートなどと軽々しく口にした覚えはありませんが、あなたがそう感じるのでしたら、それはそれで結構ですよ。いいではありませんか。たまには団長の人となりをさらに知るべく、ともに映画でも観に行ってはいかがでしょう。いえいえ、いっそのことSOS団を離《はな》れて二人の高校生男女として、一般《いっぱん》的な休日活動に邁進《まいしん》してみては？　新たな発見があるかもしれません」

むかつくことに、古泉の俺を見る目は、親鳥が巣立ち間際の雛鳥《ひなどり》を見るような色をしており、俺は当然のごとく反発する。

「そんなことを俺がやり始めたら、それはヤバい傾向《けいこう》だ。逆に指摘《してき》してくれ。俺は地球の自転が止まったとしてもそんなことしそうにない。したら俺の頭はおかしくなってるだろうから、自分では気づ《つ》いていないだろうよ。そん時こそお前の出番だ。俺を正気に戻《もど》すよう、全力を尽くして欲しいもんだな」

「お望みとあらばね。ただし、僕の望みとは真っ向から対立するようにも思いますが……」

古泉が人の悪そうな笑顔《えがお》でさらに何か言いかけたとき、

「キョン！　椅子《いす》まだなのーっ！」

ハルヒの胴間声《どうまごえ》が室内から響《ひび》き、俺と古泉は一卵性双生児《そうせいじ》のような揃《そろ》ったパントマイムで肩《かた》をすくめて、廊下に出されていたパイプ椅子に向かった。

部室扉前を離れようとした間際、聞こえてきたのは稼働《かどう》したプリンタが印字した紙を吐《は》き出すガシャーコガシャーコという音だった。何を印刷してやがるんだ。

すぐに解《わか》った。

・Q1「SOS団入団を志望する動機を教えなさい」
・Q2「あなたが入団した場合、どのような貢献《こうけん》ができますか？」
・Q3「宇宙人、未来人、異世界人、超《ちょう》能力者のどれが一番だと思うか」
・Q4「その理由は？」
・Q5「今までにした不思議体験を教えなさい」
・Q6「好きな四文字熟語は？」
・Q7「何でもできるとしたら、何をする？」
・Q8「最後の質問。あなたの意気込みを聞かせなさい」
・追記「何かすっごく面白《おもしろ》そうなものを持ってきてくれたら加点します。探しといてください」

そろそろインクの切れかけたプリンタがコピー用紙に青息吐息《といき》で描《えが》き出してい

る文字は、確かにそのように見えた。ペーパーテストねえ。

俺と古泉がパイプ椅子の搬入《はんにゅう》を終え、一年生全員に席が行き渡《わた》って準備万端《ばんたん》、ハルヒは入団希望者たちの前にプリントを配り回ると、

「制限時間は三十分。文字制限はなし。なんなら裏まで書いちゃっていいわ。カンニングは発覚次第《しだい》落第だから、ちゃんと自分の頭で考えること」

そして指し棒をスチャッと伸《の》ばし、

「始め！」

あわてて言いなりになる一年生たちを見守る役はハルヒ以外では長門のみで、俺と古泉は再び体《てい》よく部屋から出された。余分に印刷された入団試験問題とやらを一枚かっぱらうのがせいぜいであった。最後にハルヒは、

「これ、ドアに貼《は》っといて」

反論を許さない口調で俺に『KEEP OUT!』と乱雑に書いた画用紙を押しつけ、バタンと扉《とびら》を閉めた。しかたなく画鋲《がびょう》で警告文を貼った後、またもや廊《ろう》下《か》で棒立ち状態に置かれた俺は、手にした紙切れを古泉に突《つ》きつけ、

「これのどこが試験問題だ？」

「そうですね」

古泉は紙面に目を落とし、顎《あご》を撫《な》でながら、

「試験というよりはアンケートの類《たぐい》ですね。質問内容自体はそう難しくはありません。回答も容易です。得点を稼《かせ》ぐために頭を悩《なや》ます必要はないのですから」

興味深そうにプリントを弾《はじ》き、

「これは思考実験ですよ。被験者《ひけんしゃ》がどのような思考を巡《めぐ》らせ、どのような回答を寄せるのか。涼宮さんはそれを測っているのです。答えの内容で回答者の思索《しさく》レベルが解る。一種の心理テストです。もちろん彼女自身は真面目《まじめ》なテストのつもりなのかもしれませんが」

真面目だと思うぜ。けっこう時間をかけて問題を吟味《ぎんみ》していたみたいだからな。

俺は古泉から紙切れを奪《うば》い返し、

「しかし、こんな問いに何て答えりゃハルヒのお気に召《め》すんだ？　俺には答えようがないぞ。だいたい好きな四文字熟語なんぞ聞いて何を分析《ぶんせき》するつもりだ」

「それよりも僕はQ3が気になりますね。あなたはどれですか？」

――宇宙人、未来人、異世界人、超能力者のどれが一番だと思うか。

「抽象《ちゅうしょう》的すぎるだろ」

俺は古泉の探《さぐ》りを入れてくるような薄《うす》い微笑《びしょう》から顔を背《そむ》けるように、

「何がどう一番だっつー話だよ。ぜんぜん違《ちが》うもん同士じゃねえか。せめてどれが一番役に立つと思うか、ならまだ答えようだってあるけどな」

「ほう、どれです。ぜひ聞きたいですね」

そいつは状況《じょうきょう》にもよるので一様に言い切ることはできないな。普通《ふつう》に考えたらぶっちぎりで長門だが、長門はともかく宇宙人全体が何考えてんのか解らんし、時間移動を自由自在にできたら巨万《きょまん》の富が築けるだろうし、古泉のような場所と期間限定じゃなく解りやすい予知とか透視《とうし》とかテレポートなら相当便利だろうし、現在の所では一長一短だな。間違いないのは異世界人に特別な利便性を感じないってところか。

俺が暇《ひま》つぶしにハルヒ作・入団試験問題を眺《なが》めていると、泉の妖精《ようせい》のような朝比奈さんがヤカンを重そうに持って戻《もど》ってきた。

「あ、入室禁止ですかぁ？」

「そのようです」

俺は朝比奈さんの御手《おて》を煩《わずら》わせるヤカンを奪い取り、そのまま手にしているのも廊下に立たされた愚《おろ》か者のように思えたため、壁際《かべぎわ》の床《ゆか》に置いた。

「みなさんにお茶あげようと思ったのに、沸《わ》かしている時間あるかな……？」

朝比奈さんは部室のドアを見つめ、新一年生たちを案じる風情《ふぜい》である。なんと愛《いと》おしい。いつでも淹《い》れ立てのお茶にこだわる上級生をいつまでも見つめ続けていたかったが、三十分もここで歩哨《ほしょう》をやってんのも退屈《たいくつ》であり、どうしようかと

思っていると、

「学食に行きませんか。食堂はもう閉まっているでしょうが、自販機《じはんき》のコーヒーくらいなら奢《おご》らせてもらいますよ」

古泉が誘《さそ》い水をかけてきて、俺と朝比奈さんをうなずかせた。こいつにしてはマシな提案だ。特にセリフの後半部分が魅力《みりょく》的だ。

古泉は俺にライトなウインクを見せ、

「あなたとの賭《かけ》に負けたこともありますしね」

そういやそうだったな。

部室棟《とう》を出た俺たち三人はまず学食の外壁《がいへき》に設置されている自販機に行き、それぞれ紙コップに入った飲み物を手に入れると、テラスの丸テーブルに揃《そろ》って着いた。

春の代名詞と言うべき桜色の花びらより青々とした緑の色が濃《こ》くなりつつある。思えば去年の今頃《いまごろ》、俺は自分がこんなところでこんな人々と席を囲むなど想像もしていなかったな。

俺が甘ったるいホットオーレを噛《か》みしめるように飲んでいると、

「キョンくん、入団試験ってどんなのでした？」

紅茶のカップを手を温めるように抱えた朝比奈さんの問いに、俺はポケットにつっこんでいたコピー用紙を差し出した。

「こんなのでした。まったく、ハルヒの求める人材がなんだかさっぱりですよ」

「ふうん？」

熱心に字を追う朝比奈さんは、まるで九九の七の段を暗記しようと試みる童女のようだった。俺がほんわかとしていると、

「珍《めずら》しいですね」

古泉が優雅《ゆうが》に傾《かたむ》けると紙コップがマイセンに見えてくる。

「いえ、この三名の取り合わせがです。三十分間とは言え、誰《だれ》にも邪魔《じゃま》のされない時間を得ることができたのは幸甚《こうじん》です」

さらに優美に微笑《ほほえ》み、

「そう思いませんか」

思うだけなら思うさ。時間移動騒《さわ》ぎで長門と朝比奈さんは何度も同じ時を過ごしているし、こと時間絡《がら》みでは古泉は端役《はやく》以下の扱《あつか》いだ。超《ちょう》能力者の出番が格別あったわけでもなく、せいぜいカマドウマ事件で一瞬活躍《いっしゅんかつやく》した程度では勇壮《ゆうそう》さに欠けるぜ。誘拐騒動《ゆうかいそうどう》で『機関』とやらが上手《うま》く立ち回ってくれたことには感謝するが。

ここでこれからハルヒのアレコレにまつわる何らかのコンセンサスを未来人た

る朝比奈さんと得ようとしているのかと思いきや、古泉はとりとめのない世間話を始めやがった。何ということのない会話に、朝比奈さんも紅茶をチビチビ飲みながら相づちを打っている。

ハルヒの不可思議能力にも、世界がどうかしたとかも、敵勢力が何かしてそうだとかも、そんなことをまるでおくびに出さず、とりとめのない学校生活の話だった。面白《おもしろ》いクラスメイトや教師のたまに受けるギャグ、今度買ってくる予定のボードゲームなど、まさしく談笑《だんしょう》というべきものだろう、これは。

朝比奈さんも時にはコロコロと笑い、あるいは興味深げに首をコックリさせたりして、そこだけ見れば単に上級生が下級生の四方山話《よもやまばなし》に付き合っているようにしか見えず、現に俺たちのやっていることは時間つぶしなのであるから、これこそ正しい時間の使い方なのかもしれなかった。

未来人だの超能力者だの――。

んなもん関係ない。ただの未公認《みこうにん》部活動をともにする一員同士として、これがあるべき姿なのかもな。

平凡《へいぼん》であるがゆえの尊い時間ってやつさ。この瞬間だけはあらゆる障害から解放されている。新手の宇宙人や未来人に煩《わずら》わされることもなく、ハルヒの次なる思いつきに脅《おびや》かされることもない。長門がいないのは残念だったが、ハルヒを一人で放《ほう》っておくのも何だしさ、それもたかだか三十分だ。

やっぱり俺は思うのだ。ＳＯＳ団が六人以上になっているところを想像できやしない——と。長門や古泉や朝比奈さん以外の人員が加わったり、ましてや減ったりしているところなど思い描《えが》きようがない。

万物《ばんぶつ》は流転《るてん》する、とか言ったのは昔の誰だっけな。なんとなく今は異を唱えたい気分だ。決して変化しないものだってこの世にはあるもんさ。たとえば過去の記憶《きおく》がそうだ。あの時俺がいてハルヒたちがいたという思い出は、アルバムに保存した写真を見なくたっていつまでも残存しているのだ。

朝比奈さんの楽しそうな笑顔《えがお》を脳内ストッカーに放り込む作業をしながら、やしんみりとしてしまうのもやむをえない。三年生が卒業するまで、あと一年もないからな。

しかし、今のこの時間も、未来永劫《みらいえいごう》消えることのない時間的一ページとして、俺や朝比奈さんたちの中に残り続けるだろう。

そうなるべきなのだ、と俺は深く思いつつ、ヌルくなったホットオーレを一息に飲み干した。古泉に奢《おご》られても有り難《がた》みのない、特に美味《うま》くもない味がする。

が、それもまた一興さ。

そう感じる余裕《よゆう》が今の俺にはあったのだ。

半時を十分ほどオーバーしたのち、部室に戻《もど》った俺たちが見たものは、回収した答案用紙をペラペラ捲《めく》ってご満悦《まんえつ》の団長と、透明《とうめい》人間よりも透明的存在と化して本を読む長門の姿二人きりだった。

「一年どもは？」

俺が尋《たず》ね、ハルヒが答えた。

「帰したわ。ペーパーテストはこれで終わり、合否にかかわらず明日も来るように言っておいたから、やる気のあるのは残るでしょ」

「合否ってのは、どうやって決めるんだ？」

ハルヒはまとめた紙束を机の上でとんとんと揃《そろ》えて、

「こんなテストで団員を即決《そっけつ》するつもりはないわよ。正しい答えがある問題でもないしね。なんか面白い文章を書いてくれるのがいたら参考にはするけど」

ただ単に試験を受けさせたかっただけらしい。団長の道楽に付き合うのは団員の任務として納得《なっとく》してもいいが、団員未満にさせるとはハタ迷惑《めいわく》な。

「バカね。あたしだってちゃんと考えてるわ。これはね、試験を受けること自体が試験なの。忍耐力《にんたい》を試《ため》してるのよ。やる気をなくしたヤツは明日は来ないでしょ？」

ふるいにかけてるってことか。ずいぶん網《あみ》の目の粗《あら》そうなザルだな。

「みなさんにお茶を淹《い》れようと思ったんですけど」と朝比奈さんは一年生たちに同情的だ。「もう帰っちゃったんですかぁ。残念です」

二度と朝比奈茶を飲む機会のない入団希望者たちを考えると、可哀相《かわいそう》にもなってくるというものだ。

さっそく湯を沸《わ》かしにかかった朝比奈さんを目に留めていると、

「キョン、あんたは無試験で団員に取り立ててあげたんだから、もっと感謝しなさいよ」

ハルヒは椅子《いす》の上であぐらをかいて、

「うかうかしてたら、あっという間に下の者に抜《ぬ》かれちゃうんだからね。入団試験の最終問題にパスした人材がいたら、きっとすっごく優秀《ゆうしゅう》に違《ちが》いないわ。最終は面接にするつもりだけど」

赤鉛筆《あかえんぴつ》を手にしたハルヒは答案用紙をチェックして時折書き込みを入れつつ、

「なんならあんたも今からする？　団長面接。答えによっては昇進《しょうしん》を考えてあげてもいいし、就職試験の練習にもなるわよ」

少なくともまともな企業《きぎょう》への就職活動には繋《つな》がりそうにないな。仮にハルヒが社長で、直々《じきじき》に面接をしたとして、通常の受け答えが決定打になるなどあり得ない。こいつの団長面接なる儀式《ぎしき》を叩《たた》き込まれたあげく、将来の身の上を持ち崩《くず》すことになれば目も当てられんだろう。

「遠慮《えんりょ》する」

「そ」

ハルヒは気分を害した様子ゼロで、うきうきと答案用紙に向かっていた。実際、それは俺から見ても楽しそうな作業だ。なので、

「ハルヒ、俺にも見せろ。こわっぱどもがどんな返答を書いたか興味がある」

「それはダメ」

にべもない返事だった。

「守秘義務に反するわ。個人情報でもあるし、やたらと見せるわけにはいかないの。これはあたしが決めることだから、あんたに見せても意味がないってわけ」

よく輝《かがや》くデカい瞳《ひとみ》で俺を睨《にら》み、

「特に興味本位のヤツにはね。団員の選定は団長の仕事よ」

俺はあげかけた腰《こし》を下ろす。やれやれ。新団員の決定権は団長のみにあって俺たちには有無《うむ》を言わせないつもりのようだ。なし崩し的に選ばれた俺と長門以外、つまり朝比奈さんと古泉は確かにハルヒのお墨付《すみつ》きだったさ。

しかしまあ、今日来ていた六人中、何人がハルヒのいう最終試験に辿《たど》り着くの

かね。

「ん？」

俺は急須《きゅうす》に湯を注ぐ朝比奈さんの後ろ姿を見ながら、不意に思いついた。昨日やって来たのが十一人、今日が半減弱で六人だが、顔ぶれは同じだったのだろうか。ひょっとしたら今日初めて来た一年生もいたかもしれん。入団希望者が足並みを揃えて同じ日の同時刻に来るとは限らないから、そうだとしたら脱落者《だつらくしゃ》の割合は五十パーセント以上になる。

連想が埋《う》もれていた記憶《きおく》に接続した。

あれ？　あの女の子はさっきいたか？　昨日、俺の目が唯一《ゆいいつ》留まった既視《きし》感ある女子生徒。ハルヒにすぐさま退室を要請《ようせい》されたおかげで、ペーパーテストまで進んだ六人の顔をゆっくり眺《なが》める間がなかった。

何か気になる。

古泉がＵＮＯを持ち出して、シャッフルし始め、俺に確認《かくにん》することなくカードを配る姿を眺めていても答えが出なかった。やがて朝比奈さんが各員に豊潤《ほうじゅん》な芳《ほう》香《こう》立ち上るお茶の満たされた湯飲みを配り終え、手持ちぶさたな三人でゲームを開始してからも、俺の頭の奥めいた部分が妙《みょう》に重い。解《わか》りきっている解答がどうしても出てこない試験終了《しゅうりょう》三十秒前のような感覚は何であろう。

さりげなく長門に目を向けてみた。

読書を続ける文芸部部長は、椅子から一ミリも離《はな》れず不動たるノーリアクションのままである。試験の最中もこうしていただろうと容易に想像できる青銅像ぶりは変わらず、だが長門が無変化で無言の体勢を崩していないということは、何の問題も起きていないということでもある。最悪でも入団希望一年生の中に天蓋《てんがい》領域とかいう恥《は》ずかしいネーミングをされた九曜モドキはいないってことだ。

「…………」

ページをめくった長門は、八分休符《きゅうふ》の間の後、誤植箇所《かしょ》を見つけたように指を止め、ミリメートル単位の動きで目を上げた。

水拭《みずぶ》きしたばかりの石板のような目が俺を見つめ、何事もなかったように本の上に戻《もど》る。

たったそれだけで、俺は安堵《あんど》を得た。長門が部室で読書に没頭《ぼっとう》している限り、世界をマンドラゴラでダシを取ったスープに放《ほう》り込むようなことにはならんだろう。ハルヒは答案の添削《てんさく》に夢中になっていて、俺と古泉と朝比奈さんはともにゲームで退屈《たいくつ》しのぎにかまけられている。

悪いが、本気でも面白半分でもSOS団なんてものに入団を希望する新一年生たちにはしばらくハルヒを楽しませてやってくれ。

できれば明日、三人ほどは来てもらいたい。減衰率《げんすい》を考慮《こうりょ》に入れると順当な人数だが、一気に減ってはハルヒも面白《おもしろ》くなかろう。せめて今週末まで保《も》って欲しいぜ。

β—8

翌日、火曜日。

頭の仕組みとはよくできているもので、寝付《ねつ》きが壮絶《そうぜつ》に悪かったくせに悠長《ゆうちょう》に眠《ねむ》っている場合かと気がかりばかりが先行しているせいだろう、定時より早く醒《さ》めた目のおかげで、俺は学校前の心臓破り坂をのんびりと歩くことだってできたのだが、心情的にそんな気になるわけもなく、生真面目《きまじめ》に坂を上っている一年生たちに交じりながら目新しくもない登校風景に溶《と》け込みつつ、常態よりも早足で学校の正門を通り抜《ぬ》けた。

このままでは気が重すぎる。最善策は、さっさと荷を下ろすことにあり、その初手としてまずハルヒにあまり愉快《ゆかい》ではないことを告げねばならない。

教室に着くとハルヒの席は空で、どうも早く来すぎたようだ。言いたいことは無数にあるが、発することのできるセリフがこうも少ないとはボキャブラリー以前の問題だな。朝比奈さんの気持ちが解りすぎるほど解る。言葉で表現できないものをどうやって説明しろってんだ。ボディランゲージか？　絵でも描《か》くか？

どちらもノーだ。そんなものは説明しなくてもいいようにすればいい。つまりは長門が俺たちの日常生活に復帰すれば丸く収まるんだ。その日は早ければ早いほうがよく、あたりまえであろう、長門の熱が長引けばそのぶん、ハルヒの中で疑念が積み重なり、そのうち解決策を求めて次なるハルヒ的な事態を引き起こさないとも限らない。

たとえばすべてをリセットして高校一年の入学式からやり直すくらいのことをしても不思議に思わない俺がいた。山登りの最中でいきなりスタート地点に引き戻されるのは勘弁《かんべん》だぜ。上手《うま》く立ち回ることができるかどうか自信がないし、俺は全部ひっくるめて現在の俺たちが気に入っている。ようやくここまで来たんだ。一年間をなかったことにしてたまるか。ゴールのテープは全員で切ってやる。

「ああ、そういうことか」

固い椅子《いす》に座った拍子《ひょうし》に俺の脳みそが感づいた。我ながら妙に焦《あせ》った気分になっていると思っていて、ついでにそう思っているということを自己分析《ぶんせき》できている自分にも感心するが、要するに俺は身近にいる親しい誰《だれ》かが欠けていなくなるのを恐《おそ》れているらしい。振《ふ》り返れば思い当たることばかりだ。ハルヒが消えて慌《あわ》てふためいたのは世界そのものがひっくり返っていたから大目に見るとして、朝比奈さんが目の前で誘拐《ゆうかい》されたり、長門が学校に来なかったり、その度《たび》に俺の心臓が大忙《おおいそが》しになる。この一点だけでも状況《じょうきょう》証拠《しょうこ》で限りなくブラックだ。

それと同じ理屈《りくつ》だろうよ。仮に時間が一年巻き戻ってでもみろ。俺はハルヒの珍奇《ちんき》なる自己紹介《しょうかい》を聞くところから始めなければならず、その時分の俺が若さ故《ゆえ》の気まぐれを発症《はっしょう》させてハルヒに話しかける気になるかどうかは五分五分で、実行に移したかどうかに至ってはまさに偶然《ぐうぜん》の産物であり、それにともないスットコ涼宮ハルヒさんなる谷口の腐《くさ》れ縁《えん》者と接点なく一年五組で過ごしていたら、首根っこをつかまれて文芸部室に運び去られたり長門と接触《せっしょく》したり長門の顔から眼鏡《めがね》が消えたり、朝比奈さんが拉致《らち》されてきたりせず、古泉も転校してこず、孤《こ》島《とう》の擬装《ぎそう》殺人やバカ映画撮影《さつえい》とも無縁のまま、悠久《ゆうきゅう》なる時間の流れに身を任せつつ何を為《な》すこともなく何に巻き込まれることもなく、静謐《せいひつ》かつ怠惰《たいだ》をほしいままにして、普通《ふつう》に二年になっていた可能性もあったんだ。

でもそりゃ、あくまで可能性で、結果が出ちまった今では何の意味も持たない確率ゼロパーセントでしかない。なさざる事実は、どう翻《ひるがえ》って観測しようとしても「ない」から「あり」に変化したりしやしなかったのさ。

今さらどっちがよかったなどと訊《き》くなよ。あまりにも明白な回答で逡巡《しゅんじゅん》するヒマもなかったね。

ならば責任は取らんとな。俺にしかできないことは他《ほか》の誰にも任せられず、俺にできないことは他にできる誰かに任せる。今までそうやってきたのだから、これからだってそうしてやるさ。古泉の能弁な解説に頼《たよ》らずとも、この程度の計算はできるんだ。

去年の鶴屋家スキー場で長門は倒《たお》れ、古泉が大いに頭脳を活躍《かつやく》させた。今度は古泉も他で手一杯《ていっぱい》だろう。姿を現したイレギュラーな地球外生命、九曜を掣肘《せいちゅう》するだけの能力があるならとっくにやってるはずだ。

そして長門は未《いま》だ情報統合思念体の勅命《ちょくめい》で俺やハルヒの不興を買うような事態に陥《おちい》っている。打破することができるのはハルヒを除外すれば俺だけだ。

いままで長門にはさんざん借りを作り続けてきた。ここらで返しておかないと、地球人類としてのメンツが立たない。凶刃《きょうじん》を携帯《けいたい》した朝倉や、神出鬼没《しんしゅつきぼつ》な喜緑さんの手など借りてたまるものか。それに俺には中学以来の親しき友人、変わってはいるが関係者の誰よりも常識的な佐々木がいた。どんな甘い言葉にも佐々木なら動じることはない。信頼《しんらい》に足りるだけの時間を俺はあいつと過ごしたのだ。ハルヒをして変わってると言わしめ、俺も薄々《うすうす》そう思っていた中学以来の自称《じしょう》俺の親友だ。男だの女だの性差から来る区分などまったくもってくだらない。俺はあいつに生物学的な格差を感じたことがないし、佐々木もそうであるかのような言動を終始貫《つらぬ》いていた。

年賀状を出しておいてよかったぜ。佐々木、今度の同窓会ではお互《たが》い笑顔《えがお》でいたいものだな。まあ佐々木ならあらゆる問題を無にして中学生時代の付き合いに戻《もど》るだけの演技力はある。その点だけは誰よりも信頼できた。

今にして実感するよ。佐々木、お前は間違《まちが》いなく俺の親友だ。十年後に顔を合わせても「やぁキョン」などの手軽な挨拶《あいさつ》から話を切り出すくらいの、希少価値ある人間さ。橘京子や藤原の誘惑《ゆうわく》に誑《たぶら》かされることのない、ちゃんと足を地球につけた常識人だ。

橘京子は古泉の敵。藤原は朝比奈さんの敵。九曜は長門の敵。だが、佐々木は俺の敵じゃない。あいつは俺の旧知であり、中学校の同級生、それ以外の何ものでもないんだ。橘京子と藤原に九曜、選んだ相手が悪かったな。俺の知る佐々木はそう簡単に甘言《かんげん》によって籠絡《ろうらく》される素直《すなお》な地球人じゃないぜ。俺以上にへそ曲がりで、ハルヒを超《こ》える常識論の信者なのだ。

そうと決まれば、俺は精神の安寧《あんねい》を取り戻し準備万端《ばんたん》、後はハルヒを待つだけである。

始業の予鈴《よれい》が鳴ってもまだ来ない、珍《めずら》しく遅刻間際《ちこくまぎわ》である涼宮ハルヒの空席をただ気配のみで感じながら、俺は黙々《もくもく》とした視線を黒板に突《つ》き刺《さ》していた。

ベッドで目を覚ましたときからではなく、始まりは今から到来《とうらい》する。平日の習慣、ハルヒが俺の後ろの席に来て俺が振り返った瞬間《しゅんかん》、それが一日のすべての始まりを告げる様式となって久しい。

そして今日は、俺のスケジュール帳によると今までになく長い一日になりそうだった。

待ってろ長門。お前の病気は俺たちがなんとかしてやる。徹底《てってい》的に叩《たた》くべきは、天蓋《てんがい》領域とやらのさらにプラットフォームとやら、周防九曜に他ならなかった。未来人はそのついででいいさ。

俺がらしくもなく決意を腹に溜《た》めていると、ホームルームの始まりを教えるチャイムが鳴り始め、ハルヒが教室に姿を現したのは鳴り終わるギリギリ、担任岡部とほぼ同時だった。教師と違うのは教室の後ろのドアからのっそり入ってきたこと、あまり快活とはいえない表情をしていたことくらいである。

ハルヒは自分の席に着く間際、俺の視線に気づいて、目配せを返してきた。制服のポケットから鍵《かぎ》を出してちゃらりと振り、すぐに仕舞《しま》う。それだけでも充分《じゅうぶん》だったが、

「有希の様子を見に行ってたのよ」

ホームルームが終わり、一限目の授業が始まる前の間隙《かんげき》でハルヒは解説した。

「朝ご飯作ってあげようと思って、勝手に上がらせてもらったわ」

「どうだった」

「有希？　寝《ね》てた。あたしが部屋を覗《のぞ》いたら目を開けて、しばらく見つめ合って、安心したのかしらね、また二度寝したみたい。起こすのもなんだから、ご飯だけ作って出てきたわ。うーん、熱はそんなにひどくなさそうね。でも、たまにはゆっくり休むことも必要だわ」

「そうだな」

ほう、とハルヒは小さな息を吹《ふ》き、

「有希の寝姿を見てると、なんだか無性《むしょう》に……こう、」

躊躇《ちゅうちょ》するような間を開けて、ハルヒは声のトーンを一段落とし、

「変な意味にとらないでよ。うっかり抱《だ》きしめそうになっちゃったわ。だってそうでもしないと消えて無くなりそうに見えたから。そんなわけないのにね、なんでかしら」

ハルヒは頬杖《ほおづえ》をついて横を向く。不安そうではなく、どこか怒《おこ》っているような顔であるが、なぜか俺までむず痒《がゆ》くなったのは、どういうわけかハルヒの心中を見通せたような気になったからだ。気のせいに違いないが。万が一にもハルヒを

抱きしめそうになったからではまったくないのも言うまでもないのだが。

しかし根源的な要因はどうあれ、俺とハルヒの見解が一致《いっち》しているのは確定事項《じこう》のようだ。朝比奈さんと古泉もそうだろう。

元気な長門……という表現もおかしいが、ベッドで弱々しく寝込んでいる長門なんてものはそう長く見ていたいものではなかった。あいつの居場所は文芸部室がふさわしい。部室で寝泊《ねと》まりしていてくれてもいいくらいだ。あそこにはそれができるだけの設備が整っているからな。長門の欠けた文芸部室など、キリストのいない最後《さいご》の晩餐《ばんさん》会場みたいなものだ。

ところで、俺はハルヒに言わなければならないことがあった。ひょっとしたらハルヒのヒョットコ顔が拝めるかもしれない、その告白をしようとしたところで、生物の教師が到来し俺の邪魔《じゃま》をしてくれた。

次の休み時間までの数十分は、けっこう長い主観的時間を伴《ともな》ってくれそうだ。セリフ一つ発するのがこれほど重く思えるのは、言葉の持つ重みと相関関係があるからである。

まるで気の乗らない上に頭にも残らない授業が終わったそうそう、俺はすぐさま振《ふ》り向いて団長に意見を打診《だしん》した。

「話があるんだが」

「なに？」

ハルヒはくいっと眉《まゆ》を上げたものの、俺の表情を見て目を少しばかり開いて、

「ここで言える話？　秘密のことなら屋上か非常階段に場所を移してもいいわよ」

「それほどでもない。お前、今日の夕方も長門のところに行くつもりだろ？」

「もちろん」

「それなんだが、俺はちょいと行けそうにないんだ。他《ほか》に用事ができちまった。長門のことは心配なんだが……」

どんな反応が返ってくるかと内心ヒヤついていたのだが、ハルヒは眉と目の大きさを元の状態に戻《もど》して、

「ふん、そう」

顎《あご》を指で挟《はさ》むようにしつつ、何やら考えていたが、

「どうしたわけ？　またシャミセンがハゲでも作ったの？」

俺はギクリとしつつ、

「いや、そういうわけじゃない。ちょっとした所用でね。なんというか……」

突発的《とっぱつ》デマカセの才に欠ける俺が口ごもっていると、

「ま、いいわ。あんたがいてもいなくても似たようなもんだし、あんまり大げさに全員でひっきりなしに来られても有希も困るかもね。ご飯の用意ならあたしとみくるちゃんだけでできるしさ。最悪、あたしだけでも」

さらに考えを深めたようで、

「そうね、そっか。あっちのはあれで気がかりだし、そう。うん、そうだわねえ」

違《ちが》う回路に通じるボタンを押してしまったらしい、

「どっちも放置できないわね」

呟《つぶや》き声を漏《も》らしていたハルヒは、自分の中で結論が出たらしい、大きくうなずくとずいっと顔を寄せてきた。

「今日はあんたはいいわ。それから古泉くんもね。有希んちにはあたしとみくるちゃんで行くことにする。お風呂《ふろ》入ってないだろうし、身体《からだ》拭《ふ》いてあげるのに男がいたら邪魔だもんね。だいじょうぶよ、軽い風邪《かぜ》なんだしさ。安静が一番」

椅子《いす》に座り直したハルヒは、思い直したようにすぐ立ち上がり、

「古泉くんに言っておかないといけないわね。副団長に押しつけるのは気が引けるけど、考えてみれば適任だし。やっぱ、こっちはこっちで無視できないわ」

謎《なぞ》のようなことを言いながら、ハルヒは何か思いついたときに浮《う》かべる笑《え》みを浮かべて教室を飛び出て行った。切り替《か》えの早さと発案から実行までの速度は素《そ》

粒子並《りゅうし》みだな。

イワシの群れに突撃《とつげき》するバンドウイルカのような後ろ姿を見送って俺も息をつき、目を前に戻したところで谷口のニヤケ面《づら》と視線が衝突《しょうとつ》した。

「ようキョン、涼宮と深刻そうに何の相談だ？　いよいよ年貢《ねんぐ》を納めるつもりになったってわけか。この裏切り者」

何の話だか見えてこんね。とりあえず俺が払《はら》っているのは消費税くらいだ。

俺がしっしっと追い払う手の動きをしているのが目に入っていないはずはないのだが、谷口はクケケと怪鳥《かいちょう》のような声を出した。

「涼宮と一年間も付き合えるなんざ、この世のどこを探してもお前ぐらいだ。最長記録楽々更新《こうしん》ってやつだぜ。この際どこまでも続けてやれ。キョン、お前には変人とまともに付き合う才能がある。この俺が言うんだから間違いねえ」

お前の解答はいつも間違いだらけだろ。あらゆる教科の答案用紙がそれを物語っている。

「そりゃお前も同じだろ。勉強だけが才能の活躍《かつやく》手段じゃねえからな」

そんなセリフは他に取り柄《え》のあるヤツがいうこったろうさ。それも結果論で決まる。まだ何も成していない俺たちが吐《は》いても単なる現実逃避《とうひ》じゃないか？

「かもな」

谷口はいつもの調子で馴《な》れ馴れしく俺の肩《かた》に手を置き、

「ま、俺にでもスパっと解《わか》る問題だってあるってこった。お前には涼宮が似合ってる。朝比奈さんとはさっぱりだ。そういうことでいいじゃねえか。な？」

何が「な？」だ。

俺は谷口の手の甲《こう》をつねり上げ、

「それよりお前はどうなんだ。新しくコナをかける目当ての女はできたのか」

「そいつはおいおい考えるさ。なに、夏まではまだたっぷり時間がある。まずはゴールデンウイークだな。どっかの短期バイトに潜《もぐ》り込んで出会いを求めるつもりだ。さらば与《あた》えられん」

谷口はいかにもアホっぽく片手を天に伸《の》ばした。

「アホか」

俺の返しはこの上なく妥当《だとう》なものだったであろう。他に形容詞がないくらいだ。お前、去年も同じこと言ってなかったか？　その結果はどうだったよ。俺の記憶《きおく》には果てしなく0が並んでいるような気がするんだがな。

まあいいさ、谷口。また同じクラスメイトになれてよかったと、機械化歩兵連隊の包囲戦に塹壕掘《ざんごうほ》り用のシャベルしか持ち合わせがない前線指揮官のような気分を追認《ついにん》しなくてすんだからな。谷口とのこんなバカな会話が、今の俺にはどれほど安らぐものだったか、ちょっと言葉では説明できないね。持つべきものは自分と同レベルの友人だ。もっとも、互《たが》いにこいつほど愚《おろ》か者ではないと思っているだろうが、それでいいのさ。過去の自分がどれだけアホだったかは自分が一番よく知っているものだからだ。

もし知らない奴《やつ》がいたらそいつは空前の天才か、虚栄心《きょえいしん》で精神をよろう人の形をした象亀《ぞうがめ》レベルの装甲《そうこう》を持つ生命体でしかないね。

ハルヒが古泉に何を告げに行ったのかは、昼休みに判明した。

弁当食った後にトイレに出向いた俺に、待ち伏《ぶ》せでもしていたかのように壁《かべ》にもたれて立っていたSOS団副団長は、顔を合わせるや否《いな》や、

「ご報告することが二つあります」

組んだ腕《うで》の間から、指を二本出した古泉の顔は降水確率ゼロパーセントを確信した気象予報士のように澄《す》んでいた。

「一つはどちらかと言えば良いニュース、一つはどちらかと言うまでもなく良くも悪くもないニュースです」

そのどっちでもよさそうなほうから聞かせろ。

「涼宮さんから、部室待機の任を命じられました」

さて、ハルヒがお前に謹慎《きんしん》を申し渡《わた》す理屈《りくつ》が見えないのだが。俺の知らないどこかの殿中《でんちゅう》で刃傷沙汰《にんじょうざた》にでも及《およ》んだのか。

古泉はさらりと受け流し、

「簡単に言うと留守番役です。放課後、ある程度の時間を部室で過ごすようにとの仰《おお》せでした。あの部屋を無人にしておくわけにはいかないそうです」

なんでだ。本来の住人である長門がおらず、団長のハルヒもメイドな朝比奈さんもいない部室だぞ。利用価値などアブラゼミの脱《ぬ》け殻《がら》ほどもないはずだろう。

「おや、お忘れですか。部員募集《ぼしゅう》の張り紙はいまだ健在にして、まだ撤去《てっきょ》されていませんよ」

……それがあったか。

「新入生の中から目ざとくも物好きな生徒がSOS団を志向しないとも限りません。むしろ涼宮さんはそれこそを望んでいたようですからね。来なかったら来ないで、さぞ力をお落としになるでしょう。ただ、今はそれどころではなく、そちらの優先順位は下位に置かれているようですが」

長門がああなっていて、ハルヒは今朝もマンションまで勝手に上がり込むほど熱意を傾《かたむ》けているんだ、新入団員どころじゃないだろ。

「まさしくそうです。しかし入団を希望する一年生が皆無《かいむ》でないという可能性を放棄《ほうき》してもいないんですね。団長らしい心配りではないですか。あなたと比べて、よほど冷静ですよ」

皮肉なんだとしたら、もっと偽悪《ぎあく》的に言えよ。

「率直《そっちょく》な感想を述べたまでですが、そうですね、あなたはあなたで正しいんです。正しすぎるが故《ゆえ》の、直情径行と申しますか。残念ながら、あなたの信条を否定する者は悪の手先か敵の間者との烙印《らくいん》を押されることになるでしょう。それほど、あなたは正当です」

褒《ほ》められている気がしないのは、日常がマイルドスマイル野郎《やろう》の口が吐《は》く言葉だからなのかね。

俺の飢《う》えたメガネカイマンのような目を気にせず、古泉はチェロを奏《かな》でるような声で、

「良い情報のほうもお伝えしましょう。涼宮さんがこれまで毎夜のように発生させていた閉鎖《へいさ》空間と《神人《しんじん》》ですが、これがパッタリと鳴りを潜《ひそ》めました。予測数値から逆算した結果、当分の間の沈静《ちんせい》化は保証されたと言っていいでしょう。僕も肩《かた》の荷が一つ下ろせましたよ。特別勤務手当を貰《もら》い続けていても寝不足《ねぶそく》は解消されませんので、これは経過傾向《けいこう》として喜ぶべき事態です。あくまで私見にす

ぎませんが」

ハルヒが閉鎖空間を出しまくったのは佐々木と会ったあの日からなんだったよな。それがいきなり減少したってのは、佐々木以上に気がかりなことがハルヒ的にあったということだろう。

「言うまでもなく」と古泉は事務的に、「長門さんの一件です。長門さんが学校に登校できないという異常事態に、涼宮さんの意識はかかり切りになっているんですよ」

より以上に《神人》を暴れさせてもいいくらいだ。ハルヒが長門より佐々木に重きを置いているとは思えん。

古泉は得たりと言いたげに首肯《しゅこう》して、

「こと個人に関してみるなら、涼宮さんは長門さんを心配してはいますが、苛立《いらだ》ってはいないからです。あなたが佐々木さんと必要以上にバイパスしない限り、かの少女はあくまであなたの過去の知人というだけのことですからね。比べて、長門さんはこれまでも今もこれからも、SOS団の大事な仲間なのですから、優先順位など比較《ひかく》にならないほどのレベルですよ」

そんなものとうに解《わか》ってるさ。ハルヒは長門をけっこう気にしていた。それは冬、スキー場の一件でまざまざと教わっている。

俺は懐古的《かいこ》な記憶《きおく》を呼び覚まし、吹雪《ふぶき》の夢幻館《むげん》へ思いをはせた。あの時、誰《だれ》よりも倒《たお》れた長門を気遣《きづか》う行動に出ていたのはハルヒだった。団長としての使命？バカげている。ハルヒはそういうヤツなのだ。弱っている人間の横を決して素通《すどお》りできやしない。ましてやそれが長い時をともに過ごした仲間ともなれば——。

俺をレトロメモリーズから呼び覚ましたのは、やはり感傷の念とは無縁《むえん》そうな古泉の声だった。

「予定にありませんでしたが、個人的に第三の報告をしてよろしいでしょうか。率直に言わせてもらって、あなたは長門さんに思い入れを注ぎすぎです。冬以降、それが特に顕著《けんちょ》ですね」

何か文句があるのか。ええ？

「いいえ。長門さんはそれだけ信頼《しんらい》に値《あたい》するかたですからね。あなたにとっては彼女が機能不全に陥《おちい》っている現状は受け入れがたいものでしょう。しかし、長門さんを気にするあまり周囲が見えなくなっては本末転倒《ほんまつてんとう》です」

長門が枝葉末節だとでも言いたいんじゃないだろうな。

「それも、いいえです。考えてみてください。長門さんがあのような状態になっているのは、地球外生命体同士の不可解な都合によるものです。未来人と超能力《ちょう》者グループは関与《かんよ》していないし、そもそもできません。しかし、その対立構造を第三者が利用することはできるでしょう」

トイレの前で話すような会話じゃないが、古泉は素知らぬ顔で、

「普通《ふつう》に考えて、未来人ならば過去の出来事を知っているはずです。ですから朝比奈さんは普通の未来人ではないんですよ。彼女の特殊性《とくしゅ》はまさにその一点にあります。その無知という属性にどんな意味が隠《かく》されているのかは不明ですが、解らなくもありません。朝比奈さんよりさらに未来にいる者からすれば、過去人たる我々へのデコイとして使えますから」

そんなことを前にも言っていたな。

「いいですか。長門さんの不可抗力《ふかこうりょく》的な活動制御《せいぎょ》が、既定《きてい》の事実だとあらかじめ解っていたとしたら、まさにそのタイミングで動くことができるのですよ。SOS団で最大の能力を誇《ほこ》り、またあなたの信頼を勝ち得ており、あなたも長門さんの信頼を得ている。そして、あなたは朝比奈さんの敵対者を自分の敵だと認識《にんしき》するでしょうから、あなたが、ということは、つまり長門さんもです。未来人が最も介入《かいにゅう》してきてもらいたくないのは情報統合思念体のTFEI、中でも僕たちの愛すべき仲間である長門さん以外にありません」

長門が動けない今が、未来人野郎《やろう》——藤原某《なにがし》のチャンスだというわけか。

だが、何を企《たくら》んでいる？

「それは、解りません」

古泉は問いかけるように微笑《ほほえ》み、

「あなたが明らかにしてくれるのではないかと、淡《あわ》く期待しているのですがね」

いいだろう。お前の期待に添《そ》えるかどうかは、それは今日の俺のふんばりにかかっているようだ。古泉、お前は部室で待ち人来たらずをやっていてくればいい。ハルヒと朝比奈さんは長門の看病に全力を注ぐという仕事がある。

ならば俺は、俺の仕事をしてくるさ。

「これは報告ではなく、蓋然《がいぜん》性の低い僕の推測でもあるのですが……」

古泉は言うべきかどうか、迷った表情で逡巡《しゅんじゅん》する様子だ。そのツラに真面目《まじめ》な雰囲気《ふんいき》を感じ取った俺は、顎《あご》をしゃくって先を促《うなが》した。

「先ほど言った、《神人》の出現消失がちょっと気になっているのですよ。涼宮さんがそっちにかまける余裕《よゆう》がない、というのは一つの解ですが、我々は大きな誤解をしているのかもしれない」

というと、どういうことだ。消えたと思わせてどっかへ修行にでも出かけているのか？　あの青光りしたダイダラボッチは。

「似たようなものかもしれません。《神人》は来《きた》るべき何かに対して、今はじっと息を潜《ひそ》め、エネルギーの蓄積《ちくせき》に専念しているのではないか、という疑念をぬぐい去れないのです。僕だけのいきすぎた杞憂《きゆう》だろうとは思うのですが、予感といえば、そんな予感がしないでもないのでね」

気を溜《た》めてる状態だってことか。まさかな。あの青光りした化け物にそこまでの知能があるとは思えんな。少年向けマンガの修行モードじゃあるまいし。

「ええ。僕の気の回しすぎでしょう。どのみち、《神人》の出番が来たら僕たちも同時に召還《しょうかん》されますから、その時がくればすぐに解りますよ」

古泉は微笑み、決めたポーズで優雅《ゆうが》に前髪《まえがみ》を弾《はじ》いた。

トイレ入り口で男二人の立ち話なんぞ長く続けたいものではなく、俺はさっさと古泉に別れを告げ、勇躍《ゆうやく》、教室に戻《もど》った。

でもって、そこで忘れていた本来の目的を思い出し、再びトイレへと向かったわけだが、それがどうした。マヌケかという誹《そし》りを甘んじて受けてもいいとも。いくら俺でも、昼休みにトイレに行く時間くらいの余裕はあるのさ。


なくなったのは放課後で、それも佐々木たちと合流してからだった。

校舎中のスピーカーが本日の営業終了《しゅうりょう》を伝えるチャイムを鳴らし終えるとほ

ぼ同時に、ハルヒは鞄《かばん》を手中に収めて教室からすっ飛んで行った。目指すは三年生のたむろする辺り、朝比奈さんの教室だろう。

長門のマンション近くまでは俺もともに下校してもよかったが、このぶんでは俺の出る幕はなさそうだ。ハルヒの頭には寝姿《ねすがた》の長門しか映っていないようだからな。

こと料理に関しては疑いようのない腕《うで》の持ち主だし、介護《かいご》好きらしきことは俺の経験上でも明らかだし、朝比奈さんとの見目麗《みめうるわ》しきコンビでもあるし、日常方面の担当はこの頼《たよ》りがいのある団長に任せておいて無問題だろう。少なくとも長門の病状に空腹からくる何かが加わることはない。そして問題はそこにはないということこそが、俺がなんとかすべき問題だった。

さて誰《だれ》を締《し》め上げるべきだろう。情報統合思念体も天蓋《てんがい》領域とやらも俺の手の届かないところにいやがる。こういうときはパスカルの法則だ。どこかを押せばその圧力は確実に違《ちが》うどこかに届く。

後はつつき方だな。

久しぶりに一人で坂道を下っている最中、俺は努めて冷静になるよう意志を固めようと集中していた。宇宙人には話が通じない。未来人とは真摯《しんし》に向き合って話し合えそうもない。橘京子くらいか。佐々木を通じてどうにかかなりそうなのは。

　ぞろぞろと帰路を急ぐ生徒たちに交じりながら、俺は部室に心を向けた。今頃《いまごろ》、古泉が守《も》り人よろしく一人で時間を潰《つぶ》していることだろう。あるいはハルヒのチラシを見て迷い込んだ一年生の相手でもしているか……。

　団員がそれぞれ別行動をしていても、一同がいつかは必ず帰っている場所だ。ちゃんと保全していてくれよ、副団長。新入団員希望者が来たら丁重《ていちょう》にお帰り願ってくれ。若人《わこうど》の人生をあたら狂《くる》わせてやることはないからな。

　黙々《もくもく》と歩き続ける坂道はやたら長かった。普段《ふだん》の倍くらい時間がかかったんじゃないかと思えるほどの主観的時間の後、俺は止めてあった愛チャリにまたがって北口駅へと漕《こ》ぎ出《い》でる。佐々木との待ち合わせ時間までには余裕だが、根が貧《びん》乏性《ぼうしょう》なせいか意味もなく急いじまうね。どうして時間ってのはどこかに貯蓄《ちょちく》しておけないのだろう。このへんの時間を朝に回せたら一日はもっと有意義になると思ってやまないぜ。

　もっとも、俺はハルヒほど時間に厳しく当たることはない。あいつは毎日を愉《ゆ》快《かい》な思い出まみれにして永久に覚えておこうとする変態であるからして、そうそうアブノーマルではないつもりの俺は、目的地の周囲をぐるぐる走り回ることで無為《むい》な時間を消費し、約束の四時半十分前になって駅前に降りたった。すまんが自転車はそこらに止めさせていただく。この時間なら市の嘱託《しょくたく》である撤去《てっきょ》作業員が来ることもないであろう。

待つことしばし、駅から流れてくる人波の中から、ここいらではあまり見かけない制服を着た元同級生の緩《ゆる》やかな微笑《びしょう》がこちらに流れてきた。すいすいとした歩き方はどこか見ていて気持ちがよい。見るからに性格のよさそうな雰囲気《ふんいき》を漂《ただよ》わせているからに違いなく、俺はそれが真実であることを知っている。佐々木は俺の万倍もよくできた人間だった。

親友と呼ばれるのが申しわけなくなるほどのな。

「やぁ、キョン。待ったかい？」

そうでもない。時計の長針が真下を指すまでまだ数分ある。時間前に来てんのに罰金《ばっきん》を科してくる女は一人で間に合っているさ。

佐々木はくっくっと目と口が綺麗《きれい》な曲線を描《えが》くような笑《え》みを発生させ、

「実際、待たせてしまったようだね。でも、お互《たが》い様ということで手を打とうじゃないか。キミの浪費《ろうひ》した時間は僕の主観的時間とも一致《いっち》するのだからね」

どういう意味だ？

「単純さ。実は僕も三十分近く前に着いた電車に乗っていたんだ。たまたま学校が早く終わってね。それで早めに帰ってきたのはいいが、三十分というのはどこかで潰すにしても半端《はんぱ》な時間だろう。ただ待っているのも芸がないし、と考えていたら、キョン、キミが自転車で走っているのが見えた。何か考え深げな顔つきをしていたから声をかけるのは遠慮《えんりょ》して、ただ眺《なが》めさせてもらっていた。よく飽《あ》きずに走っていられると感心したよ。そんなにサイクリングが好きなのかい？」

嫌《きら》いになるわけなどあるものか。このチャリは長年苦楽を共にしてきた相棒だ。それに俺はじっとしているより身体《からだ》を動かしている方が頭は回るんだよ。テストの点が悪いのは机にへばり付かされているからだろうな。

「実技向きだね。意外と学者にも向いているかもしれない。うん、キミの言う通りだ。入浴や散歩中によく何かを思いつくのは、機械的な身体の動きに脳が退屈《たいくつ》して他《ほか》のことを考える余地ができるからなんだ。身体を洗う作業なんて手順化されているから半分無意識でもできるだろう？　何もせず思考に熱中するよりも、よほど効率よく考えがまとまる。ルーチンワークは決して楽しいものではないが、行く先の決まった電車に乗っているからこそ風景を楽しむ精神的余裕《よゆう》も出るものさ。人によっては無為なだけの時間と感じるかもしれないが、タイムイズマネーな人生に真の幸福はないと僕は考えている」

裏付けを取る気にはならないが、もっともらしくはあった。

「似たようなことでね、キョン。僕は常にどこかに逃《に》げ道を用意することにしている。たとえどんなに大変な時でも、いざとなったらどうにでもできると考えるんだ。だから、ちょっとした冒険《ぼうけん》ができるのさ。ホラー映画やジェットコースターのようなものだよ。その時間は必ず終わるんだ。形があろうとなかろうと、この世に永遠のものはない」

今のところ、特に永遠など欲《ほっ》していない俺は、佐々木のセリフを耳の半分で聞いていていた。ここで長々と立ち話を続けていたら、自分が何のために長門のマンションをスルーして来たのか理由が埋没《まいぼっ》してしまいそうだ。

俺は周囲をうかがい、佐々木のツレたちと言うにははばかりがあるが他にどう呼んでいいのか決めきれない三人の姿がないことを確認《かくにん》し、

「あいつらはどこだ」

「もう来ている。喫茶店《きっさてん》で待っていると連絡《れんらく》があったよ。三十分も前に」

佐々木は隣家《りんか》のおばさんに出がけの挨拶《あいさつ》をするような口調で言うと、軽そうな鞄《かばん》を肩《かた》にかけ直し、俺の顔を斜《なな》め下から覗《のぞ》き込む角度で頭を傾《かたむ》け、これから高校野球のアルプススタンドまで母校の応援《おうえん》に行こうとしている女子高生のようなあっさりとした声色《こわいろ》で、

「じゃ、行こうか」

もちろんだ。俺はそのためにここに来たのだからな。

それは俺自身の存在意義を賭《か》けた闘《たたか》いに向けての宣言でもあった。すべては世

界の安寧《あんねい》のために。ハルヒの無意識ストレスを失《う》せさせ、古泉の寝不足《ねぶそく》をともかくとした『機関』による暗躍《あんやく》の減少推進、さらに朝比奈さんの内面的懊悩《おうのう》を軽減し、そして長門の健康状態を復活させる。

すべては俺の口車にかかっていた。『機関』と対立して佐々木を神として奉《たてまつ》ろうとする見当違《ちが》いども。まったく行動指針の一定していない割に長門を寝込ませている何チャラ領域なる超《ちょう》くだらねえ名称《めいしょう》をつけられたE．T．のくそったれな元締《もとじ》め。わざわざ未来から来て仮面の下で笑っているような道化師《どうけし》をやってる北家《け》藤原氏の末裔《まつえい》みたいな歪《ゆが》んだ唇《くちびる》を持つ未来人。

ここが勝負の分かれ目、天王山《てんのうざん》、関ヶ原《せきがはら》、赤壁《せきへき》の戦いであるのは自覚済みだ。俺は大いなる歴史の潮流の中にいるらしい。身体が二つあれば真田《さなだ》家みたいに分散配置するところだが、あいにく手持ちの肉体は一つしかない。腹をくくるべきだろう。

助太刀《すけだち》は誰《だれ》にも頼《たの》めない。古泉は部室で留守番、ハルヒは長門部屋に直行し、朝比奈さんはここにいるはずの存在ではもともとない。朝比奈さん（大）による未来通信がとうとうなかったということは、今の朝比奈女神《めがみ》様には関与《かんよ》できない歴史的事実なのだ。もし万が一、さりげなく喜緑さんが介入《かいにゅう》してきたり、朝倉が再度の復活をしてきたところで、俺はそんなものを「いらん」の短くも感情のこもったセリフで排除《はいじょ》する気満々だった。繰《く》り返す必要があるなら何度でも言ってやる。

ここは地球で、地球は俺たち地球人のものだ。

誰か一人に所有権が設定されているんじゃない。ましてやハルヒは地球連邦《れんぽう》政府の最高評議会議長でもなんでもないのだ。

ハルヒに乗《の》っかっている属性、それは県立北高の未認可組織、SOS団団長というもの以外のそれ以上でも以下でもないんだよ。

あいつの高校一年初期から変わらぬデータベースで、それが最も大きな内容証明だ。かつてハルヒは言った。

――こんなもんはね、やったもん勝ちなのよ！

改めて思ってやろう。ハルヒ、お前はスゲェよ。形を整える前に、まず形のとりようを宣言したんだからな。ましてや、その言葉通りに組織が結成されたとあっては、古泉が消極的に言ったハルヒ＝神様論が信憑《しんぴょう》性を増して俺の心に突《つ》き刺《さ》さらんとするのも解《わか》る話ではある。

信じるかどうかはまた別の話さ。

ただ信じるだけなら、教会で懺悔《ざんげ》したり聖水を浴びたりしたことのない俺でさえ、いもしない神にすがりたくもなるというものだ。たまに賽銭《さいせん》を投げ込む近所のさびれた神社でもいい。盆《ぼん》にお経を唱えに来る何宗何派なのかさっぱり解らん坊《ぼう》さんでもいい。

拝むだけで物事がうまく進むなら、そんなに楽なことはなく、そうした結果、苦難の道がわずかでも軽減された記憶《きおく》など、物心ついて以来皆無《かいむ》であるという経験を積み重ねている俺は、まだしも笠子《かさこ》地蔵を拝むことを推奨《すいしょう》していた。他力による本願の結実など意味がない以上に、本人のためにもならない。目の前にある強固な壁《かべ》は、恩讐《おんしゅう》の彼方《かなた》にのごとく、自力でこつこつとでも切り崩《くず》さなければならないのだ。

まずはその第一歩だ。長門が寝込んで九曜のみならず朝倉と喜緑さんまで出張ってきた。全員、地球という舞台《ぶたい》で観客不在のバトルチックな寸劇を演じていやがる。唯一《ゆいいつ》の客席に着いていたのが俺であり、見てしまった以上は黙《もく》して語らずとはいかなかった。

その端《たん》を発しているのが長門の体調不良となればなおさらで、ハルヒが我慢《がまん》の限界に達するまでに、このコズミカルな事態を平和裏《り》に解消するのは俺の役目だ。

橘京子は言った。力を持つべき真なる人間は佐々木なのだと。

藤原は言った。力を持つ者など誰でもよかったのだと。

周防九曜は言った。興味のあるのは俺でもハルヒでもなく、情報統合思念体のインターフェースにあると。

見事にバラバラだ。

あともう少し時間があったならな。あいつらは偽《にせ》SOS団として、越後《えちご》のちりめんじゃこ屋を名乗りつつ諸国を漫遊《まんゆう》するヒマを持つことができたのかもしれない。残念ながら今は泰平《たいへい》の江戸《えど》時代ではなく、高度情報化社会の現代だ。葵《あおい》の紋《もん》所《どころ》にそうそう権力的価値があってたまるものか。

おまけに周囲の八方、どこを見渡《みわた》してもまともな人種以外は俺のまっとうな味方とは言い難《がた》いというシチュエーション、朝倉はナイフともども復活するし、喜緑さんは何がどう傾《かたむ》いてもそれを親元に報告するだけ、九曜は俺が死んでも生きてもどっちでも面白《おもしろ》いと思ってそうな機械人形で、未来人藤原はこの時間の何を知っているのか、いつも余裕《よゆう》の嘲笑《ちょうしょう》を隠《かく》そうとしない。少なからず必死さを覚えるのは橘京子のみで、それも察するに最小勢力だ。古泉指揮する『機関』に体《てい》よく利用されるのが関の山だろう。

やはり、こいつしかいないのだ。

古泉にとって謎《なぞ》の存在、朝比奈さん（大）にとっての時間的ジャンクション、長門にとっての進化の可能性の鍵《かぎ》。

すなわち、それは俺だ。そして俺は自らが何者なのかまったく解っていない。多少特殊《とくしゅ》な学生生活を送ってる高校生だったってのは認めるところだが、かといって特別な人種でもないんだぜ。あの日ハルヒが俺の襟首《えりくび》をつかんで後ろの机に後頭部をぶつけるまで、俺はどこに出しても見苦しくない一般《いっぱん》的普遍《ふへん》的な、一県立高校の生徒だったのだ。

何がどうなってこうなろうとしている。俺の向かう先はどこにある。ハルヒとともにどこまでも歩むか、それともどこかで宗旨《しゅうし》替《が》えをすることになるのか。

それは俺と佐々木が向かっている馴染《なじ》みの喫茶店《きっさてん》で決定されることになるだろう。

ここで質問だ。とっくに自らの道を切り開き、いったんはその道を邁進《まいしん》すべきだと決意したものの、実はもうちょっと楽な横道が発見されたとき、さてどちらを選択《せんたく》するか。

苦難に満ちた初志貫徹《かんてつ》か、負担の少ない裏道か。

俺が突きつけられたのは、まさにそのような二者択一《にしゃたくいつ》だった。

お馴染みの茶店、壁際《かべぎわ》の席に三人の先客が三様の人待ち顔で座っていた。

たとえ嘘《うそ》っぽちでも愛想のいい印象を与《あた》えるのは橘京子のみで、藤原は変わらず皮肉屋めいた薄《うす》い仏頂面《ぶっちょうづら》、九曜などは睫毛《まつげ》一本目線一つも動かさない。昨日、朝倉と喜緑さん相手に大立ち回りしておきながら、何事もなかったかのように鉱物めいたストップモーションでチョンと座っているのはよほどの大したタマなのか、そんなものを感じる神経すらないのか。

「ふん」

俺は鼻息を一つ漏《も》らし、シートに座る前にすかさず店内にエプロン姿の先輩《せんぱい》がいないかどうか目玉を動かす全筋力を駆使《くし》して探したが、どうやら有視界内の範《はん》疇《ちゅう》にはおられないようだった。透明《とうめい》化しているのでなければ、バイトのシフトから外れているらしい。ってそんなわけないな。どこかにいる。こうしてまた俺たちが不揃《ふぞろ》いなる勢揃いをしてるのだ。観察していないはずがない。

それでもいいさ。朝倉が出張ってくるよりは喜緑さんが場をわきまえない笑《え》みで立っているほうがまだマシである。ＴＯＷと閃光手榴弾《せんこうしゅりゅうだん》くらいの違《ちが》いだが、むやみに殺傷兵器を持ち出して俺に突《つ》きつけたりしないぶん、あの穏《おだ》やかな先輩はかつてのクラスメイトより思慮《しりょ》深いと言える。そう何度も異星人間のバトルフィールドに紛《まぎ》れ込みたくはないもんな。

「こっちです。こっち」

橘京子が気安く手を振《ふ》り、向かいの席を指差した。

「そこに座って。よく来てくれました。感謝するわ」

　そして佐々木にも、

「ありがとう佐々木さん。彼を引っ張ってきてくれて。お礼を言います」

「いらないよ」

　佐々木は奥の席に腰《こし》を落ち着けながら、

「遠慮《えんりょ》する、と言うよりは辞退すると言うべきだろうね。僕が電話しなくとも、いずれキョンとは複数回の会合を持たなければならなかったんじゃないかな。そうでもしないと永遠に僕たちは平行線のまま存続しなければならないことになる。違うかい？」

　最後の疑問形は藤原に向けられているようだった。しかして未来からの使者は、

「ふん」

　まるで俺を真似《まね》たように笑みもなく鼻で笑い飛ばし、

「かもしれない。だが、お前もあんたも」

　と俺の顔面を撫《な》でるような一瞥《いちべつ》をくれ、

「あまり自分たちを過大評価しないほうがいい。これは忠告ではなく──、ハ。警告だ。面《つら》突き合わせての話し合いなど、僕にしてみればつまらない作業だ。こっちとは保有している知識も認識《にんしき》力にも大きな差があるんだからな」

俺は腹を立てる前に訝《いぶか》しんだ。どうしてこいつは、いちいち俺の怒気《どき》をあおり立てるようなことばかり言うんだ。何のメリットがある？　俺をこっち陣営《じんえい》に引き込もうとするなら、もっと違う手を講じてもいいだろうに、藤原の物言いはあまりに正直で、素直《すなお》すぎた。この裏表のなさは朝比奈さんに通じるものがある。ひょっとして未来人はみんなこうなのか。

しかしそんな俺の胸に生じた一欠片《ひとかけら》の躊躇《ためら》いも、

「さて、あんたがこれからどうしたいのか聞かせてもらおうじゃないか。強力な後ろ盾《だて》を失った気分はどうだ？　何かにつけてあんたの言いなりだったエイリアン端末《たんまつ》は今は動けない。さあ、どうやって自分たちを守る。僕が望む答えはその一点だよ。防波堤《ぼうはてい》を失った脆弱《ぜいじゃく》な港が嵐《あらし》の夜にどうなるのか、見せてもらいたいものだ」

その藤原のセリフと神経を逆なでする口調のおかげで水泡《すいほう》に帰した。野郎《やろう》、どこまでもケンカを売るつもりか。小銭の範囲《はんい》内で収まるなら今すぐ言い値でテーブルに叩《たた》きつけてやろうじゃないか。俺がありもしない手袋《てぶくろ》を投げつけようと反射的に手をさすっていると、

「まあ、キョン。まずは座りたまえ。実にキミらしい正義感の発露《はつろ》だが、乱暴狼《ろう》藉《ぜき》は看過できないね。もちろんキミだけでなくここにいる全員もだよ。これでも

僕は気の長いほうで、実際二年に一回くらいしか怒ることはないが、そうなったらちょっと自分でも恐《こわ》いくらいになるんだよ。ちょうど最後に憤激《ふんげき》を覚えたのが二年ほど前だね。今の僕はその記録の更新《こうしん》に挑戦《ちょうせん》しているのだから、今日でリセットさせないで欲しいものだと切に願う」

いつもと同じ柔和《にゅうわ》な音階だったが、俺は佐々木の言葉に従った。

佐々木の怒ったところなど、泣いたり悲しんだりしているところと同じくらい見たことがなく、これからも見たくはなかった。笑顔が一番の似合いの顔だと思うのは、何もハルヒや朝比奈さんだけに限った話ではない。古泉はもう少し笑みを抑え気味にして、長門は反対に表情を緩和《かんわ》させるべきだが、古泉はともかく長門をそうさせるには、確かにここで藤原と格闘《かくとう》しても何の解決策にもならず、どうしてもせざるを得ないのだとしたら相手は未来人ではなく宇宙人のほうだ。

そのように考えて睨《にら》みつけてやるのだが。

「――――」

九曜はぼうっとした顔つきで俺の背後五メートルくらいの中空を瞬《まばた》きせずに黙《もく》視《し》しているだけであり、まるで張り合いというものがなかった。自分の視神経を疑わざるを得ない。周防九曜がSOS団にとって無害であるわけがない。しっかりしろよな、俺よ。

こいつのせいなんだ。

俺はフライングダッチマンのような九曜を注意してなるべく凝視《ぎょうし》する。体積の大きすぎる髪量《かみ》と夕方の喫茶店《きっさてん》では目立ちがちな女子校の制服姿。というか、どこにいたってこいつの姿は人目を引くこと疑いなしだ。

なのに、ここにいるのは実体ではなく3Dホログラムなのではないかと思えるくらいの、まるで深夜に流れる動かないローカルテレビCMのような存在感希薄《きはく》モスキートぶりが忌々《いまいま》しいぜ。長門が寝込《ね》んでて、対するこいつがピンピンしているのは、俺的に不条理以外の単語が思いつかないほどなのだ。共々に倒《たお》れていたなら、ちっとは考えてやってもいいのに、こういった配慮《はいりょ》のなさ加減がまさに未知のエイリアンだ。情報統合思念体のヒューマノイドインターフェースなんてもんがどういった意味を持つのか未《いま》だに知らんが、長門や朝倉や喜緑さんはそれぞれに人間的な感じが——まだ、した。

長門に関しては今さら解説するまでもないだろう。朝倉だって事あるごとにナイフを持ち出す以外はそこらに溢《あふ》れている市井《しせい》的な高校生以上に委員長として相応《ふさわ》しかったし、喜緑さんは不確かながらも高校生的日常生活に溶《と》け込んでいる。二人とも、せめてもの心遣《こころづか》いか人間のフリを忠実に演じてた。

九曜にはその意気がない。ホモサピエンスがどういう生命体なのか理解していない気配すらある。透明人間《とうめいにんげん》よりも存在感を主張していない。こいつのまとっている女子校の制服の中身は、まったくのがらんどうなんじゃないだろうか。服を着ているってより服から首と手足が生えているような感覚を覚える。覚えているのは俺だけのようだが、そんなん知るかっていう話だ。

要するに薄気味悪《うすきみわる》い印象しか受けない。これがまだ人類の常識範囲に留《とど》まる反応をしてくれたら俺だってそれなりのアクションを起こすのだが、何しろ相手は長門ですらディスコミュニケーションを表明する人智《じんち》を超《こ》えた人外的パペットであり、そして挙動の読めないヤツほど対処に困るものはないのだ。ことここに及《およ》んで言えば、ハルヒ以上の行動予想不可能状態だからな。

俺の精一杯な敵意オーラを感知したのかどうか、

「————」

九曜は冷凍《れいとう》寸前のナウマンゾウよりも緩慢《かんまん》な動きで両眼の焦点《しょうてん》を俺に合わせると、化石のような唇《くちびる》をわずかに開き、

「――昨日は――――ありがとう――――」

甲虫《こうちゅう》のサナギが発するような声で、

「――これは…………感謝の挨拶《あいさつ》……」

付け加えるようにそう言った。

まさか礼を言われるとは思わなかった俺は返答に窮《きゅう》する他《ほか》はなく、ガン無視を決め込む藤原と、不思議そうな顔つきを作る橘京子、面白《おもしろ》そうに微笑《ほほえ》む佐々木の三人も何ら言葉を発しなかったため、気詰《きづ》まりな沈黙《ちんもく》が俺たちのいる一角に固形となって凝固《ぎょうこ》した。聞こえるのは喫茶店のスピーカーが奏《かな》でるクラシック音楽と、他の客たちによるしわぶきのような喧噪《けんそう》のみ……。

どうしたものだろうか。

俺が悩《なや》むまでもなく、このままではどうしようもないと判断したのだろう、

「ええっと」

橘京子が進行役を買って出た。

「九曜さん、昨日に何かあったの？　んん……、まあ、いいです。それは後で聞くとして」

身を乗り出した橘京子は、お嬢《じょう》さま然とした顔を敢然《かんぜん》と俺に向け、

「今日は来てくれてありがとう。たびたびゴメンナサイね。でも、これは必要なことなのです。放《ほう》っておくことのできない、大切な会合です」

俺の言い出したことだ。お前に言われるまでもない。

「そうなのですけど」と橘京子は真剣《しんけん》さを隠《かく》そうともせず、「遅《おそ》かれ早かれ、こうなることは明白だったの。そうね、あたしたちには遅すぎたくらい。もっと早

くにこうできたらと思ってました。でも、あたしたちには古泉さんたちに対抗《たいこう》できる勢力の加護がなかったから」

言いつつ、九曜と藤原を眺《なが》め、その小娘《こむすめ》は得たりとばかりに首肯《しゅこう》した。

「やっと揃《そろ》いました。世界を動かせる大きな力。仲間というには心許《こころもと》ないのですが、それでも共闘《きょうとう》はできるはずですよね。ねえ。……ね？」

藤原は答えず、九曜も静かの海に没《ぼっ》したままだ。橘京子は溜息《ためいき》をつき、ちょうど俺と佐々木のぶんのお冷やを運んできたウェイトレスが現れたこともあって口をつぐんだ。

「ブレンド二つ。ホットで」

佐々木が俺の意思を確認《かくにん》することなく短く告げ、俺は学生バイトらしきウェイトレスをじろじろ眺めて喜緑さんではないことを確認した。変に思われたかもしれない。そそくさとカウンターに戻《もど》るウェイトレスさんの足取りは心なしか速かった。ふと気になって対面三人組の前を見ると、橘京子と九曜は揃ってパフェなんぞを頼《たの》んでいやがる。どうだっていいような光景なのに、なぜか間違《まち》い探しの最後一つみたいな異質感があると思ったら、橘京子のグラスの中身は半分ほど消費されてアイスがすでに液状化しかかっているというのに、九曜のものはまるで手つかず、しかもまったく溶けていない。何かの宇宙的なパフォーマンスなんだとしても意味不明だ。藤原が指でこづいている空のカップがどんな液体で満たされていたかなんて疑問と同じで、考える気にもならんね。

橘京子が仕切り直すように、

「ええっと。整理させて。本日、あたしたちがこうして集まったのは、」

ちろりと俺に微笑みかけ、

「あなたの提案を佐々木さんを通じて聞いたからです。あたしたちに言いたいことがあるんでしょ？　そこから始めましょう。では、どうぞ」

マイクを渡《わた》すように手を向けてくるが、手のひらには何も載《の》っていない。俺はありもしない品物を受け取る動作をいちいち返したりはしなかった。

「長門のことだ」

俺は九曜を見ながら、

「お前のしているのがどういうもんだかは知らん。教えてくれなくてもいい。俺の希望は、その何だか解《わか》らん仕業《しわざ》を即刻《そっこく》中止しろってことだ。長門へのアホみたいな攻撃《こうげき》をやめろ。いいか、何回も言わないぞ。宇宙人同士の抗争《こうそう》なら銀河の果てでやってくれ」

「――――銀河」

九曜は琥珀《こはく》の中に閉じこめられた古代の虫のような唇を動かし、

「──の──果て……それは──ここ──この星の位置は──とても疎《まば》ら……」

開けた冷蔵庫から流れ出す靄《もや》のような声で言った。こいつは俺をバカにしてるのか。陽気にあてられてシャミセンの冬毛がどんどん抜《ぬ》けていくこの季節が嫌《いや》なら、太陽の真ん中にでもダイブしろ。

「──してもいい──用が済んだら」

じゃあ済ませてくれ。今すぐにだ。

「────────」

九曜は微《かす》かに首を傾《かし》げ、ぱちくりと瞬《まばた》きをした。

それが合図であったかのように、

「ふ」

藤原が虫酸《むしず》の走る笑いを漏《も》らし、露悪《ろあく》色に染まった目を俺によこして、

「では、そうしようじゃないか。他ならぬ、あんたの提案だ。いや、九曜への言い方を聞くと最早《もはや》命令だな。地球外情報知性相手に喧嘩腰《けんかごし》とは、いかにも無知ゆえの勇敢《ゆうかん》にして野蛮《やばん》な行為《こうい》と褒《ほ》め称《たた》えるべきだろう。ふん、そこまで長門有希とかいう有機探査プローブに肩入《かたい》れする理由があんたの意識のどこから発生しているのか研究材料にしてみたいものだが、個人的興味は後回しにしておくさ」

俺と佐々木がおとなしくしているのをいいことに、藤原は言葉を続けた。

「とまれ、あんたはその少女人形が機能不全になっているのが許せないってわけだ。そう来るなら話は簡単だな。よく聞け。情報統合思念体の端末《たんまつ》への天蓋《てんがい》領域の干渉《かんしょう》を止めてみせよう。この僕がね」

もし鏡を覗《のぞ》き込めば、俺はそこに詐欺《さぎ》の指名手配犯を見つけた時のような表情を見ることができただろう。

「信用できないか？　ところがこれは事実なんだ。僕にはとっくに自明の理さ。天蓋領域とかいう連中は情報統合思念体より律しやすい存在でね。僕の提言を素《す》直《なお》に受け入れてくれた。ついでに教えてやろう。これには橘京子の賛同も取り付けてある。だから僕がこれから言うことは、ここにいる三人の共通認識だ。手っ取り早く、あんたたちへのオーダーを言語にて伝達しよう」

半秒ほど九曜を見て、片端《かたはし》を歪《ゆが》ませた藤原の口が、次のようなセリフを生んだ。

「涼宮ハルヒの能力をそこの佐々木に完全移譲《いじょう》する。これに同意しろ。あんたにできるのは、イエスと答えることだけだ」

そうそう、と言いたげに首を上下させるのは橘京子だけである。九曜は石化したまま抹茶《まっちゃ》パフェに刺《さ》さったウエハースを凝視《ぎょうし》しており、俺と佐々木は肩を並べて藤原の腹立たしくもある愚弄面《ぐろうづら》を眺《なが》めていた。しばらくして、

「ふうん」

と、佐々木が人差し指で頰《ほお》をかきつつ、

「藤原くん。それは先日、橘さんから呈《てい》された意見でもあるね。あの時、キミは力の所有者などどちらでもいいと言っていなかったかい？　心変わりの理由を知りたいものだ」

「どちらでもよいというのは今でも変わらない」

藤原は細めた目を横に向け、

「状況《じょうきょう》は過去も現在も同一だ。ただし状況を認識する個人の価値観の違《ちが》いによって、結末への道のりも異なるのさ。ゴール地点が同じでもルートが違えば自《おの》ずと展開も変化する。１×１も１÷１も答えは１だ。しかし算出方法はまったくの逆順なんだ」

「詭弁《きべん》だね」

佐々木は一刀に断じて、

「僕には言いわけにしか聞こえない。そうでなければ、キミは演技しているようにしか感じられないな。キミはやっぱり、涼宮さんが能力を持ち続けていたら不都合なんじゃないか？　うん。ああ……。誰《だれ》でもいいというのは嘘《うそ》だね」

ほっそりした指を顎《あご》に移動させ、思考を言葉に乗せるように、

「そうか、僕じゃなくてもいいのか。それは誰にあってもよかった。でも、涼宮

さんではダメだったんだ。藤原くん、キミは涼宮さんから不思議な力を引き離《はな》したいんだろう。彼女にあっては困る理由がどこかにある。僕がここにいるのはまたまただが……」

キラリと輝《かがや》く瞳《ひとみ》を冴《さ》えさせる佐々木は、

「でもたまたまでは終わらないものもあるね。僕がキョンの友人であったという過去だよ。未来人くん、これはどこまでが既定事項《きていじこう》と言えるんだい？」

頭の回転のよさに舌を巻く。未来人を相手に丁々発止のやり取りができるのは、俺の交友録全ページをサーチしても佐々木くらいだった。ましてや佐々木は古泉のように組織に属したりしていないのだ。

藤原は一瞬《いっしゅん》、能面のような無表情になったが、再び冷笑《れいしょう》を取り戻《もど》した。

「それで僕をやりこめたつもりか？　無駄《むだ》に回る舌の持ち主だな。僕は嘘を言ってはいない。円滑《えんかつ》にことを進めようとしているだけだ。だろう？　橘京子」

「えっ。ええ」

名指しされた娘《むすめ》は慌《あわ》てた素振《そぶ》りで、

「そうなの。あたしが要請《ようせい》したのです。協力態勢を整えたほうがいいと思って。必死にお願いしました」

寡黙《かもく》な宇宙人と悪辣《あくらつ》な未来人に振り回されているらしき超《ちょう》能力者の生真面目《きまじめ》な

顔を見ていてもしょうがない。俺は藤原に向き直り、

「待てよって話だぜ。長門がくたびれてるのは、そこの九曜に原因があるんだよな。まるでお前がそうするようにそそのかしたみたいじゃないか」

藤原は古典的な戯曲《ぎきょく》に出てくる悪役のような目をして、

「それもどちらでもいいことだ。僕が作り出した舞台《ぶたい》なのか、好機に乗じているだけなのか、同一にして不変の事態なんだ。その機が訪《おとず》れるのは僕の作為《さくい》があってもなくても解《わか》っていた。あれば放置していたし、なければこの手で起こしていた。固定された過去など未来から見れば考古学的価値しかない」

いったいこいつは何を言いたいんだ？　黒幕はどっちなんだ。朝比奈さんの敵対未来人か、天蓋《てんがい》領域か、それともすべてのテグスは橘京子の手に繫《つな》がっているのか？

俺は誰も何も信用できなくなりそうな胸中を抱《かか》え始め、せめて考えをめぐらせる時間を数秒ほどもらいたかったのだが、藤原はそれすら許さなかった。

「どこまでも理解の及《およ》ばないヤツだな。あんたが言い出したんだ。長門有希の常態回帰を望むとな。僕はそれができると言っている。この九曜にあんたの大事なお人形さんへの干渉《かんしょう》停止を命じ、履行《りこう》させることができるんだ」

ずいぶん本題をズバズバストレートに言い放ってくれるものだ。ＳＯＳ団を代

表して、相手をしてやるぜ。古泉も訊《き》きたがるだろう質問だ。

「なぜお前がそんな主導権を握《にぎ》っているんだ？　相手はコミュニケート不能のナントカ生命体だぞ」

「禁則事項とでも言っておくさ」などと、藤原ははぐらかす。

「ざけんな」

「悪ふざけと取るならそれでもいい。僕は好意で言ってやっている」

信じられるか。

その時、九曜が水晶石《すいしょうせき》のような唇《くちびる》を震《ふる》わせた。

「――――わたしは実行する」

剝製《はくせい》が口を利《き》いたような唐突《とうとつ》さだった。

「――干渉を中断し別の道を探査する………それも分岐選択《ぶんきせんたく》の一つ」

ダークマターのような瞳が俺の眉間《みけん》に向けられていた。

「――直接の対話は不可能。端末《たんまつ》を間接した音声接触《せっしょく》は雑音。概念《がいねん》の相互《そうご》伝達は過負荷《かふか》。熱量の無駄。一瞬で終了《しゅうりょう》しないことは無限と同じ」

おおい、誰か通訳してくれ。

「つまり」

佐々木が指先を目の横にあてながら、

「長門さんの不調は九曜さんのせいであり、けど九曜さんもその行為《こうい》にあまり有効性を感じていないんだね。藤原くんが言えば、彼女はすぐにでもそれをやめると。そして藤原くんは、涼宮さんの持つ神様みたいな力を僕に移すことを交換《こうかん》条件にしている。橘さんも同意見なんだね？」

「ええ」と橘京子は肩《かた》を細くして、「藤原さんとはニュアンスがちょっと違うんだけど。でも、あたしたちは損得勘定《かんじょう》でそんなこと——」

「お前は黙《だま》っていろ」

藤原の冷え切った言葉に、橘京子はぴくっとして口を半開きのまま硬化《こうか》させた。

「そういうことだ」と藤原がセリフを奪《うば》い取り、「ここにいる誰《だれ》にとっても都合のいい現状を発生させてやろうとしているんだ。橘は佐々木、あんたを神として崇《あが》めたいらしいしな」

「いやあの、そうじゃなくて、別にあたしたちは——」

橘京子の反論を藤原は完全シカトし、

「九曜の本体は涼宮ハルヒを解析《かいせき》したがっている。情報統合思念体の手の中にあるうちは無理だろう。ガード防壁《ぼうへき》が二重三重に張り巡《めぐ》らせてある。だが打開策はあるのさ。肝心《かんじん》なのは正体不明の力にあるのだからな。その力を第三者に移してしまえばいい」

この世の誰にそんなことができるんだ。

「九曜がする」

あっさり答えを出した藤原は、まるで俺を哀《あわ》れむように、

「おいおい、あんたは忘れているんじゃないだろうな。涼宮ハルヒなどどうにでもできる。かつてその力を第三者が利用したじゃないか。涼宮ハルヒから能力を奪い取り、世界の改変をおこなったことを、あんたは覚えていないのか？　あんただけは覚えていなければならない極《ごく》短期の過去だというのにか」

長門――――。

思い出したのは一年五組から消えたハルヒと校舎から失《う》せた古泉含《ふく》む九組。鶴屋さんにひねられた手首と朝比奈さんに猫《ねこ》パンチをもらった頰《ほお》の痛み。そして変わり果てた部室で一人で寂《さび》しげに佇《たたず》む長門有希の眼鏡《めがね》のかかった白い顔。袖《そで》を引く指先。

去年のジングルベルの季節、俺はとてつもなくヒドい目にあった。おかげで二度と失いたくないものをたくさん発見し、それ以上に一度だって失いたくないものを見つけたのだ。

このヤロウども。

俺は藤原と九曜を順序立てて交互《こうご》に睨《にら》んだ。

そう――。長門にできたことだ。俺のような凡人《ぼんじん》から見ればどっちも似たような情報生命にできないとは断言できない。情報統合思念体も天蓋領域も、人類と比べたらダンチで高レベルな何か頭脳だか特殊《とくしゅ》技能だかを持っているに違《ちが》いない。俺の勘《かん》が告げている。長門とは違う意味で、九曜は嘘《うそ》を言いそうになかった。

「長門の身が人質《ひとじち》ってわけか」

俺の声は正真正銘《しょうしんしょうめい》、純度百二十パーセント怒《いか》りの調べを奏《かな》でていた。

「長門を助けたければ、ハルヒの力を寄越《よこ》せってことか」

そんなことを許すとでも思ってんのか、ちゃちい脅《おど》しをかけやがって。卑怯《ひきょう》とか以前の問題だぜ。長門の身体《からだ》を盾《たて》にすりゃ俺がほいほいと何でも言うことを鵜《う》呑《の》みにするとでも思ったわけだこいつらは。いや無論、長門の健康状態はすぐさま心身ともにオールグリーンにしてもらう。だが、それとこれとは話が別だ。

そして佐々木は、やはり俺の友人たるべき人間だった。

「嫌《いや》だなあ」

やれやれと首を二度振《ふ》り、

「僕だってそんな力は欲しくはない。少しは当事者にされている僕の意見も参考にしていただきたいものだね」

歓迎《かんげい》すべき援護《えんご》弾《だん》だったが、怒気《どき》に覆《おお》われた俺の脳髄《のうずい》にほんのわずかな疑念が灯《とも》った。いや、疑念は言い過ぎだな。単純にして端的な疑問だ。

俺は佐々木の軽くしか困っていないような横顔へ、

「世界を変えちまうような超強《ちょう》力パワーだぜ。一瞬《いっしゅん》たりとも血迷おうとも思わねえか？」

佐々木は俺にキラキラとした目を正面から向けてきた。淡《あわ》い笑《え》みの唇が、

「キョン、世界を変えるのは別にいいさ。ところがね、使い勝手が悪いのは、世界を変えてしまえば僕自身も変わってしまうってことなんだよ。そして自分自身の変化に僕は気づけないいんだ。いいかい？　僕は世界の内部にいて、この世界を構成している一つの要素なんだ。世界そのものが変化してしまえば僕自身も否《いや》応《おう》もなく変化する。この場合だと、自らの意志で世界を変えたっていうのに、変化後の世界の僕は、自分がこの世界を変化させた結果だということに気づくことはない。そんな記《き》憶《おく》はなくなってしまう。なぜなら世界とともに僕も変化してしまったのだからね。そこにジレンマが発生するんだ。それだけの力を持ちながら、決して自分の能力の帰結を認識《にんしき》できないというジレンマさ」

どうにも理解しにくいが。

「人はね、理解できないものに出会ったとき反応が二分する。排斥《はいせき》しようとするか、理解しようと努力するか。どちらが正しいともいえない。人間は個人個人で

それまでに培《つちか》った異なる価値観を持っているのだから、それをねじ曲げてまで理解する必要はないが、価値観を生涯《しょうがい》不変のものにもできない。理解できないのは何故《なぜ》かを自分に尋《たず》ねて自分が納得《なっとく》できる回答さえ用意できればいいんだ。自分の世界を持っていさえすれば、奇妙《きみょう》な理屈《りくつ》や解説なんていらないんだよ」

佐々木は向かい席の三人に顔を向け、

「僕はキミたちが理解できない。理由は言いたくない。答えは僕の内部だけにあって、他言をするつもりはないからさ。言うと失言になる。それはとても恥《は》ずかしいことだからね」

「あんたの心中など、僕の知ったことではない」と藤原は苦々しげに言う。「黙ってうなずいていればいいものを」

「まあ結局」と佐々木は黙《だま》らない。「人は自分の能力を超越《ちょうえつ》したものなど作れないのさ。超越したかのように見せかけることはできてもね。しょせん、それは張りぼてさ」

三段ロケットの二番エンジンに点火って感じだ。俺の背中は桁違《けたちが》いに軽くなった。

「佐々木もこう言っている。俺だってそんな不平等修好条約みたいな条件を呑むつもりはないぜ」

一昨日《おととい》来やがれ、と言いかけて、こいつらなら本当に二日前に来たことを思い出した。未来人相手には通用しない口上だな。

「それにさ。仮に僕に世界をどうこうできるような力があったとしても、行使する機会なんかほとんどないように思うね」

佐々木は俺の肩《かた》をポンとはたき、

「するとしても自動販売機《はんばいき》に前の人が取り忘れた釣《つ》り銭が残っていたり、とかかな。さしずめその程度だろうね。僕がこの世に異議を唱えるような不満はあまりないんだ。率直《そっちょく》に言って、僕はあきらめている。不条理な矛盾《むじゅん》に満ちたこの世界が作り上がったのは人類発祥《はっしょう》以来の歴々とした時の積み重ねだ。ちっぽけな誰《だれ》かが策を弄《ろう》したとしてどうにか出来るものだとは到底《とうてい》実感できないね。よしんば僕にその力があったとしても、今より上等な世界を構築するという保証も自信も二バイト以上ない。これは謙遜《けんそん》ではないが、僕以外の誰にも不可能だと思うよ。人類はまだそこまで精神活動を到達《とうたつ》させてはいない。地球は僕たちの乗り込む巨《きょ》大《だい》な一つの宇宙船だ。しかし宇宙船に自意識があったら、この内部分裂《ぶんれつ》ばかりしている不可思議な霊長類《れいちょう》など真空にまるごと放《ほう》り出したほうがすべてうまく行くと考えるかもしれないね。人間は人間として生を受けた以上、どう転んだって神にはなれないんだ。だって神とは、人間の観念が生み出したものだからだ。有史以来、この惑星《わくせい》のどこにだって神様は不在だよ。最初からいない。僕はそんな非在の概念《がいねん》でしかない偶像《ぐうぞう》になりたいなど、これっぽっちも思わないね。神は死ぬ以前に生まれてもいないんだ。だから神の墓はどこにもない。ゼロの概念、それこそが神の資質と言えるだろう」

佐々木の長いセリフが終わる時刻にぴったり合わせたように、

「――は――はは――――ははは――――――あは……」

九曜が脈絡《みゃくらく》もなく爆笑《ばくしょう》した。哄笑《こうしょう》のようにも憫笑《びんしょう》のようにも、高音のようにも低音のようにも聞こえる、耳がおかしくなったように思える声が、

「――――ばかみたいだわ…………はは――」

なんだと、この。俺はともかく、佐々木を嗤《わら》うのは腹が煮《に》える。

笑い続ける九曜に代わり、藤原が嘲弄《ちょうろう》を孕《はら》んだ表情と口調で、

「説明してやろう」

「なぜ、あんたに選ぶ権利があると信じ込んでいるんだ？　こうしてあんたの意見を聞いてやっているのは、僕たちが教示を願っているからじゃない。勘違《かんちが》いするなよ、過去人」

俺の中に芽生えかけていた、わずかな余裕《よゆう》が消し飛んだ。

「九曜じゃないが、僕だって笑えるな。あんたは自分を買いかぶりすぎてるんじゃないか？　己《おのれ》にすべての決定権があると？　世界の行く先を選択《せんたく》できる権利を

持っていると？　はっ、何様のつもりだ。くだらんゲームのプレイヤーをやってでもいるつもりか。くく。喜劇以前の問題だ。笑いを通り越《こ》して憐《あわ》れみを感じる。いいか。あんたは全権を託《たく》されたりはしていないんだ。ただの操《あやつ》り人形だ。よく動くことは認めてやってもいいだろう。だが、それだけなんだよ。動きがいいだけの操りやすい人形に過ぎない。あんたの行動のどこにも、あんた自身の意思なんてないんだ」

言葉の意味を理解するにつれて、ぞっとした感覚が背筋を上ってきた。

九曜はまだ笑っている。

改めて思い知らされた。いかにハルヒ消失んときの長門が人間味溢《あふ》れていたかを。

こいつらは──。

俺たちのことなど、人間のことなどどうとも思っていないのだ。

九曜も、きっと朝倉と喜緑さんも。

だからこそ、おのおの俺の意見なんぞを聞こうとしているわけだ。どんな意見だろうがかまやしない、その気になれば気軽にヒネリ潰《つぶ》すことができる──その程度のものだと思っていやがるからだ。九曜のあからさまな笑顔《えがお》は目新しいオモチャを与《あた》えられた幼児のそれに近かった。ただそこにいるからという理由で足元の蟻《あり》を踏《ふ》みつぶす、目映《まばゆ》いばかりに子供じみた無垢《むく》なる輝《かがや》き……。

そして頼《たよ》りになる我が友人、佐々木はますます眉《まゆ》を曇《くも》らせた。

「そんな話を聞いて、僕がすんなり首肯《しゅこう》するとでも思うのかい？　はっきり言って逆効果にしかならないよ。僕はキミたちよりキョンとのほうが付き合いが長いのだからね」

「お前の意思など知ったことではないと、何度言わせるつもりだ」

藤原がせせら笑い、

「あー……」

橘京子はよりいっそう縮こまった。

「ぶち壊《こわ》しだわ。最悪です」

ふうー、と息を吐《は》いた橘京子だが、それでも意気消沈《いきしょうちん》しない様子でいるのは褒《ほ》めてやる部分かもしれないな。果たして彼女は、俺に教えを垂れる宣教師のような表情を向けてきた。

「ねえ、考えてみて。あなたが涼宮さんとSOS団を大切に想《おも》っているのは解《わか》ります。それならこう考えることもできない？　涼宮さんに変な力があるから、長門さんも変になったり、あなたが変なことに巻き込まれたりしてるんだって」

何が言いたいんだ。

「涼宮さんが力をなくして、ただの人になってもSOS団が解散するわけじゃないでしょ？　今までと何も変わりません。古泉さんは『機関』の代表さんで、長門さんは宇宙人で、朝比奈さんは未来から来た人だけど、ただそれだけ。もう涼宮さんの行動に気を遣《つか》わなくていいのです。みんな仲よく今まで通り、団長さんと一緒《いっしょ》に楽しく活動できるわ」

それじゃ本当にただの同好会未満団体だ。

「ええ。あたしの言いたいのはそれ。そうなったらいいと思いませんか。もし、あなたがこれまであったような常識外れな事件に関《かか》わりたいというなら、あたしたちがいます。九曜さんは宇宙人で、藤原さんは未来人、あたしは自分で自分を超《ちょう》能力者とは言いたくないけど、まあそんなものだしね。佐々木さんと二人で校外活動だと思って付き合ってくれたらいいのです。きっと色々あるはずだもの」

二の句が継《つ》げんとはこのことだ。第二のSOS団を結成しようという誘《さそ》いなのである。ハルヒ率いる俺たちのSOS団は形骸《けいがい》化し、ここに佐々木を盟主とした新生SOS団が産声《うぶごえ》を上げる……べき、という……。

「それにですね、」と、橘京子は俺の思考を追い抜《ぬ》きにきた。「あたしは古泉さんの肩《かた》にかかってる重たい荷物を下ろしてあげたいと思っているの」

「あん？」

なぜ古泉の肩凝《かたこ》りを心配する必要がこいつにあるのだ。

「彼はきっと感謝してくれるはずです。だって」

橘京子は当然のことを言うように、そして何やら夢見る少女のような表情で、

「知らなかったの？　『機関』は、古泉さんが一から作り上げて運営してる組織なのです。最初からリーダーは古泉さん。一番偉《えら》い人です。あたしとは解り合えないけど、でも、ちょっと尊敬しちゃう」

「――――」

そのセリフはマイ脳髄《のうずい》にけっこうなウエイトでのしかかってきたが、俺は無機物のように無反応かつ黙《だま》ったままでいた。なぜか何も言いたくはない気分に瞬時《しゅんじ》になったのである。こいつがどこまで真実を語っているのか解ったものではないし、単にそれが真実と思いこんでいるだけかもしれない。これまで散々聞かされた古泉の解説口調にどこまで真実が潜《ひそ》んでいたのかだって知れたもんではなく、それは橘京子だって同じだ。どっちを信用するかなんて、考えるのもオモシロおかしい。しかし橘京子があえてこんなデマゴギーを流す理由などないはずで、いや、あるのか。俺の思考を混乱させようとしているとすれば、確かにストレートなやり口だ。それにしてはこいつの顔は素直《すなお》に感嘆《かんたん》しているような表情に彩《いろど》られているが。

…………。

とさ……。

やめた。考えるのは緊急停止《きんきゅう》。今は古泉の機関内部署など、どうだっていいこ

くっくっと笑い声を立てたのは藤原だった。

「僕からも一ついいことを教えておいてやろう。特別限定サービスというやつさ。この場、この時間でしか得られない情報だ。それが何かと問うだろう。教えてやろうとも、つまりそれは、あんたが今までもスルーし続けてきていた物体、すなわちTPDDについての講釈《こうしゃく》さ」

奇妙《きみょう》な設定について訊《き》いてもいないことを喋《しゃべ》り出すヤツにロクな性格の持ち主はいない。藤原はその典型的な野郎《やろう》で一問の間違《まちが》いもなさそうだった。

「僕や朝比奈みくるの時間渡航《とこう》には若干《じゃっかん》の問題がある。航時機の性質上、時間平面を貫《つらぬ》いて移動せざるをえないからだ。いわば時間に穴を穿《うが》ちながら遡行《そこう》するんだ。気にするな、小さなものが一つだけならそれほどの異変はない。修復も容易さ。もっとも、跳躍《ちょうやく》する時間的距離《きょり》が長くなればなるほど損傷する時間平面の数も増える。また、同じ時間帯を何度も往復すれば穴の数も当然のように増える。ここまでは解るな」

耳を塞《ふさ》ぎたくなってきた。俺はいい。佐々木に珍妙《ちんみょう》なるシークレット怪《かい》情報を聞かせたくはなかった。面倒事《めんどうごと》に腕《うで》を引っ張られて身体《からだ》を二つに裂《さ》かれながら伏

し倒《たお》れるのは俺だけで充分《じゅうぶん》なのだ。

「要するにTPDDの使用は既存《きそん》時間を破壊《はかい》するリスクを伴《ともな》うのさ。空いた穴は埋《う》めなければならない。雨漏《あまも》りを放置しておけばそこから屋台骨が腐《くさ》り始めることにも繋《つな》がるんだ。連続する果てにある未来が揺《ゆ》らぐ。本来、時間駐在員《ちゅうざいいん》はそうやってできた時間の歪《ゆが》みを修正する役割を主とする。朝比奈みくるは例外だな。自覚はしていないだろうが通常とは異なる特殊《とくしゅ》任務に就《つ》いているわけだ。ふん、ご苦労なことだね。それは極秘《ごくひ》であるゆえに、本人にすら知らされていないのだから」

予定のセリフをそらんじ終えたのか、藤原はようやく声をとぎらせた。

「たとえば――」

と思ったら、またしゃべり出した。

「以上の僕のセリフがだ、これが本来、あんたが知るはずのない情報だったとしたらどうだ？　僕はお前の個人史を変えたことになる。ふん、もっと面白《おもしろ》いように変えてやろうか？」

これ以上面白くなったら笑い死ぬかもしれんからやめろ。

「いったん聞いてしまった以上、あんたは僕の言葉に影響《えいきょう》されざるをえない。これが僕の優位性だ。お前たち過去人に対してのな」

藤原はようやく改まった口ぶりに変化して、

「ゆっくり考えたらいい。あんたの原始的な脳がどんな答えを弾《はじ》き出すのかは、その後の行動を見て判断させてもらう。既定《きてい》から外れたことをしてくれたら僕が楽しめていいさ」

これで終わるかと思っていたら、さらなる追い打ち、

「待っておいてやるよ。今日の会談で聞いたことをよく覚えておけと言っておこう。だが、まあ別に忘れてもいいんだ。あんたが何をどうしようと、僕は勝手に自分の役割を果たすのだからな。涼宮ハルヒとともに破滅《はめつ》の街道を突《つ》き進むのか、それともヤツを無害化するのか、どちらを選ぶのもあんたの自由だ」

俺が答えを出す日時を知っていると言わんばかりだった。未来人なら知っていて当然だ。こいつは朝比奈さんとは違う。藤原はどこまでシナリオに沿って動いているのだろう。出し抜ける余地はないのか。朝比奈さんの顔が目の奥にちらついた。メイド姿と女教師バージョン、その二つが歩行者用信号のように明滅《めいめつ》する。

「なぜ、俺にそんな時間を与《あた》える？」

俺にしては素直な疑問だろう。

「既定事項《じこう》だからだ。と言えば納得《なっとく》するか？　しなくともいいが。さあ、これで僕のサービスタイムは終わりだ」

藤原は組んでいた長い脚《あし》を器用に崩《くず》して立ち上がり、

「時間などに縛《しば》られるのはバカバカしく愚《おろ》かだが、それが既定の流れならば仕方がない。しかし、流れに逆らって泳ぐくらい、深海に住む進化に取り残された古代魚類にだって可能だ」

付け足しみたいなセリフを吐《は》いてテーブルに背を向けた。

金も置かずに店を出て行く長身の後ろ姿を眺《なが》めながら、藤原が残していった瘴《しょう》気《き》めいた雰囲気《ふんいき》を鼻腔《びこう》で感じていると、橘京子が当然のように伝票を手ですくい取りつつ、

「あたしもこれで失礼するわ。やっぱり考える時間はいるでしょう？　あんまり考えすぎないほうがいいと思うけど……」

散々毒を吐きまくった藤原の瘴気のような空気に当てられたのか、橘京子のか細い姿はどこか疲《つか》れて見えた。そりゃあんなのに付き合っていたら心労も絶えんだろうな、と若干のシンパシーを感じざるを得ないでいると、

「佐々木さんと相談しておいてね。佐々木さん、また連絡《れんらく》します。この件とは無関係で、あなたとは友達でいたいから」

「そうありたいものだね」

佐々木は橘京子を見上げてくいっと唇《くちびる》の片端《かたはし》を吊《つ》り上げた。

「ぜひ、友達としてだけ、付き合っていきたいと思うよ」

橘京子は答えず、行儀《ぎょうぎ》良く座ったまま置物となっている九曜に心配そうな目を落とし、ふうと息を一吐きして、レジへと向かっていった。彼女が精算を終え、手を振《ふ》って喫茶店《きっさてん》から消えても、まだ九曜は動かずじっと凝固《ぎょうこ》し続けている。

佐々木の注文したホットコーヒー二つが最後になるまで出てこなかったことに気づいたのは、精神をすっかりぐったりさせた俺がお冷やを一気飲みした後のことであった。


こうしていても進展が見込めそうにない。

やっとウェイトレス（幸いなことに喜緑さんではなかった）が運んで来たホットコーヒーに砂糖とフレッシュをたんまり入れて（にもかかわらず苦みが軽減されていない気がした）啜《すす》り終える頃《ころ》、俺は田舎《いなか》の薄暗《うすぐら》い屋根裏で発見した古い市松人形よりも不気味ポジションを不動のものとする九曜を眺めながら思った。

ところで、なんでこいつは席を立たずにじっと固まっているんだ？　藤原が消え、橘京子が去ってもじっと俺たちの向かいに居続けているのは、言い残したことがあるという宇宙人的な意思表示なのだろうか。

異質な異星人の無言のアピールを読み取るなど、俺には手に余るな。

俺が九曜を観察していると、佐々木が空のカップを置いて唇に微笑《びしょう》をくゆらせた。

「キョン、僕たちもそろそろ行こうか。藤原くんじゃないが、僕たちに必要なのは今後を検討するための時間だよ。気が乗らない上に気ぜわしい会合だったが、意味のないものだとは判断したくないね。彼の口ぶりからすると、まだ猶予《ゆうよ》はありそうだ」

だといいんだが、何を検討すればいいのかってのが問題だ。

「そうだね。僕たちに選択《せんたく》権はなさそうだし、どうやって彼等《ら》をあきらめさせたらいいのかさっぱりだ。でもまあ、できることだってあるはずだよ」

まったくもって楽しい事態とは言いかねた。神様モドキをハルヒから佐々木にするだって？　傍若無人《ぼうじゃくぶじん》な無自覚の神か、自制心のある理知的な神か、どっちがいいかという話なのか、これは。どっちがいいのかと問われれば、佐々木のほうがそぐわしいのかもしれない。

だが、しかし。

気が進まない。

この一言に尽《つ》きるだろう。俺はこの佐々木に神妙《しんみょう》な変態能力の持ち主なんかになって欲しくはなかった。普通《ふつう》の友人はやっぱり普通でいて欲しかった。ハルヒはあんなんだからまだいいさ。古代の神話に出てくる神々たちだって人間以上にわがままで理不尽《りふじん》なことをしでかしてる。それと比べたらまだ話が通じるだけマシだよな。神社だってそうそう本尊を取り替《か》えたりはしないだろうし、いや待て、俺は何を考えてんだ。ハルヒの弁護人は古泉一人でいいのに、どうやら思った以上に混乱しているようだ。

そりゃそうだ。復活の朝倉、傍観《ぼうかん》の喜緑さん、どうやってか九曜と手を結んだ未来人は恫喝《どうかつ》めいたことばかりほざき——ってのを昨日から今日にかけてつるべ打ちに喰《く》らって、心中を穏《おだ》やかにしてられるほど俺は釈迦《しゃか》の生まれ変わり要素を持っていない。悟《さと》りの境地までまだまだだ。

「それにキョン、キミには僕以外に相談できる相手がいるだろう？　正直、僕は自分が何をしていいのか解《わか》らないでいるんだ。誰《だれ》かに結論を教えてもらえるんであればそちらのほうが喜ばしいね」

真っ先に思いついたのは古泉一樹《いっき》の偏差値《へんさち》の高そうな顔面だった。他《ほか》にいない。ベッドに横たわる長門は論外だ。最も頼《たよ》りになりそうなのは朝比奈さん（大）だったが、この件に関しては未《いま》だ姿を現してくれていない。まさかこれは彼女の既《き》定事項《てい》から外れたイベントなのか？　だとしたら例の七夕のようにはいかないってことになる。そうなりゃお手上げだ。

「九曜さんも一緒《いっしょ》に出る？　それともパフェを食べてからにする？　払《はら》いは橘さんがもってくれたから、ゆっくりしてていいよ」

黒い影《かげ》のような敵性宇宙人の手先は、身じろぎもせずに半目となった瞳《ひとみ》を中空に停滞《ていたい》させるのみで答えない。

「起きてる？　九曜さん」

佐々木が鼻先で手を振って初めて、

「――眠《ねむ》ってはいない」

重度の睡魔《すいま》に襲《おそ》われているような声が返ってきた。どうでもよさそうな声に、俺は思わず苛立《いらだ》たしく問いかけた。

「最後のほう、話を聞いていたか？」

「――理解完了《かんりょう》。すでに実行済」

何の話だ。長門への負荷《ふか》をさっそく停止してくれているんなら助かるが。

俺は佐々木に促《うなが》されてテーブルを離《はな》れた。不気味な非人類を一人で置き去りにするのは多少の心配があったが、心配して損した。意外にも九曜はするりと立ち上がり、どういうわけか俺たちの後をついてきたのだった。そのまますっさと姿を消すのかと思いきや、俺の背後の位置をキープしてつかず離れず佇《たたず》んでいる。

それは俺と佐々木が並んで喫茶店《きっさてん》を出て歩き出してもまだ続いた。これはこれで背中が不安になる。おまけに空はすでにもうそこそこ暗いのだ。

「何か言い残したことが？」

佐々木が振《ふ》り返って俺の言うべきことを代弁してくれた。しかし礼儀《れいぎ》を知らない宇宙人女は何も答えず、あさっての方向に目をやっているだけだ。張り合いがない、というか根本的に人類と波長が合っていない気がしてきた。人格が読めないどころかそんなものがあるのかどうかも疑わしい。昨日、朝倉の攻撃《こうげき》を防ぎながら見せた微笑の主と、今目の前にいる九曜がどうしても繋《つな》がらなかった。多重人格なのかこいつは。

こうして後ろばかりを気にしていたのが悪かった。

「あ、キョン」

前方からすっかり耳慣れた声が鼓膜《こまく》に届いた時、俺は平らなアスファルトに足を取られそうになった。

佐々木が立ち止まったのにつられて俺もそうし、九曜も倣《なら》った。

「こんなところで会うなんてね。珍《めずら》しいなあ」

制服姿に学生鞄《かばん》という学校帰り以外の何ものでもない風情《ふぜい》でそこにいたのは、俺と中学を同じくするクラスメイト、国木田《くにきだ》に他ならなかった。

国木田は俺を見ていない。見ていたのは俺の真横にいる同窓生だ。

「久しぶりだね、佐々木さん」

「そうだったかな」

佐々木は喉《のど》を鳴らすように笑い、国木田を見つめて言った。

「四月の頭に全国模試の会場で見た気がするんだが、あれは他人の空似かい？」

国木田も微笑《ほほえ》んだ。こいつのこんな笑みを見るのは初めてだったかもしれない。

「やっぱり気づいてたのか。だと思ったよ。きっと、僕が気づいていたことにも気づいていたんだね」

「そうだ。僕は他人の視線に神経過敏《かびん》なんだ」と佐々木は事務的な口調で、「普《ふ》段《だん》はまるで注目されないもんだから、たまに突《つ》き刺《さ》さる誰かの視線が頰《ほお》の痛覚を刺《し》激《げき》するのさ」

「相変わらずだねぇ」

安心したようにうなずく国木田の肩《かた》を、横から伸《の》びた手がポムっとつかみ、よりによってこんなところにいなくてもいいだろうと言いたくなるニヤケ面《づら》が割り込んできた。

「おいおいキョン、喰《く》えねえなあ。つーか、隅《すみ》に置けねえな。ほっほーう、この娘《こ》か。例のキョンの昔のコレのアレっていうのは」

……谷口、なんでまたお前がこんな駅前を国木田とつれだって歩いていたのか、まったく知りたくなること皆無《かいむ》だが、それはともかく頼《たの》みがある。ダッシュで帰ってくれないか。できればロケットブースターを背中に三つほどつけたくらいの初速でな。リフト・オン！　そのまま衛星軌道《きどう》まで飛んでってくれたら天文部に掛《か》け合って軌道計算くらいさせてやるぜ。

「そりゃねえだろ、キョン。せっかくの出会いだ。ちっとばかし語り合おうぜ」

谷口はしまりのないニヤニヤ笑いを浮《う》かべ、俺と佐々木にぶしつけな視線を交《こう》互《ご》にぶつけつつ、

「まったくお前って野郎《やろう》はよ。あんだけのメンツに囲まれてんのにまだ足りねーのか？　あああん？」

何が言いたいのか解《わか》りすぎるほど解る自分が嫌《いや》になりそうだ。いっそ俺が加速装置を発動しようかとクラウチングスタイルを取りかけるのもほったらかしで、谷口はいよいよ調子よく、

「俺も紹介《しょうかい》してくれよ。キョン。俺はお前の親友だぜ。何でも腹を割って言ってくれ」

「佐々木さんだよ。僕たちと同じ中学にいた」

見かねたわけでもないだろうが、国木田が肩代わりしてくれた。

「佐々木さん、こっちが谷口。一年から僕とキョンのクラスメイト」

模《も》範《はん》的とも言える実に簡潔な紹介だ。

「それはどうも」佐々木はゆるりと一礼し、「よきご友人のようだ。キョンが世話になることはあまりなさそうだが」

率直《そっちょく》な意見を谷口は聞き流し、追い打ちをかけるつもりか俺に白い歯を見せて、

「しかしなんだな。お前の審美《しんび》眼《がん》はたいしたもんだぜ。いい趣味《しゅみ》してやがる。お前の人生に何か不満があったとは到底《とうてい》思えねえよ、なんか俺はお前に腹立ってくるんだがキョン……キ……キョっ⁉」

いきなり何だ。南国熱帯地域の野鳥のような声を発しやがって。最近そういうからかい方が流行《はや》ってんのか。

俺が半ばウンザリして谷口を自慢《じまん》の目力による視線で射殺そうとしたところ、ああ？　どういうわけだ？　谷口は俺を見ていなかった。ましてや佐々木を見ているのでもなく、

「……わおうっ⁉」

谷口は背後に跳《と》びすさり、ホールドアップを途中《とちゅう》で止めた——みたいな不自然な格好で硬化《こうか》した。驚愕《きょうがく》に目を見開き、恐怖《きょうふ》に近い表情で一時停止をかけられている。ただでさえアホな谷口フェイスをよりいっそうアホ面にする対象とはいったいいかばかりのものだろう、と思うまでもなかった。我が親愛なるクラスメイ

トの視線は、俺と佐々木の間の空間を素通《すどお》りして、周防九曜の眠《ねむ》たげな猫《ねこ》のような顔を捉《とら》えている。

俺ですらたびたび存在を忘れそうになり、今まで一般人《いっぱんじん》からほぼ完全に無視され続けていた九曜だ。なぜ谷口に見えたんだ？

「――――――」

もっと驚《おどろ》いた。九曜が谷口に反応したのだ。ゆっくりと左腕《ひだりうで》をもたげた女子校の制服姿をとる娘は、手のひらを返して袖《そで》から伸びる白い手首を見せつけた。初めて気づいたが、妙《みょう》に洒落《しゃれ》た腕時計をしてやがる。それも虚《きょ》をつかれるほどファンシーでアナログな。

「――感謝している。返す気は……ない」

は？

「いいって。高いもんでもねえし、気に入らねえなら捨てちまっても質入《しちい》れしてもいいぜ。いや、是非《ぜひ》是非そうしてくれ」

谷口が九曜とまともに会話をしている。もっともそんな気候でもないのに一瞬《いっしゅん》にして汗《あせ》ばんだ谷口の顔は背《そむ》けられ、手足を意味なくそわそわさせているのは警邏《けいら》中の警官が即座《そくざ》に職質したがるような挙動不審《ふしん》そのものの態度だったが、それにしたってこれはどういった奇蹟《きせき》だ。

「クリスマスプレゼントに送ったんだってさ」

国木田の解説を聞いても俺の驚愕は去ったりしない。むしろ倍増だ。時計？　九曜が感謝？　クリスマスだって？　何のことなんだ。ここは夢の中か。

顎《あご》が取れそうなほどあんぐりしている俺をハテナマークの溜《た》め池に投げ出したまま、国木田はあっさり佐々木に興味を移動させ、

「一つ訊《き》いていいかな。なんでキョンと今さら？」

今さらとか言うなよ、変な意味に聞こえるじゃないか……いやいや、それどころじゃないぞ。俺と佐々木より、谷口と九曜を不思議がれよ。

だが、佐々木は国木田との会話に重きを置いているらしく、

「いろいろワケがあってね。説明を簡略化するのは僕の意とするところではないから、時間のあるときにキョンから聞き出してくれないか」

「それほど知りたいものでもないから別にいいよ。それにしても、ここで佐々木さんと周防さんの二人と同時に再会するなんて、世の中は狭《せま》いね」

「彼女を知っていたのかい？　へえ。国木田くん、きっとキミよりも僕の驚きのほうが大きいだろうね。九曜さんとはどこで？」

それは俺もぜひ聞きたい。

「九曜……って、周防さんのこと？　あれは冬休みだったな。ここにいる……あ

れ、いない」

谷口か？　なら川中島《かわなかじま》の奇襲《きしゅう》に失敗したキッツキ戦法の武田《たけだ》軍別働隊斥候《せっこう》みたいに逃《に》げてったぜ。感心すべき逃げ足の速さだ。

「さっきまでここにいた谷口に紹介《しょうかい》されたんだ。彼女だとか言ってね。そうじゃなかったっけ、周防さん」

「――あぁ」

九曜は吐息《といき》とも溜息《ためいき》ともつかぬ応答をした。

「――わたしの記憶《きおく》はあなたの正当性を支持する」

「で、一ヶ月ちょいで別れたんだよね」

「――保証できる」

ぐう。なんてこった。

去年の十二月、クリスマス前に谷口が付き合いだしたとか言ってたのは、こいつのことだったのか。そしてバレンタインデー前に破局してたってのもだ。それが九曜だったのか。いや待て。

俺は驚愕に打たれながら、

「ということは、お前は長……じゃねえ、あいつが起こしたあの事件前に、すでに地……じゃねえ、ここにいたのか⁉」

「――いた。その事象のどこに問題があるのか発見することができない」

俺の感じているこれは、果たして怒《いか》りなのか戸惑《とまど》いなのか。

「……なぜ谷口と付き合ったりした？」

回答はあっさり返ってきた。

「――間違《まちが》えたから」

「なんだと？」

「僕も谷口からそう聞いたよ。それが別れの言葉だったってさ」

国木田はいとも簡単にさらりと言って、

「キョンはいつ周防さんと？　前からなのかな」

いや、ついこの前だ。

うまく言葉を作れない俺を横目に見て、佐々木はくつくつ笑いを漏《も》らして、

「九曜さんは僕が最近知り合った人だよ。縁《えん》があって、こうしてキョンへと繋《つな》がった」

「それに加えて谷口の元カノでもあったのか。素晴《すば》らしい偶然《ぐうぜん》だね。パーセンテージにしたらどれくらいになるかな」

首をひねる国木田に、

「確率論かい？　シンクロニシティの発生が数瞬ごとにあるのだとしたら、あら

ゆる信じがたい偶然はすべて蓋然性《がいぜん》という言葉で説明することができる。でもこの場合は、」

佐々木は悪戯《いたずら》っぽい微笑《ほほえ》みとともに首をわずかに傾《かし》げ、

「天空におわす全知全能なる神様の配剤《はいざい》というべきだろう」

「佐々木さんらしくないことを言うなぁ」

俺も同意見だ。神はどっか旅行中じゃなかったのか。

国木田は呆《あき》れたように肩《かた》をすくめ、

「キョン、佐々木さんはね、僕たちがここで出会ったのは偶然のたまものだ、ってことを回りくどく言っているだけだよ。そんなに悩《なや》むこともないさ」

それのどこが悩まなくていいんだ。一つ二つなら偶然でかたづけてやるさ。だが三つ四つとなると誰《だれ》かが俺たちの首に縄をつけているんじゃないかと勘《かん》ぐりたくもなる。色々やらされてきた俺ならではの苦悩《くのう》だ。真剣《しんけん》に悩んでも損なことも知っているが。

俺が沈黙《ちんもく》という渦《うず》にまかれて振《ふ》り回されているのをどう受け取ったか、国木田は、

「駅前の書店に注文していた本があってね。学校終わりに取りに来たんだ。谷口はヒマだって言うからさ、付き合ってもらった。ついでだし、喫茶店《きっさてん》にでも寄ろうとしてたんだけど……」

逃げ去った谷口の姿を求めるように振り返り、首を振った。

「いなくなっちゃったんじゃしょうがないね」

腰抜《こしぬ》け谷口の華麗《かれい》なる敵前逃亡《とうぼう》と言うべきだろう。

「それにキミたちの邪魔《じゃま》をするのも気が引けるし、僕も帰るよ」

背を向けかけた国木田に、佐々木がすかさず、

「国木田くん、どこかで見かけたら遠慮《えんりょ》なく声をかけてくれていい。共通の思い出話に興じたり旧交を温めることは人生そのものの楽しみの一つだからね」

「それは佐々木さんらしいね」

頭の回る者同士が互《たが》いに三手先を読みながらしているような会話をされても、俺にはさっぱりついていけん。

「うん、じゃあ、また」

国木田は佐々木と一くさり会話したことで満足したのか、九曜の存在にあれ以上踏《ふ》み込むことなく、特に何を思うこともなさそうに別れを告げた。

去りゆく後ろ姿をじとりと眺《なが》めていた俺だったが、谷口・国木田コンビに関して心配するのはやめておいた。あの二人のことだ、ハルヒに今日のことを吹《ふ》き込むこともなかろう。谷口は九曜にトラウマがあるようだし、国木田はちゃんと空気の読めるヤツだからな。

する。

俺は巣穴から落ちた雛鳥《ひなどり》のようにじっとしているモップ頭へ全身をもって対峙《たいじ》する。

「九曜」

「お前は去年の十二月にはもうやって来てたんだな。そして谷口に近づいた」

訊《き》きたいことは山ほどあるが、まずそこをハッキリさせておかなければならない。

「谷口に目を付けたのは、ハルヒや俺たちに接触《せっしょく》するためか」

「間違えた――」

デッキブラシが喋《しゃべ》っているような声が短い返答をする。

「何を間違えたんだ」

「――あなたと」

「お前……」

するとなにか、九曜は俺と谷口を間違えて付き合いだしたのか。おいおいおいおい、よりにもよってあいつと間違えてくれるなよ。自分に自信がなくなるじゃねえか。

「どこかで情報の混乱があったよう。何者かによるジャミングの可能性……」

九曜はぼそぼそと、

「ありうる……」

少なくとも長門はそんなことをする余裕《よゆう》はなかったはずだ。

「長門が世界を怪《あや》しくした時、お前はどうなってたんだ」

「わたしは変化していない」

九曜はくいっと顎《あご》を上げた。やや血色を増した唇《くちびる》がコマ送りを見ているかのような饒舌《じょうぜつ》さで、

「あなたたちは仮幻《かげん》宇宙にいた。それはわたしたちに新鮮《しんせん》な驚《おどろ》きを感じさせた。重なった世界。かつて存在し、しかし同時に存在し得なかった世界。排他《はいた》的な行動。局地的な改竄《かいざん》。面白《おもしろ》い」

なんだそりゃ。というかいきなり口調が変わったぞ。本当に人格が切り替《か》わったように見える。昨日の微笑《ほほえ》みを思い出した。

「――明日のない今日――今日のない昨日――昨日のない明日――そこにあった」

わけが解《わか》らん。

片眉《かたまゆ》を上げて聞いていた佐々木が呟《つぶや》く。

「ルナティックというよりはファナティックだね。そういった話は喫茶店でゆっくり聞きたかった。こんな立ち話じゃなくて、できればメモを取りながらね」

佐々木は九曜の手首に目線を向け、からかう口調で、

「それにしても、貰《もら》った時計を今でもしているとは、先程《さきほど》の面白そうな彼に多少は未練があったのかな？」

アナログな腕時計《うでどけい》（どうせバッタもんだろう）に、したたり落ちる墨汁《ぼくじゅう》のような視線を落としていた九曜は、

「──わたしが……欲しいと言った」

……驚き疲《つか》れる日だな、今日は。

「──時間は一定方向への不可逆的事象ではない。この惑星《わくせい》表面において生体活動をするためには疑《ぎ》似《じ》客観上の時間流を固定化する必要があった」

それが時計かよ。こんなのただのゼンマイ細工みたいなもんだろ。時間を決めるのは時計じゃない。人間の連綿たる営みにおける便宜《べんぎ》的数値にすぎん。

「──時間は常にランダムに発生している。連続していない」

俺は目頭を押さえた。何を言い出してくれるんだ、この宇宙人は。

佐々木は持ち前の好奇《こうき》心《しん》を刺《し》激《げき》されたようで、

「過去や未来は？　九曜さん、キミはどういった解釈《かいしゃく》の仕方をしているのかな。ひょっとしてアカシックレコードが存在するとでもいうのかい？」

「──時間は有限」

「それはどういう意味でだろう。無限降下法的に。たとえば一秒と二秒の間には、どれだけの時間があるんだ？」

「ない。ただし、あると思う行為《こうい》に危険性はない」

佐々木はこの論議に食いついたようだ。

「うーん、たとえばこういうのはどうかな。仮に並行世界があったとして、それは無限に存在するものじゃないのかい。こう、エヴェレット的に」

「――観測し得ないものは存在しない」

「本当に？」

と、佐々木は未知の現象を発見した科学者の卵のような顔をする。

「――記録はしている――問題は……皆無《かいむ》」

「そうか」

納得顔《なっとくがお》で顎の下に指を当てる佐々木に、さすがにツッコまざるを得なかった。

「何がそうかだよ。お前が解ったことが俺にも解るように嚙《か》み砕《くだ》いて教えてくれ。どんなバカにでも飲み込めるように細かくしてな」

「ああ。うん、キョン。それは無理だ。なぜなら僕が理解できたのは、九曜さんないし九曜さんの創造主は我々人類とは根本的に違《ちが》う、異質な考え方の持ち主であるということだけだ。つまりどうやっても理解できないらしいと理解できた」

それじゃどっちに転んでも同じだ。

「そうでもない。意思の疎通《そつう》に僕たちの言語では不適切らしいという発見は大きな一歩だよ。現状、この場では彼女の言葉はほとんど雑音だ。しかし、もっと性能のいい翻訳機《ほんやくき》を開発できたとしたらどうだろう。人類の英知はいつかそれを可能とするかもしれない。事実、人間は不可能だと思われた悲観的な予想をいくつも覆《くつがえ》し、実現させてきたんだ」

いつか——。もっと未来なら。たとえば藤原の時代になれば。または船が浮力《ふりょく》以外の何かで浮《う》かんでいるような未来ならば。

「おい、九曜——」

俺のセリフは呼びかけた名の主に届くことなく、無様に宙に拡散するだけに終わった。

周防九曜の異様なくらいに黒い姿は、神隠《かみかく》しのように消え去っていた。まるで地面に空いていた見えない隙間《すきま》に落ちていったかのように。

俺がとりたてて感想を抱《いだ》かなかったのは、これぐらいのことなら長門や朝倉や喜緑さんでもできるだろうと知っていたからだが、どういうわけか佐々木もまた動揺《どうよう》の素振《そぶ》りも見せず、穏《おだ》やかな笑《え》みを九曜が消えた空間に向けていた。

「さすが宇宙人だね」と一言述べるだけで飛行機雲を見るような目をしているばかりであり——。

感想はそれだけか？　おい。

「ではもう一言」

佐々木はくるりと目を動かした後、

「他《ほか》に何をしてくれるのか興味津々《きょうみしんしん》だ」と言った。

流麗《りゅうれい》な同じ年生まれの顔は決して慌《あわ》てふためかない。今までも見たことがなかった。それは俺に根拠《こんきょ》不明の安心感を運んでくれる。

「キョン、あまり彼女を過大評価しないほうがいい。僕たちが九曜さんを理解できないように、彼女も僕たちを正しく理解しているとは言い難《がた》い。僕たちは重力のくびきに捕《と》らわれた哀《あわ》れな原始生命体なのかもしれないが、それでも彼女を地球上に引きずり下ろすだけの価値はあったんだ。それに人類がこれ以上の精神的肉体的進化を遂《と》げないという保証もない。僕なら、そうだね、ブラインドウォッチメーカーに期待する」

話の内容はよく解《わか》らないが、どうやら俺を鼓舞《こぶ》しようとしているようだった。

「また今度だね」

駅前の雑踏《ざっとう》の中、佐々木は街灯の明かりを反射させる瞳《ひとみ》を俺に向けて言った。

「僕は僕で考えてみる。どこかに結論が転がっているかもしれない。あまり期待しないでおいて欲しいが、やるだけのことすらしないのは怠慢《たいまん》の誹《そし》りを免《まぬか》れないものだ。案ずるより産むが易《やす》しさ。しばしの別れだよ、キョン」

ひらりと格好良く手を振る佐々木を眺《なが》めつつ、俺はしみじみと実感していた。

憂鬱《ゆううつ》なるハルヒさんの思いつきに十万億土の彼方《かなた》まで引きずっていかれるほうが、今の俺が陥没《かんぼつ》している思考停滞《ていたい》状態より、光が銀河中心団まで行って戻《もど》ってくるほど楽なことなのだとな。

ハルヒなら必ず帰ってこようとする。それだけは間違いなく、あいつの長所と言ってもいい帰巣《きそう》本能的特性だ。

もちろんハルヒだけの習性じゃないぜ。今やSOS団に列席している副団長から雑用係にまで、帰るべき場所はすでに確定して、月がなかった場合の地球マントルプレートのようにカチカチに固まっているのだ。長門が待機し続け、ハルヒが押し入り、朝比奈さんと古泉が強引《ごういん》に叩《たた》き込まれた文芸部室にしてSOS団第一本部。

それで全員揃《そろ》ってやくたいもない時間つぶしに没頭《ぼっとう》していたいと、俺の大脳旧皮質が神経質な電気パルスをパチパチ送っていた。

そうだな、佐々木。やっぱ、俺はあちら側の人間で、こっちにつくことはできそうにねえや。新生SOS団だって？　ちょこざいな。あんなもんがさっくりとコピーできたりするもんか。団あっての人員じゃねえんだ。俺たちがいての団なんだよ。誰一人《だれひとり》欠かすべからざる、不動のメンツでどこまでも突《つ》き進むんだ。それは最初、ハルヒだけの望みだっただろう。だが俺や朝比奈さんや長門や古泉と共有する同一の願いになるまで、そう時間はかからなかったと俺は思っている。小型ブラックホール並みの潮汐力《ちょうせき》を持つ団長の周囲で回る膠着円盤《こうちゃくえんばん》のようなものさ。俺たちは吸い込まれることも離脱《りだつ》することもできず、ただそこに居続けるのだ。俺たちをつかんで離《はな》さない、謎《なぞ》の引力が途切《とぎ》れるまで——な。

その後、俺は終始上の空で帰宅することになった。よく自転車を忘れずに帰れたものだと感心するくらいだ。脳みそが情報過多でプスプス音を立てているのが解るほどの、こんだけの倦怠《けんたい》感を覚えたのはいつ以来だろう。意識を保つために全精神力を動員させなければならなかった。

そのため、まるで箸《はし》が進まない夕食を何とか食い終えた後、俺は妹とシャミセンの相手をする体力の一欠片《ひとかけら》すら失いベッドに倒《たお》れ込むや電気も消さずに眠《ねむ》ってしまうという体《てい》たらくぶりを発揮した。精神的ボロ雑巾《ぞうきん》状態と表現したい。

ブラックアウトの寸前、こんな就寝《しゅうしん》形態では寝《ね》起《お》きが悪くなりそうだなとチラリと思ったことを覚えている。さらに覚えている限り、夢は見なかった。もっとも、ビューティフルなドリーム以外はもともと目覚めた瞬間《しゅんかん》に忘れてしまうタチだけどな。

第六章

α―9

翌日、水曜日。

これが一時的なのか、この後も続いて加速度を増すのか、とにかくポカポカ陽気は春を越《こ》えて初夏というべき気候にホップステップという感じにジャンプアップを遂《と》げていた。そういや去年もこんなんだったような。どうやら地球はどんどんヌクくなりつつあるようで、それが人類のせいなんだとしたら早いとこなんとかしないと、シロクマや皇帝《こうてい》ペンギンから連名の抗議《こうぎ》文が全国各地の火力発電所気付で届くに違《ちが》いない。字の書き方を教えに行ってやりたい気分だ。

そんなわけでこの朝、登校ナチュラルハイキングに甘んじる俺のシャツは早くも汗《あせ》で張り付くようになってきた。隣《となり》の芝《しば》は青々と茂《しげ》って俺の目にうすら目映《まばゆ》く、それにつけても冷暖房《れいだんぼう》完備の学校が憎《にく》くてたまらん。今度会ったら生徒会長に注

進してみたい。実際的な予算の有無《うむ》はともかく、喜緑さんの宇宙的事務能力なら
エアコンの二十や三十、たちどころに設置完了《かんりょう》となるかもしれない。
ところで古泉は会長氏に喜緑さんの正体を教えてやっているんだろうな。あの
会長のことだから身近にいる書記職の女子が人間以外だろうとそんなに気にしな
いようにも思えるが。
俺は軽い通学鞄《かばん》を肩《かた》にかけ、そぞろに坂道を上っている北高生たちの後ろ姿を
眺《なが》めつつ、異常なまでに爽快《そうかい》な気分で歩を刻みながら——ハテ？
首を傾《かし》げて立ち止まる。我《わが》ながら意味なき無駄《むだ》なパフォーマンスであり、どう
してこんな気になったのか解《わか》らない。
春真っ盛《さか》りな調子のいい陽気、梅雨前線はまだ遥《はる》か南方の彼方《かなた》にあって湿度《しつど》の
具合も申し分がなく、一年に二度の春と秋の一定期間しかない過ごしやすい季節
が今であり、ハルヒじゃなくても朗《ほが》らかになって疑問を覚えることなどなかろう
に、どうも気にかかる。
俺は自分の意識を暗中模索《あんちゅうもさく》し、坂を上り終える間に解答のようなものを見つけ
出したように感じた。
「平和すぎるのか」
どうしてそんな呟《つぶや》きを漏《も》らさねばならんのか、自分が解らないいな。

ハルヒが新入部員（仮）を相手にして良性の上機嫌《じょうきげん》で振る舞《ま》い、朝比奈さんは各種お茶くみの鍛錬《たんれん》に放課後を捧《ささ》げ、長門は文芸部部長としての職責をゴミ箱にしまい込んで読書に没頭《ぼっとう》して、古泉は日夜変わりなくヘラヘラしてやがる。

佐々木やら九曜やら橘京子やらがひょっこり出てきた時には、すわ、また奇怪《きかい》なる非日常イベント攻撃《こうげき》の幕開けかと身構えたものの、あれっきり音沙汰《おとさた》なしだ。そういや名無しの未来人ともご無沙汰《ぶさた》で、これはいつになったら解明される伏線《ふくせん》なのかね。早いほうがいいような、後回しのほうが有り難《がた》いような、いっそいつまでも待機なり膠着《こうちゃく》状態でいてくれると俺的感謝状ものだが、そこは誰《だれ》に期待すればいいんだか。長門か、それとも我が親愛なる親友未満の佐々木か。

俺は中学時代のクラスメイトの言動を思い出す。あいつとの会話は、ほとんど受験や有益な人生を送る上で何の役にも立たないような情報ばかりだった。逆にそれが故《ゆえ》に、あいつなら未来人や宇宙人を煙《けむ》に巻くくらいのことは出来るだろう。そろそろそれとなく電話でもして様子をうかがったほうがいいな。特に未来人が気になる。

ぼうっとしていたらうっかり一年の校舎に行ってしまいそうだったのは新学期が始まって数日のみで、俺は機械的に上履《うわば》きに履き替《か》えると二年五組の教室にふらりと入って席に着く。下敷《したじ》きで顔を扇《あお》ぐ日課の終了には秋の到来《とうらい》を待たねばなるまい。

しばらくそうしていると、ハルヒがチャイムギリギリの時間に担任岡部とゴール前で叩《たた》き合う競走馬のような勢いで教室に入ってきた。体育教師より二馬身リードの先着ってところか。

「ずいぶんゆっくりだったな。入団テストの下準備がまだあったのか？」

ホームルーム終了後、一限が始まるまでのわずかの時間を利用し話しかけてみたところ、

「んー」

なにやら煮《に》え切らない返答がハルヒの唇《くちびる》から転がり出た。

「お弁当作ってたのよ。なんだか今日は早く目が覚めちゃって、ヒマだからたまにはいいかなと思ってさ」

へぇ。どういう風《ふ》の吹き回しなんだかな。ハルヒにしてはごく普通《ふつう》の女子高生らしい振る舞いだ。

「ずいぶん時間をかけてたようだが、重箱にでも詰《つ》めてたのか」

「栄養のバランスとか色々考えて献立《こんだて》に凝《こ》ってるうちに熱中しちゃって、それで家を出る時間が遅《おく》れたの。おいしいわよ。昼休みに食べるのが楽しみだわ」

ハルヒはアヒル未満フクロウ以上のような口を形作り、

「うーん。変な感じなんだけど、どうしてなのかしら。料理をしないといけないような気分になったわけ。そんな夢でも見たのかもしれないわね。覚えてないけど、誰かのためにご飯を作ってあげる——って、念のために言っとくけど、余分になんか作ってないわよ。あたしが自分で全部食べるんだからね」

いちいち断らなくていいさ。お前の手弁当などをもらったとして、いったいこの校舎のどこで食えと言うんだ。教室にいられないことは確かだが。

「そういやお前は滅多《めった》に弁当を持ってこないな。理由でもあんのか。オカンが味オンチだとか」

ハルヒは沈黙《ちんもく》することしばし、

「何で解ったの？　そうね……言いにくいし、あんまり言いたかないけど……その通りよ。あたしのおかあ——えほん、母親はちょっと舌の感覚が常人と違《ちが》ってて」

それすなわち味オンチと呼ぶ。

「あたしがまだチビの頃《ころ》はどこの家庭もこんなもんなんだと思ってたわ。たまに家族でレストランとか行くじゃない？　それが涙《なみだ》が出るほどおいしかったんだけど、お店だからそうなんだってね。でも小学校に入って給食食べるようになってから、ちょっとおかしいなって感じるようになったの。メニューにもよるけど、クラスの子たちがあんまりおいしくなさそうな時もあったからね。あたしは全然パクパクよ。友達が残したぶんまで食べてあげたわよ」

懐《なつ》かしむような遠い目を窓の外に向け、

「でね、試《ため》しに自分で適当に作ってみたわけ。見よう見まねで、確か肉じゃがだったわ。記念すべき人生初のマイ料理。どんな味がしたと思う？　これがもうレストランの味だったの。あたしの目から一枚目の鱗《うろこ》が落ちた瞬間《しゅんかん》よ。ポロっと落ちてコロっと転がったわよ」

でかい鱗だな。

「アロワナかピラルクーのやつくらいはあったわね。でもそれ以来、家ではあんまり料理をしないことにしてんの」

「ほー」

なんだか妙《みょう》な感覚がする。ハルヒのセリフに何か引っかかるものがある。弁当……じゃないな。レストランのメニューに肉じゃががなんてあるのか？　アマゾン川に生息する淡水魚《たんすいぎょ》の鱗……？

喉元《のどもと》まで出てきかけているのにもう一押し足りない、クロスワードパズルの最後の設問を思い出そうとしてるように、俺が沈思《ちんし》黙考《もっこう》しかけたとき、

「ところでキョン」

ハルヒが唐突《とうとつ》に話題を変えた。やや下目使いの角度で、

「第一回新入生団員試験のことなんだけどさ」

ん？　ああ、そうだな。目下のところそれが一番の懸案項目《けんあんこうもく》なんだった。

ハルヒは家庭の料理事情とはうってかわった、というか今までの会話を急いで流そうとしているかのように、

「日数をかけるのも手間だし、ぱぱっとまとめて実施《じっし》しようと思ってるんだけど、どう思う？」

しがないヒラ団員に意見を求めるとは少々驚《おどろ》きだね。すべての審査《しんさ》権は最高責任者が自らに一任していたもんだと思っていたんだが。それも勝手極《きわ》まりない一存でさ。

「そうだな……試験の内容にもよるだろうが」

とっさに思いつきを口にする。

「百一匹《ぴき》ハムスター早つかみ大会とかじゃないだろうな」

ハルヒは一瞬、メデューサの裸眼《らがん》を直視してしまったかのように固まった後、うかつな手がかりを口走った犯人を見る目で俺を見た。

「……何で解ったのよ、しかも数字まで」

だんだんこいつの思考に俺まで毒されているのではないだろうか。まさか単勝一点張りで当てちまうとはね。俺は自分の思いつきに戦慄《せんりつ》しつつ、またそれ以上

に呆《あき》れながら、

「どっから持ってくる気だったんだ、そのハム公どもを」

「じゃあシャミセンのノミ取り大会」

家猫《いえねこ》になってずいぶん経《た》つし、妹がたまに風呂《ふろ》にも入れている。そんなもんいねえよ。それにしても簡単に試験項目《こうもく》を変節するやつだな。

「校内に生えてる雑草だけの料理大会は？」

審査員がお前だけなんだったらいいぜ。

「交番の前で小麦粉入ったビニール袋片手にフラフラして誰《だれ》が一番初めに職務質問されるか大会なんてのは？」

お巡《まわ》りさんが迷惑《めいわく》するからやめろ。悪戯《いたずら》ですまなくなるかもしれん。

ハルヒはむくれたとき特有の、ワニ目アヒル口となって、

「だったら何大会ならいいのよ？」

俺に聞くことじゃねえだろう。だいたい、どうしてそんなに大会が好きなんだお前は。入団試験なんだろ。わざわざ大がかりな行事にすることはない。ちなみにたこ焼き大会だったら俺は喜ぶ。どっかの道具屋筋に行けば安く売っているだろう。

ハルヒは俺の軽口を小川のせせらぎのように軽く流し、

「キョン、入団試験は今年だけじゃないのよ。もちろん来年だってやるわ。毎年恒例《こうれい》なんだから、それはもう行事と言えるでしょ」

因習的な神事でもなければ古風なお祭りでもないんだ、少しはオリンピックやワールドカップを見習うといい。毎年やってても白けるだけだ。

「よく考えろよ、ハルヒ」俺は諭《さと》しにかかる。「長門や朝比奈さんが試験を受けたか？　古泉なんぞ転校生ってことだけで合格じゃねえか。去年のどこにも試験なんざなかったぜ」

言うならば俺のSOS団所属理由が最も意味不明なのだが、そこには言及《げんきゅう》せずにおく。

ハルヒは唇《くちびる》を引き結んでとがらせるという器用な真似《まね》をしてから、

「もうっ。あんた、ホントに新入団員を入れる気あるの？」

本当の気のことを言うと、実はもうなくなっていた。おそらく新入生の中に異世界人あたりが交ざっていたら、ハルヒの眼鏡《めがね》によってとっくに新入ならぬ侵入《しんにゅう》団員となっているだろう。未《いま》だその兆候なしってことは、つまりあの一年生たちの中にその手のはいないってことだ。一般人《いっぱんじん》から一般性を失わせる悲劇は俺が身をもって証明している最中であり、ファッションの流行じゃあるまいし、悲劇は繰《く》り返さないのが一番である。有史以来二千年以上も経つんだ、ちったあ人類も歴史を学ぶべきであり、その人類の端《はし》くれである俺はそれは深く心に刻む次第《しだい》だ。

ハルヒはまだ○○大会の○○に入る部分をブツブツ言いつつ考えているようだが、放課後までにハムスターを百一匹揃《そろ》えるような事態にならないよう、ネズミの神様にでも祈《いの》っておこう。

大黒さんでいいのだろうか？

そしてまた放課後が「よお」てな感じでやってきて、俺はここ数日恒例となった涼宮師範《しはん》によるテスト勉強講座を受講するのだった。言うまでもないが決して好んでのことじゃないぜ。ま、言うまでもないのなら言う必要もないだろうと言われたら返す言葉がないが。

「テストなんてくだらないわ。だって、どんだけスゴイ解答を書いたって結局、上限は百点ぽっちって決まってるわけでしょ？　あたしは何だってそうだけど、枠《わく》に捕《と》らわれるのが大嫌《だいきら》いなの。狭《せま》い枠組みの中から出られないなんて、まっぴらゴメンさよなら。キョン、考えても御覧《ごらん》なさいよ。もし解答者が出題者の思惑《おもわく》を超《こ》えて、出された一つの問題からもっと飛躍《ひやく》して大きな解答を考え出したとしても、別の問題をケアレスミスしただけで満点にはならないのよ。おかしいと思わない？　あたしなら素晴《すば》らしくてエレガントな解答には二百点だって千点だってつけるわね。それが気に入らないの」

ハルヒは教科書をぞんざいにパラパラめくり、

「それに試験なんてこれに書いてあることをそのまま丸暗記すればいいんだもの。全然つまんない。機械的な作業ほど人間性を失わせることなんてないわ。堕落《だらく》よ、堕落」

ためになるんだかならないんだか、少なくともその理念がとりあえず俺の英語のテスト結果に反映されることはないだろう。ハルヒが日本の支配者になって教育改革を成し遂《と》げない限りな。

「丸暗記より理解力よ！」

いきなり試験勉強必勝法を否定したかと思うと、

「ストーリーで覚えるの。誰が何故《なぜ》、こんなことを考え出したのか、そこにさえ頭が回ったら、あとは芋《いも》づる式にすべてが繋《つな》がっていくのが解《わか》るから。キョン、いい？　基本さえ押さえておいて、次にすることは出題者の心理を洞察《どうさつ》することなの。昔の人の考えなんてさっぱー解んないけど、同じ時代に生きてる人間の考えることなんて推測するに造作もないわ。テスト問題に何が書いてあるかじゃないの。出題者が何を思ってそんな問題を書いたのかさえ解ってしまえば、いくらでも裏のかきようはあるのよ」

試験作成者からしたら裏をかかれるよりまっとうな正答を書いてくれたほうが○印をつけるのに躊躇《ためら》いもないんじゃないかと思うが。なぜいちいち意表を突《つ》くような真似《まね》をせんといかんのかね。

「そのほうが精神的に優位に立てるでしょ。あたしたちの身分は学生に過ぎないけど、そんなのただの年齢《ねんれい》的問題よ。馬齢《ばれい》を重ねているだけのルーチンワーク教師を啓蒙《けいもう》するのも、やっぱりあたしたち学生の特権なの。若さは武器にしないとね。当然だけど、若いってことが武器になるのは今のうちだけなんだからね。期間限定のこのリーサルウェポンを最大限に活用できる最大のバトルフィールドハイスクールは、もう何年も残っていないわよ」

解るようなどうでもいいような気がするが、今のところリアル高校生活を送るだけでヒィヒィいっている俺にはもう一つ含蓄《がんちく》のある言葉には聞こえなかった。ハヤブサの持つ哲学《てつがく》をスズメが理解するにはDNAレベルで不可能と言えるだろう。のどかに電線にとまって谷口スズメなんかとピイチク囀《さえず》ってんのが俺にはお似合いなのさ。生き馬の目を抜《ぬ》くごとき補食生活はハルヒとかもっと向上心に燃えたぎる『赤と黒』のジュリアン的な人間に任せたい。どうも最近、俺には睡眠《すいみん》欲《よく》以外の欲望がないんじゃないかと思われて仕方がないところだ。

「ずいぶん情けない決意表明ねえ」

ハルヒは呆《あき》れたような表情で首を振《ふ》り、真剣《しんけん》を腰《こし》に差していながら決して抜こうとしないビビリ侍《ざむらい》を見るような目線を一瞬《いっしゅん》俺に送って、唇の両端をくいっと吊《つ》り上げた。

そして俺が驚嘆《きょうたん》するくらいの穏《おだ》やかな声色《こわいろ》で、

「ま。あんたの人生哲学に口出すつもりはないわ。でもね、」

と、すかさず強調の声。

「学校でも授業でもテストでも、あんたはそれでいいけど、SOS団の中ではそうはいかないからね。あそこではあたしが絶対で、あらゆる意味での治外法権なの。日本の法律も常識も慣習も言い伝えも大統領令も最高裁の判例でも、全然通用しない場所だってことを覚えておきなさい。異論ある?」

はいはい。ないない。そんな今更《いまさら》言われなくてもすでに解っているようなことを改めて言わずともいい。お前が銀河を統括《とうかつ》するミステリアスな地球外生命体から一目置かれている事実は俺が一番よく知っている。だからさ、任すよ、ハルヒ。SOS団内での決めごとのすべては、お前にな。

だが、こっそりと長門や古泉、朝比奈さん（大）なんかにも、俺は同じようなことを思っている、それだけは許しておいてくれよな。

俺の溜息《ためいき》をどうとったのか、ハルヒは満足そうに教科書を閉じ、ノートを鞄《かばん》に放《ほう》り込み始めた。本日の課外授業兼《けん》、部室にわざわざ遅《おく》れていくための時間稼《かせ》ぎが終了《しゅうりょう》したという合図である。

たった十数分のこの時間が、なぜか俺にはやたら貴重な安息のハーフタイムイベントのように感じられているのだが、これはどういう心理から来る安堵《あんど》感なのだろうか。部室での集合にタイムラグを発生させるだけの、わずかな時間にすぎないのに、ましてや朝比奈さんのお茶にありつける時間までも遅れるというのに、俺はどこか今の部室を避《さ》けている自覚があった。

それはいったい何なのだろうか。入団希望者のキラキラ一年生に合わす顔がないからかもしれないし、非科学的な胸騒《むなさわ》ぎ、根拠《こんきょ》のない嫌《いや》な予感があるという錯《さっ》覚《かく》に陥《おちい》っているからかもしれないが、まあなんと言っても部室にはハルヒ消失以来ちゃんと自我を守っている長門もいるし、難題の推理に喜びを見いだす古泉とともに、愛《いと》しきうるわしの朝比奈さんまでもが後光とともにおわしておられる。

俺たちが全員揃《そろ》っている限り、この高校では無敵に等しいと自画自賛しているわけだが、胸の隙間《すきま》に入り込んだ薄《うす》ぼんやりとしたヘリウムガスみたいなものが俺を妙《みょう》に浮《うわ》ついた気分にしていた。

なんなのだろうか、これは。

この前偶然《ぐうぜん》出くわした佐々木や橘京子や九曜などが気にかかっているのは間違《まちが》いないものの、それからあいつらは特に何かをしでかしている感じでもない。佐々木があっち側にいるということは、おそらく佐々木はハルヒ以上にあの連中を煙《けむ》に巻いていて、そこそこ困らせているだろうなということは、俺の些少《さしょう》な推理力をもってしたところですら想像に難《かた》くない。俺は佐々木をよく知っていた。あいつはハルヒと同じくらい、他人の意見に左右されることのない人間だ。むろんベクトルは違うがな。ハルヒは最初から聞く耳を持たず、佐々木はじっくり耳を傾《かたむ》けた上で、自分の意見を滔々《とうとう》と述べ出すのだ。彼女のアイデンティティはとてつもなく強固であって、仮にゼウスやクロノスが神託《しんたく》を携《たずさ》えて出張ってきたとしても変節することはないだろう。プロメテウスかカサンドラの言葉なら少しは耳を傾けるかもしれないがな。

まあ、仮にそいつらが専属家庭教師として俺の元に現れたとしても、ハルヒのように解《わか》りやすく講義をしてくれるとは思えないな。結果論から導き出される客観的分析《ぶんせき》こそが、つまるところ歴史の理解に最も有益な情報なのだ。ありえない話だが、俺の名が後世まで残っていたとして、その時代の歴史家が何をどう分析しようとクレームをつける気はさらさらない。とっくに俺は鬼籍《きせき》に入っているだろうし、死人に口なしではあるし、すでに死して朽《く》ちた人間に言及《げんきゅう》する権利を持つのは未来人だけさ。

そして俺は、身近な人間の死に接してそいつの思い出記録なんて書くつもりは猫《ねこ》のノミの卵の大きさほどもない。だから誰《だれ》も死ぬんじゃねえぞ。行方《ゆくえ》不明もダウトだ。俺とハルヒがいる限り、SOS団に絡《から》んでいる人間はどこにも行くことは許さん。増えるのはいい。だが減るのはダメだ。現状を維持《いじ》し、維持し抜く。それが目下のところのSOS団の最重要団則その一であるのは、明文化していないとは言え、誰もが持っている共通認識《にんしき》なのだから。


てなことを、つらりつらーりと考えているうちに、ハルヒの特別講義は終了し、教室を出る際には掃除《そうじ》当番たちの含《ふく》み笑いを背に受けつつ、古びた校舎の廊下《ろうか》をヒトラーユーゲント全国大会に出席した若手ナチス党員のような勢いで進んでいた。

ハルヒによる俺専用授業復習講義がやっとの思いで以下明日となり、やれやれと安堵《あんど》の気持ちでいたのもつかの間、肩《かた》を並べて部室へと至る薄暗い廊下の最終目的地には、ちょっとした問題が残っていることを忘れるわけにはいかない。それはそれで俺の頭を大いにぐらつかせる問題でもあるわけだが、ハルヒはまったく意に介《かい》していないらしい。

俺にテストで合格点を取らせることと団員試験のどっちが大事なんだという風《ふ》情《ぜい》のハルヒだったが、部室に向かう足取りはまるでタップを踏《ふ》むようで、やっぱり色々と楽しんでいる様子がうかがえる。さしずめ新入団員候補の一年生たちがこいつには百一匹《ぴき》のハムスターに見えているのかもしれなかった。

できれば新人団員たちには齧《げっ》歯《し》類《るい》的な素早《すばや》さより、猫科の動物的な鷹揚《おうよう》な精神構造を期待したいところだ。ハルヒの実験動物として役にも立たない心理学の道具にされるより、ぼんやりウロウロしたり突然《とつぜん》丸くなったりしておいたほうが、身の施《ほどこ》し方として将来性のある人物に育つだろう。ハルヒに尻尾《しっぽ》を振《ふ》って忠誠を誓《ちか》うような素直な犬タイプは古泉だけで間に合っているからな。何考えてんだか解らない陸イグアナみたいなのがいれば、そこそこ部室にとけ込めそうだが、俺の見た限りでは望《のぞ》み薄だ。

やはりハルヒも似たようなことを考えているのかもしれない。このままグダグダと入団試験を二次三次と続けていくよりも、一発で白黒をつけるほうがSOS団のためにも、また前途《ぜんと》有望な新一年生のためにもなるんじゃないか、とね。

　そして想像通りと言うか、ハルヒ的ハムスターであるところの仮入部員は、やはりと言うか少々目減りしていた。部室にいた一年生は男三人と女二人の計五人でフルハウス。昨日から一人脱落《だつらく》だが、俺の観点からしたらこれでもまだ残っているほうだと言える。いったい彼らのどこにSOS団に対する執着《しゅうちゃく》があるのか個人面談を実施《じっし》したいところだが、あいにくそれはハルヒの役目であり、すべてを統括《とうかつ》、決定する権利を有する我が団の最高権力者は、部室に入るなり、声高らかに宣言した。

「これからSOS団入団最終試験を開始します！」

　すでに部室にいた朝比奈さんはそば茶の入った急須《きゅうす》を持つ手をとめて目をパチクリ、一人で動物将棋《しょうぎ》の盤面《ばんめん》を吟味《ぎんみ》していた古泉は笑《え》みとともに両手を広げ、長門は隅《すみ》っこで古書のページを追いながら無反応を貫《つらぬ》き、十秒未満の沈黙《ちんもく》の後、やっと俺が発言した。

「もう終わりなのかよ」

「ええ」

　ハルヒは居丈高《いたけだか》に、

「あんまり時間をかけちゃみんなにも迷惑《めいわく》だからね。それに充分《じゅうぶん》なデータは出そろったわ。あと見せて貰《もら》うのは根性《こんじょう》だけなの。友情も努力も勝利なんてものも全然いらない。だいたいあたしたちの間に友情が育つほどの時間はなかったし、努力なんて結果を出せない人間の言い訳でしかないし、勝利っていっても何に勝ったかじゃなくて誰に勝ったかが最上級要件なんだしね。この場合だと、あたしに勝たなきゃ何の功績にもなんないわけよ」

ハルヒは五人の新一年生たちに睥睨《へいげい》の視線を送って一巡《いちじゅん》し、うなずいた。

「みんなえらいわ。ちゃんと言いつけ通り、体操着を持ってきてるわね。じゃ、さっそく着替《きが》えてちょうだい」

人数分のパイプ椅子《いす》にきちんと座っていた一年坊《ぼう》どもは、お互《たが》いうかがうように視線を巡《めぐ》らしていた。そりゃそうだろう。いきなり着替えろったって、どこでだという話だ。それにしてもいつの間に持参物のお知らせを回覧させていたのか、全員が体操着入れの袋《ふくろ》を持っていたのには感心する。この時期だ。どれも真新しいことだろう。ついでに運動部とはもっとも縁遠そうなこの部活にどうしてそんなものが必要なのか多少は悩《なや》んだに違《ちが》いないが、ともかく今年の一年生たちは暴《ぼう》虐《ぎゃく》な団長の言葉に律儀《りちぎ》に従っていたようで、

「あ、はいっ」「了解《りょうかい》っす」

などと呟《つぶや》きつつ、体操服を手にして立ち上がった。

が、立ち上がっただけだ。男女共同のこの部屋で、男女平等に着替えるには彼らの羞恥心《しゅうちしん》は格段に健全なる状態を維持《いじ》しているものと見える。

なんせ古泉や朝比奈さんと長門もまったく出て行くそぶりを見せず、どうぞお気軽にとでもいいたげな態度で、古泉はニヤニヤ（意外とムッツリなのかこいつ）、朝比奈さんは展開の流れについていきそこねて人数分の湯飲みを探しているし、長門は部屋の隅っこで生徒会議事録に目を通すばかりで顔も上げない。

うろんな顔をしている一年生たちに救いの手を伸《の》べる役割は、どうやら俺しかいないようだと深呼吸とともに腹をくくりかけたとき、

「さ、現団員はみんな部室から出て行って。有希も！　本なら外でも読めるでしょ」

ハルヒが思わぬ段取りの良さを見せた。

「まず女からね。男子は廊下《ろうか》で待機して、女子が終わったら着替えるの。あたしは男女間のすべての価値観は平等だと信じているけど、身体的な区別はちゃんとつけなければならないと考えているんだからね。さ、早く出た出た」

そこにはかつて一年五組の教室で男の目を気にせず着替えを始めようとした女子高生一年の面影《おもかげ》はなかった。ま、俺の錯覚《さっかく》かもしれないし、ハルヒの笑顔《えがお》に気を取られていてその分頭が回らなかったからかもしれないんだがね。

が、一応尋《たず》ねておかねばならない。

「いったい、こいつらに何をさせようってんだ？」

運動系の試験だというのは見当が付くが。

「言ってなかったっけ？　マラソン大会よ」

ハルヒは腕《うで》を組み、もっともそうな表情を浮《う》かべて、

「やっぱりぐだぐだと試験を続けるのはあたしの性《しょう》に合わないわ。こういうのはすっぱり決めちゃった方がいい結果が生まれることだってあるのよ。それに仮入部期間だってそろそろ終わりだし、第二希望の他《ほか》のクラブに行くつもりの落選者のことも考慮《こうりょ》してあげないと。そこであたしは考えたの。こういうのは最終的には体力勝負なのよ、元気一番なのよ。それには持久走が一番ぴったりくるわ」

今までSOS団の活動に持久力が試《ため》されたことがあったかと考えつつ、

「おいおいちょっと待てよ」

言わずもがなだと思いながらも、こういうハルヒの暴走に異議申し立てをするのは狭《せま》い部室の中に俺しかいないようなので、

「今までやってきたことはなんだったんだ。ええと何か、結局はマラソンで全部決めようってのか。だったら最初からそうしてりゃよかっただろ」

「ちっちっちっちち」

ハルヒは予期していた質問をくらった試験官のような余裕《よゆう》さで舌を打ちつつ指

を振《ふ》った。耳学問の門前の小僧《こぞう》に高僧が諭《さと》すような態度で、

「考えが足りないわね、キョン。いいこと、今までの試験、面談は決して無駄《むだ》なことじゃないのよ。あたしはちゃんと人を見る目があるからね。オオタカが地上の岩場の陰《かげ》に隠《かく》れている子ネズミを発見するくらいの視力と注意深さは持っているつもりだわ」

まあお前に発見された哀《あわ》れなネズミは直後に巣で晩餐会《ばんさんかい》の皿に載《の》って出てくるんだろうが。

「あたしが試験試験と過剰《かじょう》に言い立ててたのは、いわばええと、あれよ、ミステリでいうところのマクガフィンってやつなんだわ」

「それを言うならレッドヘリングでしょう」

冷静に突《つ》っ込んだのは古泉だったが、俺にはパウンドケーキと赤い鰊《にしん》がどう関連するのかサッパリ解《わか》らなかったので黙《だま》っておいた。はたしてハルヒもよく解っていなかったらしく、

「どっちでもいいわ。ようするに試験という名の適性試験を、んんん、簡単に言えば人間観察をしていたわけだから。つまり試していたってこと。試験の内容なんてどうでもよかったのよ。この問題の解答は、脱落《だつらく》せずにここまでついてきてくれる新人を選別する過程にすぎないの。ということで」

ハルヒは総勢五人の新一年生の鼻先に人差し指でさっと弧《こ》を描《えが》き、

「あなたたちは見事、関門を突破《とっぱ》したわ。おめでと。こうして最終試験に挑《いど》む権利を獲得《かくとく》したんだからね。大いに喜びなさい。いまのうちにね。でも本番はこれからなの。いっとくけど最後のは今まで以上に厳しいわよ。必要なものは体力、根性《こんじょう》、精神力、勇気、そしてなによりも決して諦《あきら》めないという、人間が最も必要としている最重要スキルと、試練の先で待ちぼうけしている最終的な勝利なんだからねっ！」

一般論的《いっぱんろん》にいいことを言ってるような気もしたが、どうもこの場にそぐうセリフとはお世辞にも言えない。涼宮ハルヒはいつだって行き当たりばったりなんだ。今回もそうではないと、いったいこの世のどこの誰《だれ》に言うことが出来るのであろうか。

俺は思わず微苦笑《びくしょう》し、ハルヒがこういう奴《やつ》だから俺は、こいつを時たま…………と何か思いかけたところでかろうじて踏《ふ》みとどまった。あぶないあぶない。自分の言葉がただ脳内でしか言語化されないものなのだとしても、その言葉は自分のみには聞こえてしまうわけで、そうなったからには聞こえなかったことには出来ないものだ。

言葉は認識《にんしき》だ。そんな認識をしてしまったら、俺は今後も長く続いて欲しい人生における何か致命《ちめい》的な判断を明確に自覚しなければならなかったかもしれず、そして俺は今のところあらゆるイデオロギーやポリシーから自由でいたいと小賢《こざか》しくも決意しているところだ。

結果、俺は考えることを緊急《きんきゅう》停止し、もっと別の愉快《ゆかい》なことを夢想することにした。鶴屋邸《てい》での八重桜花見とか、やりこんだゲームの新作発表に対する期待とか……。

「…………」

俺の心中がなにやらごまかし作業に入っているのを見て取ったのか、長門はするりっと顔を上げ、こちらをしばらくじっと見つめてから、また読書に戻《もど》った。

「あー……」

いいさ。誰にバレようと、ハルヒにさえ知られなければおしなべて平和だ。ま、ちょっとだけ知らせてやってもいいか……とか一瞬《いっしゅん》ひらめいてしまったものの、すまない、ただの気の迷いだった。いや、だから、マジでマジで。

はあ……。誰に対してより、自分に言い訳を言い聞かせなければならないってのは、どうも何年かして思い出しては悶絶《もんぜつ》する経験にしかならないんだよな。忘れたいものに限って突発《とっぱつ》的に思い出したりするから人間の脳みそはタチが悪い。人類猫《ねこ》化計画を誰か実践《じっせん》に移してくれないものだろうか。猫は大それた野望も未来への不安もまるっきり持っていないだろうからな。

更衣室《こういしつ》に行く手間ひまかける時間など考慮《こうりょ》に入れるだけ無駄と判断したのだろう。ハルヒは部室で男女入れ替《か》え制で着替えるように強制し、当然の配慮《はいりょ》として俺と古泉と朝比奈さんは退出の上、廊下《ろうか》で手持ちぶさた状態になったわけなのだが、男子一年生が体操服への衣替《ころもが》えを果たす時間になってもハルヒは当然のような顔で、出ろと言われたにもかかわらず長門は本に顔を伏《ふ》せたままその場を動こうとは結局せず、いやいや、少しは初々《ういうい》しい高校生男子が先輩《せんぱい》女子の目の前で半裸《はんら》をさらさねばならない心境について考えてやれよと意見しようと思ったものの、まああの二人なら今更《いまさら》何を見ようがまるで気にしないだろうし、もしかしたらこれもハルヒ的入団試験の一つのハードルなのかもしれず、だったら女子のターンで俺が部室内にいても問題なかったんじゃないかと気づいたのは、一年全員が着替えを終えてグラウンドに向かっている最中のことであった。

まあ特に残念ではないさ、と言っておく。どっちみち俺の信条的にも性格的にもできそうにないことだしな。朝比奈さんの目もあるし。

このような回りくどさを経て、さて、やっとのことで到来《とうらい》したハルヒ謹製《きんせい》SOS団最終入団試験の運びになったのは全然いいのだが、という割にはいささか解《げ》せないことに新一年生のみならずハルヒまでもが体操着姿なのが気になった。その精神世界を大いに躍動《やくどう》させてはばかるところのない女の、ストリートなヒップホップサウンドを即興《そっきょう》で作詞作曲しかねない弾《はず》んだ足取りももっと気になるが、最大の懸案《けんあん》は、今俺たちが向かっているのが運動場だってことだ。

解説の必要もなく放課後のグラウンドが運動部たちの熾烈《しれつ》な陣地《じんち》争いであるのは、スポーツに別段力を入れる方針でない一介《いっかい》の県立高校では毎日のように目撃《もくげき》できる光景である。今も陸上部サッカー部野球部などのメジャーな部活や、それよりはややマイナーなスポーツに邁進《まいしん》する生徒たちによって、互《たが》いに領有権を主張している小国の豪族《ごうぞく》が国境付近地帯で無言のせめぎ合いを続けるがごとき陣取り合戦が繰《く》り広げられている。

マシなのは400メートルトラックをほぼ独占《どくせん》できる陸上部くらいだが、そしてハルヒは五人の一年生たちを意気《いき》揚々《ようよう》と引き連れながら、着実な歩調でずかずかとそちらへ向かっていく。その遠慮《えんりょ》のなさときたら小魚の群れに突撃するカジキマグロを彷彿《ほうふつ》とさせる。

行きがかり上、ここまで付き合ったものの、毎日の登下校と体育の授業以外に運動をする気のない俺は、グラウンドへ下りる階段の上で待機させてもらうことにした。古泉と朝比奈さんも同様である。二人とも付き合いが長いせいで、ハルヒが何をするつもりなのかは重々承知しているものと見える。長門は最初から立会人になる気がなかったらしく、今も部室でのどかに読書を楽しんでいることだろう。賢明《けんめい》な判断だと言わざるを得ない。

つまり、長門を除く現職ＳＯＳ団員であるところの俺たち三人は、ただの野次馬と化する道を選んだわけである。下手に何か言って参加させられては堪《たま》らんもんな。

見ていると、ハルヒはまず陸上部の誰《だれ》かに居丈高《いたけだか》な難癖《なんくせ》をつけ始め、迷惑《めいわく》色のオーラを立ち上らせる部員たちの目の色を一顧《いっこ》だにせず、スタートラインに入団希望者たちを整列させた。

「走るくらいいいでしょうが。だいたい陸上部は走るしか能がないけど、あたしたちはもっと崇高《すうこう》な目的のために走るのよ。今日一日だけなんだし、そんなに邪《じゃ》魔《ま》はしないし、それに運動場はあたしたち北高生の共同区域のはずだし、あたしたちが走って文句がある？」

矢《や》継《つ》ぎ早《ばや》にまくし立てた後、０・１秒の猶予《ゆうよ》を与《あた》え、

「ないわよね。じゃ、そういうことだから」

集まってきた陸上部員に有無《うむ》をいわせる時間さえ与えず、ハルヒは配下の者どもに号令をかけた。実にシンプルに、

「よーい、ドン！」

と言いつつハルヒはフライング気味に走り出し、何をするのか聞かされていなかったのだろう、一年坊《ぼう》たちは一瞬あっけにとられたように立ちつくした後、

「何してんの！　あたしについてきなさぁいっ！」

ハルヒの大音声《だいおんじょう》に硬化《こうか》を解かれ、さっさとトラックを周回し始める体操服の後を追って駆《か》けだした。先頭を行くハルヒのペースからして、おそらく短距離《たんきょり》ではなく──ああ、なるほどマラソン大会ね。

だがいったい何千メートル走らせる気なんだか。あいつ、ストップウォッチすら持ってないんだぜ。

とは言え、最後の試験が単純なマラソンで助かった。

「ハムスターを百一匹《ぴき》も集めることがなくなってよかったよ」

俺は階段最上部に腰《こし》をかけ、眼下の運動場を見下ろしながら呟《つぶや》く。ハルヒは遅《おく》れがちな一年生たちにハッパをかけつつ、先頭で跳《は》ねるように走っている。まるで牧羊犬だ。

目を細めて眺《なが》めていた古泉が、俺にリアクションをよこした。

「不可能ではありませんが、涼宮さんの意識的には、特に意味のないアイテムだったのでしょうね」

「もしハルヒが本当に言い出していたら、お前どうした？」

古泉は手のひらを上に向け、何かの重さを量るような仕草をしながら、

「もちろん手を尽《つ》くしてかき集めていたところです。知り合いが営業しているペットショップチェーンの全店にかけあってね。見ているぶんには可愛らしい小動物ですよ、ハムスターは」

百一匹もが箱詰《はこづ》めにされてるんじゃなけりゃな。蠱毒《こどく》じゃあるまいし。

「ところで古泉」

「何でしょうか」

「あの無謀《むぼう》マラソンに参加している一年だが、本当に全員の素性《すじょう》は明らかなんだろうな？」

「それはもちろん。調査の限り、何も心配はありません。あの中に宇宙人や未来人などの現世人類とカテゴリーの異なる存在は紛《まぎ》れ込んではいませんよ」

古泉は顎《あご》を一撫《ひとな》でし、

「ただ――」

「何だ」

「一人気になる生徒がいると言えば、います。一般人《いっぱんじん》であることは間違《まちが》いないのですが、これは僕の単なる勘《かん》でしかありません。むしろ予感というべきでしょう。全員脱落《だつらく》はさすがに面白《おもしろ》くない――一人くらいは団員合格者を出してもいいんじゃないか……と、涼宮さんが考えて不思議ではない。だとしたら誰が残るのか。その人間に、なんとなく予想がつくのですよ。何一つ理由付けのできない、僕のささやかな予感でしかないのですが……」

俺の思っている生徒と同じ奴《やつ》――それも女子――であるような気がした。

「そいつの出自は確かなんだろうな」

「はい。調べましたからね。若干特殊《じゃっかんとくしゅ》なケースではあるでしょうが……」

なんだそれは。それこそ言えよ。今。すぐ。

古泉はふふっと愉快《ゆかい》そうな微笑《びしょう》で答え、

「それはまだ、内緒《ないしょ》にしておきましょう。どうということのない、些末《さまつ》な秘密です。我々に害をなすものでは決してないと断言させていただきますよ。逆にメリットですらあるかもしれません」

含《ふく》みのある回答が少しは気にかかるが、古泉が言うのなら信用してもよかろう。ことハルヒ絡《がら》みの事態には俺より神経質になる男だからな、こいつは。

「ただ——」

またか。

「そうですね、ただ、僕は現在、相当に浅薄《せんぱく》ではあるのですが、非常に説明しにくい違和《いわ》感を抱《いだ》いています。いえ、新入生がらみの疑念ではありません。純粋《じゅんすい》に自分自身に対してですよ」

恋愛《れんあい》関係以外の人生相談なら聞いてやってもいいぜ。

「相談してどうにかなるというものでもなさそうです」

古泉は階段脇《わき》に咲《さ》き誇《ほこ》る春紫苑《はるじおん》を眺めながら、

「実は、自分が薄《うす》くなっているような気がするんです。どう説明したものでしょうか」

見た感じ、お前の面《つら》の皮はいつも通りの半笑い鉄仮面だ。

「外見的な意味ではありません。僕が今考えていることは本当に僕の意思なのか、それとも違う僕が夢で考えている非現実世界での疑似《ぎじ》意識なのか……なんてことをね。まあ、ちょっと気になる程度に考えてしまうわけですよ」

ハルヒの精神状態を気にしすぎて盗掘《とうくつ》者がミイラ捕《と》りになっちまったか。メンタルクリニックにでも行ってみたらどうだ？　セロトニンくらいなら処方してくれるかもしれんぞ。

「真面目《まじめ》に考えてみますよ。これが僕一人の問題ならいいのですがね。いや、きっとそうなんでしょう。涼宮さんはあの通り楽しそうですし、しばらくは『機関』の出る幕もないでしょうから」

古泉の言葉を受けて、俺はグラウンドに目を戻《もど》した。

「走った後ってのど渇《かわ》きますよね。お茶の準備をしておこうかなあ」

と、相変わらずの気配りをみせるメイド姿のままの朝比奈さんの声を耳にとめつつ。


驚《おどろ》いたことに、ハルヒの疾走《しっそう》ペースは長距離《ちょうきょり》マラソンにしては異常なほどのハイペースであり、また単純にもトラックをぐるぐる回るだけのシロモノだった。時間さえ計っていないということは、時間限定ですらないということであり、おそらく何周したら終わりを迎《むか》えるという明確なゴールが設定されているものでもなさそうだ。

ここにきて、ようやく俺はハルヒの真意を理解し、一年生たちに深々と同情した。

ハルヒめ、あいつ、全員が脱落するまで走り続ける気だぞ。ついてこれなかった者から片《かた》っ端《ぱし》に不合格にして、最後にへばったやつに適当ないたわりの言葉でもかけてお開きにするつもりなんだろう。

よっぽどハムスターつかみ取り選手権以上の試験内容が思いつかなかったと見える。ちゃっちゃとマラソンで片を付ける気でいるのだ。ではあのペーパーテストやらは何だったと言いたくもなるが、ハルヒらしい飽《あ》きっぽさが存分に発揮された結果がこれなんだろう。あるいは、本当に長々とハルヒの戯《たわむ》れに付き合わされる一年生たちのことをおもんぱかったのかもしれない。

しかし、一番もっともらしいのは最初から新入団員なんぞ欲《ほっ》していなかったのかもな。

最終試験、時間無制限耐久《たいきゅう》マラソン。

ハルヒが立ち止まったとき、その背後に立っている一年生など皆無《かいむ》に違いない。この世の誰《だれ》にも追随《ついずい》を許さない、超高速彗星《ちょうこうそくすいせい》のような女なんだからな、ハルヒはさ。

俺の思いを裏付けるように、一年生たちは数周もいかないうちに後《おく》れを取り始めた。快調に飛ばすハルヒの快足に付いていける人間など、陸上部全員を集めてもそうはいないから完全に予測できた光景ではあるが、それでも何人かは全身全《ぜん》霊《れい》をこめて先行する第一グループ——つまりハルヒのみ——に追従する第二グループを形成している。

普通《ふつう》、マラソンなんてあらかじめ走る距離が決まっているか、時間打ち切りでやるもんだが、ハルヒに至ってはそのどちらも考えていない。ただ、走る。そして気の済むまで走り続けるだけだ。ゴールが空間的にも時間的にも見えないんだから、こいつは後続の一年生にとっちゃ、ちょっとした肉体的・精神的な拷問《ごうもん》だぜ。

おまけにハルヒは放置していたら明日の夜明けまで機嫌《きげん》良く走り続けるくらいのエネルギー源不明な体力保持者だ。あいつの身体《からだ》の中にいるミトコンドリアは本当に地球産なのか？　未知のＡＴＰを発生させる謎《なぞ》の細胞《さいぼう》を持っていたとしても、今やいちいち驚いていられないほどの全開ぶりには呆《あき》れを通り越《こ》して感嘆《かんたん》すらする思いだ。

こうして海兵隊に入門したばかりの一年生がハードワークを強《し》いられているのを、ひたすら眺《なが》めている時間がどれだけ経過したことだろうか。

朝比奈さんは合否はともかく入団希望者たちを慰労《いろう》すべく、新メニューそば茶の準備に部室に戻り、眺めているのは俺と古泉だけになっていた。いや、他《ほか》にもいるな。グラウンドでそれぞれ練習に打ち込んでいた運動部員のほとんどが、この奇妙《きみょう》なトラック周回マラソンに注目し始めている。それほどハルヒのランニングフォームは美しく軽《かろ》やかで、よくは知らんが、まるで草原を疾駆《しっく》するカモシカのごとき躍動《やくどう》を思わせるものだった。

ま、ハルヒはそれでいいんだ。いつものことだ。

が。

その後まもなく、グラウンドでの風景画はまさに「死屍累々《ししるいるい》」としか表現しようのない絵図となって土のカンバスに描《えが》かれることになった。

いつ終わるともないハルヒの時間無制限マラソンから脱落《だつらく》していった一年生たちが、トラックのそこかしこでぶっ倒《たお》れているという、いまどきこんな精神論全開な練習をする運動部がスポーツ競技にそれほど熱心でない北高にあるはずもなく、俺はしみじみ実感する。もしハルヒが一年前にもこんな入団試験を課していたなら、俺と朝比奈さんは間違《まちが》いなく不合格だったであろう。どっちがよかったかと今更《いまさら》考えるまでもないが、そればかりはハルヒの気まぐれに感謝の意をお届けするに一切《いっさい》の躊躇《ためら》いはなかった。

当然、こんな無茶なマラソン試験に合格する一年などいるわけないと達観していたのだが、いつ果てるともないハルヒの脱落強制マラソンが終わりを遂《と》げたとき、つまりさしものハルヒが荒《あら》い呼吸で砂埃《すなぼこり》だらけの大気を吹《ふ》き乱しつつ、立ち止まったときのことだ。

俺はこれまで蓄積《ちくせき》してきた自分史における自信を失いかけるほどの衝撃《しょうげき》シーン

を目《ま》の当たりにすることになった。

団員志願者たちはトラックのそこかしこでぶっ倒れ、邪魔《じゃま》だと言わんばかりの陸上部員たちに引きずられて運動場の端《はし》に行っている。半ばゾンビ化した彼等《ら》アンド彼女たちが最も欲するものは、何より新鮮《しんせん》な酸素とヤカンからぶっかけられる水道水に他ならないだろう。

しかし――

ただ一人、ハルヒがマラソン終了《しゅうりょう》を宣言した時、その後ろにぴったりくっついて、ハルヒに遅《おく》れることとわずか数秒というタイムラグでゴールを駆《か》け抜《ぬ》けた一年生がいた。

さすがにひぃふぅと荒い息をつき、汗《あせ》まみれになっていたが、それでも彼女はやり遂げたのだ。そう、彼女と言うからにはそいつは女子の一年生。

小柄《こがら》な身体に合っていないブカブカの体操着をまとい、汗で乱れた髪《かみ》を子供っぽい手つきで直そうと努力して、ますます鳥の巣のような髪型になっている。だが、その紅潮しつつも整った顔つきにあるのは心からの嬉《うれ》しそうな笑《え》みであり、特に印象に残ったのはスマイルマークみたいな髪留めのデザインだった。

「あなた……」

ハルヒが微妙《びみょう》に驚《おどろ》いた声で、

「なかなかやるわね。あたしに付いてこれるなんて、陸上、やってたの？」

ハルヒの息遣《いきづか》いもさすがに荒い。

「いいえっ」

少女は間髪《かんはつ》を容《い》れず答えた。

「あらゆる部活動に関して、あたしはフリーダムでした。あたしが目指していたのは、ふはぁっ、SOS団だけなんです。がんばりましたっ。何としてでも入れてもらおうと思って、この日を迎《むか》えたのです！」

何キロ走り終えたのか解《わか》らないにもかかわらず、やたらハイテンションな回答だった。汗まみれの顔に笑顔を形作るところから余裕《よゆう》さえ見て取れる。

その答えはハルヒのお気に召《め》したのか、まだ呼吸を整えながら、

「合格者はあなた一人ね。まあ、これはまだ第一次適性試験みたいなものだから、もうちょっと試験は続くかもしれないけど、覚悟《かくご》はいい？」

「やれと言われれば何だってやります！　それが水面にうつった月をすくい取れというご要望でも、あたし、やります！」

二人のやり取りを、俺と古泉は安全地帯から大口を開けて呆然《ぼうぜん》と眺めていた。

ハルヒ並みの脚力《きゃくりょく》と肺活量の持ち主で、しかも新一年生だ。これは陸上部あたりが放《ほう》ってはおくまい。見ろ、トラックを占拠《せんきょ》されて迷惑顔《めいわくがお》だった陸上部員たち

の目の色が攻撃色《こうげきしょく》に変わっている。なんとかしてあの有望そうな新入生をかっさらえないかと激烈《げきれつ》なる思案に暮れている目だぞあれは。

ハルヒに関してはもう諦《あきら》めるしかないが、入学して間がない新人ならどうにか宗旨替《しゅうしが》えさせられるんじゃないかと、ポルトガル宣教師が仏教勢力から距離《きょり》を置く戦国武将を狙《ねら》う目をしている。こうもまざまざと長距離走の実力を見せつけられたら無理もない欲求《よっきゅう》と言えるね。俺もまったく同感だ。

その少女は満足げに額の汗を腕《うで》で拭《ぬぐ》い、ふと顔を上げて俺と目線を合わせた。目を細め唇《くちびる》を緩《ゆる》ませる抑《おさ》えめな笑顔が、俺に底知れない既視《きし》感を覚えさせる。

こいつは『知っている』側の人間なのか。長門や古泉ですらスルーしてしまう超常《ちょうじょう》ステルス能力持ちの、謎《なぞ》の第四勢力の一員……と考えてしまうわけだが、それにしては佐々木はともかく九曜や橘京子、謎未来人関連の人物という匂《にお》いはまるでしない。

まさか第五の勢力か――。

おいおいやめてくれよ、いったいどれだけの人種を俺は相手にしないといけないんだよ。と、面倒《めんどう》くささに襲《おそ》われたところで、しかしながら俺は彼女に本能的な危険性をまるっきり感じることができなかった。風変わりな一年生。ハルヒが一人くらいは欲しいと考えただろう、新入団員候補。それ以上の意味はないのかもしれない。未来人や超能力者、宇宙人を欲《ほっ》すると宣言したハルヒの有名なセリフも今は昔、すでに一年前のものだ。その間、色々と突飛《とっぴ》なことが発生した一年でハルヒの望みは本人の自覚なしとはいえ、すべて成就《じょうじゅ》している。

直近で望んでいるのは、とにかく有望な新入団員であって、そいつは別段、特殊《とくしゅ》な人間あるいはホモサピエンスもどきである必要はないだろうから、ハルヒは第二の便利な平団員、つまり俺二号を所望《しょもう》していただけなのかもしれず、だとしたらハルヒの行き当たりばったりな入団試験に合格した少女もまた、NPCに近い人数あわせと小間使い、またはいずれ卒業してしまう朝比奈さんから衣鉢《いはつ》を継がせるためのニューマスコットキャラなのかもしれなかった。

仮に目論見《もくろみ》通りの人間でなかったとしても、だったら遠からず俺にアプローチをかけてくるだろうし、考えるのはその時からでも遅《おそ》くはない。奇人《きじん》変人の相手は慣れている。

膝《ひざ》に手をついて呼吸を調整している一年生の姿には、人間を超越《ちょうえつ》した何かも、未来人らしい過去の情報不足も、異星人的な非常識さもまったく全然皆無《かいむ》であるのは間違いなかった。

彼女は人間だ。誰《だれ》のアドバイスも忠告もいらない。これは俺の断固たる確信だ。現世人類が不定型な原生動物から何だかよく解らない経歴をたどって進化した、と同じくらい事実にして真実であるという、揺《ゆ》るぎのない確たる真相なのである。

俺だってたまには正しい推測をするのさ。

こうして突発的に訪《おとず》れたSOS団入団最終試験は、有無《うむ》を言わせない団長の突発的な思いつきによって終了《しゅうりょう》した。

もちろん俺には多少の気がかりが残されている。合格を果たしたあの一年生娘《むすめ》、どうも何かどこかで見たようなことがある上、初顔合わせの時点でなぜか俺の目に奇妙《きみょう》にひっかかった人物が、つまり彼女なのだ。古泉は特にあやしいものではないと断言していたが、ハルヒの入団試験をくぐり抜《ぬ》け、お眼鏡《めがね》に適《かな》ったということは、ほぼ確実にその娘がタダ者ではないことを示している。

どっちの意味でのタダ者でなさだ？　鶴屋さん的なものならば、まだこっちの世界の住人で安心だが、これが宇宙や未来や超能力絡《がら》みだとしたら、また俺には新しい問題集から応用問題が与《あた》えられたも同じことになっちまう。

「ううむ」

思わず呻《うな》る俺の背をポンと叩《たた》いたのは古泉で、

「心配することはありませんよ。彼女は問題ありません。体力的に涼宮さんと同等の女子高生なら、探せばいくらでもいるでしょう。むしろ、可愛《かわい》らしい後輩《こうはい》が増えてよかったじゃないですか。なかなかに小間使いの素質はありそうですし」

本心からそう思っているらしい。古泉の表情は柔《やわ》らかな余裕の笑《え》みに彩《いろど》られていた。

だが俺には何やら得体の知れない既視感というか、あの少女とどこかで会っていたのではないかという錯覚《さっかく》を完全には捨てきれていないんだが。

まったく記憶《きおく》になく、それでいて明らかに初見の顔合わせにもかかわらず気になっていたのはそのせいだが、逆に言うと全然接点がないのは明白なのに、どうして前から知っていたような気になっているのか、そんな自分の中の鰯雲《いわしぐも》のようにたなびく夕方の焚《た》き火《び》から立ち上るモヤっとした煙《けむり》みたいなものが気がかりでしょうがないのだ。

「待てよ」

ってことはこれはあの娘の問題じゃなくて、ただ俺の心の問題なのか。ここまで心配性《しょう》な性格をしていたとは我ながら信じられん。たった一人の一年生女子に、しかも一見したのみでは単に愛らしく、健康問題も皆無そうで、いかにも人好きのしそうな華奢《きゃしゃ》な女の子相手に、俺はなにを動揺《どうよう》しているんだろう？

　さて、ハルヒと今や唯一《ゆいいつ》の新人団員となった一年生は一足先に部室に戻《もど》り、着《き》替《が》えを終えた模様だ。扉《とびら》が内側から開いたとき、飛び出してきた少女とオフセット衝突《しょうとつ》しかけたところを、相手はひらりと春風に吹《ふ》かれるモンシロチョウのように身をかわし、

「今日はこれで帰ります！　明日から、よろしくお願いしますねっ」

　夏の日中に咲《さ》く花のような笑顔を見せた。採寸なんかしていないようなだぶだぶの制服、変な髪飾《かみかざ》り、ただし健康的な顔に浮《う》かばせているのは二重連星の片一方のような陽気さで、そして、どこか幼い笑み。

　俺の隣《となり》には古泉もモデル調のポージングで突《つ》っ立っていたんだが、そっちには目をくれず、少女は俺だけを剛速球《ごうそっきゅう》ストレートの視線でしばし見つめ続け、フフッと小さい笑い声を立ててから、

「それじゃっ！」

　唐突《とうとつ》に行き先を思い出したコマドリのように、さっと階段の方へと向かって、消えた。

　しばらく唖然《あぜん》としていると、

「ずいぶん気に入られたようですね」

ニヤニヤという擬音《ぎおん》が最適だろう、古泉のもの静かな声がなにか囁《ささや》いている。

「いやぁ、可愛いもんですね。一年生、それも同じ部活の後輩となればなおさらです。なかなか気だての良さそうな娘じゃないですか。いかが思われます？」

いかがも何もねえ。俺はハルヒが本当に新入団員を入れるとは思ってもみなかったから少々虚《きよ》を突かれているだけだ。ハルヒの無茶なマラソンレースは明らかに全員不合格を狙《ねら》ったものだったから、その思惑《おもわく》を飛び越《こ》えちまったあの娘の根性を称《たた》えるか、でなければ自分の運動神経に疑問を抱《いだ》く作業に忙《いそが》しいだけさ。

「長距離走《ちょうきょり》は運動神経とはそれほど密接な関係にはありませんけどね。どちらかと言えば遺伝形質の影響《えいきょう》が大きいことが解《わか》っています。ま、いいでしょう。今はそういうことにしておきますか」

妙《みょう》に余裕《よゆう》だな、古泉。お前、何か知ってるんじゃないだろうな。

古泉は微苦笑《びくしょう》と肩《かた》をすくめることでごまかし、ちょうどその時、部室内から声がかかったので俺の取り調べ的な追及《ついきゅう》もここまでだった。

「もう入っていいわよ！　着替えすんだから！」

どことなく上機嫌《じょうきげん》な、ハルヒの声だ。

ハルヒはいつもの団長席につき、自分用の湯飲みで熱々のそば茶をずるずると啜《すす》っていた。床《ゆか》に脱《ぬ》ぎ散らかしてある体操着を、朝比奈さんがちょこまかと拾っては畳《たた》んでいる。その姿は、もはや涼宮家専属メイド隊筆頭のような風格さえ漂《ただよ》っていた。わがままなお嬢様《じょうさま》が自前のメイドを学校にまで連れてきた、と設定を変《へん》更《こう》すべきではなかろうか。

「いいのかハルヒ」

「何が」

「新しく団員入れちまってよ」

「そりゃあ、まあ、ねえ」

ハルヒは湯飲みの中身を飲み干し、たんっと音高く団長机に置いて、

「正直言って、あたしだって一人も残らないと思ってたわ。だから最終試験をマラソンにしたんだしね。でも、まさかあたしに最後までついてこられる一年がいたなんて、ビックリマークとハテナマーク二つよ。『!!??』って感じね」

なるほどな。やはり最初から誰《だれ》も入れるつもりはなかったんだな。今までの入団試験の数々は単なるハルヒのお遊びだったわけだ。

「でも、びっくりしたわ。このあたしと同等の体力を持つ一年が存在していたって事実にね。これはもう尋常《じんじょう》な事態じゃないわね。相当な逸材《いつざい》よ。陸上部に入れれば中長距離走のエースとしてインターハイも夢じゃないんじゃない？」

だったら、そのまま熨斗《のし》つけて陸上部に斡旋《あっせん》すべきじゃねえだろうか。

「もったいないじゃない。陸上部はそりゃ喜ぶでしょうよ。ここんとこ大会でもからっきしだしねウチの陸上部。でもね、他《ほか》の部がのどから手を出すほど欲しがる人材、そんなのをむざむざ渡《わた》してあげるわけにはいかないの。あの子はSOS団の門を叩《たた》いたのよ。本人の意思を尊重しないで、何が健全な学園教育よ。民主主義の風上にも置けないわ」

健全な学園教育やこの世のあらゆるイデオロギーにも何の興味もないくせに、ハルヒは機嫌良く言った。

他のクラブから羨望《せんぼう》の目を注がれることに意気揚々《いきようよう》としているとしか思えない。群雄《ぐんゆう》が割拠《かっきょ》する中国魏晋《ぎしん》南北朝時代の昔ではあるまいし、そこまで曹操《そうそう》みたいな人材収集マニアにならなくてもいいんじゃねえか。

「それだけじゃないわよ」

ハルヒは団長机の引き出しをごそごそとまさぐり、いつぞやのコピー用紙を一枚、取り出した。

「まず、これを見てちょうだい」

受け取って眺《なが》めると、それはハルヒが入団希望者を集めて書かせた、入団試験問題用紙だった。いやアンケートと言うべきか。

「他のは焼却《しょうきゃく》処理に回したけど、その子のだけは残してるの。新団員の心意気だもの。あんたにも知る権利はあると思ってさ」

さすがに興味はあった。ハルヒの気まぐれで実行された入団試験に完全パスした新入生の貴重なデータだ。さっそく目を通す。俺も読んだいくつかの質問条《じょう》項《こう》の下の空白欄《らん》に、鉛筆《えんぴつ》書きの文字がかしこまった感じで躍《おど》っていた。

以下が、その文面だ。

・Q1「SOS団入団を志望する動機を教えなさい」
・A「思い立ったが吉日《きちじつ》です。もはや愛してます」
・Q2「あなたが入団した場合、どのような貢献《こうけん》ができますか？」
・A「自由の限りを尽《つ》くします」
・Q3「宇宙人、未来人、異世界人、超《ちょう》能力者のどれが一番だと思うか」
・A「一番喋《しゃべ》ってみたいのが宇宙人。一番仲よくしたいのが未来人。一番儲《もう》かりそうなのが超能力者。一番何でも有りだと思うのが異世界人です」
・Q4「その理由は？」
・A「先の回答で一緒《いっしょ》に書いてしまいました。ゴメンナサイ」
・Q5「今までにした不思議体験を教えなさい」
・A「してません。ゴメンナサイ」

・Q6「好きな四文字熟語は?」
・A「空前絶後」
・Q7「何でもできるとしたら、何をする?」
・A「火星に都市を築いて自分の名前をつけたいです。ワシントンD.C.みたい。フフフ」
・Q8「最後の質問。あなたの意気込みを聞かせなさい」
・A「どうしてもと言われたらわざと視力を落として眼鏡をかけます」
・追記「何かすっごく面白そうなものを持ってきてくれたら加点します。探しといてください」
・A「わかりました。すぐ持ってきます」

……別に初代ワシントン大統領が作って自分で名前をつけた市ではないと思うが。ところでD.C.って何の略だ?

「さあ、ダイレクトコントロールじゃないの? なんかそれっぽいし」

ハルヒが無責任なことを言い、

「…………」

聞こえていたのかどうか、長門はピクと前髪《まえがみ》を揺《ゆ》らしただけで訂正《ていせい》の文句を発しなかった。

正答したところで俺たち二人にとっては無益な情報だと思われたのかもしれない。自分で調べろと言わんばかりの沈黙《ちんもく》だった。

「ふむ」と俺は意味もなく呻《うな》る。

そういえば新入団者に内定した少女の氏名をまだ聞いていないことを思い出した。俺は解答用紙をなにげなくひっくり返し、表にあった名前欄を見た。なぜかクラスや出席番号の部分は空白だったが──、

渡橋泰水

そこそこ丁寧《ていねい》なペン文字の筆致《ひっち》で、フルネームが書いてあった。しかし、

「……なんて読むんだ？　わたりばし・たいみず……いや、やすみず……か？」

疑問を呈《てい》した俺に、

「わたはし・やすみ。ですって」

ハルヒが答える。なんでもないように。それはただの名前だと言わんばかりの無関心さで。

「…………」

しかし、俺はそこに引っかかりを感じていた。急流に呑《の》まれた小魚が網《あみ》にすくいあげられたような、それもただ一匹《ぴき》、不運な俺だけが罠《わな》にかかったような気がする。釣《つ》り上げられたのは、この渡橋という少女なのか、それとも俺か。

「む……？」

なんだこの既視感《きし》は。俺はこの名前を知っている。朧《おぼろ》な記憶《きおく》がそう言っている。そう、どこかで聞いたはずなんだ。

渡橋。わたはし。覚えのない名前、覚えのない字面《じづら》だが、この発音。

わたはし――。

「……！」

俺の脳内にあった錆《さ》びついた歯車がカチリと音を立て、かみ合った。油切れで止まっていた時計が動き出すような錯覚《さっかく》に襲《おそ》われたと同時に、数日前の記憶が透明《とうめい》な水の底からガラス片《へん》を拾い上げるかのような鮮明《せんめい》さでよみがえった。

『あたしは、わたぁし』

風呂場《ふろば》でエコーのかかった電話越《ご》しとは言え、確かに聞いた女の声。どこか舌足らずで、妹が知らないと述べた、あの声だ。

あたしは、わたし。

あれはただの判じ物的なイントネーションではなかったのだ。電話の主はこう言ったに違《ちが》いなかった。

つまり──

『あたしは、渡橋《わたはし》』

謎《なぞ》が晴れてすっきりした感覚を堪能《たんのう》したのもつかの間、さらなる疑念が俺の心中で渦巻《うずま》いた。

渡橋泰水……。

──とは、いったい何者だ？　俺に電話をかけてきたのがただのイタ電だったということで百八歩譲《ゆず》るとしても、どういうわけかSOS団に仮入部して、あまつさえハルヒによる無茶な入団試験をクリアし、明日から正式な団員となろうとしている新一年生がまともなやつであるはずがない。

おまけに動機は不明だが、フライングで俺個人に連絡《れんらく》してくるほどの謎の行動力を持ち合わせてもいやがる。まさに正体不詳《ふしょう》の思惑《おもわく》不明確なそいつが、まんまとSOS団に潜入《せんにゅう》せしめたってわけだ。

彼女の正体は何なんだ。別口の超《ちょう》能力組織員か、天蓋《てんがい》領域とやらのエージェントか、反朝比奈組に与《くみ》する未来人か。

しかし、それにしては古泉も長門も朝比奈さんも、渡橋が残ったことに驚《おどろ》きはしていつつも、何の警戒心《けいかいしん》も見せていない。超能力者なら古泉が、九曜関係なら長門が、未来人モドキなら朝比奈さんが多少なりともリアクションを起こしているはずだが、三人ともそれぞれ意外な顔をしたのみで、朝比奈さんなどむしろ嬉《うれ》しそうである。まあもっとも朝比奈さんは例によって何も知らされていない可能性はあるものの、朝比奈さん（大）からは下駄《げた》箱《ばこ》未来通信の一つでも来てよさそうなものだろう。

この決定には何かあるのか？　それともただの偶然《ぐうぜん》なのか？　ハルヒレベルの身体能力を持つ一年生が、何の因果かＳＯＳ団などという学内イレギュラー同好会に適性があったという、単にそれだけのことなのだろうか。

ただの偶然だろ——と納得《なっとく》して思考放棄《ほうき》するほど俺は心清らかな人間ではない。だいたいだな、では、あの電話はなんだ？

入浴中の俺に妹が持ってきた受話器、手短なコメントだけ告げてあっさり切れたあの電話連絡は、あれには何の意味があったんだ？

「やれやれ」

しばらく平和だと思っていたが、この平和を万全《ばんぜん》たるものにするため、この渡橋泰水なる一年生にちょっとばかり注目せざるをえないようだな。

それにしても、わたはしやすみ、か——。

ハルヒがアンケート用紙をさらにひらりと返し、備考欄《らん》に書かれている文字を読んだ。

「どうか、ヤスミと呼んでください。できればカタカナで発音されると嬉しいです……ですってさ」

漢字でもカタカナでもどうせ発音は同じだ。

「キョン、その意見には賛同できないわ。漢字には漢字、平仮名《ひらがな》なら平仮名、カタカナにはカタカナのイントネーションと意味合いがあるものよ。やっぱりそれぞれ違うわけよ。試《ため》しにあたしの名前を平仮名で呼んでみなさい」

幾分柔《いくぶんやわ》らかくなるかな。春日やハルヒと比べたら。それはともかくとして——。

ヤスミねぇ。

考えてみた。三十秒ほどの沈思《ちんし》黙考《もっこう》の後、俺の記憶《きおく》に該当《がいとう》する名前ではないと、改めて明確この上なしの確信を持てた。一学年下ということを考慮《こうりょ》にいれていても、ますます記憶の平野は積もりたての処女雪に覆《おお》われたままで、そんな名前の足跡《あしあと》一つ付いていない。間違いない。

俺はこの子を知らない。

でも、なぜか会ったことがあるような、それも前々から知っていたような、奇《き》怪《かい》な違《い》和《わ》感が頭《ず》蓋《がい》内の細胞液《さいぼうえき》を浸《ひた》していることも確かだ。

ハルヒはまったく気がかりなど感じていないようで、

「新人にまず何をさせようかしら。不思議探索《たんさく》は去年やっちゃったし、新作映画の主役抜擢《ばってき》……これは時期尚早《じきしょうそう》ね。あ、楽器何できるか訊《き》いておけばよかった」

普《ふ》通《つう》に有望そうな新入団員をゲットしたことで何やら精神活動を盛り上げさせているらしい。

感じているのは俺だけか？　何らかの不協和音。ただでさえ不自然な日常に闖《ちん》入《にゅう》した小型爆弾《ばくだん》のような不安感を。

渡橋ヤスミの秘密。

それはいったい何だろう。調査対象にすべき議題なのか、これは。

俺は古泉に目線を送った。

しかしSOS団副団長は、副々団長である朝比奈さんが給仕してくれた熱々のそば茶を優雅《ゆうが》にすすっているだけで、せっかくのアイコンタクトに瞬《まばた》き一つよこそうとはしなかった。

うーむ。

……ま、お前が気にしないことを俺が気に病むこともなさそうだな。なあ、古泉よ。

β―9

翌日、水曜日。

特に何もなく、ただ考え込むだけの一日が訪《おとず》れた。

シャミセンとともにベッドに転がっていたところを妹に強制覚醒《かくせい》に導かれた俺が朝一番に想起したのは、ああ、また何やら思い悩《なや》まねばならない時間がやってきたということだけだ。まったく考えることが多すぎて、何からどうやって手をつけていいのやら途方《とほう》に暮れざるをえない。

当然、こんな目覚めが快活なものになるはずはなく、俺は起床《きしょう》した瞬間《しゅんかん》から憂《ゆう》鬱《うつ》である。意識を失っている時間ってのがなかなかに幸せなんだと気づかされる事例でもあるな。睡眠《すいみん》は逃避《とうひ》にはもってこいだ。ただの事態の先延ばし、時間の無駄遣《むだづか》いとも言えるが。

朝っぱらからシャミセンを背後からネックハンギングして振《ふ》り回している妹の無邪気《むじゃき》さに微笑《ほほえ》ましさを通り越《こ》して嫉妬《しっと》する俺は兄として何か重大な欠陥《けっかん》を抱《かか》え

ているのかもしれないな。俺も数年前は似たような童心を持っていたはずなのだが、とんと記憶に残っていない。むしろ忘れたい思い出ばかりだ。ほとんど同じDNA保持者のくせに、俺と妹、どこで道を違《たが》えてしまったのだ。性別的時代的な区別がそうさせているのだろうか。それとも血液型が違うせいかね。俺はAB O式の血液型性格診断と星座占《うらな》いをまったく信じていないから、迷信《めいしん》などどこふくハリケーンなのだが、人格形成は周囲の人間、特に友人に影響《えいきょう》されやすいということなのであろうか。

俺はひねくれ者として成長し、妹は直情径行一直線な素直《すなお》さを維持《いじ》して、この調子では数年後でも変化なしだろう。中学入学以降に環境《かんきょう》が変わり、周囲に毒されて反抗期《はんこうき》全開にならないよう、兄としては密《ひそ》かに願ってやまない。妹にはいつまでも鶴屋さんのような能天気人間でいて欲しかった。いっそ鶴屋家に臨時の養子として送り込んでおくというのはどうだろう。鶴屋さんならケラケラ笑いながら、自然に妹の教育係を大いに楽しみつつ、そして完璧《かんぺき》に趣味《しゅみ》混じりの仕事を全うしてくれるだろう。鶴屋二号が新たに誕生するのはちょっと不安でもあるが。

ちなみに鶴屋さんは俺の知っている一般《いっぱん》人類でもっとも頼《たよ》りになる先輩《せんぱい》だ。そのうち俺に代わってハルヒや朝比奈さんにまつわるSOS団に関するすべてのもめ事を、快刀乱麻《かいとうらんま》的に一刀両断するのは、ひょっとして彼女なのではないだろうかとすら思える。どうも鶴屋さんにはそんな気はないらしいが、好むと好まざるとに関係なく、まるで部外者ってわけでもないんだぜ、先輩。

彼女に預けたままになっている、謎《なぞ》のオーパーツ。鶴屋山から発掘《はっくつ》した鶴屋一族の祖先からの時代を超《こ》えたオブジェクトとメッセージがある。あれはいずれ、ここぞというときに必要になるはずだ。ただの文化遺跡《いせき》ではありえない。俺の持っているもう一つの切り札だ。あれが未来人へのカウンターアイテムになるのか、異星人へのとどめの武器になるのか、それは不明だが要《い》るべき日が必ず来るに違いない。むろん、何の役にも立たない元禄《げんろく》時代のガラクタだったというオチだとしても、その覚悟《かくご》はできている。

しかし、ジョーカーは多いに越したことはないよな。それが競技麻雀《マージャン》における赤5や裏ドラやオープンリーチじみたものなんだったとしてもさ。

いつものように、ルーチンワークの登山登校をしなければならないのは朝の点《てん》描《びょう》的日常にすぎない。

俺の足取りもいつものペースだが、多少早歩き気味なのは無情な校門が閉《と》ざされてしまう時間ギリギリであるせいである。いつものことなんだが、余裕《よゆう》を持っての登校をついぞ実行できていないのは、家を出発する時間がおおむね決まっており、遡《さかのぼ》れば起床の時間も一年から二年になっても変化をしていないという事実をもってその答えとしたい。一回間に合いさえすれば、次からも同じ時間での発走となるのは、実は人間が持つ経験値蓄積《ちくせき》の結果と言うべきだろう。用もないのに早朝の学校に行きたがる生徒なんざ、ボロ校舎に倒錯《とうさく》的な趣味を持つフェティシズムの持ち主だけさ。

特に本日、陰鬱《いんうつ》たる通学路の途中、毎度のことながらひいひい言いつつ坂道を上っていると、背後から意外な人物の声がかかった。

「キョン」

国木田だった。俺の後を急いで追ってきたんだろう、国木田は荒《あら》い息を吐《は》きつつ、それ以上に、今まで見たことのない、どこか途方に暮れているような顔を見せて、

「キミは僕が昔から知ってるとおりの人間だね。今も変わってない」

突如《とつじょ》、朝方の挨拶《あいさつ》とはやや趣《おもむき》の変わった第一声を放った。

何だ、改まって。今こんなところで俺への感想を述べる必然性が解《わか》らんぞ。

国木田は俺の横に並び、俺は心ばかりに歩調をゆるめた。若干《じゃっかん》呼吸を和《やわ》らげた国木田は、俺の不審《ふしん》気な表情を無視して、

「佐々木さんもそうだね。中学時代と同じだ。今でも僕の彼女に対する印象は変わらない」

それが何だ。どうして佐々木の名がお前の口から出てくるんだ、このタイミングで。

「つまりさ、僕もキョンも佐々木さんも同じような高校生だってことだよ。でもね、九曜さんに最初に会ったとき、僕は何か違うなって思ったよ。谷口には悪いけど、関《かか》わり合いにならないほうがよいと直感したんだ。この直感が今も働いている」

鋭《するど》い——。とも言えないか。あの九曜を見てうさんくささを感じないまともな人間がいるとも思えんからな。国木田の感想は至極《しごく》まっとうなノーマル人間のそれだろう。

「普通《ふつう》で、普遍《ふへん》的で、平凡《へいぼん》な人間ではない。いいのか悪いのかは判断できないよ。でも僕なら彼女と付き合ったりはしないね。谷口くらいのものさ。でさ、実はね——」

声をひそめた国木田の顔が接近した。

「ちょっと言いにくいんだけどさ。僕は似たようなことを朝比奈さんと長門さんにも感じるんだ。気のせいだとは思ってるんだけど、どこかが違《ちが》う。けれどあの鶴屋さんが足繁《あししげ》くキョンたちの輪に入っていることを考えると、それは警戒《けいかい》するものでもないだろうとも考えるんだけどね。いや、ごめんよキョン。気にしないでくれよ。一度言っておきたかったんだ。SOS団でまた僕の活動が必要なときはいつでも声をかけて欲しいね。できたら鶴屋さんと一緒《いっしょ》がいいな」

その後、教室まで、俺と国木田はどうでもいいような日常的会話に終始した。国木田は言うだけ言ってそれっきりすべての興味をなくしたように、中間試験の心配や、体育の授業でする二万メートル走への愚痴《ぐち》を語っていたが、なかなか見事な日常話題への切り替《か》えだった。

こいつはこいつで俺にライトなアドバイスをしてくれているつもりなのか。特に鶴屋さんへの言及《げんきゅう》は、漠然《ばくぜん》としながらもなかなか核心《かくしん》をついた洞察《どうさつ》力だと言わざるをえないだろう。

ここにも俺たちをよく解らないまでも心配の種としている同級生がいるわけだ。何しろ国木田は俺と佐々木を知っているほぼ唯一《ゆいいつ》のクラスメイトだしな。俺たちの間に何か奇妙《きみょう》かつ歪《ゆが》んだ関係性めいたものがあると感づいていてもおかしくない。聡《さと》く、親身になってくれる友人を持って俺はなんと幸せ者か。テスト前のヤマ張りでもお世話になっているし、中学時代からの付き合いでもあることだし、そろそろハルヒにかけあって単なるクラスメイトその一以上の認識《にんしき》を与《あた》えるべきだろう。ただし谷口は除かせてもらうがな。奴《やつ》には永遠の一人漫才師《まんざいし》がお似合いだぜ。

きっと国木田もそう思っているのだろう。だから、先ほどのようなセリフを俺たち二人しかいない、このタイミングで俺に吐露《とろ》したんだ。

どうも俺の周辺の一般人《いっぱんじん》ほど、なんだか妙に勘《かん》がさえてくるみたいだな。誰《だれ》の影響《えいきょう》だろう。

午前午後の学業時間はこれということもなく進行し、俺が授業の半分くらいをうつらうつらしている間にいつのまにか終業のチャイムが鳴っていた。

放課後、以前宣言したとおり、ハルヒと朝比奈さんは長門の看病に直行し、文芸部室には俺と古泉の男子二人組が取り残されている。レギュラー三人娘《むすめ》が来ないと解っている部室のなんと殺風景なことだろう。ついでに仮入団を希望する一年生だって人っ子一人現れない。まあ、そっちは現れなくてもかまわないし、新入生からオールシカトを受けている事態は、俺個人的にはむしろ有り難《がた》い。今こんな状況《じょうきょう》でやって来られても店長が休み中に面接に来たバイト希望者に対する扱《あつか》いなみに対処に困る。

「ん？」

そこでハタと気づくのだ。つまるところ、やはりハルヒあってのＳＯＳ団なのである。あいつが不在ではまったく運営が成り立たず、説明会だって出来ない。機関車なしの客車に駆動《くどう》力は存在せず、ただ線路上にて漠然とした不安を抱《かか》えつつ立ち往生するだけだ。

むっつりとした沈黙《ちんもく》に身を任せていたら、

「どうでしょう。ボードゲームのあても尽《つ》きてきたことですし、たまには身体《からだ》を動かしてみませんか」

古泉が不自然さ丸出しの朗々たる声色《こわいろ》で呼びかけてきた。

「いいだろう」

なんとなく一暴れしたい心境ではあったのだ。

古泉は戸棚《とだな》の上に積まれていた段ボールを降ろし、その中身を俺に見せつけた。へこみだらけの金属バットにボロいグラブは、以前、市が主催《しゅさい》した草野球大会に出たときのものだ。野球部からせしめてきたセコハンの野球道具をハルヒは処分しようとせず、かたくなに保存し続けているのである。どうでもいいものを巣にしまい込むハムスターかあいつは。よもや今年も野球大会に出るつもりなんじゃないだろうな。出るくらいならいいがホーミングバットと俺のマジカル投球でのイカサマを二年連続で披露《ひろう》したんじゃさすがにひんしゅくを買うだろうし、俺としても二度とピッチャーマウンドに立つつもりはないぜ。まだ草サッカーのほうがマシだ。

段ボールの中を覗《のぞ》くと、硬軟《こうなん》どちらの野球ボールもなかった。代わりにハルヒがどっかから拾ってきたテニスボールが転がっている。中庭でするんだったら野球のものよりこっちのほうが安全だろう。

俺と古泉はあちこちささくれだらけの野球グラブと蛍光《けいこう》イエローの毛羽立ったテニスボールを手に、客人など訪《おとず》れそうにない部室を後にした。

中庭は完璧《かんぺき》に無人だった。帰宅部はとっくに任務を果たして校内には残っておらず、文化部もそれぞれの部室で何かそれっぽい活動に従事していると見える。聞こえるのは吹奏楽《すいそうがく》の下手なラッパの音ばかりだが、それもグラウンドから響《ひび》く運動部部員たちのやけっぱちのようなかけ声にかき消され気味である。

おかげで昼休みには弁当を広げて囲んでいる生徒たちの姿も見えず、俺たちのキャッチボールを阻害《そがい》するのはところどころに植えられた桜の木だけだった。もう花びらはほとんど残っておらず、蓑虫《みのむし》が喜びそうな新緑が勢力を伸《の》ばしている頃合《ころあ》いだ。

「では、まず僕から」

とことんさわやかな古泉が山なりボールを俺に投げた。

受け止めた俺のグラブにはほとんど衝撃《しょうげき》も音もない。手加減しているのが見えた。

俺はテニスボールを握《にぎ》りしめ、サイドスローで投げ返した。

「ナイス、ピッチ」

受け止めた古泉がいつものおためごかしを宣《のたま》い、ボテボテのゴロを内野手がファーストに投げるような余裕《よゆう》さでこっちにボールをよこしてきた。

しばらくの間、古泉相手に暇《ひま》つぶしとしか言いようのないキャッチボールを続けているうちに、俺は忘れかけていたような、むしろ忘れたかったような橘の言葉を否応《いやおう》なしに思い出した。

——尊敬しちゃう。

SOS団の形式的な副団長を尊崇《そんすう》の対象とする人間などそうは多くない。ツラと人当たりだけはいいから同級の女子どもに人気があるというのを差し置くとして、

「古泉」

「何でしょう」

「いや……」

俺は口ごもり、口ごもった自分に舌打ちをしたくなった。古泉こそが超《ちょう》能力集団の首魁《しゅかい》で、森《もり》さんも新川《あらかわ》さんも多丸《たまる》兄弟もその手下であったなど、すぐさま信じ込むほど俺は素直《すなお》ではない。

「なんでもねえ」

不自然に言葉を切った俺に対しても、古泉はさっぱり不審《ふしん》げな顔色を見せず、むしろ何もかもお見通しのような口調で、

「では、僕からも一ついいですか」

逆質問を返してきた。

「グノーシス主義という言葉に聞き覚えはありませんか」

「まったくないな。政治全般《ぜんぱん》には疎《うと》くてね。共産主義と社会主義の違《ちが》いもよく解《わか》らん」

「それは解っておいたほうがいいと思いますよ。後学のためにね」

古泉は苦笑《くしょう》し、グノーシスですが、と言葉を続けた。

「どちらかと言えば思想的、または宗教的な主義の一つです。異国の宗教行事を都合よく無節操に取り入れる、我々の住む多神教ライクな国には馴染《なじ》みにくい概《がい》念《ねん》かもしれません。端的《たんてき》に言うと、唯一《ゆいいつ》絶対神を信仰《しんこう》する方々の中でも異端と呼

ばれる一派の主張です。その成立時期は相当古くまで歴史を遡《さかのぼ》らねばならないでしょう。今でこそ完全に異端認定《にんてい》されていますが、キリスト教が確立した頃《ころ》にはすでにあった考え方ですよ」

あいにく公民の授業はほとんど睡眠《すいみん》時間に費《つい》やしているのでね。お前が何を言わんとしているのか、ちと見当がつかんよ。

「では、グノーシスについて一くさり述べさせてもらいます。ダイジェスト風味になりますが、どうかご容赦《ようしゃ》を」

小学生にも解るくらい簡潔にまとめてくれるんだったら、俺に反対意見はない。

「この世界はあまりにも悪徳に満ちている。と、昔の人は考えたんです。もし全知全能にして無謬《むびゅう》の名をほしいままにする神が世界を創造したのだとしたら、これほどまでに理不尽《りふじん》な苦しみを人間に与《あた》えるものになるはずがない。もっと完全なるユートピアになっていてもおかしくはない。にもかかわらず、世界は社会的矛盾《むじゅん》による不条理によって蔓延《まんえん》し、時として悪が栄えて弱者は虐《しいた》げられる。なぜ神は、このように酷《ひど》い有り様の世界を作り、ただ放置しているのか」

バッドエンドルートに入ったことに気づいてやる気をなくしたんだろう。

「そうかもしれません」

古泉は手元のボールを放《ほう》り上げ、ひったくるように空中でつかんだ。

「ですが、こうは考えられないでしょうか。ごくごくシンプルな解答です。すなわち、世界は善なる神によって創造されたのではなく、悪意ある神的な何者かによって設計されたのである、と」

どっちでも似たようなもんだろうな。間違った設計図に基《もと》づいて家を建てちまった大工に悪意があったのかどうか、それは司法の判断に任せるさ。

「で、あるならば、神がしばしば悪逆非道を見逃《みのが》すのは当然のことです。その本質は悪なのですからね。しかし、人間は何も悪人ばかりではない。ちゃんと善なる性を持っているのです。悪を悪として認識できるということは、対比としての善を知っているという証拠《しょうこ》でもあります。もし世界が一分の隙《すき》もないほど悪で満たされていたならば、そもそも善などという概念すら生まれないでしょう」

指先でボールを自転させながら、

「そこで昔の人々は、世界は神の偽者《にせもの》が作り上げたのだという考えに至ったあげく、かつ自分たちがその認識に到達《とうたつ》できたのは、どこかに真なる神が存在していて、人間たちにわずかながらの光を差し伸べているに他《ほか》ならないと確信したわけです。つまり神は世界に内在されていないものの、外界から人々を見守っているのだと」

そうとでも思わないとやりきれなかったんだろうな。

「まさしく。もっとも、世界の創造主を悪魔《あくま》呼ばわりしているわけですから、通常の信仰を持つ多数派の信者からは当然ながら弾圧《だんあつ》の対象になりました。アルビジョワ十字軍はもう世界史でやりましたか？」

どうだったかな。あとでハルヒに聞いておくよ。

「ちなみにこのグノーシス主義ですが、割と現代にも合致《がっち》する教義を持つと言ってもいいでしょう。というのも、有史以前より、人類の精神は言うほどには変化していないんです。我々が考えられるようなことは、昔の人にも可能だったんですね。いくら科学技術や観測精度が進歩しても、生物学的な思考レベルが劇的に向上することはありません。我々が進化の袋小路《ふくろこうじ》にさまよい込んでいる現状は、何も今に始まったことではないのです。人類史における永遠の命題ですよ」

論理の飛躍《ひやく》があったような気がするが、学術的なツッコミを不得手とする俺は小賢《こざか》しく沈黙《ちんもく》を守っていた。下手な注釈《ちゅうしゃく》のおかげで会話の脱線《だっせん》事故を起こすのは俺の主義じゃない。

「と、まあ。そういうわけで、今の我々を取り巻く現状を整理しますと――」

長々とした説明セリフは前振《ふ》りだったわけか。いつも通り、古泉らしい回りくどさだ。

「橘さんの一派は、涼宮さんを偽《いつわ》りの神だと考えているのですよ。彼女はこの世界を構築した創造主ではあるのかもしれない。しかし、彼女はあまりに無自覚であり、その無自覚さによる、まさにその一点の事実によって、真の神たりえない。だとするならば、どこかに彼女たちの信奉《しんぽう》に足る真実の神がいるはずなのだ、と。そして彼女たちは発見しました。発見したと思いこんだだけかもしれませんがね」

それが佐々木か。俺の中学時代のクラスメイトにして、自称《じしょう》親友の風変わりな女。

「閉鎖《へいさ》空間のこともありますしね」

古泉は世間話のような口調で続ける。

「涼宮さんの閉鎖空間は破壊衝動《はかいしょうどう》に満たされています。創造主にしては建設的ではありません。まさかあの空間で公共事業を盛《さか》んに誘致《ゆうち》しているわけでもないでしょうし」

クソつまらないジョークを織り交ぜつつ、

「一方の佐々木さん、彼女の閉鎖空間は非常に安定していると聞いています。まるで定常宇宙論のようにね。そこにはどうやら永遠の静謐《せいひつ》がありそうです。人によったら、そちらの世界を望む者も多いでしょうか。《神人》も何もない。静かで安心感のある非現実空間というものを」

俺は思い出す。淡《あわ》い光に包まれた誰《だれ》もいない街角。無人にしては、なんとなく柔《やわ》らかい気配を感じる、どこか優《やさ》しさが垣間見《かいまみ》える空間。ゆっくり受験勉強でもするなら自習室に困っている学生がわんさと入場許可を求めてきそうではある。

「さらに言えば――」と古泉。「佐々木さんのように常に発生させ続けているほうが問題は少ないのですよ。とはいえ涼宮さんはまともな精神の持ち主ですから、意に添《そ》わないことがあったとしてもすぐに爆発《ばくはつ》するわけではなく、ちゃんとこらえることを知っています。これが導火線に火のついた状態ですね。途中《とちゅう》で消火できれば何事も起こりませんが、積み重なれば火薬庫にまで火が届くのです」

あいつは二十世紀初頭のバルカン半島情勢かよ。

「どかん」

と、口で言いつつ古泉は両手を拡《ひろ》げ、

「かくして閉鎖空間が発生し、《神人》が拡大を促進《そくしん》する」

古泉はアゴを撫《な》でつつ、とっておきの推理を開陳《かいちん》する名探偵《めいたんてい》のような芝居《しばい》で言った。

「その逆で、佐々木さんは常時、定量の閉鎖空間を展開させつづけることによって、暴走を食い止めている。そういう理屈《りくつ》でしょう」

で、どっちがマシなんだ？　ため込んだものを不定期に発散させるのと、常にダラダラと垂れ流すのとでは、どちらが万人《ばんにん》にとって好ましい？

「さあ、そこまでは」

あっさり古泉は回答を放棄《ほうき》して、ボールを親指で弾《はじ》いた。

「僕は涼宮さんの側ですから、判断が偏《かたよ》らないとは言えません。誰が客観的に判断するのだとしても、僕ではないことは確かですよ。僕は僕の役割をひたすらこなすだけです。職分を超《こ》える事態には不加入を貫《つらぬ》き通すだけの自信はありますよ。それが得意分野ならまだしも、僕の目は涼宮さんに関する限りやや曇《くも》り気味でしてね。誰か涼宮さんと佐々木さん両方をよく知る何者かに任務を依願《いがん》したいところです」

　はてはて、いったい誰のことやらだな。

「もう一つだけいいでしょうか」

　古泉の口調は春先のヒバリのように軽《かろ》やかで、

「今この時点で、我らＳＯＳ団は未《いま》だかつてないレベルで団結しています。外宇宙生命体だの地球土着の未来人だの、涼宮さんシンパの限定超《ちょう》能力者だの、そんな垣根《かきね》は完全に無きに等しいんです。僕たちは完全に一つの目的に向かって思《おも》惑《わく》を一致《いっち》させている。中心人物はもちろん、涼宮ハルヒさんと、そして——」

舞《ぶ》台監督《たいかんとく》から演出の指示でもあったようなタメを作り、大げさな身振りで囁《ささや》いた。

「あなたなんですよ」

しらばっくれるのもどうかという気がしたので、俺は手にしてたミットを意味もなく叩《たた》いた。おらばっちこい。古泉のセリフを待つ。

「これはＳＯＳ団全員に関係する問題です。誰もが関《かか》わっているのですよ。長門さんと九曜さん、朝比奈さんと藤原なる未来人、僕たちの『機関』と橘京子一派。あなたと佐々木さん。これらすべて、一本の糸で繋《つな》がり、絡《から》み合って、ただ一つの中心点へ向かっているはずです。その中心で、何かが起こる。何が発生するのかはともかくとして、必ずアクションの結果としての結論が出るはずです。これはもう、あなただけの問題ではなくなるかもしれませんね」

「じゃあ、俺は何をすればいいんだ？　道化《どうけ》か？　傍観者《ぼうかんしゃ》か？　後世の歴史家のために記録係に徹《てっ》すればいいのかよ」

「どれでもいいではありませんか」

古泉はツーシームかフォーシームか選ぶようなピッチャーのようにボールの縫《ぬ》い目に指をはわせながら、

「その時が来たらすべきことなどすぐに理解できるでしょう。またはそうせざるを得ない状況《じょうきょう》になっているかもしれない。あなたは自分の意志に従って実行すればいいんです。考える必要などないかもしれません。人間、決断力さえ衰《おとろ》えていなければ、とっさに最適な行動を取るものです。あなたの行動は今までずっと正しかった。次もそうなるであろうと、僕は確信半ば、期待半ばでいるのですがね」

それだけ言って、すべてを言い終えたのだろう。古泉は再び俺にボールを投げ込んできた。なかなか伸《の》びのあるストレートだった。グラブに収まったボールを握《にぎ》りしめながら、俺もまた聞くべきことは聞き終えたようだなと判断していた。

確かに——。

古泉でも朝比奈さんでも長門でもない。当然ハルヒなんかではあるはずがない。ケリをつけなければならない役割は俺にパスされたのだ。最初からそうだったんだよな。いつもなら「やれやれ」とでもうそぶくところだが、封印《ふういん》したセリフを開封するまでもない。

俺は最初からその気だったんだ。ずっと気づいていた。むろん、何をすりゃいいのかまでは知らん。だが、やってやるさ。長門がひっくり返り、ハルヒと朝比奈さんの心配顔が脳みそのどっかでちらつきやがる。あげくに古泉とキャッチボールだと？

こんなの俺のすることじゃねえ。SOS団の業務にこんなくだらない作業はないはずだぜ。これまでもこれからもな。

「ふん」

俺は大きく振《ふ》りかぶり、ワインドアップモーションで古泉のグラブめがけて渾《こん》身《しん》の一球を放った。

「ナイス、カーブ」

称《たた》えてくれたが、俺はストレートのつもりだったんだがね。

「まあ、いいか」

俺らしいといえばいいやいやながらも納得《なっとく》するような結果だ。さぞかし打者も幻惑《げんわく》されてくれることだろう。

では、投げに行くとするか。誰《だれ》になるかは解《わか》らんが、そのバッターに。

俺の渾身の変化球を。

投じた俺のボールが古泉の手元で小気味いい乾《かわ》いた音を立てた。

「もし俺がスーパーマンみたいなアメコミのヒーローに変身して——」

あり得ないはずの展望とは解りつつ口にしてみた。

「それで、この世の一切合切《いっさいがっさい》をバンバン解決するだけの能力があればな。この際だ、正義の味方になるなんてのは拒否《きょひ》して、ただ気に入らないやつを片《かた》っ端《ぱし》からボコっちまうんだがよ」

返球しようとしていた古泉はモーションを止め、ジャングル奥地の珍《めずら》しい希少動物を発見したような生物学者の目で俺を見つめた。ふふふと、特有の薄《うす》い笑いの後、

「不可能ではないんですよ。涼宮さんがそう願えばいいのです。あなたに隠《かく》され

た力が存在し、日夜混沌《こんとん》とした何者かと死闘《しとう》を繰り広げている——、そんな設定だけでも彼女に信じ込ませることができれば、あなたは思い通りのスーパーヒーローになれるでしょう。なんでしたら協力を惜《お》しみませんが、どうでしょう。パンチ一発でエイリアンを吹《ふ》っ飛ばし、裂帛《れっぱく》の気合い一つで未来人の思惑《おもわく》を粉々に破砕《はさい》する、そういう武闘派をお好みですか？　繰り返しますが、涼宮さん次第《しだい》でそれは決して不可能ではないのですよ」

考える時間はまったく必要でなかった。それは俺の役割じゃない。突如《とつじょ》として超常《ちょうじょう》能力に目覚めて目下の敵をバッタバッタとなぎ倒《たお》す？　それも武力でだと？

いつの時代のジュブナイルだよ、そんなの。三十年も前にすたれたはずじゃなかったか？　今時そんなのやろうってのは、レトロブーム以前に人間の文化的精神がとんと進化していないという明白な証拠《しょうこ》じゃないか。俺はもっと新時代の物語に接したい。

なんせ、あいにく俺はひねくれ者なんでね。王道やマンネリなどくみ取り式トイレの脇《わき》に置かれている紙くらいの価値としか思えないのさ。

俺は古泉の投げ返してきた超スローカーブともとれる山なりボールを受けとり、さてこのテニスボールにどんな回転を与《あた》えれば打者の意表をつく魔球《まきゅう》を投げることができるだろうかと考え始めたものの、下手な考え休みに似たりという格言を思い出したにすぎなかった。

・

キャッチボールにも飽《あ》きたので、俺と古泉は部室に帰還《きかん》を遂《と》げた。当然、誰もいない。入団希望の一年生など影《かげ》も形も霊体《れいたい》もいやしない始末であり、多少は意外に感じるところでもある。あんだけ新入生がいるんだから、一人くらいは頭のギアが風変わりなのがいてもいいと思うんだが、こんなことを考えるのは俺の脳《のう》みそにハルヒ色のテイストが加わりつつあるからかね。

ハルヒと朝比奈さんからは何の連絡《れんらく》もなく、たぶん長門の部屋でわいわい楽しくやっているんだろう。便りの無いのは無事の証拠だ。きっとハルヒは長門の症《しょう》状《じょう》をこじらせた風邪《かぜ》程度に考えていて、独自の民間対症療法《たいしょうりょうほう》で意地でも治すつもりだ。いろいろ手伝わされているだろう朝比奈さんは、長門を苦手としているはずだが、弱っている仲間を目《ま》の当たりにしてイデオロギー的対立などすっかり忘れていることだろう。大人の朝比奈さんはともかく、今の朝比奈さんは底抜《そこぬ》けにいい方だ。ナース朝比奈、まさか本当にナース服ではいないだろうが。

部室に戻《もど》ってきたものの、他《ほか》にすることは、プロ野球でわずか1イニングも持たずに降板したルーキーの先発ピッチャー並みになかった。

というわけで古泉とのキャッチボールの後、たらたらと後かたづけをして、パソコンの電源が最初からついていなかったことも確認《かくにん》し、施錠《せじょう》した上で、俺たちは学校を後にした。いい機会だ、とっとと帰宅して覚悟《かくご》を再確認するための瞑想《めいそう》の儀《ぎ》でもしとくか。


愛用の自転車を玄関先《げんかんさき》につっこみ、鍵《かぎ》のかかっていない扉《とびら》を開いた俺の目に映ったのは、脱《ぬ》ぎ散らかされた妹の小さなカラフルシューズと、見慣れない黒いローファーだった。大きさからして女の子のものだろう。またミヨキチが上がり込んでいるのかと、特に考えることもなく階段を上って自室に入った俺は、すんでのところで出来もしないバク宙をしてしまいそうなくらい、のけぞった。

ちょこんと座ってニコニコしている妹が無断で俺の部屋に出入りしているのは今更驚《いまさらおどろ》きはしないが、その相手をしている女の子の姿には田舎《いなか》の山道でオニヤンマが額にぶつかってきたくらいの衝撃《しょうげき》を受けざるを得ない。

シャミセンを膝《ひざ》に乗せ、愛《いと》おしそうに顎《あご》を撫《な》でてやってるそいつは、俺を見上げると目を細くして微笑《ほほえ》んだ。

「やあ。いい猫《ねこ》だ。知っているかい？　誰かのエッセイで読んだんだけど、種類や血筋とは関係なく猫にはアタリとハズレがあるそうだ。明確な基準は飼い主の自主性に任されているらしいのだけどね。僕の見る限り、このシャミセンくんは大当たりだよ。いや、オス三毛猫という福々しさだけじゃない。何というか、適度に聡《さと》く、適度に獣性《じゅうせい》を残している彼は、ひょっとしたら人間の子供よりも人間のことを解《わか》っているんじゃないかな」

「こいつは自分を猫だと思ってないんじゃないかって気がしている。人間より偉《えら》そうな時があるからな」

「キョン、それは逆だね。猫は人間のことを仲間だと思っているが、それはあくまで猫としてだよ。猫たちは人間をちょっとばかり図体《ずうたい》の大きい猫だと考えているんだ。だから遠慮《えんりょ》なんかないのさ。だって彼らからしたら、人間は自分たちより俊敏《しゅんびん》でもなくエサの取り方も知らない、のろまで座ってじっとしているばかりの鈍《にぶ》い生物なのだからね。そこが犬たちと違《ちが》うところさ。犬と人間は古代から同じ社会性を身につけなければならなかった。群れで生活するのは人間も犬も同じだからさ、なじみやすかったんだ。きっと犬たちは自分たちも人間の一種だと考えているのだろうね。だから彼らは飼い主やリーダーには忠実なのさ」

「佐々木」

　俺は鞄《かばん》を下ろすことも忘れてかすれ声を出すばかり。

　それからやっと、妹へ向き、

「オカンは？」

「晩ご飯のお買いものー」

　我が妹ながら能天気な返答だった。

「そうか。まあいい。とりあえず早く出て行け」

「えー」

　ふくれ面《つら》を作った妹は、

「せっかくお姉さんと遊んでたのにー。キョンくんいじわる？」

　精一杯《せいいっぱい》の愛嬌《あいきょう》を振《ふ》りまいて小首を傾《かし》げるが、

「じゃねえ。俺は佐々木と大事な話がある。というか、佐々木を家に入れたのはお前か。あれほど一人の時は知らんやつを家に入れるなと」

「知らない人じゃないもーん。佐々木お姉さん、キョンくんが前によくつれてきてたよねー。玄関までだったけど、自転車で一緒《いっしょ》に出かけるとこ、しょっちゅう見たもんねー。ねー？」

　こまっしゃくれた顔で妹は佐々木に同意を求め、佐々木は苦笑《くしょう》混じりにうなずいた。

「覚えていてくれたようで幸甚《こうじん》だ。いやあ、子供の成長って早いね。見違えたよ。うん、もう子供というのは失礼かな。立派な少女と言うべきだろう」

そうか？　俺にはあの頃《ころ》から見た目も中身も全然成長しているようには思えないが。

「兄妹《きょうだい》なんて、そんなものだよ。幼い時分から一緒にいるものだから身近な風景の一部になっているのさ。日々の成長をリアルタイムで見ているせいで、その結果をアナログ的にしか判断できないんだろう。一方、僕はデジタル的に観察する他ないので、逆に成長著《いちじる》しく思えるというわけだ」

もっともな話だが、俺んちの妹についての感想を述べに来たわけではないだろ？

「まあね。突発《とっぱつ》的に行動するほど僕は情動に支配されていないよ」

俺は佐々木の膝上でゴロゴロ喉《のど》を鳴らしていたシャミセンを強引《ごういん》に引きはがし、妹に押しつけてその背を押した。

「にゃあ」

抗議《こうぎ》的鳴き声をたてるシャミセンを無視し、

「ちょっとでいいから下で遊んでいろ。俺はこれから二人で話すことがあるんだ。お前らが聞いても面白《おもしろ》い話じゃないし、遊ぶわけでもない。リビングの猫箱にマタタビスプレーがあるから爪研《つめと》ぎ板にふりかけとけ。ついでにトイレの砂の交換《こうかん》とブラッシングもしてやれば喜ぶぞ」

「ええー？　あたしもお姉さんとお話ししたいーっ。キョンくんの話聞きたいのー」

シャミセンを抱《だ》き上げたまま抗議の意を全身で示す妹を、俺は強引にたたき出した。扉の外でぶうぶう文句を垂れていたチビ小学生と猫一匹《ぴき》は、しばらくわあわあニャゴニャゴ言っていたようだが、やがて階下に下りる音がして、おかげで俺の冷静さもようやく雲の上から戻《もど》ってきた。

くくく、という佐々木の楽しそうな含《ふく》み笑いも俺を平常に戻す効果があったと言える。

「実に、実に、かわいいね。少し話しただけで解ったよ。あの子は紛《まぎ》れもなくキョンの妹さ。成育環境《かんきょう》がよかったんだろうね。なんだかんだと、兄が好きなんだなと知らされたよ。彼女にとってキョン、キミはまるで魔法《まほう》のように何かをしてくれる一番近い肉親なのさ。猫が欲しいと思っていたちょうどそのときにあの三毛猫をつれてきたりとかね。ずいぶん尊敬しているようだったよ」

尊敬の念の片鱗《へんりん》すら感じたことがないのだが。二、三年前までの妹は本当に手のつけられない泣き人形だった。何回猿《さる》ぐつわを噛《か》ませてやろうかと思ったか。だが家族構成に妹が存在しない連中は妹という言葉に勝手なイメージをつけたがるものだと経験則的に解《わか》っていたから、外的に見るとまあそんなものなのかもしれない。が、んなもんどうでもいい話だ。

と思っているところに、佐々木が追い打ちをかけた。

「ところで全然関係ないのだが、猫というものはどうして新鮮《しんせん》な水よりも風呂《ふろ》に入った後の残り湯みたいなものを飲みたがるんだろう」

何の話だ。

佐々木はくくっと含み笑いをし、

「だから最初に言ったじゃないか。全然関係ないと」

「そいで？」

俺はまだ肩《かた》にかけていた鞄《かばん》をベッドに放《ほう》り出し、佐々木の前に胡座《あぐら》をかいて、微笑《ほほえ》みの表情を崩《くず》さない同窓生の顔を見た。

「これからどんな話を聞かせてくれるんだ？　できれば関係のある話を聞きたいんだがな」

「いろいろだよ」

佐々木から向けられた視線は八分咲《ざ》きの染井吉野《そめいよしの》のように柔《やわ》らかだった。

「そろそろキミも限界に達しているんじゃないかと思ってね。前回の会合は様々な意味で横やりが入りすぎたよ。僕としては、こっそりキミと水入らずで話す機会を狙《ねら》っていたのさ。てっきりキミの方から提案があるんじゃないかと昨夜中寝《ね》ないで待ち続けていたんだが、さっぱり音無しだったのは軽くショックだったぞ」

そんな大げさなもんでもないだろう。こっちはこっちで途方《とほう》に暮れていたんだ。異星人相手にどんな手を打てばいいのかとか、銀河パトロールの受付センターはどこのタウンページに載《の》っているのかとかさ。

佐々木は自分の仕掛《しか》けた罠《わな》の在処《ありか》をすべて知っている悪戯小僧《いたずらこぞう》のような顔で、

「薄情《はくじょう》だなあ。いいさ。僕はキミの対応には慣れているからね。寛容《かんよう》の精神で受け入れるにあたって躊躇《ちゅうちょ》はない。では率直《そっちょく》に、本題に入ろう」

俺には本題とやらが何なのか曖昧模糊《あいまいもこ》としていたが、とりあえずうなずいておいた。そこまで言ってくれるからには、ここは黙《だま》って佐々木的意見を拝聴《はいちょう》しようじゃないか。わざわざ自宅訪問までしてくれたんだ。何か耳よりな情報をお聞かせいただけるに違《ちが》いない。

「まずは周防九曜さんについて僕なりに試行錯誤《さくご》した上で、まとめた見解を述べよう」

確かにそれは俺の耳が聞きたがっている情報の一つだ。ダックスフントの耳なみに傾《かたむ》ける価値が大いにある。

佐々木は膝《ひざ》に付着していたシャミセンの抜《ぬ》け毛をふと摘《つま》み上げ、見つめながら、

「僕は子供の頃《ころ》から、地球外生命体がいるのなら、いったいどんな姿形をしているのかと想像していた。小説やマンガでは、光学的に視認《しにん》できる形状のものが多かったし、ある程度の意思疎通《そつう》も可能であることが前提条件だった。たとえば素数の概念《がいねん》を理解してくれたりね。翻訳《ほんやく》機という便利なアイテムが登場することも稀《まれ》ではなかったな」

そこから始まる宇宙的対話がキモであるSFは枚挙にいとまがない。これでも俺は長門の影響《えいきょう》で最近の小難しい海外SFを多少は嗜《たしな》んでいる。フィクションから学ぶことだって多いのさ。

「ま、それはそれで置いておくとして、」

と、佐々木は摘んでいたシャミセンの毛をふらふらと揺《ゆ》らし、

「長門さんの情報統合思念体や、九曜さんの天蓋《てんがい》領域については、どうやら人間の紡《つむ》ぐ解りやすい物語上の異星人とは根本的なズレがあるように思える」

火星や水星にヒューマノイドタイプの宇宙人がいたと書いていた前時代のSF作家たちに聞かせてやりたい言葉だ。たぶん当時よりもっと面白い物語活劇を書いてくれただろうにな。

「そうだね。SFに限定することもなく、例えばJ・D・カーがこの時代に生きていたら、現代技術を取り込んだ奇抜《きばつ》で新機軸《しんきじく》な密室トリック小説を大量に生み

出して、僕を読書の虜《とりこ》にしてくれたものなのにね。いっそカーを時間移動で現在に連れてこられないものだろうか。キミの朝比奈さんに頼《たの》んでみてくれないかな。真剣《しんけん》にそう思うよ」

残念だが俺だって過去に連れて行かれたことがせいぜいで、未来には行けてない。きっと禁則事項《じこう》やら何やらで、進んだ時間の世界には行けないことになってるんだろう。

「それは余談だけどね」

佐々木の細い指先から三色の細い毛がゆらりと落ちた。

すずやかな瞳《ひとみ》が俺の顔を捉《とら》える。雑談は終了《しゅうりょう》、というサインだ。

「思うに、彼女たちは僕たち人間の価値観と理屈《りくつ》が理解できないんじゃないかな。高次元の存在が無理矢理、人間のレベルまで降りてきているわけだから、何を話しているのかは解っても何故《なぜ》そんなことを話しているのか解らない。あるいは、どうしてそんな話をする必要があるのか解らない、みたいにね。5W1Hのうち、誰《だれ》とどこは判断できても残りが全然ダメだとしたら、そんな存在とまともな対話ができると思うかい？」

思わないね。長門の言っていることすら納得《なっとく》不能に近いのに、九曜に至ってはフーダニットの部分でも問題があったようだったからな。

しかし佐々木は、

「この手のコミュニケーション不全は特に難しい問題ではない。たとえばキミはミジンコやゾウリムシの価値観を理解できるかい？　百日咳《ひゃくにちぜき》バクテリアやマイコプラズマと一緒《いっしょ》に談笑《だんしょう》できると想像できるかな？」

俺の知能ではちと難しいことは確かだな。

「単細胞《たんさいぼう》生物やバクテリアが人間レベルの知能を獲得《かくとく》したとしても、きっと同じ感想を抱《いだ》くと思うよ。この二本足で歩く哺乳類《ほにゅう》はいったい何を考えて行動しているのかな、とね。人間はいったい何がしたくて生きているんだろう。人類はこの惑星《わくせい》と世界をどうしたいのか、と疑問以前に呆《あき》れるかもしれないな」

俺自身、何がしたくて生きているのかなんて考えても解らんからな。全人類的に考えて圧倒《あっとう》的多数派であるとは信じているが。

「たとえばキョン、キミにとって一番大切なものは何だい？」

突然《とつぜん》言われても、とっさに出てこない。

「僕もだよ。高度に情報の錯綜《さくそう》する現代社会において、価値観が定量化されることはまずないといっていい」

佐々木の表情と口調は変化しない。

「たとえば、ある人にとっては金銭かもしれないし、情報だと言う人もいるだろう。別の人は絆《きずな》こそが最も大切だと主張するかもしれない。それぞれ全然別の価値基準を持っているものだから、自分の価値観のみでこの世のすべてを判断することはできない——と、僕もキミも知っているだけの話さ。だからこそ、問われてすぐさま回答を出すことができないわけだ」

そうかもしれない。

「でも昔の人はそんな問いかけにそれほど悩《なや》まなかったと思うよ」

そうかもしれない。

今でこそ情報は好きなときに好きなだけごまんと手に入る。しかしほんの百年、いや十年前でさえ入ってくる情報は限られていた。これが戦国時代、平安時代ともなるとどうだ。何かを選ぶことに対し現代人より躊躇《ためら》いは深いものだっただろうか。当時、選びようにも選択肢《せんたくし》は限られていたにちがいない。

多様性を増して選ぶ自由が増えたと言っても、逆に何を選べばいいのか悩むのであれば、むしろそれは多様化による選択の弊害《へいがい》になるんじゃないか？　どれを選ぶべきなのか何の情報もないとき、人はより多くの人間が選ぶものを手に取るだろう。それだと本末転倒《ほんまつてんとう》だ。多様化どころか、実は一極集中が進んでいることになる。価値観の均一化だ。

「どうも異星人たちは拡散よりも均一化を正常な進化と考えていたようなんだ」

佐々木の声は常に淡々《たんたん》としている。

「でも、どうやら違《ちが》う側面もあると気づいた気配があって、それはたぶん、涼宮ハルヒさんやキミと出会ったことがきっかけになっていると僕は推理するのだがね」

ハルヒはいい。あいつなら火星人に大統領制を承認《しょうにん》させるくらいのことならやってのけるさ。しかし俺にそんなバイタリティはないぜ。

「いやいや、実際、キミもたいしたやつだ。話のほとんど通じない地球外生命体とのいざこざを話し合いで何とかしようとしているのだからね。なかなか真似《まね》のできることじゃないよ。普通《ふつう》なら思いつきもしない。これはキミの経験則によるものだと推察する。うらやましいよ、キョン。話を聞く限り、長門さんはとても魅力《みりょく》的な存在だ。一度好きな本についてじっくり話し合いをしてみたいと心から思うよ。九曜さんは僕の前ではほとんど喋《しゃべ》ってくれないからねえ」

冗談《じょうだん》めかしてはいるが、俺には佐々木が半分以上本気であることが理解できた。

「俺はいったいどうすればいいんだ？」

「では考えてみようじゃないか。幸いにして、藤原くんも橘さんも、そして九曜さんにだって言葉が通じる。これが僕たちの最大の武器なんだよ、キョン。考えて、導き出した言葉によって彼らをねじ伏《ふ》せればいい。簡単にとは言わないが、キミにはできるはずだよ。僕にもね。考えること、その考えを相手に伝えること、これは地球人類が生まれながらに持っている普遍《ふへん》的な能力であるのだからね」

高校二年生初期レベルの学力と知識でいったい何ができるってんだよ。それこそノーベル賞クラスの物理学者を総動員すべき問題じゃないのか？　俺はガニメデとトリトンのどっちが大きいのかも知らないんだぜ。俺に学力で劣《おと》っていると確信できるのは谷口くらいのもんだ。

「その程度の問題は問題にもならないと僕は考える。なぜなら、これは涼宮ハルヒさんを中心に動いている物語だからだ。すべての基準は彼女の認識にあるんだ。あらゆる勢力はあくまで彼女の行動と知識を基本原則にしている。そこに僕らのつけいる隙《すき》もあるというわけさ」

佐々木は一気に十歳ほど年を経たような、大人びた笑《え》みを見せた。

「かえって大人たちは邪魔《じゃま》にしかならないだろう。分析《ぶんせき》、解析、対処方法、時間を無駄《むだ》にするだけの会合……。すべて無駄なことさ。いいかいキョン。これは僕とキミの物語でもあるんだよ。だったら、僕たちでなんとかするというのが筋と言えるのではないかな」

お前を巻き込んじまったのはすまないと思ってるさ。

「謝罪することはない。僕は今までになく楽しんでいるからね。お礼の言葉では足りないほどだから、キョンの望みであるならなんでも言うことをきくつもりでいるよ」

本気とも冗談とも判断できない口調で佐々木は、

「ゆえにだよ、僕とキミにも勝算は十分にあるんだ。ここはしがない星系の一惑《わく》星《せい》で、大宇宙の辺境に位置する小さな星を舞台《ぶたい》としている以上、魔法のような力を持つ宇宙生命体だって地球の尺度で行動するしかない。きっと情報統合思念体と天蓋《てんがい》領域の間でもそんな制約、それか不文律があるはずだよ。でなければ二つの勢力ともこれほどまでに隠密《おんみつ》作戦を継続《けいぞく》する必要などないからね。未来人にも同様のことが言える。よくは解《わか》らないが彼らは何らかの規制に縛《しば》られているようだ。そのあたりに、原状回帰の突破口《とっぱこう》があるのでは、と僕は推測しているのさ」

だが佐々木の考えや打つ手が正着手だったとして、どうやって証明する。

佐々木は、くくん、と特徴《とくちょう》ある笑みを漏《も》らした。余裕綽々《よゆうしゃくしゃく》そうでもあり、クリスマスの晩にサンタモドキが望みのプレゼントを枕元《まくらもと》に置いてくれるのを確信しているような、少女らしい笑みでもあった。

「近いうちにどうにでもなるよ。きっとね。今の状況《じょうきょう》をキミは望んではいまい。たぶん涼宮さんもね。当然ながら僕もだよ。これほど関係者の思惑《おもわく》が一致《いっち》しているのに、違った方向へ進む状態があるとは考えられないね」

制服姿の佐々木はどこか楽しげであり、なんかデジャブを感じると思ったら、

ＳＯＳ団結成当日のハルヒの笑顔に重なった。あの時のハルヒが真夏のヒマワリならば今の佐々木はアサガオのようなという印象的相違《そうい》はあったが。

「それで――」

それで、お前は何を伝えに来たんだ。

「直接会って話したかった。それだけだよ。他《ほか》の人物がいない、ただ二人きりでね。もちろん電話でもメールでもなくね。壁《かべ》に耳あり障子に目ありというだろう？」

一瞬《いっしゅん》妹が扉《とびら》に耳を押し当てているところを想像したが、ふと気づいた。佐々木は盗聴《とうちょう》を警戒《けいかい》しているのか。電話の盗聴など、多少組織力のあるグループなら容易にやってのけるだろう。古泉はともかく、森さんや新川さん……あるいは橘京子と藤原の一派。そのことをそれとなく伝えるためなんだとしたら、この不意打ちのような訪問にも理屈《りくつ》がつけられる。

「それともう一つ。どうやら藤原くんは早めに片を付けたがっているらしい。そんな感じがするんだ。橘さんは呑気《のんき》で九曜さんは正体不明だが、未来人の彼は実に功利的で目的意識がはっきりしている。タイプ的に後でも先でもいいことなら早めに終わらせたがる人間のようだね。だから、きっと明日にでもアクションを起こしてくるんじゃないかな」

もし俺が邪馬台国《やまたいこく》の時代にトラベルしたらあちこちほっつき歩いて、陳寿《ちんじゅ》の記述がどのくらい正しかったのか確認《かくにん》して回るぞ。藤原もゆっくり過去見物でもしてりゃいいのに、せっかちな野郎《やろう》だ。それともこの時代には考古学的な価値などないと言うのか？

「でも、その方がキミもいいだろう？」

このあやふやな状態をどうにかしたい、長門の熱を下げてやりたいのは本心だ。

「これはまったくの想像だが」

と、佐々木は前置きして、

「僕たちが直面している問題は、単純なる存在意義の証明なのかもしれない。誰《だれ》も彼もが、己《おのれ》のレーゾンデートル、存在証明を確固たる事実にしようと努力しているのかもしれないのさ。宇宙人も未来人も超《ちょう》能力者も関係ない。ただおのおのが、自分たちが確かに存在しており、他の誰かもまた自分自身の存在を認識してくれている、という唯一《ゆいいつ》にしてシンプルな行動理念によって動いているんじゃないかな。だって、キョン。キミはもう九曜さんや藤原くん、橘さんが今ここにいるということを認識しているだろう？　仮に彼らがこれっきりで姿を消してしまったとしても、決して忘れることがない程度にはね。この時、この場所に、彼らは疑いようもなくこの世界にいたんだ。彼・彼女たちの望みはただ一つ、我々を忘れないでくれ、という簡潔で悲痛なメッセージなのかもね」

よく解らん。そんなの何もこの時代でしかも俺の前でしなくてもいいじゃないか。俺が奴《やつ》らの姿形と言動を死ぬまで忘れないだろうことには疑いを持たないが、だからそれが何なんだ。俺は記録癖《へき》のある宮仕えの文官でも歴史書編纂《へんさん》担当者でもないんだぜ。タキトゥスやヘロドトスが生きている時代で大騒《おおさわ》ぎをすりゃいいだろう。そうじゃなくても今の世にだって似たような趣味《しゅみ》の人間はいるはずだ。

などと、俺が佐々木の言葉を反芻《はんすう》している間、元同級生で元塾《じゅく》仲間の女は、なぜか両手の握《にぎ》り拳《こぶし》を自分の頬《ほお》に押し当てて目を細め、マッサージをするようにぐりぐりやっていた。なんだ？　美顔効果でもあるのか？

「いや」

佐々木は手を離《はな》して、

「どうもキミと話しているときは何だか笑っているような顔に固定されているようでね、顔面の筋肉がどうも強《こわ》ばっていけない。今はちょっと真剣《しんけん》な話をしているわけだし、こうすれば少しは表情も変わるかと思ったんだが、どうかな」

ナナホシテントウとニジュウヤホシテントウの違《ちが》いを見分ける程度のレベルで観察してみてたが、どうやっても特に変わりはないと言うしかない。ニヤリというかニコリというか……、そういや佐々木が微笑《びしょう》以外の感情表現を表す顔など中学時代から見たことがないな。

そうして佐々木の顔を眺《なが》めているうちに、ふと気になった。

「お前の存在意義は何なんだ」

この唐突《とうとつ》な質問を予測していたように、即座《そくざ》に答えが返ってきた。

「人類の一員として言うならば、当然、自分の遺伝子を残すことに尽《つ》きるだろう。子をなして自らの構成要素を後の世に伝える。これは生命体の本質だよ。少なくともこの地球上のあらゆる生物はそういうことになっている」

そんな進化論的なことを聞いているんじゃないんだよ。だいたい俺たちからすりゃ、遺伝子の残し方は知っていても、だからどうしたという話なんだ。当分関係ないつもりだからな。

「やれやれ。人は何故《なぜ》生きるのかとか、何のために生きているのか、なんて設問は禅問答《ぜんもんどう》の範疇《はんちゅう》でしかないよ。観念的な意味があるように見えて、その実何の意味もない。でも、それを承知の上であえて言うのならば、僕の存在意義は第一に『思考すること』であり、第二に『思考を継続《けいぞく》すること』と答えるしかないな。考えることをやめる時は僕が死んだ時だけであり、逆説的に、考えることをやめたらそれは死んだも同然と言える。僕という個は消え失《う》せ、ただ動物的な生が残るだけだろう」

くくっくと佐々木は低く笑い、

「僕は考え続けたいね。この世界の森羅万象《しんらばんしょう》について。死ぬその時まで」

思考の行き着く先に何が残るというんだ？　いや、子作り以外でだ。

「秀逸《しゅういつ》な質問だよ、キョン。実に実に人間らしい問題だ。遺伝子以外に自分がこの時代に生きていた証明が後世に残るのであれば、何もアミノ酸でできた二重螺旋《せんら》にこだわる必要はないんだ。有史以来、我々人類は様々なものを地球上に残してきた。無駄《むだ》とも思える大がかりな遺跡《いせき》から、小さくても画期的な道具の発明、当時は最先端《さいせんたん》だったであろう先進技術、文化的な国家的芸術作品、全く新しい技術体系や未来へ続く理論……」

佐々木の表情を見ると、彼女の思考は時代を超越《ちょうえつ》した脳内時間旅行に出かけているようだ。

「世界史で習うような歴史上の偉人《いじん》たちは、偉人的な行為《こうい》、それをもってして歴史に名を刻んだんだ。僕の身体《からだ》や心は矮小《わいしょう》で非力なものでしかない。しかし僕の思考をとば口にして、未来まで続く新しい概念《がいねん》が生まれないとも限らない。いや、正直言うと僕が産出し、育てた何かを後の世に残したい。DNA以外でね」

壮大《そうだい》な野望だな。

「残すのは言葉でも概念でもいいんだけどね。野望と言えば、それが僕の唯一《ゆいいつ》の野望だ。ただし僕は独力でやりとげようと志すね。異星人や未来人や超能力者なんかの力は借りない。僕の思考はただ僕だけのものであり、他《ほか》の誰《だれ》にも介入《かいにゅう》して欲しくないのさ。結論は僕自身の手で導き出したい。僕は自分の存在意義を、そのようなものとして定義しているんだ。誰の干渉《かんしょう》も影響《えいきょう》も受けず、僕の中からわき上がってくるオリジナルの言葉や概念を作り出したいんだよ。だからじゃまなのさ。九曜さんも藤原くんもね。橘さんは……まあ、あの子とは気の置けない良い友達になれるだろうな。彼女が唯一の救いだよ」

ここまで佐々木と膝を交えて話したのは初めてのような気がする。本音らしきものを聞いたこともだ。だったら、俺も腹を割った言葉の一つでも放つべきだろう。

「佐々木。もしお前がハルヒのような力を自在に操《あやつ》れるようになれば、望みが叶《かな》うかもしれないんだぞ」

「ああ、キョン。そりゃあ僕だって一般《いっぱん》的な人間だからね。様々な欲望《よくぼう》や感情を持ち合わせてもいる。ふとした拍子《ひょうし》にこいつ死んじゃわないかなとか思ったりもするわけだ。でも、もし願っただけでその誰かが死ぬようなことがあれば、僕はとてつもない衝撃《しょうげき》を受けるだろうね。そして、耐《た》えられなくなるだろうね。ほんの少しだけでも思うことを自らに禁じなければならない。僕は涼宮さんのようにはなれないよ。彼女が本当に全能神のような願望実現能力を持っているのだとしたら、この世が平常心を保ち続けているのは奇跡《きせき》に近い。それはすなわち、涼宮さんが奇跡的な存在であるというのとイコールだ」

佐々木はいつもの皮肉な形に唇《くちびる》を吊《つ》り上げ、俺をまっすぐに見つめてきた。

「もっとも、僕は神的な存在について否定の立場なんだけどね。たとえいるのだとしてもこの世にはいないさ。ましてや無自覚だなんてことがあるはずがないよ。考えてみたまえ。キミは好きこのんで金魚鉢《きんぎょばち》の中に入りたいと思うかい？　水族館のガラスの向こうに、動物園の檻《おり》の中に、わざわざ外から入り込んで熱帯魚や飼い馴《な》らされた野生動物たちの一員になることをよしとするかい？」

何かはぐらかされている気がするな。これだから頭のいいやつとはマンツーマンで話したくないんだ。せめて古泉の援軍《えんぐん》を期待したいところだぜ。

「つまりはそういうことさ。高次元の存在がレベルの劣《おと》る世界に降りてくることはない。人も神も変わりはしないさ。僕はそう思っているよ」

佐々木は大げさな手振《てぶ》りをして、半ば冗談《じょうだん》めかすようにこう言った。

「涼宮さんは神のような存在らしい。そしてどうやら、僕もそう思われているようだ。彼女と僕、神モドキな二人から好意を寄せられているキミに、何も出来ないなんてことはない。そう、するとしたらキミがするんだよ。物語の幕を引き、次のステージの幕を上げるのはキミの役割だ。いい加減に自覚したまえ、キョン。

扉《とびら》を開ける鍵《かぎ》はキミ自身なんだ。キミがすべてのマスターキーを持っているんだよ」

ハルヒ消失時のキーパーソンには含《ふく》まれていたようだが、今回ばかりは自信がねえな。

「この事件はキミが解決することになる。現時点で僕の言える、これがささやかな予言だよ」

佐々木は朝方の鳩《はと》のような笑い声を立て、

「僕は全幅《ぜんぷく》の信頼《しんらい》をキミに抱《いだ》いている。なぜなら、キョン、キミは僕のたった一人の愛すべき親友なのだからね」

その表情はいくら顔面を物理的操作したとしても、やっぱり微笑《ほほえ》んでいるようにしか見えない。

「キミにならやれるさ。むしろ、キミにしかできないと僕は考えている。だったら、やはりキミがするべきだよ。神様みたいな涼宮さんにも、地球外生命たる長門さんにも、超能力持ちの古泉さんにも不可能だというのなら、一般人代表のキミしか残っていない。それがキミの特性であり、利点なんだ。キョン、キミは理由なく彼女たちや僕たちに出会ったわけではないんだよ。キミにはあるべき役割が必ずあるはずだ。僕が子供の頃《ころ》から手放せずにいる猫《ねこ》のぬいぐるみを賭《か》けてもいい」

それが終了《しゅうりょう》の合図だったのか、俺の部屋をくるりと一度眺《なが》め回した後、佐々木は立ち上がって「おいとまするよ」と俺に微笑みかけた。ついでのように、

「送ってくれなくていい。キミももう充分《じゅうぶん》、僕に愉快《ゆかい》な時間を与《あた》えてくれた。素《す》直《なお》な妹さんと素敵な猫さんによろしく。次来たときには、もっと可愛《かわい》がってあげたいね」

そこから妙《みょう》な間が生じた。

佐々木は立ったまま、動こうとせず俺の面《つら》をじっと見ている。俺はどうしていいのか解《わか》らずリアクションのしようがなくただ棒立ちだったが、佐々木は今までになくためらいがちな口調で、

「実はね、キョン。僕が今日来たのは他にもう一つ、別の理由があったんだ。そんなに深刻なものではないよ。藤原くんとも橘さんとも九曜さんとも関係ない。ただ僕の学生生活についてね。ついてはその相談を持ちかけようかと思っていたんだが……」

佐々木の学校の相談事にのれるほど俺がよくできた学生であることはありえんな、だいたい佐々木が悩《なや》む問題に俺が解答を出せるわけはないだろう、と思っていると、やはり佐々木も同感だったのか、

「やっぱりやめておくよ。こうしてキミと話ができてよかった。それだけで気が

晴れた気分さ。よく解ったよ。所詮《しょせん》自分の問題は自分で答えを出すのが筋なんだ。ああ、やはり言うべきではなかったな。これが僕の弱さなんだろうな。誰に相談してもしかたのないことを、ましてやキョンに相談しようなんて、虫がよすぎたようだ。謝罪しておくよ」

勝手に何やら相談を持ちかけようとしてあっさり撤回《てっかい》された俺にしてみりゃ、白紙の問題用紙を出された直後に回収されたようなものである。佐々木が持ちかける相談事に俺がまともなアドバイスを即興《そっきょう》で返せるわけもないから、己《おのれ》のプライド的にも助かったと思っておいたほうがよさそうだ。

「でも」

と、佐々木は片頰《かたほお》を歪《ゆが》める特徴《とくちょう》的な笑《え》みを見せ、

「キミに会えて、話ができてよかった。踏《ふ》ん切りがついたよ」

玄関《げんかん》まで見送りに出た俺に、シャミセンを抱《だ》いた妹がついてきた。抱き方が変なせいで、シャミセンはまるでチョークスリーパーを極《き》められているレスラーのような迷惑顔《めいわくがお》をしている。

「また来てねーっ」と妹が喜色満面で叫《さけ》ぶ。

佐々木は二人と一匹《ぴき》に笑顔で手を振り、後は振り返りもせずに姿勢よく歩いて、去っていく。

俺はその姿が角を曲がって消えるまで玄関先で眺めていたが、結局、佐々木は一度も振り返ることはなかった。俺へのもう一つの相談ごとが何だったのかは知らないが――。

実に佐々木らしい、清々《すがすが》しいまでに完璧《かんぺき》な退去のポーズだった。

本当は何しに来たんだろう、と俺が考え始めたのは、夜、風呂《ふろ》に入っている最中のことだ。

妹が持ち込んだタッコングのビニールオモチャがプカプカ浮《う》いている光景を眺めながら頭を巡《めぐ》らせたものの、長風呂のせいで十分血行が良くなっているだろうに、答えなんかそう都合よく頭蓋《ずがい》の外側に飛び出てくれはしない。結局言わなかったもう一つの相談ごとがメインではないのは明らかだが、そいつを棚上《たなあ》げしてもどうも収まりが悪い。

あと、佐々木との会話の中でうっかりスルーしてそのまま忘れてしまったワードがあったような気もしたんだが、なんだっけな？　コマンド入力に失敗してディスクフォーマットしちまったHDDの中身なみに消え失《う》せちまってる。どうも俺の脳髄《のうずい》メモリはそろそろオーバードライブの兆《きざ》しがあるようで、まともな思考をするには高性能ヒートシンクを追加装備してクールダウンさせる必要があるらしい。と言いつつ、風呂に入ってたら血流を良くするばかりで何一つ冷えそうにないが、毎日の入浴と歯磨《はみが》きだけは欠かすことのない俺の習慣であり、こればかりは違《たが》える気は毛頭なく、とりたてできれい好きというわけではないものの、一日でも飛ばすと気持ち悪くなり、まあそういう人間は俺ばかりではないと思うぜ。そういうもんだろ？

それはともかく今日、佐々木がやって来てくれたおかげで、どこかホッとした気分でいると正直に告白しなくてはならないだろう。喋《しゃべ》ってみて改めて理解できた。あいつは信頼《しんらい》に足りるやつだ。話し口調と思考形態が少々風変わりなだけの、普通《ふつう》の女子高校生なのだ。中学時代から変わっちゃいない。もし佐々木が進学校ではなく、北高に入学していればどうなっていたかな。古泉と橘が同時に転校してきたかもしれず、そうだったら俺の高校一年生活もずいぶん混沌《こんとん》としたものになっていただろうが、そんなＩＦ物語を夢想していても仕方がない。今考えることは他《ほか》にあるはずだ。

「しかし――」嘆息《たんそく》入りの独り言。「とは言ってもな」

俺の発した声が浴室の壁《かべ》でエコーする。正直、何も思いつかない自分に情けない思いをかみしめつつ、

「こうなったらもう、さっさと寝《ね》て見る夢に天からの啓示《けいじ》があることを期待するしかないか」

単なる願望で終わりそうな希望的観測をつぶやきながら、俺は浴槽《よくそう》から立ち上がった。蛇腹《じゃばら》のドアを開けると、足ふきマットの上で待機していたシャミセンが待ちかねたように飛び込んできて洗面器の水を飲み始め、しばらくてちてちと舌を鳴らしていたが、ふと顔を上げて、

「ぴにゃ」

という感じで鳴いた。それはまるで、俺の思い違《ちが》いを指摘《してき》するかのような猫語《ねこご》的警告の言葉のようだったが、問いただす前にシャミセンはカツカッと爪《つめ》が床《ゆか》に当たる音を立てながら、さっさと階段を上っていった。行き先はどうせ俺の部屋のベッドの上だろう。

今度、九曜と会うときはあいつを連れて行ってもいいかもしれんな。シャミセンの頭の中に封《ふう》じられているナントカカントカ生命体が役に立ってくれるかもという、わずかな望みがなきにしもあらずだ――

が。

「やめておこう」

俺は他力本願という教義を放棄《ほうき》したんだ。ならば、どこまでも独力でやってや

るさ。何ができるんだ俺に、なんていう疑問はちょっと考えないでおくことにして、それでも、やってやろうじゃねえか。佐々木の進言もあったし、何かの間違いで地球にやってきて犬に取り憑《つ》くアホな精神生命体に期待すること自体が間違ってるしな。アンドロメダ病原体のような宇宙ウイルスもどきより、太陽系人のほうが地の利があると証明してやらないとな。

よし、九曜や藤原に現代地球人も捨てたものではないというところを、一つ見せてやろうじゃないか。本来なら地位も名誉《めいよ》もIQも俺より数ランク上のお偉《えら》い人に委託《いたく》すべきなのかもしれないが、涼宮ハルヒをめぐる非常識なアレコレを今更《いまさら》になって赤の他人に丸投げするなんてことはできそうにない。誰《だれ》もありがたがらないだろうし、なにより俺自身がそうしたくないのだ。これはSOS団に落ちてきた抜《ぬ》き打ち試験なのだから、それを解くのも俺たちじゃないといけない。

そしてどうやら、今は俺が中心人物として右往左往すべき役回りにいつの間にかなってしまっているようだ。病床《びょうしょう》に伏《ふ》している長門の本音を聞かされたのは俺だけだ。本人が意識しているかどうかはともかく、長門は俺を頼《たよ》ったのだ。未《いま》だ少数零細《れいさい》組織のSOS団、その仲間を救えずしていったい何が救えるって言うんだ？　せいぜい妹の宿題手伝いとシャミセンの毛を刈《か》って丸坊主《まるぼうず》にしたがってている母親の制止くらいだぜ。このままぼうっと流されるくらいなら、たまには故郷の川に戻《もど》ってきた鮎《あゆ》程度には流れに逆らってやろうじゃないか。

究極的な俺の目標は、長門を普段の状態に戻すという至ってシンプルなものでもあるし……。

おお、なんかノってきたような気がするぜ。

俺の克己《こっき》心は絶賛鰻登《うなぎのぼ》り現在進行形である。この熱意が勉学に向いたならば母親は泣いて喜ぶだろうが、それとこれとは無関係だ、すまないオフクロ。とにかく、この決意を止められる知的生命体は地球の内外を問わず存在しない。おお。俺にも少しはヒーロー的主人公の素養が芽生えてきてるんじゃないか？　今が風《ふ》呂《ろ》上がりの素《す》っ裸《ぱだか》でなければ右手を天高く突《つ》き出して、意味なく気勢の一つも上げていたところだ。

現時点における俺の勢いを止めることなど、何人たりとも不可能と言っていさきかの瑕疵《かし》もない。きっと佐々木は、むっつりうじうじしていること梅雨《つゆ》真っ盛《さか》りなカタツムリにも笑われるレベルになってる俺にハッパをかけに来たんだろう。まるで関係なさそうな話を淡々《たんたん》としながら、聞き手の思考を誘導《ゆうどう》する、なかなか見事な高等心理術じゃないか。末恐《すえおそ》ろしいやつだぜ、まったく。

「いっちょやってやるか。未来人と宇宙人と超《ちょう》能力者をまとめて俺の可視範囲《はんい》内からたたき出してやる」

言うまでもなく朝比奈さん（小）と長門、ついでに古泉は除いてだ。森さんと喜緑さんはどうすっかなー……。

とかなんとかと、実にらしくない夢想に酔《よ》う俺だったが、景気のいいことを言いつつ心の隅《すみ》っこではイヤミなまでに冷静なる別の俺が皮肉な自嘲《じちょう》を浮《う》かべてもいた。どっちかと言えばそっちの俺のほうが本来の俺自身かもしれない。肝心《かんじん》な時に水を差す超自我的な内面の存在を、自分自身、否定できなかった。

そっちの俺はこう言っている。

俺でなくても超絶ヒーローの役割を果たせるやつがいるんじゃないか？

他《ほか》でもない、ただ一人、あいつが。

いや、あいつこそが――か。

とかな。

第七章

α―10

　翌、木曜日。

　朝から夕方まで普通《ふつう》にルーチンな授業を受け続ける時間が、ひねもす地を這《は》うごときにだらりんと続き、ホームルーム終了《しゅうりょう》の合図でようやく俺とハルヒは五組の教室から自由の身となった。

　ハルヒの俺に対する個人授業も昨日までだったらしく、掃除《そうじ》当番たちの何とも言えない怪奇《かいき》現象を眺《なが》めるごときのアットホームな視線を浴びつつの特別講座も打ち止めとなり、そのようなわけで俺とハルヒは一目散に教室を飛び出した。言っておくが俺はあくまで団長殿《どの》に腕《うで》を引っ張られての強制連行に近いのだぜ。そこだけ勘違《かんちが》いしないでいただきたい。もちろんハルヒ講師の居残り補習を受けなくてよくなったという喜びには満ちあふれてはいたが。

そうしてハルヒと肩《かた》を並べて文芸部室まで行く道のりもいつも通りなら、校内の春的雰囲気《ふんいき》も普段通りである。四月も半ばとなるとすっかり春という季節に飼い馴《な》らされちまう。さすがは四季、頼《たの》みもしないのに律儀《りちぎ》に毎年現れて、悠久《ゆうきゅう》の歴史で地球上の生物をコントロールし続けるのも伊達《だて》ではないと言ったところか。だが、無常に訪《おとず》れ続ける月日の流れには逆らえない。一年前の春から強引《ごういん》そのままの勢いで続くSOS団にだって、無視することのできない変化が訪れているのも確かだ。

そんな現象を裁判所に提出しても何の差し障《さわ》りもなく証拠《しょうこ》物件化できるような存在が俺たちを待っていた。

俺とハルヒが扉《とびら》を開けるかどうかのタイミングでパイプ椅子《いす》からすたっと立ち上がり、

「お待ちしていましたっ！　先輩《せんぱい》」

巣に戻《もど》ってきた親鳥に応《こた》えるツバメの雛《ひな》のような音階で叫《さけ》んだのは、ハルヒの繰《く》り出す理不尽《りふじん》で難関全開の入団試験をただ一人クリアした新一年生の元気少女である。パーマに失敗したような自由気ままな方向性を持つ髪《かみ》にスマイルマークの飾《かざ》りを揺《ゆ》らし、クリスマスイルミネーションのように輝《かがや》く瞳《ひとみ》を爛々《らんらん》とさせて俺たちを待っていた娘《むすめ》は、

「今日からあたしはSOS団の一員です！　よろしくお願いします！」

深々と一礼した。

渡橋ヤスミ。どこか舌っ足らずながらも、コーラス部にでも入ったほうがいいのではないかと思えるほどの声量であり、その表情は夜明け付近の金星のように煌《きら》びやかだった。少なくとも元気体力だけはハルヒと並んでいつまでも走れるくらいのエネルギーを内在させていると断言していいだろう。

「まあ……なんというか、そこそこよろしくやってくれ」

気の抜《ぬ》けた俺の返答にもヤスミはまるで意に介《かい》さなかったようで、ぴょこんと頭を上げ、

「はいっ！　それはもうがんばります！　大そこそこで！」

その直情的な視線に荷電粒子砲《かでんりゅうしほう》のようなエネルギーが見て取れ、このまま生命力に満ちあふれた笑顔《えがお》を見続けていたら両眼の水晶体《すいしょうたい》がキャパオーバーで破裂《はれつ》しそうだったため、さりげなく目をそらして部室内に助けを求めた。

いつものメンツは全員がそろっている。ヤカンを火にかけている朝比奈さんはとっくにメイド服姿だし、古泉は長テーブルの上に将棋《しょうぎ》とも囲碁《いご》とも違うけったいな盤《ばん》を置いて丸い駒《こま》をいじくっている。長門はと言えば定位置でまた何かのハードカバーのページに目を落として森羅万象《しんらばんしょう》にシカトを決め込んでいる体勢だった。

ハルヒは意味もなく満足そうな顔で団長席にどっしり座ってから、

「では」

カノッサ城において神聖ローマ帝国《ていこく》ハインリヒ四世と面会した教皇グレゴリウス七世のような威厳《いげん》たっぷりな満足笑顔と口調で、

「みんな知ってると思うけど、あらためて紹介《しょうかい》しておくわ。この子が厳正かつ公平な審査《しんさ》で選びに選び抜かれた新入団員、渡橋ヤスミちゃんよ。みんな、あたしたちSOS団がこの一年で得たすべての教訓と実績をみっちり叩《たた》き込んであげなさい。時には厳しく、時には子供に綿菓子《わたがし》をあげるような感じでね。次代のSOS団を支える礎《いしずえ》となるように、バシバシ鍛《きた》えるのよ！」

「バシバシ……ですかぁ？」

朝比奈さんはヤスミに目をやって、次に自分の管轄《かんかつ》区域であるお茶くみセットの在処《ありか》を見渡《みわた》し、はて田舎《いなか》武将にどこから茶の湯の神髄《しんずい》を教えたらいいのかと考え込む千宗易《せんそうえき》のような表情になった。茶道《さどう》部じゃあるまいし、番茶や煎茶《せんちゃ》を淹《い》れる手順にそれほど技巧《ぎこう》的なものが必要とは思えないが、ハルヒが適当に淹れる出がらし茶より朝比奈さんの御手《おて》によるもののほうが甘露《かんろ》であることを考えると、次代に残すべきテクニックとして朝比奈流お茶くみ術の極意《ごくい》をこの新入団員に教えてやってもらいたいところでもある。

ついでにハルヒにも指南してやってくれないかな。あいつの出す茶は味も解《わか》らないくらいの色の付いた熱湯でしかないのだ。

「はい！　お茶、お茶淹れます！　くみます、朝比奈先輩、この浅学なるわたくしめに、渡橋ヤスミめにお茶くみ係の極意の伝授を！　ぜひぜひっ」

ヤスミは朝比奈さんを師匠《ししょう》と即断《そくだん》したようで、あっさり朝比奈さんのテリトリーに侵入《しんにゅう》を果たした。少し戸惑《とまど》った様子の朝比奈さんだったが、ヤスミの決意は本物だと感じたのか、

「ええと、これが涼宮さんの湯飲みで、これがキョンくんの。あ、後、みんな好みの熱さが違うから気をつけてね。そこの戸棚《とだな》にあるのがお茶の葉。その日の気温や湿度《しつど》によって選んだりするの。今あたしが研究しているのがこの葉で――」

いちいちふむふむとうなずくヤスミのキラキラした瞳は朝比奈さんの一挙手一投足を一秒たりとも見逃《みのが》すまいとする望遠カメラのレンズのごときそれであった。

「それから、あたしもメイド服着たいです！　あ、ナースも！　やらせてくださいやりますぜひぜひぜひっ！」

十万馬力のロボットもかくやと思える、ヤスミのエネルギー源はなんなのかね。核融合《かくゆうごう》か太陽エネルギー、まさか光合成でもしているんじゃないだろうな、この後輩は。おまけにそんな新入団員に最初に教えることがお茶くみとは、どこの企《き》

しない。

だが口出しは無用だろう。実際、他《ほか》に教えることなんてこの団にほとんどない業《ぎょう》の一般職《いっぱん》だよ。

俺は鞄《かばん》を床《ゆか》に置き、古泉の向かいに座った。

「どうです？　一局」

ヤスミを面白《おもしろ》そうに目で追っていた古泉が、ふと視線を切ってテーブル上の盤を俺のほうに寄せてくる。

「なんだ、これは」

一風変わった盤上に丸い石。刻まれている漢字は『帥《すい》』とか『象』とか『砲《ほう》』などの、動かし方の見当もつかないチャイニーズミステリアスな様相を呈《てい》する駒だった。オセロでも囲碁でも軍人将棋でも連戦連敗の古泉め、今度こそ勝てそうなボードゲームを搬入《はんにゅう》してきたということか。

「中国の将棋です。象棋《シャンチー》とも呼ばれていますね。ルールさえ覚えたら、気軽に誰《だれ》でも楽しめますよ。たいして難しくはありません。少なくとも大将棋よりは手短に終わるでしょう」

そのルールさえ、という部分が問題なのさ。そいつを覚えるまで俺は連戦連敗の苦汁《くじゅう》を舐《な》め続けるに決まっているじゃないか。花札にしないか？　オイチョカブでもコイコイでも母方の田舎ではちょいと鳴らした経験がある。

「花札は盲点《もうてん》でしたね。いずれ持参しますよ。それでこの象棋ですが、チェスや囲碁将棋《いごしょうぎ》と同じでゼロサムゲームだと解っていれば、それで充分《じゅうぶん》です。あなたならたちまちのうちにルールを飲み込めます。差し掛《か》けの囲碁の盤面《ばんめん》を見て、あっさり勝敗を看破できる実力があれば鉄板ですよ。これもボードゲームとしては運の要素があまりありませんから、あなた向きだと思いますよ」

余裕《よゆう》の笑《え》みを浮《う》かべ、

「では、最初は練習ということで、初戦は勝敗度外視でいきましょう。まずこの『兵』という駒《こま》の動かし方ですが——」

気軽に説明し始めやがる。こいつはヤスミに対して何か思うところはないのか？　なんたってハルヒ曰《いわ》く超《ちょう》難関である入団試験を比較《ひかく》的苦もなく突破《とっぱ》してきた才媛《さいえん》なんだぞ。世代交代次第《しだい》で彼女が次期部長になるかもしれんのだぞ。ハルヒの目が節穴レベルでないのは間違《まちが》いないとして、では古泉、お前はどうなんだ？　顔にくっついている二つの目玉はラピスラズリでできてるんじゃないだろうな。

古泉は駒を並べながら、ニヤリとした笑みを浮かべた。ええい、気味の悪い。まるで影《かげ》の首領にこき使われる中堅《ちゅうけん》のレギュラー幹部みたいな余裕があるんだかないんだかの微笑《びしょう》だ。

俺側の駒を揃《そろ》えるふりをして、古泉はこちらに頭を寄せてきた。小声での囁《ささや》き。

「僕は何も心配していないのですよ。それどころか、安堵《あんど》に包まれてもいます。これから何が起きるとしても、それが我々にとって悪いことにはまずなりません。あなたもそのつもりで、悠々《ゆうゆう》とした態度を取っていてはいかがですか？」

確信がない、ってのが俺の反骨精神を形成する理由なのだ。今まで新たなる登場人物が出て来て、そのまま何もせず退場した例などあったか？　それでなくとも佐々木や橘や九曜、匿名希望の未来人といった規格外部隊が思わせぶりに飛び出てきたんだ。あいつらはあいつらで現在何もやってないようだが、それはそれで不可思議で、だったら何で出て来たんだって話になる。伏線《ふくせん》の仕込みにしては杜撰《ずさん》すぎるだろ。なんたって、あいつら挨拶《あいさつ》だけでどっか行っちまったからな。

そんなんがミステリ小説の伏線だったとしたなら、俺は読了《どくりょう》後どころか探偵《たんてい》が推理を開始した時点で本を壁《かべ》に投げつけるぜ。

「穏《おだ》やかではありませんね。読書はもっと鷹揚《おうよう》な心持ちで楽しむべきです。たとえどんな駄作《ださく》でも、きっと後の糧《かて》となりますよ。優《すぐ》れた教師は反面教師、という格言もあることですし」

初耳だ。

「でしょうね。今僕がとっさに思い浮かべた格言ですから。でも、そんなに間違ったことを言ったとは思いませんよ」

「……ヘーゲルは偉大《いだい》だな」

俺のつぶやきに、古泉はニッとした笑みをよこした。

「その通りです。人間が社会生活を送る上で、もっとも有益なアドバイスを残した哲学者《てつがくしゃ》でしょう。どんな人間でも実践《じっせん》可能なのですからね」

もっともヘーゲル的な弁証法がこの中華風《ちゅうかふう》将棋の勝敗になんら関係するとは思えないけどな。

俺は古泉に教えられるまま、駒を並べ、それぞれの動きの把握《はあく》にかかった。将棋に近いが細かい部分はけっこう違う。まあチェスやオセロにも飽《あ》きていたことだし、新しいボードゲームに親しむのも悪くはないかな。

古泉と象棋に集中している間も、俺は他の団員の様子をちらちらと窺《うかが》っていた。

長門は本を読んでいる。黙々《もくもく》と読んでいる。新しい団員が増えたところで所詮《しょせん》それは文芸部の新戦力ではないと達観しているのか、一年前からこの部室での態度はアイスランドの永久凍土《とうど》のように不変だった。膝《ひざ》に置いている単行本がやや薄茶《うすちゃ》けているが、古本屋から掘《ほ》り出し物を入手した稀覯本《きこうぼん》なのかもしれない。こいつの行動範囲《はんい》も市立図書館から広がりつつあるのか。寂《さび》れた古書店を巡《めぐ》ってふらふらした足取りで本棚《ほんだな》から本棚へと移動している長門を想像し、俺の精神はどことなく落ち着いた。

俺と古泉が盤上の闘争《とうそう》をぼちぼち始めようかという、その時、

「お待たせしましたーっ」

ピッコロの調べのように明るい声色《こわいろ》とともに、お盆《ぼん》に湯飲みを載《の》せたヤスミが視界の横から闖入《ちんにゅう》してきた。彼女の背後で、メイドな朝比奈さんがハラハラした表情を隠《かく》さず俺たちに目を泳がせている。

「ルイボス茶ってやつです！　カフェインゼロ、お通じもよくなり、栄養価も申し分ありません。ぜひご賞味をっ！」

メイド服の予備はなかったっけ。ヤスミはだぼだぼの制服のまま、湯気の立つ湯飲みを俺と古泉の前のテーブルに注意深く置いた。

ハルヒの墨痕淋漓《ぼっこんりんり》たる筆によってそれぞれ『キョン』『古泉くん』と書かれている湯飲みである。既製品《きせいひん》に極太《ごくぶと》マジックで印されているだけでちっともワビもサビも感じない茶器だが、茶の湯の心得のない俺にとってはどうだっていいことだ。

ヤスミのキラキラしている瞳《ひとみ》をなるべく見ないようにして、俺は赤茶けた液体を一口すすり、同様の行動をとった古泉と数秒後に目があった。

「……風変わりな味ですね」

微苦笑《びくしょう》とともに感想を述べた古泉とまるごと完全に同感である。決して不味《まず》くはない。かといって刮目《かつもく》するほどの美味《うま》さでもない。むしろ口には合わない、妙《みょう》な風味がする。これなら煎茶《せんちゃ》や麦茶のほうが忌憚《きたん》なくがぶ飲みできるだろうが、正直に舌の具合を報告するには俺はちと小心者すぎた。

「まあ……なんというか……今までにないお茶だな。ええと、身体《からだ》に良さそうなのは非常によく解《わか》る。健康になりそうな感じだ」

「わぁお」とヤスミは嬉《うれ》しそうに一声上げ、軽《かろ》やかな仕草でさっと移動すると、長門の前にも専用の湯飲みを差し出した。

「……………」

長門は、ちら、と『有希』としたためられたハルヒが勝手に決めつけた自分の湯飲みに冷徹《れいてつ》な一瞥《いちべつ》をくれ、

「……………」

まるで水で戻《もど》す前の乾燥《かんそう》ワカメを見たかのような無反応ぶりで読書の続きに戻った。

これはいつものことだったので俺たちは何ら気にするところではなかったのだが、さてヤスミはどうかと眺《なが》めていると、こいつもまったく動じた様子もなく、跳《は》ねるような足取りで朝比奈さんの元へと戻っていった。

「ちょっとちょっと」

声を荒《あら》らげたのはこの空間における絶対にして根元的な究極支配者である。

「あたしのお茶は？」

ハルヒはディスプレイの横から不満顔を出すようにして、

「こういうの、まず団長に提供するもんじゃないの？　あたしが後回しってどういうことよ。みくるちゃん、ちゃんと教育を行き届かせないとダメじゃない」

「あ……ごめんなさいっ」

慌《あわ》てて両手をバタバタさせて焦《あせ》る朝比奈さんの横で、ヤスミはくすっと笑った。

「すみません。忘れてました。緊張《きんちょう》していたのかもしれません。今、とっておきの淹《い》れ方をしますので、お待ちください」

ハルヒのワニ目にも動じた気配はない。ヤスミは翅《はね》の生えた妖精《ようせい》のように軽やかに立ち回り、熱々のお茶を団長机にささっと提供した。例のごとく、ハルヒは熱湯に近いはずのお茶を一気飲みし、しばらく目を白黒させ、舌をフーフーさせる犬のような呼気を発してから、

「ちゃんと覚えていってよね。ここんとこ、かなり重要な決まりだから。みくるちゃんは教育係なんだから後輩《こうはい》に厳しくしないとダメよ」

いつ朝比奈さんがヤスミの教育係になったというのか。

「まあ、お茶はお茶でこれくらいでいいわ」

ハルヒの切り替《か》えも早かった。茶を味わう暇《ひま》もなかっただろうしな。

「渡橋ヤスミちゃんだったわね。あなた、パソコン詳《くわ》しい？」

「ちょっとちょっとですけど、できますできます！」

「そう？　じゃあ」

団長机に鎮座《ちんざ》するコンピ研印のパソコンディスプレイには、例のSOS団ウェブサイトが、かつて俺が作った状態のまま表示されている。もちろんショボいレイアウトにチャチなコンテンツと、意味のある文字列などメールアドレスしかないという、今時日進月歩で進化し続けるネットの世界において、ほとほと時代遅《おく》れなホームページであると言わざるをえない。ブログ？　何それ？　って感じのデジタルデバイドっぷりである。

そのうちリニューアルすべし、とハルヒの意気だけは高かったが、もっぱらその役目は俺に任じられており、そしてそんなもんまったくする気のなかった俺はなんやかんやと理由をつけて先延ばしにし続けていたわけで、実際、SOS団の名がネットワークに流出して誰《だれ》一人幸福な結果になりそうにないというのは、去年のコンピ研部長の件でも明らかだったため、ハルヒには適当に忘れていて欲しかったのだが、アクセスががんがん増えてネット内知名度を高める野望を未だ捨てきっていなかったらしい。もちろんハルヒは長門がロゴマークに細工したことを知らないし、気づいてもいない。

「サイトをもっと人目を呼ぶようなのにしたいんだけど、できるかしら？」

と、ハルヒは付けっぱなしのパソコンモニタを指さし、

「SOS団のメインサイト。キョンが作ったきりのまるで殺風景な役立たずな代物《しろもの》なのよ。なにより美しくないわ。世界にはもっとスタイリッシュで情報満載《まんさい》なサイトがたくさんあるっていうのに、これじゃワールドワイドウェブの名が泣くというものよ」

悪かったたな。

「そんなわけでヤスミちゃん、パソコンをちゃちゃちゃっといじくって、ううんと見《み》栄《ば》えのいいものにしてくれないかしら。あ、これは新人研修の一環《いっかん》なわけなのよね。入団試験があれで終わったと思ったら大間違《おおまちが》いよ。正団員への道は厳しいものなの」

「はぁい！　やりますやります。やらせてください」

ハルヒの言葉の重みを理解しているのか否《いな》か、とにかくヤスミは即答《そくとう》した。

「やってみたいです。やってみます。やるならやります是非《ぜひ》是非是非っ！」

打てば響《ひび》くごとき返答で、この明確なまでのポジティヴリアクションには俺も

ちょいと驚《おどろ》いた。それで、つい、

「おい、お前。サイトとか今まで作ったりしたことあんのか？」

「ありませんけどっ」

そんな動物将棋《しょうぎ》をもらった俺の妹のような笑顔《えがお》を向けられても。

「でもでもっ！　できる気がするんです！　あたしはみなさんのお役に立ちたいのです！　そのためにはコンピュータの一台くらい、さっぱりと調教して見せます！」

パソコンなんてのはただの計算できる箱であって、いくら調教しようが狩猟犬《しゅりょうけん》のように言うことを聞いてくれる万能《ばんのう》ツールではないのだが……。

しかし俺が止めるまもなく、ヤスミは座っていたハルヒを押しのけ、キーボードを引き寄せてワイヤレスマウスを握《にぎ》り、さっそくカチカチカタカタと事務職のお局《つぼね》女子社員のように作業を開始した。タイピングの手際《てぎわ》はなかなか良いようだ。

一通りハードディスク内のデータを参照した後、

「あ、ツールはひと揃《そろ》い網羅《もうら》されてますね。でも、あれ？　こんなアプリがあるんだったら最初からもっとハデなサイトが作れたと思うんですけどぉ。この無駄《むだ》なタグだらけのサイト、えっと、誰が作ったんですか？　ひや、懐《なつ》かしのテキストサイトですねこれ。テーブルの指定も酷《ひど》いし……。ほい、ソース表示……っと、あらら、うわ、酷い。このフォントタグの群れにいったい何の意味が……。ひゃあ、スタイルシートすら使ってないじゃないですか。こんなの、今時ネットにちょっと詳しい中学生ならもっとマシなのできそうですよ、先輩」

さっきハルヒが俺作成と明らかにしたばかりだろ。なかなか失礼な感想を述べる後輩じゃないか。渡橋ヤスミとやら。名は覚えたぞ。

「では、ちょっといじらせてもらいまぁす！」

明るく楽しげに宣言し、ヤスミは軽快にパソコンを操作し始めた。まさに鼻歌交じりのような気楽さだが、本当に鼻歌を吟《ぎん》じていて、どこかで聴《き》いた曲だと思ったら去年の文化祭でハルヒが急造ボーカルとして参加した軽音楽部のナンバーだった。新一年生であるところのヤスミはその頃《ころ》当然中坊《ちゅうぼう》だったろうから、たまたま見にきていた模様だ。

ま、あんときのハルヒが輝《かがや》いて見えたことは、さすがの俺でも否定しきれないね。もっともその後、バンド活動に目覚めたハルヒによって俺たちがしないでもいい苦労と思わぬ事態を招き入れたのは誤算だったが。

ハルヒはヤスミの後ろに陣取《じんど》って、二杯目《はい》のお茶を手に満足げな雰囲気《ふんいき》を醸《かも》し出している。ようやく見つけた有能な部下の活躍にご満悦な管理職のような上機《じょうき》嫌《げん》さだ。これから雑事やコマい作業はすべてヤスミに押しつけてしまおうとしている決意が、表情から菌類《きんるい》の胞子《ほうし》のように振《ふ》りまかれている。

俺もやっとで雑用係を解任されるかなと甘い未来を夢想しかけたものの、強情《ごうじょう》で理不尽《りふじん》な決定にかけては人後に落ちないハルヒのことだ。ヤスミ以下の待遇《たいぐう》が待ち受けているのが関の山だろう。後輩《こうはい》にたった一日で上を行かれるとは、俺の存在意義はますます希薄《きはく》になりそうだ。別に悲しんじゃいないけどさ。

差し向かいで打っていた俺と古泉の中国将棋が決着を迎《むか》えたとき、ちょうどヤスミの持ってきた湯飲みの中も空になった。当然のように俺が勝利を収めたが、あまり勝った気がしない上に慣れないゲームだったせいか、ちと疲《つか》れた。

「もう一戦どうです？」

リベンジの誘《さそ》いを向けてくる古泉を無視して、大きく伸《の》びをしたとき、何気なく向いた俺の目の先に段ボール箱が映った。それまでのSOS団戦利品がぶち込まれ、棚《たな》の上に放置され続けていた一応は団の備品とも言うべき物体。

その箱からはみ出しているのは昨年の草野球で使用したバットとグラブである。

多少、気詰《きづ》まりなものを感じていたのは初の後輩ができたという異物感と、新入団員渡橋ヤスミに淡《あわ》い警戒心《けいかいしん》——なんせあの電話の件がある——を抱《いだ》いていたせいだろうか。気づいたら俺は、

「よ、古泉。たまにはキャッチボールでもしてみないか」

我ながら不可解な提言を発していた。

「ほう？」

古泉は一秒ほど俺の目を見つめると、すぐに破顔し、

「いいですね。身体《からだ》を動かさなければどうしたって鈍《にぶ》りますし、適度な運動は健康と創造的思考の一助でもありますから」

そうと決まれば古泉の行動は早く、たいして背伸びすることもなく段ボールを棚上から下ろすと、ボロボロのグラブ二つとテニスボールを取り出していた。中には軟球《なんきゅう》や硬球《こうきゅう》もあったはずだが、さすがは古泉、しっかり俺の意を先読みしてやがる。

これまでSOS団は一年近く五人で通してきた。俺たちが進級して空きの出た一年生枠《わく》に滑《すべ》り込んできた初の後輩、ヤスミに対して何ら含《ふく》むところはないとは言え、さんざん五人一組で様々なオカルティックでサイエンティフィックな出来事に駆《か》けずり回っていたせいか、ペンタグラムがヘキサグラムになったおかげで奇妙《きみよう》な不安定感が、俺の心根の中に生じているらしいと自己分析《ぶんせき》できる。

簡単に言えば俺はヤスミをこの安定していた部室内に突如《とつじょ》として現れた異物的な存在だと、なんとなく思うでもなく感じているのだろう。今後、ヤスミがSOS団内でどんな役割を果たすことになるのか、ハルヒはこれでいいと考えている

のか、どうもすっぱりとは完全に納得《なっとく》することができにくい。

俺の風呂《ふろ》中にヤスミからかかってきた電話もひっかかる。あれが入団希望の先走り的勇み足なんだったとしても、なぜ俺にわざわざ？　まあ長門や朝比奈さんや古泉にかけても意味はなかったかもしれない。あの三人は特別な背景事情を背負っているからな。しかし、相手が俺だったとしても特に意味など発生しないはずだ。現にあの時、ヤスミはロクな自己紹介《しょうかい》もせずに切っちまった。まったく、ハルヒ並みに意図の読めない後輩がいたもんだ。
つまり、俺は何となくヤスミのいるこの部室から消極的に逃《に》げ出したく思っていて、その格好の口実が、すなわちキャッチボールだったということなのさ。これればっかりは室内ではできないからな。

「つーわけで」

と、俺はヤスミのパソコン作業を見守るハルヒと、新茶について研究を始めている朝比奈さん、読書に専念している長門に、

「ちょいと外に出てくる。俺と古泉がいても教えられることはないしな。逆に邪《じゃ》魔《ま》だろ。新入団員の初期教育は任せる」

古泉はすでに二人分の野球グラブを携《たずさ》えて誰《だれ》に向けるともなく微笑《びしょう》をたゆたえ、

「そうですね。こういう時は女性陣《じん》のみのほうが、円滑《えんかつ》に忌《き》憚《たん》のない活動が進む

でしょう。邪魔者たる我々男性陣はしばし退席しておきますよ」

フォローだけは天下一品の副団長だった。

ハルヒはちらりと俺に待ち針のような視線を向けたが、

「いいんじゃない？　そうね、キョンの今までの団員活動もヤスミちゃんに教えておきたいしさ。いい？　ヤスミちゃん。この男が団で唯一《ゆいいつ》の平団員であるゆえんを話してあげるわ。まったく、ほんとどうしようもないったらないのよ。反面教師にするといいわ。我が団は完全貢献《こうけん》主義だから、キョンなんてあっという間に抜《ぬ》き去ってしまえるわよ」

そうかいそうかい。ま、おまえがその認識《にんしき》でいてくれている間は、俺も安心だよ。ぜひこのままけったいな役職をおしつけられることなく平穏《へいおん》に卒業を迎えたいものだ。

俺は古泉に目配せする。古泉も正確に俺のアイズオンリーコミュニケートを受け取ったと見えて、ボロいグラブを投げてよこすと、

「それでは一時失礼します。飽《あ》きた頃《ころ》に戻《もど》ってきますよ」

パチリ、と音がしないのが不思議なほどの厚いウィンクをかまし、俺の背に手をかけた。

「我々は我々で、久しぶりに男二人での時間を楽しませていただきましょう」

部室を出る前に振《ふ》り返ると、長門はいつも通りの没頭《ぼっとう》読書術を継続《けいぞく》し、朝比奈さんは「このお茶、違《ちが》うのとブレンドしたほうがいいかなあ？」などとお茶くみ考察に真剣《しんけん》な面持《おもも》ち、ハルヒはパソコンを手際《てぎわ》よくいじるヤスミの後ろで、解《わか》ってるような実はまったく解っていないであろう微妙に複雑な表情で、モニタを半口開けて見守っていた。

新入団員の一年が加わるだけで、ずいぶんと雰囲気《ふんいき》が変わるもんだな、この部室も。

部室棟《とう》から出た俺と古泉は、中庭にてキャッチボールを開始した。どっからどう見ても暇《ひま》をもてあました男子生徒二人の暇つぶし以上の光景には見えるまい。

ちょうど校舎と部室棟の間にある芝生敷《しばふじ》きの中庭であり、三階にある文芸部室の開け放たれた窓から容易に見下ろせる位置にある。こちらからも見上げられるので、部室から誰かが顔を出していたら一発で解る距離《きょり》だ。

「女性が一人増えるだけで華《はな》やかになるものですね」

言いつつ古泉が投げたボールは緩《ゆる》やかな山なりだった。

「何だ、男のほうがよかったのか？」

オーバースローで返したテニスボールを受け取った古泉は、

「バランスですよ。男子は我々二人だけ、なのに女子が四人になると、どうにも劣勢《れっせい》な状況《じょうきょう》になると思いませんか？　ただでさえ僕たちの発言権はそれほど大きくないというのに」

情けない話だが真実だな。正確にはハルヒの発言力がベース用ラウドスピーカーなみにやかましすぎるのが問題なのだが。

「あの少女も一筋縄《ひとすじなわ》ではいきそうにないですよ」

古泉の投球はやや勢いを増した。

「ヤスミにも何か奇怪《きかい》な背後関係があるのか？」

俺のグラブにパスンと音を立てて蛍光《けいこう》色のボールが収まる。

「いえ」

と、古泉は謎《なぞ》の含《ふく》み笑い。

「それはご安心を。彼女にはどんな組織のバックもありません。純粋《じゅんすい》な個人ですよ。何にも属さず、誰にも指図されることのない、ただ一つの意識を持った存在でしかない。それ故《ゆえ》に興味深いんですよ」

俺はボールを握《にぎ》り、それがまるでもぎたてのレモンであるように睨《にら》みながら、

「回りくどいな、古泉。知っていることがあるんだったらさっさと言え。渡橋ヤスミは何のためにSOS団に潜《もぐ》り込んできた？」

「目的は解りません」

古泉はお手上げのポーズをして、

「僕が知っている、あるいは推測していることはただ一つですから」

ワインドアップモーションで投げ返したボールを、古泉は事もなげにキャッチした。聞いてやろうじゃないか、そのただ一つの推測とやらを。

「涼宮さんが望んだんです」

またそんな理由かよ。

「渡橋ヤスミの存在をSOS団の一員にすべきだという決定。それを涼宮さんが望み、選んだのです。必要な人材だと確信しての新入団員採用でしょう。おそらく無意識による現実操作でしょうね」

それよりも――と、古泉は俺に目線を投げかけ、

「なぜ、いきなりキャッチボールという発想が出てきたんですか？　あなたが僕を誘《さそ》うなんて、さて、今まで何度あったでしょう」

俺だって知るか。なぜかこのタイミングで野球道具を使用しなければならない予感がしたんだよ。あまり放《ほ》ったらかしにしておいてグラブやボールが付喪神《つくもがみ》に

化けちまうのはぞっとしないからな。

「そうですか」

古泉は即座《そくざ》に納得《なっとく》したようで、

「部室の器物が意思を持つようになっては、いよいよ異空間化に拍車《はくしゃ》がかかりますからね。ですが、あなたの心情には賛同できます。なぜなら、僕もなぜだかキャッチボールをしたい、いや違いますね。しなければならない、という妙《みよう》な強迫《きようはく》観念に捕《と》らわれていたからです」

古泉が投げ込んできたボールは手元で変化し、くいっと落ちた。それをすくい上げて、

「どういうこったよ」

「解りません。しかし、必然的な行為《こうい》である可能性があります。僕たちはここでキャッチボールをすることが義務づけられてきたんじゃないかとね。未来人が言うところの、ようするに既定事項《きていじこう》というやつですよ」

解らんな。だったら朝比奈さんなり朝比奈さん（大）なりが回りくどくメッセージを送ってくるはずだが、そんなものはなかったぞ。第一、お前と野球ごっこをすることが、未来のどんな伏線《ふくせん》になるってんだ。

「朝比奈さんに訊《き》いてみてもいいのですが……」

　古泉は三階にある部室の窓を眺《なが》めて、軽く息をついた。

「あの調子では何もご存じないでしょうし、おまけにこれは僕たちの自発的行為です。どうも疑《ぎ》心暗鬼《しんあんき》に捕らわれているだけである可能性のほうが高いでしょうね。こんなことまで疑っていたら、ますます未来人の思うがままですよ。過去人として、未来人の思惑《おもわく》には負けたくありません。超《ちょう》能力も『機関』も関係ない。現代を生きるものとしての個人的なプライドというやつです」

　こいつにしては本音くさい語調だった。俺が意外なものを感じていると、

「見下されるのは結構です。相手は我々より組織も力も強大だ。でもね、僕は見下されるまま諦観《ていかん》するのは個人的に気に入りません。敵が強ければ強いほど、どんな手を使ってでもギャフンと言わせる逆転の展開は古今東西、王道と呼べるのではありませんか？」

　週刊漫画《まんが》のバトルヒーローみたいだな。インスタント修行とか、秘《ひ》めたる能力の覚醒《かくせい》で九曜あたりを一網打尽《いちもうだじん》にしてくれたら俺の出る幕はなくなるんだが。

「その役回りは」

　と、古泉はチェンジアップを投げてきた。

「あなたが適任でしょう。あなたの背後には涼宮さんが、涼宮さんの背後にはあなたがいる。あなたがた二人にできないことなどこの宇宙に存在しませんよ」

そしてニヤリと、

「前にも言ったことですが、いっそアダムとイヴから始めてしまえばいいのです。日本的にイザナギ、イザナミといったほうがいいでしょうか。産《あふ》んで増やすを続けていけば、そのうち地球はあなたと涼宮さんのような人間で溢《あふ》れかえることでしょう。なかなかシュールにして愉《ゆ》快《かい》げな光景ではありませんか」

そこまでいったら不条理ギャグの領域だな。俺はこのツッコミ体質をわざわざ子孫に残すつもりはない。ましてや、相方がすべてハルヒ起源の人類なんぞになると、ノアの箱船まで歴史が続いていそうな気がしない。まともな判断を持っている船長なら乗船拒《きょ》否《ひ》は覚《かく》悟《ご》しないといけない。

考古歴史学会のためにも、その手の提案は却下《きゃっか》だ却下。せいぜいアララト山を凍土《とうど》の底まで掘《ほ》り返していろ。木造宇宙船が出てくるかもしれん。

「残念ではありますが」

古泉はボールを握《にぎ》った手を風車のように振《ふ》り回す。

「ほっとしています。僕はあなたたちをもうしばらく見ていたい。長門さんや朝比奈さんたちもね。地球上の生物で唯一《ゆいいつ》、想像力と知的好《こう》奇《き》心《しん》を持って誕生した人間の一人として、最後まで見届けたいというのも本音なんです」

ここで古泉はいきなり話題を変えた。

「涼宮さんとの放課後学習ははかどっていますか？」

知ってやがったか。俺はあえて平静を保ちつつ、

「おかげさんで、まあまあだ。教えられているというより、あいつが教える楽しみを満喫《まんきつ》しているだけのようにも思うがな」

「いい傾向《けいこう》です。あなたも涼宮さんも進学コースでしょう。できれば同じ大学にそのまま上滑《うわすべ》りしてくれると、こちらとしても助かりますよ。大学入試までご尽《じん》力《りょく》のほどをよろしくお願いします」

いいって。俺の進路にヤキモキしているのはオフクロだけで充分《じゅうぶん》だぜ。幸い時間はまだ二年近くあるんだし、今から慌《あわ》てて問題集を座右の書としなくてもいいはずだ。俺にはもっとこう、やらねばならないことがある。

「ほう。何でしょう」

……たとえば買いそびれている新作ゲームとか、やり残して積んだままで評判のいいとよく聞くゲームとか。

古泉はかすかに笑っただけだった。余裕《よゆう》をかましている同級生の呆《あき》れたような微笑《びしょう》ってな、なんでこんなに神経に障《さわ》るんだろうね。くそったれ。俺もこんな笑い方をしてたまには周囲を煙《けむ》に巻いたりしたいもんだ。

「さて、次の球種は何がいいですか？　カット、ナックル、まっスラと、各種取

りそろえておりますが」

俺がキャッチできる範囲《はんい》のボールで頼《たの》む。あいにく捕手《ほしゅ》の経験がないもんでね。永遠のセカンドプレイヤーと呼んでくれ。

次に古泉が投じたのはど真ん中直球のストレートだった。何かの意思表示だったのかもしれない。それくらい普段《ふだん》の古泉の腕《うで》からは想像できない球威《きゅうい》である。これだけの投球術があれば、去年の草野球大会はお前がリリーフのマウンドに立つべきだったな。他《ほか》に隠《かく》し持っている鷹《たか》の爪《つめ》があるならそろそろさらけ出しておいてくれよ。

しばらく古泉相手の無言のキャッチボールが続いた。取り立てて野球に興味もないんだし、そろそろ飽《あ》きてきたなと思っていると、

「おや？」

最初に古泉が顔を上げ、つられて俺も奴《やっ》の視線の先を追う。

紙ヒコーキ。

適当に折ってみましたという感じのシンプルで稚拙《ちせつ》な紙飛行機が、中庭の上空を旋回《せんかい》している。ろくに風もないせいでふんわり落ちてきた飛行機は、着地に失敗した高跳《たかと》び選手のような軌道《きどう》を描《えが》いて、俺の足元《あしもと》に突《つ》き刺《さ》さった。見ると、部室にあったコピー用紙が製作材料らしい。

拾ってみる。

羽根の上にサインペンで急いで書いたような文字が躍《おど》っていた。曰《いわ》く、

『OPEN！』

古泉が近寄る前に素早《すばや》く、俺は紙飛行機を折り目の付いたタダの紙に戻《もど》し、若干《じやっかん》の時間、固まっちまった。同じサインペン、筆致《ひっち》で黒々と書いてある文字はごく短いものの、いささか衝撃《しょうげき》を受けるに充分だ。

『MIKURUフォルダ発見！』

反射的に見上げる方向は、部室窓に決まっている。

窓際《まどぎわ》に立つ人物いかんによっては、これから始まる弾劾《だんがい》裁判を覚悟しなければならないな、と内心ビクビクしていたのだが――。

開け放した三階の窓からこちらを見下ろしているのは、渡橋ヤスミの小柄《こがら》な姿で間違《まちが》いなかった。ヤスミは俺が原始的飛行便のメッセージを確認《かくにん》したと確信したのだろう、立てた人差し指を唇《くちびる》に当ててから、舞台袖《ぶたいそで》にはける女優のような身軽さで窓際から姿を消した。

どうやらヤスミとやら、侮《あなど》れないITスキルの所有者らしい。機械オンチの朝比奈さんや精密機械だろうと乱雑にしか扱《あつか》わないハルヒに慣れてすっかり油断していたというべきだろう。長門にはバレてるかもしれないが、あいつの口の堅《かた》

さは鉄鉱石レベルだし問題ない。

しかしよく、あのパスワード付き隠しフォルダの中身を開けたな。これはセキュリティ強化の必要性がありそうだ。そのうちコンピ研の部長にでも相談してみるか。

「どうかなさいました？　それにいったいどんな言葉が──」

古泉が物欲しげな顔を俺の手にした元・紙飛行機に向けてきたが、

「気にするな。俺と朝比奈さんのささやかな秘密ってやつだ。お前の人生に何の影響《えいきょう》も及《およ》ぼさない無益な情報さ」

微笑を浮《う》かべた古泉は返答せずに肩《かた》をすくめ、訳知り顔を向けてきたが俺は無視した。

そしてもう一度、部室を見上げる。脇《わき》に寄せられたカーテンが春風にたなびいているせいで、内部の様子は見て取ることができない。

少し前から思っていたが、改めてヤスミへの感想をつぶやくことにする。

「変な女だ」

それからしばらくして部室に戻ると、ハルヒがパソコンの前で大喜びしていた。

「見なさい、キョン！　この綺麗《きれい》で華麗《かれい》な画面を！」

俺は野球道具を古泉に任せ、子猫《こねこ》が揺《ゆ》れる紐《ひも》にじゃれつくようにマウスを振《ふ》り回しているハルヒの横へ移動する。

「おお？」

モニタに映っているものを見た俺の口から謎《なぞ》の感嘆符《かんたんふ》が漏《も》れた。

「こりゃ、ＳＯＳ団のサイトか？」

「見れば解《わか》るでしょ。どじゃーんとでっかく書いてあるじゃない」

確かにロゴマークはそうなってるな。しかし、かつて俺が適当にでっち上げたホームページモドキの面影《おもかげ》がまったく残っていない。壁紙《かべがみ》からフォントからインデックスから何からすべてが一新され、おまけに文字の一部がピカピカ光りながら動いているし、画面の色使いがやたらとハデだ。俺の作った初期サイトがアダムスキー型だとしたら今のはまるでシャンデリア型ＵＦＯである。しかしちょっと装飾過剰《そうしょくかじょう》すぎやしないか？

「こういうのは人目をひいてナンボなのよ」

ハルヒは自分の手柄《てがら》のように意気軒昂《いきけんこう》と、

「それにね、ネットの世界はドッグイヤーなわけ。せっかくの技術を使わないでどうするのよ。ヤスミちゃんにはとにかくありったけの素材を使ってもらったわ。

ほら、ここをクリックすると――」

フリー素材丸出しないかにもな音楽が鳴りだした。正直、やかましい。

俺はやってはいけないサイト作りの典型例のような画面を睨《にら》みつつ、

「コンテンツは何があるんだ？」

「メールフォーム」

それだけか。

「しょうがないでしょ」

ハルヒはぷうと唇をとがらせ、

「活動報告のとこにいっぱい写真を載《の》せたかったんだけど、あんたが反対したんじゃないの」

ああ、朝比奈さんの件か。よく覚えていたな、こいつ。

「でも、こんなのならあるわよ」

マウスカーソルがするすると動き、ゲームと表示されている部分で停止した。

クリック音とともに映像が切り替《か》わった。星空を背景にした、何かのゲームのメニュー画面らしい。意味なく凝《こ》った書体で描《えが》かれているタイトルを読むと、

「ザ・デイ・オブ・サジタリウス……５？」

「コンピ研からもらってきたのよ」

しれっと言うな。

「以前やったゲームのネットオンライン対応改良版らしいわ。世界のどこからでも誰《だれ》かと対戦できるそうよ。よくわかんないけど、これくらいはあったほうがいいでしょ？　もちろん無料でプレイできるわ」

誰が金など払《はら》いたがるものか。しかし、なんとバージョン5まで来るとは、連中にとってよほどこだわりのあったゲームらしいな。それだけに俺たちに敗北したことはけっこうこたえただろう。まあ、ありゃ自業自得《じごうじとく》と言えるが。

「ついでにコンピ研にはさらなるゲームの開発を依頼《いらい》しておいたわ。これじゃああんまりSOS団っぽくないもんね。あたしはもっと違《ちが》うピコピコが欲しいから」

命じておいたの間違いじゃないのか。SOS団っぽいゲームを作れなどと言われたコンピュータ研究部の困惑《こんわく》ぶりを成り代わって噛《か》みしめてやっているうちに、ふと気づいた。

「で、あいつはどこだ？」

部室に渡橋ヤスミの姿がない。いるのは片隅《かたすみ》で読書中の長門と、グラブとボールを片づけ終えて自分の席に着いている古泉、それから今ちょうど湯飲みにお茶を注いでいる朝比奈さんだけである。その朝比奈さんが盆《ぼん》に載せた湯飲みを差し出しながら、

「帰っちゃいました。ついさっき」

「へぇ？」

本格入団初日から早退か。

「どうしても外せない用事があったんですって、何度も謝りながら走っていっちゃいましたよ」

俺に湯飲みを手渡《てわた》した朝比奈さんは、なぜかいつもより一回り大きな笑顔《えがお》を咲《さ》かせていた。その理由を問いかけると、

「すごい可愛《かわい》いんですよー」

と、とろけるような口調で、

「声とか、口調とか、仕草とか、表情とか、お辞儀《じぎ》の仕方とか、もう、どうしようもないくらい可愛いんです。本当に」

盆を抱《だ》きしめてくねくねする朝比奈さんも相当のレベルだが、かくも短時間でこの愛らしい先輩《せんぱい》の心を射止めるとは、渡橋ヤスミ恐《おそ》るべし。

「まあ、あたしにはピンとこないけど」

ハルヒは朝比奈さんの様子を半分呆れ顔で眺《なが》めていたが、

「本気で急いでいる様子はピョコピョコしててまるでヒヨコ。でも、みくるちゃんのツボにハマったみたいでよかったわ。いろいろ引き出しの多そうな娘《こ》だし、

しばらくは退屈《たいくつ》せずにすみそうね。まだ一日目だけど、才能の片鱗《へんりん》を感じるには充分《じゅうぶん》な時間を過ごせたわ」

まだ身体《からだ》をくねらせていた朝比奈さんは、

「長門さんにもすぐに懐《なつ》いていましたよ。あの娘には仲良しの才能がありますね」

ここでやっと我に返ったか、それとも何もないテーブルの上をわざとらしく見つめ続けている古泉に気づいたのか、再び急須《きゅうす》を手にして副団長専用湯飲みを探し始め、俺は長門に視線を移して一体こいつと瞬時《しゅんじ》に信頼《しんらい》関係を築く方策とはどのようなものであるのか想像することに努めた。

長門は俺の思考を正確に判読したらしい。じわりと文字の海から顔を上げると、

「本を貸した」

抑制《よくせい》しすぎの声でぽつりとつぶやき、直後に補足の必要性を感じたようで、

「貸すように依頼された」

と継《つ》ぎ足して満足したとみえる。また視線を下ろした。

「なんか、どっかの衛星かギリシャ神話のキャラみたいな名前の本だったわね」

何気なさそうにハルヒが言う。ドライアイスを飲み込んだような冷たい焦《あせ》りが俺の喉《のど》を通り抜《ぬ》ける。が、長門が反応しないので俺も何とかポーカーフェイスを貫《つらぬ》いた。

ありがたいことにハルヒにとって本当にどうでもよかったことなのだろう。長門文庫への言及《げんきゅう》はそれだけで、そのままカチカチとマウスを操作してブラウザを閉じ、パソコンを終了《しゅうりょう》させにかかった。そろそろ今日の部活もお開きという宣言に等しい。

「有望新人が来たのは新年度早々からいい前兆だわ。SOS団は次世代の育成も怠《おこた》ってはいけないの。たとえこの学校が取り壊《こわ》されてもSOS団だけは残るくらいの気概《きがい》を見せないと。あたしたちはその礎《いしずえ》となるのよ。いいえ、ならなきゃダメ」

俺は立ったまま茶を啜《すす》りつつ、

「お前が言うんだったら、そうなるんだろうな」

生返事をしながらヤスミの顔を思い浮《う》かべる。俺専用朝比奈さんフォルダに口をつぐんでいてくれたことには大いなる感謝を捧《ささ》げるしかないが、どうにもこうにも気がかりだ。横目で窺《うかが》うと、長門は平素と変わらぬ態度でハードカバーから顔も上げないし、古泉に茶を給仕中の朝比奈さんは前述の通りである。しかし、ハルヒが選択《せんたく》した唯一《ゆいいつ》の新入生がまともであるはずがない。とてもそうは見えないが、それでも何かあるはずだ。

俺の風呂《ふろ》中にかかってきた電話といい、数日前からつきまとう奇妙《きみょう》な違和《いわ》感といい、何だかもやもやしてならん。まあ、それは佐々木や九曜、名乗らない未来人や橘京子などの懸案事項《けんあんじこう》があいかわらず何も片づいていないからなのだとしても、ヤスミ本人に対して感覚的な胸騒《むなさわ》ぎを覚えるのはなぜだろう。それも、どちらかといえば楽観的な方向の騒ぎ方で。

ヤスミは敵か味方か、といった中途半端《ちゅうとはんぱ》な存在ではない。あの少女から受ける印象は、長門や朝比奈さん、九曜や橘京子たちとも違《ちが》う。強《し》いて言うならば――。

俺はハミング混じりで帰り支度《じたく》をしているハルヒの横顔をチラ見した。

宇宙人とも超《ちょう》能力者とも未来人とも違う。渡橋ヤスミから感じる雰囲気《ふんいき》は、そう、ハルヒか佐々木に近いのだ。

しかし、何故《なぜ》なのかが解《わか》らない。

こうして、ちくわと間違えてちくわぶを口に入れてしまった直後のような正体不明な感覚、いわば明るい胸騒ぎとでも表現すべき気分を抱《いだ》きつつ帰宅した俺は、自室の扉《とびら》を開けるなり仰天《ぎょうてん》することになる。

「キョンくん、おかえりー」

やたら愛想のいい猫《ねこ》みたいな笑顔《えがお》でそう言った妹と、異常に無愛想な人間のような顔でベッドに横たわっているシャミセンが待ちかまえていたのは充分予想できた、というよりいつものことなので驚《おどろ》きもなにもない。

あんぐりという擬音《ぎおん》を背負いたいくらいに俺の口を開けさせたのは、そいつらの他《ほか》に見たばかりの顔を持つ人間を発見したからで、そしてそいつは妹の前で正座していたかと思うとペンシルロケット打ち上げ直後かと思うほどの勢いで直立し、

「お帰りなさい、先輩！　おじゃましてますっ！」

よく通る明度の高い声でそう叫《さけ》び、深々と一礼した。実に行儀《ぎょうぎ》良く。

「な……」

どういうわけかさっぱり理《り》屈《くつ》が飲み込めないのだが……。

渡橋ヤスミが俺の部屋にいた。その少女の姿が俺の幻覚《げんかく》だと思いこむには、とてつもなく困難な出来事だった。無理がありすぎる。

急用で走って帰ったというヤスミが、何の用事、どんな理由でここにいるんだ？

いや待て。冷静に対処しよう。俺は今まで散々予想外のイベントに巻き込まれては、不承不承ながらも強引《ごういん》に慣らされているはずだ。ハルヒが消えたり、何度もタイムスリップしたりしたことに比べると、たかが新入部員が俺の自室で帰りを待っているくらい、全然、日常の範疇《はんちゅう》に収まる。犯人の犯行動機が最後まで解説されなかった本格ミステリ小説のようなものだと言えよう。よし、俺は冷静だ。

事情聴取《ちょうしゅ》にはまず身近な人間から始めるべきだろう。

ヤスミは胸の前で両手を組み、キラキラした目を俺に向けて、

「本当は昨日来たかったんです。でも、予定より延びちゃって。やっぱり迷いがあっちゃダメですよね」

と意味の解らないことを言った。予定？　迷い？　なんだそりゃ。まあいい。それは後で考えることにしよう。俺はいつもニコニコ悩《なや》み知らずな妹の首根っこをつかみ、

「お前が家に上げたのか？」

「だってー」

妹はくすぐったそうに身じろぎして、

「キョンくんの友達ーって」

素直《すなお》すぎるのも考えものだ。知り合いならともかく、見知らぬ人間をそうほいさっさと信用するべきでないと教育してやらねばならない。なんというか、こう、兄として。

俺が説教の草稿《そうこう》を組み立てるより、ヤスミの助け船のほうが速《すみ》やかだった。

「玄関《げんかん》で会ってすぐ先輩《せんぱい》の妹さんだと解りました。フフ、いい子ですね！　あたしもこんな妹が欲しかったです。抱《だ》っこして寝《ね》たいくらいです。それにその猫！

立派な三毛猫ですよね！　すっごい頭良さそうで、あたし、感心しちゃいました」

早口でまくし立てた後、ヤスミはややしょんぼりと、

「でも、ペットはもう飼えないんです。それが残念で……でも！　こうして人の家のペットと遊ぶのは大好きなのですよっ」

その威勢《いせい》のいい口調にやや物理的に気圧《けお》されるものを感じ、俺はちょっと仰《の》け反りつつ、

「お前……。用事で早めに帰ったんだよな。まさか、その用事ってのは……」

「ハイ。一度こうして来てみたかったんです。先輩の家に。フフ」

あっけらかんと答えるヤスミの顔にも口調にも怪《あや》しいところはまったくのゼログラビティだった。特徴《とくちょう》的な髪留《かみど》めがお辞儀とともにひょこんと揺《ゆ》れる。

「ねー、ねー」

妹がヤスミの袖《そで》を引っ張っていた。

「さっきの話の続きー。その髪留め欲しい。もう売ってないんでしょ。ちょうだい」

「ごめんなのです」

ヤスミは屈《かが》んで妹の目線の高さに合わせ、つぶらな瞳《ひとみ》同士を合わせた。

「これはあたしが小さい頃《ころ》からの宝物なんです。今はダメ。でも、そのうちあなたのところに巡《めぐ》ってくるかもしれませんね。あたしたちは世界の流れに乗ってい

る小舟《こぶね》です。またいつか、ここに戻《もど》ってくることもあるでしょう。この髪飾《かみかざ》りだけでも。そのうち、いつか」

スマイルマークに近似《きんじ》した髪留めは、鳥の巣のような髪をまとめるというより、ただ身分証明のようにくっついているだけのような気がしたが、そんなにいちいち気にするのは些事《さじ》でしかない。もっと気にするべきことは何かと考えているうちに、ヤスミは俺の部屋を歩き回り、ベッドの下をのぞき込み、シャミセンの耳を引っ張って、

「当たりですよ、この猫、大当たり」

などとコメントしたかと思うと、妹に飛びついて抱きついていたりしていたが、また俺の眼前に直立不動のすっくとした姿勢で戻ってきた。その口から飛び出したのははっきりとした意思表示、

「帰ります」

ああそう、としか返答できなかった自分が何やらみすぼらしく感じる。もう少しマシなボキャブラリーを内蔵していたはずなんだけどな、俺。言いたいことがあるのに言葉が出てこないのはもどかしいことだ。

ヤスミは正面やや下から俺を射貫《いぬ》くような視線を向けていたが、ふと短い半生を懐《なつ》かしむような表情に変化し、

「新しい学校に入ったら、きっと面白《おもしろ》い部の一つはあって、あたかも吸い寄せられるような偶然《ぐうぜん》的な事件があって、行きがかり的にそこに入部してしまうっ、なぁんてことを夢見てたんです。黙《だま》っていても向こうからやって来るもんだって。そうじゃないですか？　面白い物語の語り手って、みんなそんな感じな気がするんです。そこには面白い先輩がいっぱいいて、その中の一人と仲良くなったりして、あたしはそういう主人公になりたかった……」

いつかどこかで聞いたような、いつかどこかで俺が考えていたような話だった。

だが俺が長期記憶《きおく》をまさぐり始める前に、ヤスミはぴょこんと頭を下げ、バネ仕《じ》掛《か》けのように小さな身体《からだ》を反らすと、

「なーんて、実はただ先輩の部屋に一人で来てみたかっただけなんです。おじゃましてすみません。でもすっかり満足しました。あたしはもう来ません」

ヤスミが俺に向けた笑顔《えがお》は、朝比奈さんが腰砕《こしくだ》けになるのも解《わか》る、小動物の子供が世話主に全幅《ぜんぷく》の信頼《しんらい》を持っているごとき、純粋《じゅんすい》で柔《やわ》らかな燐光《りんこう》に包まれていた。こんな目で見つめられて何も思わずその場を立ち去る人間など、ペットショップの客にはいないだろう。

「それでは、またお会いいたしましょう。先輩、あたしのこと嫌《きら》いにならないでくださいねっ」

言うやいなや、ヤスミは妹の頭とシャミセンの額を一撫《ひとな》でして、春一番のような勢いで出て行った。ちょっと待てという暇《ひま》すらない。気づけば、一年後輩の新入団員は姿形を我が家から消している。

あくびをするシャミセンを無理矢理抱《かか》え上げた妹が、

「あの人、だぁれ？」

その質問の回答は、俺が今一番欲《ほっ》しているものだぜ。

「あ……」

直後、俺は訊《き》き忘れていたことに気づく。いつだったかの夜、風呂《ふろ》に入っている最中に電話をかけてきたのは、紛《まぎ》れもなく、あのヤスミで間違《まちが》いないのは確かだ。

しかし何故《なぜ》、俺なんだ？　ただ名前を告げるだけの短いメッセージ。あの時点でヤスミはハルヒの課す入団試験にただ一人残ることを確信していたのだろうか。まるで予知能力者だが、古泉からすればそんな形跡《けいせき》もないらしい。てことは、偶然北高に入学し、偶然SOS団に交じり込んできた一般《いっぱん》生徒ということになるが、あまりにも出来すぎた偶然だ。

——この世に偶然などありません。すべては必然です。認知《にんち》することのできなかった必然を、人は偶然と呼ぶのですよ……。

誰《だれ》かが言っていた言葉、いや長門から適当に借りた小説にあったセリフだったかな。

ぼんやり考えつつ、俺は意味もなく妹からシャミセンを取り上げ、鼻と鼻を近づけた。いつものように迷惑《めいわく》そうに顔をそらすシャミセンに、

「ヤスミをどう思う」

独り言にしかならないと理解していたが、なんとなく誰かに胸中を分け与《あた》えたい気分だったのさ。

「ヤスミお姉ちゃんって言うの？　ハルにゃんや鶴にゃんのお友達？」

三毛猫《みけねこ》よりもまん丸の目をした妹が脇《わき》から口を出してきたため、俺はうんざり顔のシャミセンを床《ゆか》に下ろした。これ幸いと部屋を立ち去るシャミセンの猫追い人となった妹も出て行って、ようやくの静寂《せいじゃく》が自室に立ちこめる。

いくら考えても解らない。まるでlog記号なしでフォアフォーズの素数を永久に解き続けよと明示された数学助手のような気分だった。

あいつは渡橋ヤスミ。そういう名を名乗る北高の一年生で、ハルヒの認めたSOS団新入団員一号である。

だが、何者なんだ？

β―10

木曜日。

考えることが多すぎる割には、何を考えていいものやら見当がつかない。

俺に出来ることは、と指折り数えてみても、折ることの出来る指など右手の人差し指一本きりで、結局のところ普段《ふだん》通りに登校して、普段通りに上の空状態で授業を受ける、ただそれだけだ。

そしてどうやら、ハルヒもまた俺と同じ心境を共有しているらしく、始業時にはすでに心あらずと言った具合に、意識のほとんどを長門の部屋に残してきているようだった。

「ねえ、キョン」

一時限目が終わって休み時間になるや否《いな》や、ハルヒはシャーペンの先で俺の背中をつついた。

「有希のことなんだけど、やっぱり無理矢理にでも病院に連れて行ったほうがいいかしら」

長年一緒《いっしょ》に暮らしていた家族同然の小型犬が散歩を拒否《きょひ》したかのような、深刻な顔つきだ。

「春風邪《はるかぜ》だろ。そこまでいくと過保護としか言いようがないな」

合いの手を入れる俺の心もやや痛み気味である。抗生《こうせい》物質や栄養点滴《てんてき》で何とかなる状況《じょうきょう》でないのは俺にはよく知れたことだからな。

「でもねえ。なんだか気になるのよ」

と、ハルヒはシャーペンの尻《しり》をカコカコと押していた。無意識の行動だろう。俺は無意味に押し出され長く伸《の》びていく芯《しん》の先を眺《なが》めながら、

「古泉が言ってたろ？　いざとなりゃ、強引《ごういん》にでも担《かつ》ぎ込めばいいさ。でもな、」

俺は息を吸い込み、次のセリフのための準備時間を稼《かせ》いだ。

「当の長門ご自身が平気だとおっしゃっているんだぜ。あいつが太鼓判《たいこばん》を押したことで、今まで違っていたものなんざあったか？」

「それは……そうなんだけどさ」

しかしまだ、ハルヒの顔に差す疑念の色は金星の見えない薄曇《うすぐも》りの明け方のように晴れない。

「何だか胸騒《むなさわ》ぎがするの。有希のことだけじゃなくて……んー、うまく言えないんだけど、もっとスケールの大きいことで、変な事件が起きそうな、そんな気分」

謎《なぞ》の病原体が地球全土に広がって古いＳＦみたいなパニック映画の世界になるとでもいいたいのか？　俺がガキのころに観たテレビ映画ではそんなのがやたら

多かったが。

「そこまで大げさじゃないわよ。あんな古くさい世界観は今の世の中じゃ流行しやしないわ。火星人が攻《せ》めてきたり、生物兵器が漏《も》れて人類滅亡《めつぼう》の危機なんて、そんなの今の人生に嫌気《いやけ》が差したカタストロフ願望のある自殺志願者の弱気がそう思わせているだけよ。そういう連中は自殺する勇気もないもんだから、全人類まるごと死んじゃえばいいと思っているにすぎないの。甘えよ、甘え」

ＳＦの大家が聞いたら苦笑いしそうなコメントを発したハルヒは、つんと鼻先を反らして、

「あんたに相談したのが失敗だったわね。どうせそんな的はずれな冗談《じょうだん》モドキしか言わないと知ってたのに、あたしも耄碌《もうろく》したものだわ。いいわ、キョン。忘れてちょうだい。いえ、忘れなさい。あたしの考えはあたしだけのもので、誰かと共有しようとしたのが間違《まちが》いだったってわけよ。それだけは認めざるを得ないようね」

そっすか。ま、俺には独創性のある嘘《うそ》ストーリーを構築する能力が欠如《けつじょ》してるってのは自覚してるから、今更《いまさら》ハルヒに指摘《してき》されたところで何ら痛痒《つうよう》を感じんさ。アホであることを充分《じゅうぶん》認識している人間に、おまえはアホだと言ったとしても失笑《しっしょう》を返されるだけなのだ。つまり、今の俺がそうだ。

そんな会話の後も、ハルヒはどこか上の空で、午後の授業が終わるまで、まるで肉体はただの抜け殻《がら》と言わんばかりに精神を教室から遠く離《はな》れた場所に飛ばしているような無反応さを禅僧《ぜんそう》の瞑想《めいそう》修行のように続けていたが、終業のチャイムが格好の目覚まし時計になったようで、速《すみ》やかに幽体と合体したらしい。

慌《あわ》ただしく通学鞄《かばん》を肩《かた》にかけると、

「あたしはみくるちゃんと一緒に有希のとこに行くから。ああ、あんたは別にいいわ。部室にいてちょうだい」

個人的にも長門や朝比奈さん不在の部室に何の用もありはしないが。

ハルヒはわずかに目を吊り上げ、

「新・入・団・員！」

不機嫌《ふきげん》な水鳥そっくりの口の形をして、

「来るかもしれないでしょ。そっちのフォローをお願いね。古泉くんならともかく、あんたなんかが有希のお見舞《みま》いに行っても役に立たないし……」

少し言いよどんだハルヒは、だが言わずばなるまいと思い返したか、

「むしろ有希の病状が悪化しそうな気がするの。まるで疫病神《やくびょうがみ》ね、キョン。女の子の部屋に男がズカズカ入り込むなんて、それも病気で弱ってる時なんて、何だか卑怯《ひきょう》だわ。だから、あんたも古泉くんも来なくてよろしい。部室の番をしてお

いて。それも歴《れっき》としたSOS団の仕事のうちよ」

こうして団長直々《じきじき》に体《てい》よく留守番を命じられた俺に、他《ほか》に出来ることなどあるだろうか。

考えてもみよう。これから俺が立ち向かわねばならないのは、まずは九曜だ。あいつとその親玉が長門を不調にしている原因なのだから、その根本的要因を取り除かない限り事態はいつまでたっても好転しない。

もう一つは、藤原の存在だ。これまで煙《けむ》に巻くような皮肉しか耳にしていない気がするが、あの自称《じしょう》未来人と九曜がなんらかの繋《つな》がり、あるいは同盟関係にあるのは疑いの余地がない。橘京子は察するに双方《そうほう》に利用されているだけだろう。こちとら、だてに古泉と長々と顔をつきあわせてはいない。橘京子は宇宙人と未来人の向こうを張って立ち回るには、相当に役者不足だった。朝比奈さん誘拐《ゆうかい》事件での詰《つ》めの甘さでもそれが解《わか》る。気の毒だが彼女は古泉の敵にもならない。ただの雑魚《ざこ》キャラだろう。ただし、何らかの役割を本人にも気づかぬまま与《あた》えられている駒《こま》なのだ。軽視は禁物だが、橘京子その人には脅威《きょうい》はないと言っていい。

「……やっぱ、佐々木なんだな」

小声でつぶやいたつもりだったが、

「何か言った？」

デビルイヤーのハルヒが聡《さと》くも俺の独り言を聞きつけた。

不機嫌そうな表情は長門を心配してのものだろうと判断し、俺は気軽に両手を広げた。

「仰《おお》せの通り、今日は部室で待機しておくさ。入団希望の一年が来たら適当に相手をしておくから心配すんな。たぶんお前がいないほうが勧誘《かんゆう》には効果的だと思うぜ」

ふん、とハルヒは鼻を鳴らし、

「頼《たの》むわよ。何かあったら連絡《れんらく》しなさい。こっちからも連絡するわ。気が向いたら。じゃっ！」

何事も素早《すばや》い行動をモットーとするハルヒは、強力な掃除機《そうじき》に吸い込まれる猫《ねこ》の毛のような勢いで教室を出て行った。

あいつはあいつで長門が心配でたまらないのだろう。俺もだ。

ただし俺とハルヒでは心配の手段と目的が異なるというだけのことである。俺は俺なりに、ハルヒはハルヒなりに、長門を慮《おもんぱか》っている。どちらが正しいというわけではない。正答などありはしないのさ。

しかし、ハルヒも俺も答えを見つけようとしている。そして今、どちらが核心《かくしん》に近いと言うならば俺のほうだ。

俺だってとっくに走り出してしまいたかったんだ。でも、その役目はとりあえずハルヒが肩代わりしてくれた。では、俺がなすべきことは何なのか。

待つことだ。それはいずれやってくる。決して遠い未来ではない。九曜の襲撃《しゅうげき》、朝倉の復活、喜緑さんの横やり……。

すべては伏線《ふくせん》に違《ちが》いない。時間の概念《がいねん》がよく解っていないような宇宙人三人組が同時に現れたのは絶対に偶然《ぐうぜん》ではない。あれらは予兆だ。俺だけに解る辺鄙《へんぴ》なメッセージなのだろう。

まもなく動き始めるはずだ。誰《だれ》がそうしなくても俺が動いてやるさ。そして動かしてやる。

きっと佐々木も同じことを考えている。その予感は曖昧《あいまい》な思いつきを超《こ》えて実感として俺の中にあった。

長門は何も出来ないかもしれない。

だが、俺にはハルヒがいて、佐々木もいた。

未確定で内実不明とはいえ神レベルだと関係者どもが言い張る現代人が二人。この人類双璧《そうへき》があれば、異星人端末《たんまつ》も不良未来人もへっぽこ超《ちょう》能力者も、そうそう手出しはできまい。もっとも一切合切《いっさいがっさい》がどれかの勢力が周到《しゅうとう》に用意したトラップの可能性もある。だが、どんなに高い可能性だろうと笑い飛ばして無しにするのがハルヒであり、どんなに低い可能性だろうとつきつめて思案にふけるのが佐々木だ。

俺は自分の思いつきに恐懼《きょうく》した。ハルヒと佐々木。この二人が真面目《まじめ》に手を組めば、本当に宇宙を支配できるのではないかという発想が溶《と》け出したメタンハイドレートのように胸の内に湧《わ》いて出る。でも、そんな事態は永遠に来ないだろう。きっとハルヒが望まない。そして佐々木は一笑《いっしょう》に付して説教を開始する。そんな彼女たちの表情を、俺はまざまざと幻視《げんし》することができたんでね。

「よっと」

部室に向かうべく、最低限の荷物しか入っていない学生鞄《かばん》を肩《かた》に引っかけ立ち上がったところで、同じくさっさと帰宅の途《と》に就《つ》こうとしていた万年帰宅部の谷口の姿が目に入った。

現在の俺の懊悩《おうのう》に役に立つ人員ではないが、降ってわいた素朴《そぼく》な疑問が口を開かせ、

「おい、谷口」

「あぁー？」

谷口は面倒《めんどう》くさそうに振《ふ》り返る。そっとしておいて欲しい的なオーラを発散させてはいたし、俺もそうしてやりたいところだったが、こいつはこいつで重要な

サンプルなんだ。当人は知るまい。自分が地球外生命の人型有機生体と誰よりも長い時間を過ごしていただろうことを。

「九曜について、訊《き》きたいことがあるんだ」

言った途端、谷口のツラからあらゆる表情が消え、リビングデッドでももう少しは元気だぜと言いたくなるほどの倦怠《けんたい》感を思わせるオーラを全身にまとわせつつ、

「……キョンよお。そいつに関しては忘れて欲しいし、俺も思い出したくないんだ。あの一時期の俺はどうかしていたんだ。思い出すと死にたくなる。と言ってもほとんど覚えていないんだが、きっと自分の馬鹿《ばか》さ加減に記憶《きおく》が耐《た》え切れねえんだろうな。だから、そいつの名前を俺の前で出すんじゃねえ。明日の朝一で教室の窓から飛び降り自殺を図《はか》っていたら、お前のせいだと思ってくれ」

悲愴《ひそう》感と徒労感をミキサーでかき混ぜたような谷口の暗い顔には同情するにあまりあるが、それでも俺は問いつめざるを得なかった。情報のためには心を鬼《おに》にしなければならない時だってある。そして凹《へこ》むのは谷口であり、こいつの精神が一時的に減衰《げんすい》したところであっさり元の能天気的悪友に戻《もど》ってくるのはアカシックレコードを参照しなくても明白な事実だと俺は確信していた。

「クリスマス以降、お前は九曜とどんな過ごし方をしていたんだ。デートくらいはしたんだろ？」

「まあな」

谷口の目は過去の歴史を彷徨《さまよ》うように、どこにも焦点《しょうてん》が合っていない。

「向こうから声かけてきて付き合うようになったたってのは話したな。クリスマスのちょい前だ。あの通り、あんまり喋《しゃべ》らないし無表情丸出しで、どういう奴《やつ》だか最初は解《わか》らなかったが、ほらよ、なんせ美人だったしなあ」

思い起こせば確かにそうか。俺は不気味なオーラを感じるあまり容姿にはとんと注目していなかったが。

「で、だ」と谷口は続ける。「年末から年始にかけて、二人で色んなところに行ったさ。健全な高校生カップルが行きそうなところにはたいていな。俺から誘《さそ》う場合がほとんどだったが、あっちから行き先を指定することもあったぜ」

地球外生命体の人造人間が求める場所とはどこなのであろう。長門の場合は偶《ぐう》然《ぜん》連れて行った図書館がお気に召《め》したようだが、別種の宇宙人の興味はいかなるものなのか。

俺のアカデミックな疑問など知りもしない谷口は、

「定番だったさ。映画に行ったり、飯喰《く》いに行ったりとかだな。周防……ま、あいつはちょっと変わってたな。ファストフード店にやたらと行きたがった。こっちだって金ねーから好都合だったが、変な趣味《しゅみ》だとは思ったもんだ」

クリスマス前からバレンタインの間には一ヶ月はあったろう。どんな会話をしてたんだ。もっとも九曜が率先《そっせん》的に話題を振ってくるとは思えないが。

「そうでもなかったぜ」

意外な答えを谷口はよこした。

「無口は無口だったが、たまにスイッチが入ったみたいに話し出すことだってあったぞ。それも、あっちからな」

九曜が自発的に話し出すだと？

「ああ。実はあんまり覚えてはいないが、猫《ねこ》を飼いたいとは言っていたな。猫は人類より優《すぐ》れた生き物だとよく主張していた。そっから人間に対する猫の有効性だかなんかを延々二時間くらい聞かされたが、途中で寝《ね》そうになった。あとは小難しい話題が好きだったみたいだな。人類の進化についてどう思うか、とか訊かれて、お前ならどう答えるよ？　それも一億年単位でだぞ。知るかっつー話だぜ」

九曜が饒舌《じょうぜつ》に喋っているところを想像してみる。無理だった。天蓋《てんがい》領域の端末《たんまつ》は気まぐれなのか、それとも会うたびに中身が入れ替《か》わっているのかどちらかだろう。

「でも、それでもお前は性懲《しょうこ》りもなく付き合ってたんだろ？」

「おおよ。逆ナンしてきた女なんて生まれて初めてだったしな。それに……まあ

「……美人だったし……」

結局それか。顔がいいってのは男でも女でも得だな。多少は電波さんでも許される余地がある。こと若者の恋愛《れんあい》で最も重要なのは見てくれなのかよ、と俺が絶望しかけたとき、

「そんな付き合いも一瞬《いっしゅん》で終わった」

舞台《ぶたい》で悲しみの演技をことさら大仰《おおぎょう》にする男役のように、谷口は天を仰《あお》いだ。

「約束の時間に走っていった俺に、待っていたあいつの第一声が『間違《まちが》えた』だ。何を、とか言い返すヒマもなかったぜ。気づいたら姿が消えていた。それっきりさ。こっちの連絡《れんらく》は完全無視、あっちからは完璧《かんぺき》ゼロ。しばらく悶々《もんもん》としていた時間がバカみてえだ。俺は振られちまったんだよ。さすがにそんくらいは解るさ」

それがバレンタイン前か。今年の二月。俺と古泉が必死になって山を掘《ほ》り返したり、近未来からきた朝比奈さん（みちる）たちとすったもんだし、藤原や橘京子と初邂逅《はっかいこう》を遂《と》げていた、あの冬の事件。知らないところで谷口と九曜のどうでもよさそうな物語が進行していたとはな。

しかし谷口談話を聞くところによると、ずいぶんと間抜《まぬ》けなやつらしいぞ、周防九曜。

もし九曜がハルヒのクリパ計画より前に俺に接触《せっしょく》していたら、あの散々苦労し

たハルヒ消失と長門のあれこれに、さらに面倒《めんどう》な一件が加わっていたかもしれない。九曜が俺と谷口を間違えてくれて幸いだった。四年前の七夕に時間移動して事件を解決するまでで俺はこれまでの人生のほとんどすべての勤労意欲《いよく》を使い切ったと言っていい。その間、九曜の相手をしてくれたことに関しては、谷口に感謝しなくてはならないな。

「もう話は終わったか」

俺が考え込んでいるふうだったので、谷口は通学鞄《かばん》を肩《かた》にかけ、即時《そくじ》撤退《てったい》の構えだ。

「ああ」

俺は晴れやかな顔で応じた。

「谷口」

「何だ、その気色悪いツラは」

「お前、自分では解ってないかもしれんが、実はスゲェ奴なんだぜ。俺が保証してやる」

「はあ？」

俺の精神状態を心配してくれたのかもしれない。谷口は気の毒そうに、

「おめーにんなこと言われても嬉《うれ》しかねーな。涼宮に浴びせ蹴《げ》りでもくらって脳

天がイカれたか？　それともついにやっちまったか、ああ？」

　しかし谷口は、一瞬そっぽを向かせた顔をすぐに戻《もど》し、悪友らしい笑顔《えがお》を浮《う》かべた。

「だがよ、そいつはお互《たが》い様だぜ。キョン、お前だってただ者じゃねえさ。あんなイカれた部を一年も続けてんだからな。涼宮のお守《も》り、卒業までちゃんとこなしてくれよな。なんたって、あいつにはお前しかいねーんだからよ」

　らしくないセリフを言っちまったと思ったか、谷口はどこか照れくさそうな表情を俺に見せまいとするかのように、ダッシュで教室から出て行った。

　順当に年次が進めば、俺と谷口は共に同じ卒業式で『仰げば尊し』あたりを唄《うた》うことになる。その頃《ころ》にはお互い、卒業後の進路が決まっていたらいいものだな。

　特に同じ大学に行きたいとは思わんけどさ。高校での腐《くさ》れ縁《えん》を最高学府にまで引っ張るのは、どうも新しい出会いを阻害《そがい》する要因としか考えられない。新たなる環境《かんきょう》では、やはり新たな人間関係があってしかるべきだろ。それが後の人生に良いこととなるかどうかは解《わか》らないが、俺はそう思うのだ。いつまでも同じ集団でいるメリットはあんまりなさそうでもあるしな。

　しかし、ハルヒはどう思っているのだろう。

　我らを率いる団長にして、神のごとき存在の、涼宮ハルヒは。

谷口との和《なご》やか、かつ快活な会談を終えた俺は、いつもの習性で部室に向かった。行ったところで古泉しかいないと解っているとモチベーションもダダ下がりというものだが、団長命令であってはしかたがない。万が一にでも入団希望の新一年生がいたりしたら一大事件だからな。俺としては後々ややこしいことになりそうな新入団員などまったく欲《ほっ》していないが、みすみす獲物《えもの》を見逃《みのが》してしまったことをハルヒに知られた日にはややこしいを通り越《こ》して暴力沙汰《ぼうりょくざた》になりかねず、その結果、いたずらに傷が増えるのは俺の首から上に他《ほか》ならないだろう。

誰《だれ》かから聞いた言葉がある。宝くじに当たる確率はたまたま乗り合わせた飛行機が墜落《ついらく》事故を起こす確率よりも低い。きっとSOS団に入団希望者が来る数字はもっと矮小《わいしょう》な数値でしかないに違いない。この高校には公営カジノも飛行場もないしな。

そんな確信を持って部室の扉《とびら》を開いた俺は、内部にいる人影《ひとかげ》を見て、一瞬たたらを踏《ふ》んだ。

「え？」

疑問形の発音を生み出したのは俺の口ではない。俺が言うより先に、そして俺が到着《とうちゃく》するより先に部室にいた人間のものだ。

窓際《まどぎわ》に立っていた小柄《こがら》な女子、素早《すばや》く振《ふ》り返ったその娘《むすめ》は、体軀《たいく》に合っていないぶかぶかの制服を着て、ややパーマネントな髪《かみ》にスマイルマークみたいな髪留めをつけた、見たこともない一年生だった。上履《うわば》きに入っている色で年度が解る。というか、どっからどう判断しても年下で、なぜかその印象は強烈《きょうれつ》なまでに俺の精神に楔《くさび》となって打ち込まれた。最初に朝比奈さんと出会った時以上の、それは鮮烈《せんれつ》な確信だったが、どうして一見して俺がそう思ったのかは解らない。

「あ？」

と、これは俺の間抜けなリアクションだ。見ず知らずの女子が普段《ふだん》いつものメンバーしかいない空間にいたら、そのくらいの一文字発声くらいは許されてもいいだろう。

しばらく気詰《きづ》まりな沈黙《ちんもく》が訪《おとず》れると思いきや、その少女の反応は早かった。

「あ、先輩《せんぱい》っ？」

元気よく笑顔で言われても困る。俺には後輩と認識《にんしき》する女に心当たりがないのだ。

しかし、その娘は、居住まいを正すように直立すると、深々とお辞儀《じぎ》をし、さっと顔を上げたと思ったら可愛《かわい》らしく舌を出して微笑《ほほえ》んだ。

「間違《まちが》えちゃったみたいです」

何を？　何を間違えたんだ？　訪れる部活動の仮入部募集所《ぼしゅうじょ》か？　文芸部だったら間違いどころでなく大正解だが、あいにく長門は留守だ。

「いえ、違うんです。ここSOS団ですよね？　そっちは間違ってません」

俺が反応するより早く、その娘はミニガンのような口調で、

「もともと来るつもりだったんですけど、ズレちゃいました。あ、ここの先輩とは初めましてになるんですね！　フフ、でもまあいいです。これくらいの間違いは大したことじゃないです。先輩、ここであたしと会ったこと、覚えてても忘れてもかまいません。どっちだって同じなんです。いやもう、あたし、うっかりうっかりさんでした！　だいたいややっこしいんですよねえ。こんな勘違《かんちが》いもありってことで許してください。どうせすぐに解りますからっ！　解らない事態になることはないですからっ！　でも、もし変な邪魔《じゃま》が入っておかしなことになっても、決して慌《あわ》てたり感情に流されたりしないでくださいねっ！　それだけは約束してください。約束です。約束しましたからね。いいですねっ！　ねっ⁉」

いや、ねっ、と言われても俺は棒立ちでいるしか対処のしようがないのだが。

その少女は古泉が性転換《せいてんかん》して女装した姿と考えるには、まるで遠い存在だった。ハルヒでもなく、朝比奈さんでもなく、もちろん長門でもない。それ以外の北高一年女子が文芸部室にいる存在事由とはなんなのだ。おまけに一方的に意味の解

らない主張をフランスに侵攻《しんこう》したエドワード黒太子が率いるロングボウ隊のように矢継《やつ》ぎ早《ばや》に繰《く》り出されたとしたら、なすすべもなく守勢に回るしかないではないか。しかし、この押しの強さ、なんだかどこかの誰かに似ているような——。

と考えているうちに、少女はだぶついた制服の袖《そで》を翻《ひるがえ》し、俺が開け放していた戸口に跳《は》ねるような足取りで移動していた。

——おい、待て。

くらいのことは言いたかったんだがな。相手が一歩早かった。

「それでは、先輩」

彼女は振り向きざま、海軍式の小さな敬礼をして、

「また会いましょうっ！　ではっ」

柔和《にゅうわ》な笑みだけを残し、ふいっと部室から駆《か》け去った。不思議と足音を聞いた覚えがない。まるで廊下《ろうか》に出た途端《とたん》に朝靄《あさもや》のように消えてしまったかのようだった。

「…………」

俺が呆然《ぼうぜん》としていたのは何秒？　あるいは何分か。

やっと気を取り直した俺は、窓際に小さな細口の花瓶《かびん》が置いてあることを発見した。昨日まではなかった物体で、その陶器《とうき》製の花瓶には、一輪の瀟洒《しょうしゃ》な花が挿《さ》してあった。

見たことのない綺麗《きれい》な花である。さっきの謎《なぞ》の少女が持ってきたものに違いない。朝比奈さんにもそんな余裕《よゆう》はないだろう。花の正体も気になるが、それよりあの娘《こ》はなんだったのだ？

俺に対してやけに馴《な》れ馴れしい態度と、何やら喋《しゃべ》り散らかしたと思ったら春一番のように即時《そくじ》退散したところから考えて、ハルヒや長門、朝比奈さんがここに来ることはないと明確に理解していたのは確実だ。

つまり、あいつは俺に用があったのか？　まさか花を部室に設置するためだけに侵入《しんにゅう》したとは思えない。

いや、待て。本当に入団希望者だったのか。見たとこ、一年生のようだったしにしてはやけに物怖《ものお》じもせず人好きのする少女だったたな。せめて古泉が来るまで足止めしておくべきだったか。

……。

「いや……」

速攻《そっこう》で帰っちまったのは、あえて古泉と顔を合わせたくなかったからだろうか。だとしたら、あいつは俺に用があったのだ。

──また会いましょうっ！　ではっ。

でも、何の？　いつどこで、俺はあの娘と会うことになるんだ？

「わからねえ」

ただでさえ天蓋《てんがい》領域と長門、九曜や佐々木、いけすかない藤原未来人兄さんや橘京子といった対ＳＯＳ団同盟たちとのイザコザを抱《かか》えている俺である。この際他の謎人物の相手までは気が回らない。

まったく、俺がもう一人欲しいぜ。些《さ》末《まつ》な事態はそいつに任せて、俺は俺に課せられた公式を解かなければならないんだからな。いざという時に古泉に加勢を頼《たの》むとしてもだ、いくらあいつが『機関』とやらの組織力をバックボーンにしていても、宇宙人と未来人相手では荷物が重かろう。同様の理屈《りくつ》で鶴屋さんも却下《きゃっか》だ。九曜はタチが悪すぎる。対抗《たいこう》できるのは今や喜緑さんか朝倉しかいないが、情報統合思念体の一派でも長門と違ってあの二人は信用に値《あたい》しない。俺たちが無様に失敗しても黙《だま》って眺《なが》めているか、「だから言ったでしょう」なんて嘲笑《ちょうしょう》されるのがオチである。そんなん、俺じゃなくてもムカツクだろ。なあ？

俺は乱雑に学生鞄《かばん》を机に投げ出すと、パイプ椅子《いす》を引いて腰《こし》を下ろした。

テーブルの上には古泉が用意していたらしい将棋《しょうぎ》もどきみたいな駒《こま》と盤《ばん》が整然と置かれている。

ルールがさっぱり解らない盤面を眺めているうちに、いつしか夕暮れとなり、校内のスピーカーから構内退去を命じる『シルクロード』のテーマが流れ出していた。

本日のＳＯＳ団営業は、俺一人だったか。古泉すら欠席とはな。何かあまりいい予感がしないが、そこは学生の本分は胡散臭《うさんくさ》い部活よりは学業に決まっている。古泉もそろそろ進路に向けて真剣《しんけん》に考える時期になっているのかもしれない。あいつのことだから、卒業後もハルヒの後を追いかけていきそうだが、肝心《かんじん》のハルヒはどこの大学に行くつもりなのか。

いや、それ以前に、俺たちより一年先に卒業する朝比奈さんの扱《あつか》いはどうなるんだろう。愛らしい先輩《せんぱい》に代わるお茶くみメイドな後輩がやってきて、それがまた未来人だったりするのか？

「まずいな。来年のことを考えると鬼《おに》ならぬ人の身では、とうてい笑えそうにねえ」

寂《さび》しく鞄を肩《かた》にかけると、俺は無人の部室を後にした。

一人きりで誰《だれ》もいない部室が、まるで廃墟《はいきょ》となってうち捨てられた田舎《いなか》の病院棟《とう》の一室のように思えるなんてな。

これほど感傷的になったのは、たぶん高校入学以来初めてだ。俺らしくない。一般《いっぱん》的な高校生男子としては普通《ふつう》のことかもしれないが、なにせ俺はＳＯＳ団の一員であることが毎夏うるさく鳴き始めるセミと同じくらい普遍《ふへん》的な習慣になっちまってるからな。

「くそ」

自然に舌打ちが出た。まるで、自分の精神が誰かに乗っ取られているような気分だぜ。


その夜のことだ。佐々木から電話があった。

『明日、また駅前で集まろう。と、藤原くんが言っている』

ついに来たか。

佐々木の声も今までとは違い、どこか決然としている。俺が気づくくらいなのだから、佐々木にはとうの昔にお見通しだろう。

そろそろ決戦の時が来てもいい頃合《ころあ》いだったのだ。いや、むしろ遅《おそ》すぎたくらいだぜ。ダラダラと喫茶店《きっさてん》でだべっていたところで何一つ事態が好転しないのは、昔からよく熟知している。たとえ相手が宇宙人や未来人でもな。思えば無駄《むだ》な時間を過ごしたものだ。これでようやく、すべてのカタをつけてやれる。

『ところで、キョン』

佐々木の口調には心から俺を案じているトーンが含《ふく》まれていた。

『どうやら藤原くんは本気だよ。カーテンコールなしの閉幕さ。これで終わらせようと考えているみたいだ。本人はいつもの韜晦《とうかい》トークだったけどね。僕にごまかしは通用しない。これでも人心観察には自信のあるほうなのでね』

だろうな。佐々木を出し抜《ぬ》ける人間なんか今まで出会った老若男女《ろうにゃくなんにょ》の中でもそうは思いつかない。自分の偽《いつわ》りのなさを高速で体現する鶴屋さんくらいのものだろう。あの人は思考を読む前に行動する素早《すばや》さを持っているからな。

『でもね、彼が僕を排除《はいじょ》しようとするのか、利用しようとするのかどうかが未知数だ。この場合、僕は不確定な観測要素なんだよ。ただ一つ、確定しているのはキョン、キミだよ。キミとキミの判断がすべての鍵《かぎ》なんだ』

くっくく。この期《ご》に及《およ》んで佐々木は特徴《とくちょう》的な笑い声を電話越《ご》しに寄越し、

『そんなに気張らなくてもいいよ。世界がどうなったところで、僕もキミも何も変わらないと断言できる。変わるのは未来さ。藤原くんや朝比奈さんにとっては重大な事件かもしれないが、なあに、現代人である僕たちが気に病むことはない』

朝比奈さん（大）の意図は読めない。でも、俺は俺の朝比奈さんが泣くところは見たくないぜ。

『未来など何とでもなると思おうよ、キョン』

電線にとまったスズメが明日の天気の話をするように、

『彼らにとって僕たちは過去の人間だ。でも僕たちにとって彼らはこの現代から地続きの未来の人間に過ぎない。そして、これが一番重要なメソッドなんだが、あくまでここ、この世界は現在であるってことさ。それが僕たちが有する未来人に対するアドバンテージなんだ。覚えておくんだね、キョン。キミならなんとかするさ。なんといっても――』

佐々木は含み笑いを漏《も》らし、

『涼宮さんと僕が選んだ唯一《ゆいいつ》の一般人、それがキミなんだからね』

今の俺の意識は選民意識とはほど遠い地点にある。そんな自信満々に言われてもただ困惑《こんわく》するだけだ。選ぶだの選ばれただの、何なんだよそりゃ、と言いたい。叫《さけ》びたい。長門や古泉や朝比奈さんが俺を特別視したがっているのは解ってるし、俺だってそこそこの覚悟《かくご》を持っている。去年のクリスマスイブに腹をくくったさ。それは今でも作りたての豆腐《とうふ》のように心の深奥《しんおう》に沈《しず》んでいる。でもな、ハルヒの無意識が何かをしでかした結果として俺がこんな立場に置かれているのは渋々《しぶしぶ》ながらも認めざるを得ないとして、佐々木、お前までもが俺を選んだと言うのはどういうことだ。

ハルヒは徹底《てってい》的に無自覚のはずで、お前はそうじゃない。神もどき的存在であるという、ちゃんとした自覚があるはずだ。理解しているんだったら教えてくれ。

なぜ、俺を選ぶ。

『ふっ、くく。キョン。キミの鈍重《どんじゅう》なる感性には前から気を揉《も》ませてもらっていたが、この期に及んでまでそんなことを言うとはね』

愚弄《ぐろう》しているのではなく、単に呆《あき》れているだけのようだった。

『たとえ話をしよう。もしキミが、何でもいいんだが、宝くじを買ったとしようか』

買ったことないけどな。

『宝くじの当籤《とうせん》番号は厳正なる抽籤の結果、発表される。一等賞の数字と手持ちのくじの数字が一致《いっち》する確率は、条件にもよるが数万分の一以下でしかない』

つまり金で夢を買っているだけで実入りは期待できないってことか。

『確率的にはそうなる。なんにせよ博打《ばくち》で儲《もう》かるのは胴元《どうもと》だけで、ほとんどの購《こう》入者《にゅうしゃ》は損しかしない。しかし、誰《だれ》かには当たるんだ。事前に購入したくじの数字列と、当籤番号が一致する確率もゼロではないのさ。いいかい？　この場合、涼宮さんと僕が胴元であり、キミは一枚の宝くじを持っている一般人《いっぱんじん》だ』

いったん言葉を句切った佐々木が、電話の向こうで大きく息を吸ったような気配がした。

『驚《おど》くべきことに涼宮さんと僕がランダムに決定した当籤番号は末尾《まつび》二桁《けた》以外はまったく同じ数字だったのさ。そしてキミが持っているくじの数字もそうなんだ。

ただし、キミはまだ自分の最後二桁の数字を知らない。いや、あえて隠《かく》されている。それはまだ見えないんだ』

いったいそりゃどんな宝くじだよ。

『その数値は常に変動している。今のところはね。心配はない。すぐに確定するだろう。ただし、キミが確定した数字を知るのは、それが確定してからだ。また確定には観測の必要がある。キミがいつまでもそいつを机の奥に押し込んであためようともせず、換金《かんきん》期限を過ぎてしまったら、ただの紙切れとなって意味を失うだろう。そうなればどちらを選ぶかという問題ですらなくなる。まったくの無に帰するんだ』

さすがにそこまで間抜けじゃないぜ。こと大金がかかってるんだったらな。

『そうともキョン。だからなんだ。キミは数字を確定させなければならない。涼宮さんのものか、僕のものか、どちらかをね。そうすることができるのはキミだけなんだよ。藤原くんでも九曜さんでもない。彼らにもできないことなんだ。この全世界の誰にも、未来の人間にも、宇宙に存在する生命体にも不可能なんだよ。彼らがキミに執着《しゅうちゃく》するのはそのせいだ。キミがすべてを決定するのさ』

「…………」

『ん、くふふ。実にイヤそうな沈黙《ちんもく》だ。正直だね、キミは』

解《わか》ってるんだったら代わってくれ。いま俺が置かれているこの立ち位置を。

『僕だってイヤだね、そんな立場はさ。でも僕はキミが……おっと、というかね、あーそうだ、キミを信頼《しんらい》している、と言いたかった。キミの進むべき道は正しいルートのはずだ。それはキョン、もうとっくに自分でも解っていたことだろう？』

まるで世間話のような佐々木の爽《さわ》やかな弁舌には、俺の精神を柔《やわ》らかくする効果があった。佐々木は俺に忠告しようとしているのではない。誘導《ゆうどう》しようとしているのでもない。自称《じしょう》中学時代の親友にして国木田から変な女判定を受けていたこの俺の同窓生は、かっきりと自分の思う正直な心根を言語化しているだけなのだ。

「解ったよ、佐々木」

受話器を握《にぎ》る手に力を込《こ》めて、言った。

「俺に任せておけ。明日、また会おう」

佐々木は一瞬《いっしゅん》の沈黙の後、ふふふ笑いを漏らしていたが、

『ああ、期待しているよ。僕のキミへの信頼は進水式を迎《むか》えたばかりの潜水艦《せんすいかん》の圧壊《あっかい》深度より深い。思う存分、ダウントリムするといい。いささかも構わないよ。じゃあね、親友』

電話を切ったのは、数瞬のラグもなく、まったく同時だと記憶《きおく》している。

第八章

α―11

もう金曜日か。

この一週間はやたらといそがしかった気がするな。ハルヒの新入団員試験から始まり、ヤスミがたった一人の後輩《こうはい》に決定しただけだというのに、なんだか二週間分の人生を過ごしたような気がしている。やはり例の未来人男や橘京子と九曜とかいう天蓋《てんがい》領域製の宇宙端末《たんまつ》、そして佐々木と偶然《ぐうぜん》のように出くわしてから、どうも気がそぞろになっていかん。

むしろ不思議なんだ。あれだけ物語チックな出会いを果たしたというのに、ここまで何の接触《せっしょく》もないってのは逆に変なんだよな。普通《ふつう》ならそこからまたいつものバタバタが始まってもいい頃《ころ》なのに、なしのつぶてってのはどうにも解《げ》せん。

ひょっとして、俺の知らないところで長門や古泉、朝比奈さんたちが暗闘《あんとう》しているのかもしれない。ハルヒに平穏《へいおん》な生活を送らせたいと考えているのは三派ともに共有する目的にして手段だから不思議ではないが、うぅむ、俺に一言もないというのはどういうこった。ここに来て俺は部外者扱《あつか》いになっちまったのか？　まあ俺がのこのこ出て行っても役に立たないどころか人質《ひとじち》になっちまうかもしれんから、連中が配慮《はいりょ》するのもしょうがないとは言え……。

てなことを考えつつ、汗《あせ》を拭《ふ》き拭きやっとの思いで北高昇降口《しょうこうぐち》に到着《とうちゃく》した俺は、機械的かつ習慣的な動作で自分の下駄箱《げたばこ》を開けた。

「ぬう？」

ずいぶんと久しぶりな物体が、揃《そろ》えた上履《うわば》きの上に載《の》っていた。

何かのマスコット的なキャラがプリントされたカラフルな封筒《ふうとう》。宛先《あてさき》の名は俺。そして、裏に書いてある差出人に違《ちが》いない文字は、

『渡橋ヤスミ』

と、読めた。

ここで記憶を呼びさまそう。こんなことは今まで幾度《いくど》もあった。最初は朝倉で、やつの目的は俺の殺害処分だった。次が朝比奈さん。しかし朝比奈さんでも大人バージョンのほうで、重大なヒントをくれてすぐにいなくなった。その次も朝比奈さん（大）だ。わけもわからず指示に従っているうちに別種の未来人からイヤ

ミを言われただけで終わった。

散々経験してきたものだから、下駄箱のアナログなメッセージが俺への桃源《とうげん》郷《きょう》の入場パスでないことは熟知している。

ただ、今度ばかりは事情が異なっているように思えた。なんせ相手は入団したての一年生で、どっからどうみても無害そうで明るく能動的な女の子、それも高一とは思えないほどの背丈《せたけ》と体格の無邪気《むじゃき》そうな少女なのだ。昨日の自宅訪問といい、ずいぶん積極的なヤツである。

「こいつは……」

積年の夢が叶《かな》うときが来たのかもしれないぞ。後輩の女子から舞《ま》い込んだ、本気のラブレター。俺にもとうとう春が来ようとしているのだろうか。

――初めてあなたを見たときからあたしはあなたに一目惚《ひとめぼ》れをしちゃいましてだからSOS団になんとか入ろうと懸命《けんめい》にがんばったんですよぉ――。

「バカか俺は」

とりあえずつぶやいてみたものの、何をどう考えてもあの元気な後輩が俺にモーションをかけてくる理由が思い当たらない。

おまけに、この手の呼び出しにひょこひょこ乗っちまうと、たいてい日常とはほど遠い展開が待ち受けていると相場が決まっている。蘇《よみがえ》る顔は二つ。さて、今度はどっちだろう。迫《せま》り来る危機か、特上の微笑《びしょう》か。

「さて」

いつまでも下駄箱前で突《つ》っ立っていたら誰《だれ》に目撃《もくげき》されるか解《わか》らない。ハルヒや谷口に見られたらややこしいことになりそうだ。

俺は素早《すばや》くトイレに駆《か》け込み、封《ふう》を切った。出てきたのはトランプカードみたいな紙片《しへん》に、急いで書いたような走り書きが一行だけ、

『午後六時、部室で会いましょう。来てください。ねっ！』

と、あった。

何ともコメントし辛《づら》い。一言で表現すると、まあ、怪《あや》しいよな。

もはや懐《なつ》かしい朝倉の一件が脳裏《のうり》に浮《う》かばざるをえないではないか。しかし、俺の本能はまるで危機意識を発生させることもなく、警鐘《けいしょう》の一つも鳴らしていない。朝っぱらから山登りを強《し》いられたことで特に研《と》ぎ澄《す》まされてもいない感覚が告げるところによると、これはどちらかと言えば朝比奈さん（大）寄りの呼び出し文だ。基本的に俺は自分自身をまったく信用していないが、たまにはマイ勘《かん》を信じてやってもいいんじゃないか？

とは言うものの、石橋は叩《たた》いておくに越《こ》したことはない――か。

ホームルーム前の一コマである。

「ところでハルヒ」

「何？」

「ここに自分ではどう判断すればいいのか解らない問題があったとする」

「へぇ、勉強の話？」

「そのようなもんだと思ってくれ」

「少しは向学心が芽生えてきたみたいね、キョン。団員のやる気をアップできたかと思うと団長として嬉《うれ》しいわ。んで、その問題、まず自分で考えてみようとしてみたんでしょうね」

「もちろんだとも」

「調べたら解ることなら、さっさと調べなさい」

「資料があるような問題じゃないんだ」

「はぁん？　数学なの？　だったら、その問題の解き方を知らないといけないわね。何の公式？」

「いや、数学じゃない。ついでに言うと、俺が知りたいのは解き方じゃなくて答えだけなんだよ」

「夏休みの宿題を丸写しする小学生じゃあるまいし、それじゃ学んだことにならないわよ」

「別にいいんだ。出題者の考えが解ればそれですむ話なんでな」

「なんだ、現国なの。それを先に言いなさいよ。この文章を書いた時の作者は何を思っていたのでしょうか、とかそういうやつでしょ」

「それが一番近いかな」

「くだらない問題だわ。小説でも評論でもそうだけど、文章なんて何が書いてあるかが問題なんであって、筆者が何を思って書いたのかなんて出題者が本人じゃない限り解るわけないじゃない。正解があるんだとしても、そんなの答案に○×をつける人間の気まぐれか思いこみでしかないもの。その手の問題はこう改めるべきね、この文章を読んだときの私は何を思ったのでしょうか、それならまだ問題として納得《なっとく》がいくってものよ」

「いや、そこまで踏《ふ》み込まなくていいんだ。この場合、書いたヤツと出題者は同じなんだ」

「なら簡単よ。すぐに解けるわ」

「是非《ぜひ》教えて欲しいね」

「それはね、」

ハルヒは鼻先を俺にぐっと近づけ、輻射熱《ふくしゃねつ》を放っているとしか思えない圧力笑《え》顔《がお》で、シンプルなコメントを発した。

「書いた人間本人に直接訊《き》けばいいのよ！」

そして昼休み、俺は谷口と国木田と弁当箱を置き去りにして行動に移した。

ハルヒの言うとおりだ。解らないのならアレコレ悩《なや》む前に解っているヤツに教えてもらえばいい。そいつしか真意を知らないのならなおさらだろう。本人に問いただせばあっさり片づく。口を割らせる必要はあるが、大立ち回りをしなくとも、そうそうややこしいことにはならんであろう。なんせ相手は一学年後輩《こうはい》の素直そうな少女だからな。

というわけで、俺はヤスミの姿を求めて一年のクラスが密集している校舎をうろうろしていた。

六時に会おうと言っている手紙を無視して乗り込むのはマナー違反《いはん》かもしれないが、とにかく気になるんだからしかたがないと思ってもらうしかないな。万が一にでもナイフの餌食《えじき》になるかもしれない可能性がある限り、俺は自分の勘などいくらでもトイレに流して捨てる所存である。

と、意気揚々《いきようよう》としていた俺の足がふと止まった。

「あいつ、何組だったっけ？」

入団試験の解答用紙に書いてあったはずだが記憶《きおく》にない。あんときゃ風変わりな回答と名前のほうに気を取られていたからな。

「昼休みに来たのは失敗だったか」

昨年度まで慣れ親しんだ廊下《ろうか》や教室の風景も、新入生たちが群れているとまるで別世界に来たようだ。上履《うわば》きに入っている色が違《ちが》うだけなのに、異なる学年の教室を覗《のぞ》き込むのはやはりというか緊張《きんちょう》する。おまけに下級生だって見慣れぬ二年がいちいち室内を見て回っているところを眺《なが》めて気分のいいものではないらしく、何だか希少動物を見る目をしているような感じさえ受ける。

ヤスミを発見したらすぐに声をかけて人気のないところに連れ出そう。多少誤解を受けるかもしれないが、一応は同じ部活じみたものの先輩後輩なんだし大丈夫《だいじょうぶ》だろ。しかし――、

「……いねえな」

肝心《かんじん》のヤスミがどこにも見えない。チビっこい姿形が逆に目立つはずなのに、まるで目に留まらないのはどういうことだ。もしや学食派かと思い食堂まで出向いてみたが、こちらも空振《からぶ》りに終わり、そうこうしているうちに俺の空腹が限界

に近づいてきた。こうなりゃ根比べだとばかりに一人気を吐《は》きつつ、学校中を

彷徨《さまよ》ってみたもののまったくの無駄足《むだあし》で、ついに俺は天を仰《あお》いだ。所はまさに中

庭であり、目の先にたまたま文芸部の窓があったのは偶然《ぐうぜん》だろう。

まさかな。

俺は矛先《ほこさき》を部室に向ける。わざわざあんなところで弁当を食うヤツがいるとは

思いがたいが、ひょっとしてということもある。しまった、ならば俺も弁当持参

で出発すべきだったか。

放課後、ハルヒとともに開けることになるであろう扉《とびら》を開いた先には、長門が

いた。そして長門だけだった。この当たり前すぎる結果を目《ま》の当たりにした俺は、

長門に片手で挨拶《あいさつ》するとすぐさま置きっぱなしの弁当箱の元へトンボ返りしよう

と身を翻《ひるがえ》しかけ、直後に停止した。

解《わか》らないことを尋《たず》ねるにはうってつけの人材がここにいるじゃないか。

「…………」

いつもの隅《すみ》っこ椅子《いす》で本を膝《ひざ》に載《の》せ、読書に励《はげ》んでいる長門は俺の闖入《ちんにゅう》にもマ

ツゲ一本すら不動状態であり、確たる日常がこの空間で停滞《ていたい》していることを教え

てくれた。昼休みの部室で黙々《もくもく》と本を読みふける少女に静謐《せいひつ》で平穏《へいおん》なアトモスフ

ィアを感じるのは、そいつが地球外生命体の有機生命体だと知っていなければ、

ごく普通《ふつう》の光景でもあろう。

そうではないことを知っている俺は、一旦《いったん》弁当箱の中身のことを忘れることにして、長門に話しかけた。

「長門」

「なに」

まずは水を向ける。

「あいつは何者だ」

「何者でもない」

さすが長門、俺が問題文の主語にしている人物を一瞬《いっしゅん》で把握《はあく》したらしい。だが、それにしたって、

「そいつは言い過ぎだろう。渡橋ヤスミという、一般《いっぱん》生徒じゃないのか」

「そのような名前の生徒はこの校内に存在しない」

この返答には瞬間たじろいでしまった。物理的にではなく精神的に半歩ほど。

存在しない？　ってことは、えーと……。俺の頭がマルチタスクで回転する。

あ、そうか。

「偽名《ぎめい》だな。どこかの誰《だれ》かが北高生に成りすまして放課後だけ侵入《しんにゅう》してるってことなのか」

「その認識《にんしき》で合っている」

やれやれ。やっぱり渡橋ヤスミは一筋縄《ひとすじなわ》ではいかない出自をお持ちのようだ。いや、だいたい解ってはいたさ。明らかに変だったもんな。ご都合主義な展開には必ず人為《じんい》が働いているのはどんなに荒唐無稽《こうとうむけい》な小説でも当然のプロットだ。で、どの勢力の手先なんだ？　第一候補に挙がるのは……。

宇宙人か。

「違う」

未来人？

「違う」

超《ちょう》能力者……でもなさそうだな。その感じだと。

「そう。違う。そして異世界人でもない」

丁寧《ていねい》な念押しは長門らしくない物言いだ。そこに引っかかるより先に俺の未知なるものに対する探求心が口を開かせていた。

「じゃあ、ヤスミはちょっと行動がかっとんでいるだけの変な女なのか。モグリの北高生ってだけの」

長門は文字の詰《つ》まった見開きのページから顔を上げ、初めて俺に目を向けた。黒飴《くろあめ》に金箔《きんぱく》を散らしたような、思わず吸い込まれそうな瞳《ひとみ》だった。

腹式呼吸とは縁遠《えんどお》そうな細い声が、

「何とも言えない。今は」

なぜ。長門が保留の条件を出してくるなんて初めてではなかろうか。さらに、

「そのほうがよいと判断した」

「何だって？」

反射的に返してしまい、ツッコミ失格だと反省しきりだ。でも、俺だってTPOくらいはわきまえているつもりで、別に俺は長門と面白《おもしろ》フリートークをしに来たのではない。驚《おどろ》いたのはただ一つの事象に関してである。

長門が主張した？　俺に？

これは——天変地異の前触《まえぶ》れかもしれないな。

「今、俺に言わないほうがいいってな、誰の判断だ。統合思念体か？」

「良い結果を生む公算が高いとした推論はわたしのもの。時と場合、限定された空間においては、無知であることが有効に作用する可能性がある」

なぜだろう、褒《ほ》められてるような気がしない。なんとなくいつかの意趣《いしゅ》返しをされているんじゃないかと俺の居心地《いごこち》悪さがリミットに達しようとしたとき、救いの手がポケットに入りっぱなしだったことを思い出した。

そのブツはもちろん、渡橋ヤスミからのラブレター未満の呼び出しメッセージ

である。

「で、この手紙なんだが……」

ヤスミに断りもなく見せるのは気が引けたが、そこまでの義理はあいつにはまだない。

長門は興味もなさそうにチラリと一瞥《いちべつ》したのち、あっさり告げた。

「行ってかまわない」

本当か？　そりゃ。

「彼女はあなたに害意はない。むしろ――あなたの役に立ちたいと考えていると推測できる」

思わず唸《うな》ってしまった。実を言うと俺もそんな気がしているのだ。

ハルヒの理不尽《りふじん》な入団試験をことごとくパスし、めちゃめちゃ陽気に跳《は》ねるように歩く一年生。だぶついた制服をもてあましたように身にまとい、部室の雑用からハルヒのサイト改造注文まで楽しげにこなす、ちょこまかとした癖毛《くせげ》でどこか幼げな少女には、愛らしさ以外の他《ほか》の感想を抱《いだ》くことはなかった。こんな後輩《こうはい》がいたらいいなという、まるで理想像だ。怪《あや》しさを覚える俺の脳髄《のうずい》が間違《まちが》っているとしか言いようがない。

ただ一つ、下駄箱《げたばこ》に入っていた封筒《ふうとう》の件を除けば、という条件付きで。

その後、何を聞いても「そう」か「違う」としか言わなくなった長門に別れを告げ、俺は教室に戻《もど》った。直後に休み時間終了《しゅうりょう》を告げるチャイムが鳴り、まったくやれやれ、結局、昼飯は喰いそびれちまったさ。放課後に部室で喰《く》うか。

幸いなことに、ホームルーム後のハルヒ教授による勉強会は、新入団員が決定したおかげで免除《めんじょ》となっていた。俺とハルヒは肩突《かたつ》きあわせて、とうの昔に形骸《けいがい》化した文芸部の部室にハエ取り紙に付着する羽虫のような勢いで赴《おもむ》くものである。そろそろ飽《あ》きが来てもいいほどのルーチンな行動だが、新参者が加わったとなったら俺の心も多少は揺《ゆ》らめくというものさ。

だが、相変わらずの蹴飛《けと》ばすような勢いでハルヒが開いた扉《とびら》の中にいたのは、旧式部員であるメイド姿の朝比奈さんと、昼休みから一ミリも動いていないんじゃないかとさえ思われる長門の読書姿だけだった。女子二名で俺の唯一《ゆいいつ》のよりどころたる数少ない男子古泉が未到着《みとうちゃく》なのは、特にそれほど気にならない。どうせクラス委員とかにされちまって同じクラス委員の女子とピロートークでもやってんだろ。SOS団なんぞにいなければもっとモテまくっていいヤサ男だし、俺たちに気取られないように学園恋愛《れんあい》ゲームを楽しんでいるのだとしても、あいつなら尻尾《しっぽ》の一つも出さないだろう。要領のよさではＳＯＳ団随一《ずいいち》と言ってもいいほど頭のキレる男だからな。

っと、思考がズレかけたところで、気づいた。

「新人はまだか？」

ヤスミの小さな姿も見あたらなかった。自分の学校からこちらに向かっている最中なのだとしたらやむを得ないが、この手の本人責任による行軍遅参《ちさん》には人一倍厳しいのが涼宮ハルヒ団長閣下なのでござるぜ。

「あ……」

朝比奈さんが自分の不手際《ふてぎわ》を詫《わ》びるように、両手を合わせて、

「今日はお休みなんだそうです。自分の人生にとって一か八かの賭《かけ》をしないといけない大切な用事があるんだって、放課後すぐに来て、帰っちゃいました」

俺の眉《まゆ》がぴくりと動いたのをどう取ったか、朝比奈さんは弁護人にしては感情過多な口調と身振《みぶ》りで、

「本当に急いでいるみたいでした。何度も何度もお辞儀《じぎ》して、とっても申し訳なさそうにしてたんですよ。早退に続いて二日目も欠席なんて人類失格ですよね！　って言いながら、うるうるした目であたしを見つめて……ああ……もう……」

頰《ほお》を染めた朝比奈さんは、また自分の身体《からだ》を抱《だ》きしめてくねくねを始めた。よ

ほどその時のヤスミの様子が可愛《かわい》くてたまらなかったと思われる。

「小動物みたいな瞳《ひとみ》があたしを見るんです……！　か、可愛かったあ……」

朝比奈さんの臨場感溢《あふ》れる一人芝居《しばい》を観つつ、俺はどういうことかと考えていた。

ヤスミの用は本日午後六時、この場所での会合に違いない。俺を相手に、あいつは何をするつもりなんだ。だいたい、それまでどこにいるつもりなんだ。校舎のどこかで身を潜《ひそ》めているところなのか？　適当にでも部活に参加して時間つぶしするわけにはいかなかったのだろうか？　謎《なぞ》の少女であるヤスミがすることは、なるほど本当に謎だらけだ。

これがハルヒの勘気《かんき》を被《こうむ》らなければいいがと思っていたら、

「あたしは昼休みに聞いたわ。食堂に行く途中《とちゅう》で」

ハルヒは団長専用椅子《いす》にどっしり腰《こし》を下ろし、鞄《かばん》を乱雑に床《ゆか》に置いた。

聞いたって、何をだ？

「今日の部活は休みますってさ。せっかく正団員にしてもらったのにこんなバカですみません、って、含羞草《おじぎそう》みたいにペコペコして、半分泣きかけだったわね」

とことん低姿勢な元気少女のヤスミの姿を想像しつつ、俺があれだけ練り歩いて見かけなかったヤスミとそんな簡単に出会えるルートもあったんだなと思いながら、

「理由は訊《き》いたのか」

「あのね、キョン。あたしはそこまで無粋《ぶすい》な人間じゃないわよ。そこまでツッコんで根ほり葉ほりするほどのピーピングトムじゃないの。それに、SOS団に入ったことを後悔《こうかい》してフェードアウトしようとしているふうでもなかったしね。本当に、たまたま偶然《ぐうぜん》、どうしてもしかたない用事ができちゃったんでしょ。これでもあたしは部下に寛大《かんだい》かつ寛容《かんよう》な精神で接するのがモットーなの」

その割には俺に対するそのモットーとやらが十全に発揮されているとは思えないね。

これ以上の会話が不毛であると悟《さと》った俺は、長テーブルに鞄を置いて、いつものパイプ椅子に座ろうとして、そこで初めて、部室内の風景における違和《いわ》感に気づいた。

団長机の後ろ、窓際に見慣れない物体が置かれていたからである。

俺の視線に気づいた朝比奈さんが、つきたての餅《もち》のような柔《やわ》らかい口調で、

「お休みするお詫びにって、ヤスミさんが持ってきました。さっき」

さっき？　よく俺たちとすれ違《ちが》わなかったな。まあ、それはいいが。

正体は陶製《とうせい》の細口の花瓶《かびん》だ。窓枠《まどわく》にちょっと載《の》っているそいつには、一輪の瀟洒《しょうしゃ》で綺麗《きれい》な花が挿《さ》してあった。

ハルヒも振り返って花をしげしげと眺《なが》める。

「見たことのない花ね。これ、ヤスミちゃんが持ってきたの？」

「はい、はい」

と、朝比奈さんがこっくりうなずき、

「面白《おもしろ》いと思ったので持ってきましたって、言ってました。昨日、あれから近くの山に入って採ってきたんですって。絶対珍《めずら》しいものだから部室に飾《かざ》ってくださいって、まるで宝物を渡《わた》されるようにあたしに……」

昨日か。俺が帰宅したらすでにヤスミが先回りしていた。そこから山に入ったとしたら、かなり暗くなっていたはずである。山というのがお馴染《なじ》みである鶴屋山なんだとしたら（というかこの近辺にはあれしかない）、街灯などの人工的な明かり一つない暗闇《くらやみ》をヤスミは単身彷徨《さまよ》っていたことになる。高校一年になったばかりの少女の行動としては相当に危なっかしいと思うぞ。

「……んー」

ハルヒも腕《うで》組《ぐ》みをして花を注視していたが、

「ま、いいでしょ。面白いものを持ってきなさいって出題したのはあたしなんだし、ヤスミちゃんにとってこれはとっても面白いものなのかもしれないわ。そう！　こういうきめ細かなフォローをしてこそ、ＳＯＳ団新入団員の心意気ってものよ。あたしの入団試験問題はズバリ！　的確な資格選別になったみたいね。フォーマットを後世に残しておけば、たとえあたしたちが卒業してもふさわしい人材確保に困ることはないと言っても過言ではないわ」

　そりゃどうかねえ。ハルヒ流ＳＯＳ団入団試験が有効化されるのは俺たちが卒業してからなんじゃないかな。現時点での入団資格はハルヒの減点法ふるい落としに最後まで残ることが条件で、ハルヒは本心では新入りなど欲《ほっ》していなかったように見える。偽《いつわ》らざる胸のうちを白状すると、俺は決して、ハルヒがヤスミを心から歓迎《かんげい》しているようには思えないのだ。いろいろあって長い付き合いである。ハルヒの考えなど、ちょっとした眉毛《まゆげ》の角度から視線の向きですぐ解《わか》るようになっていた。もともと感情がそのまま顔に出るタイプだけに、その程度ならすぐ読める間柄《あいだがら》なわけで、俺のハルヒ観察術が弾《はじ》き出した解答は、ただ一つ、戸惑《とまど》いだった。

　つまりハルヒは、渡橋ヤスミに対して何やら複雑な評価軸《じく》を持っており、未《いま》だ解答を出すことができてないらしい。朝比奈さんほど単純でない何かを感じ取っているのだと推察できる。

　実は俺もなんだがな。ポケットにヤスミの手紙が収まっている者としては、あやつがＳＯＳ団にどんな思惑《おもわく》を持って入り込んできたのか、あやふやにして怪異《かいい》の一種と言えよう。

　一方で、朝比奈さんはめったにないほどのふわふわ上機嫌《じょうきげん》で、いつもより足取り軽くお茶くみに精を出している。明るく活発でとことん素直《すなお》そうな同性の後輩《こうはい》ができたことが嬉《うれ》しくてしょうがないみたいだ。

　思えば俺やハルヒ、長門や古泉は言うに及《およ》ばず、彼女にとって決して良い後輩とは言えなかった。言えるわけなかろう。横暴なるハルヒ団長を始めとして、無口無反応の長門、堅苦《かたくる》しい慇懃《いんぎん》さを常備する古泉なんぞに囲まれていたら先輩風など吹《ふ》かせる余地なんかあるまい。俺にしたって、ついつい忘れがちになるが、朝比奈さんはあれでも最高学年なんである。あまりの可愛さに未だに中学生としか思えないとは言え、ヤスミはさらに幼く見えるし、やはり二学年も下の女子生徒には格別の思いがあるんだろうな。明日からどんなお茶の淹《い》れ方指導をしようかと、わくわくほわほわしている朝比奈さんを見ていると俺の心の奥に積み重なった澱《よど》みがみるみる解消されていくようだったが、そんなSOS団マスコットガールをいつまでも凝視《ぎょうし》し続けているわけにはいかない理由が俺にはあった。

　朝比奈さんの淹れてくれた謎《なぞ》の薬草茶をすすりながら、ちらりと腕時計《うでどけい》を見る。ヤスミが指定した午後六時にはまだ時間があるな。さてと、部活終了《しゅうりょう》後にまたここにとって返す算段を今から考えておかないと、と考えていると、

「やあ、どうも。遅《おく》れてしまいましたね」

ニキビ治療薬《ちりょうやく》のCMタレントのように清々《すがすが》しい笑《え》みを顔面に張り付かせた古泉が登場した。

「春先はどうも雑事が多くて困ります。今年度の生徒会長はやり手でしてね、教員との折衝《せっしょう》も少なくない頻度《ひんど》で行われているのですよ。無視していてもいいんですが、文化部の統廃合《とうはいごう》といった議題なら、出ないわけにもいきませんからね」

訊《き》いてもいないのに古泉はさりげなく自分の労力をアピールしながら部室に入り込み、鞄《かばん》を机に置くと、テーブル上の中国将棋《しょうぎ》の盤面《ばんめん》を気にするわけでもなく、窓際《まどぎわ》に歩を進めた。

「ほう。これはこれは」

探求心に彩《いろど》られた声で覗《のぞ》き込んだのは、例のヤスミ持参による一輪挿《いちりんざ》しの花だった。

「この花は、誰《だれ》のプレゼントですか？」

「ヤスミちゃんですって」

ハルヒは空の湯飲みをつんつんつつきながら答える。それを見て、朝比奈さんは慌《あわ》てたようにお茶を点《た》て始めた。今度は普通《ふつう》の茶が飲みたいね。

古泉は顎《あご》に手を当て、まるでトリフィドを見るような目で花と細い花瓶を観察していたが、

「ちょっと失礼」

ブレザーのポケットから携帯端末《けいたいたんまつ》を取り出し、花を撮影《さつえい》し始めた。何枚もカシャカシャしていたが、やがて得心がいったのか、さらに携帯を操作して、どうやらどこかに送信した模様である。

「どうした古泉」と俺。「まさかそれ、トリカブトかジギタリスなんじゃねえだろうな」

「いえいえ」

ポケットに携帯を滑《すべ》り落とした古泉は、安心させるような笑みで、

「毒草ではありませんよ。見たところ蘭《らん》の一種だとは思ったんですが、ちょっと気になったもので。いえ、僕の思い違《ちが》いでしょうけどね。念のためです」

この後、長門は上下巻からなる厚いノンフィクションを読みふけり続け、朝比奈さんはまたしてもどこかから入手してきた謎の味がするお茶を俺たちに振《ふ》る舞《ま》い、ハルヒは新生SOS団サイトをひたすらいじくり回していた。ちなみにハルヒのネット的初仕事となったのは、BBSの半ばを埋《う》め尽《つ》くすスパムのURLを残らず踏《ふ》んづけてブラウザをクラッシュさせることであった。

なんとかフリーの最新アンチウイルスソフトとアンチスパイウェアを導入し、一通り対処し終わった頃《ころ》には、すでに下校を推奨《すいしょう》するメロウなイージーリスニン

グが校内スピーカーから鳴り始めていた。

約午後五時半といったところか。

タイミングよく、長門が本をパタンと閉じ、その読書終了を合図に俺たちは帰り支度《じたく》にかかる。俺だけはアリバイ工作の、半ば演技だがな。まずこの部室から全員を撤収《てっしゅう》させなければ、ヤスミとの一件が始まらないんだ。

一同で校門を出て、学校脇《わき》の坂道を下っている最中のことだ。俺は一世一代の大芝居《おおしばい》を打つ決心をして、いささか自分でも唐突《とうとつ》なのは解《わか》っているが他《ほか》に思いつかなかったセリフを発した。

「あ！　しまった！」

何事かと先行していたハルヒと朝比奈さんが立ち止まって振り返る。長門と古泉が足を止めたタイミングが寸分違《すんぶんたが》わなかったのは、まあ、そりゃそうだろうか。

「教室に忘れ物をしてきちまった。急いで取ってこないとなあー」

若干《じゃっかん》、棒読みくさかったのは否《いな》めない。しかしハルヒは、

「何よそれ。教科書だってろくに持って帰らないあんたに忘れ物を心配する必要なんてこれっぽっちもないと思うけど」

いつもならその通りだし、実際そうなんだが、この時はハルヒを納得《なっとく》させる理由が必要だった。

「いや実は」

一応用意していたセリフを諳《そら》んじる。

「谷口にエロ本を借りていたのを思い出したんだ。それを机の中に置きっぱなしにしてきちまった」

「はあ？」とハルヒの眉《まゆ》が急速に吊り上がる。

「まさかとは思うが、誰かにみつかっちまったらヤバい。今から速攻《そっこう》、取ってくる。ああ、お前らは先に帰っていていいぞ。これがまたスゴい貴重なエロ本でな、すでに発禁、絶版になってる稀覯本《きこうぼん》なんだよ。もし没収《ぼっしゅう》されたりしたら俺は谷口に一日三度は五体投地礼しなければならんことになる。なんとしてでもそのエロ本を回収しないとこの先俺は谷口のパシリと化すだろう」

ハルヒの唖然《あぜん》顔、古泉のニヤケ面《づら》、朝比奈さんのきょとんとした顔に次いで、長門と目があった。わずかにうなずいたような気がしたが、黙視《もくし》する限りではミクロン単位だっただろう。

なんか後ろめたいな。もっと違うイイワケにすりゃよかったかな。

「そういうこったから、俺は教室に戻《もど》る。往復にゃけっこうかかりそうだから、待ってなくていい」

それだけ言い捨て、俺はきびすを返した。ほぼ競歩の速度で坂を上り始める俺の背に、ハルヒの声が追いかけてきた。

「乙女《おとめ》の前でエロ本とか言うな！　バカキョン！」

誰《だれ》が乙女だって？　ああ、朝比奈さんには明日にでも謝っておこう。そうしよう。


夕暮れと宵闇《よいやみ》の端境期《はざかいき》にある時間帯は校舎にもグラウンドにも人影《ひとかげ》は少なく、俺は誰一人ともすれ違うことなく部室に直行することが出来た。ドアを開ける。

「来てくれてありがとうございます。先輩《せんぱい》」

やや暗色の混じったオレンジ光の夕日に染まった部室で、ヤスミが俺を待っていた。

昼休みにあれだけ捜して見つからなかった少女。この高校の生徒ではないと長門が断じた謎《なぞ》の女。その可愛《かわい》さから朝比奈さんを虜《とりこ》にし、しかしハルヒは妙《みょう》に扱《あつか》いづらそうにしていた新人団員一号——。

いたずらっぽい表情に焼きたてマシュマロのような柔《やわ》らかい笑《え》みを浮《う》かべ、ヤスミは嬉《うれ》しそうに、

「きっと来ると思ってました。信じていたんです。こうなることを。信じたいんです。これから起こることを」

意味不明な謎かけにはスルーが一番だ。

「俺に何の用だ？」

まずはそう言ってみる。こいつはハルヒの団員選抜《せんばつ》に最後まで残った。そんなヤツが訳なし人間のはずはない、という俺の予感は正しかったに違いない。

「これから何が起こるんだって？」

ヤスミの返答は軽《かろ》やかな笑い声だった。

「あたしにも解りません」

なんだと？

「でも、もうすぐ解るはずです」

ヤスミはふんわりした髪《かみ》を揺《ゆ》らした。スマイルマークの髪留めの模様が、満面の笑みを浮かべているように見えたのは角度のせいだろう。

ヤスミは俺を見つめ続け、俺もヤスミの顔から目を離《はな》せないでいた。

そのままどれだけの時間が経過しただろう――。

誰かが部室のドアをノックする音が聞こえた。

β―11

金曜日。

俺の威勢《いせい》の良さは眠《ねむ》りにつく、その瞬間《しゅんかん》までのようだった。

朝、妹による必殺フライングボディプレスによっての目覚めは至って最悪の部類に勘定《かんじょう》できるだろう。目的地が解《わか》っているというのに全然辿《たど》り着けずあちこち走り回っている夢を見ている最中に強制覚醒《かくせい》を強《し》いられたおかげで、たっぷりの睡眠《すいみん》時間を経たにもかかわらず、起き抜《ぬ》けたばかりなのに、すでに身体《からだ》が疲労困憊《ひろうこんぱい》しているとはな。ほとんど眠って休んだという気分がしない。余計に疲《つか》れただけのような気がするほどだ。

せめてオチまで見終えてから技《わざ》をかけて欲しかったぜ、我が妹よ。

「……あー……」

俺が半ボケした眼《まなこ》のままベッドで上体を起こしたとき、かたわらにいたシャミセンは我関せずとばかりに枕《まくら》に頭を載《の》せてくうくうイビキを立てていた。布団《ふとん》の中か上に乗っていたら俺と同様に妹の餌食《えじき》になってくれただろうが、猫《ねこ》にすら後《おく》れをとる人間様の不明を恥《は》じている場合でもなく、俺はパジャマ姿のままベッドを降りた。

やっと週末が来てくれたのはありがたいが、今日の放課後には今後の俺およびSOS団の命運を左右する出来事が待ち受けているはずなのである。寝《ね》ぼけ気味から覚醒途上《とじょう》の脳《のう》みそでだって、そのくらいは覚えているさ。

ただ、本格的にシリアスな心境へと達するには肉体的精神的に、もっと明確な覚醒が必要だろうな。そう考えたら北高までの長い坂道は、格好の早朝ラジオ体操に匹敵《ひってき》する運動になるのかと思いつつ、いや小学生時代の夏休みにラジオ体操のスタンプをもらった途端即座《とたんそくざ》に帰宅して昼まで二度寝の続きを貪《むさぼ》っていたことを考えると、長期休みに入っていないぶん、健康的と言えるのかもしれなかった。何で俺はあんな高校に願書を提出しちまったんだろうね。近場にそこそこマシな市立高校があったにもかかわらず、まったく中三時代の担任教師を今更《いまさら》ながら問いつめたい。大学進学率がどうのとかいうお題目にすっかり騙《だま》されたぜ。

「キョンくーんー」

早寝早起きを習慣としている妹は、とにかく朝から元気だった。誰に似たのか朝が弱くてぐんにゃりと寝ているシャミセンを重そうに抱《だ》き上げつつ、

「今日は大事な用事があるんでしょお？　昨日の夜、早めに起こしてねって言ったよ。起こさないと二度とゲームで対戦しないって言ったもん。そんなのヤダ」

まったく記憶《きおく》にないが、今日が俺にとって特別な日になりそうなのは確かなこ

とだった。学校でもなく、ＳＯＳ団の活動でもなく、放課後になって高校を去り、佐々木とその他のうさんくさい連中との会合が待ち受けている。

「ああ……」

妹のこいつ本当に小学六年生かと疑うほどの幼い顔と、不器用に抱かれているシャミセンのあくびを見ているうちに、徐々《じょじょ》に意識が鮮明《せんめい》になってきた。昨夜の佐々木との電話会談の概要《がいよう》が、眠っている間に整理整頓《せいとん》された頭にふわりと蘇《よみがえ》ってくる。

藤原との決着。

あの未来人は何のために過去に来て、九曜や橘京子とつるんでいるのか。

周防九曜との決着。

あの地球外生命体は、何のために長門を寝込ませているのか。

橘京子との決着。

朝比奈さんを誘拐《ゆうかい》したと思ったら、古泉を尊敬の念で想《おも》う無害そうな似非《えせ》超能《ちょう》力者は佐々木を本当の神にしたてあげたいのか。

俺のちっぽけな脳髄《のうずい》を悩《なや》ます問題はまだある。

喜緑さんはただ観察しているだけで、たとえ天蓋《てんがい》領域が情報統合思念体に取って代わろうとしても、傍観者《ぼうかんしゃ》である立場を貫《つらぬ》き続けるのか。

一時的に復活した朝倉涼子は、そんな事態の推移をただ座して動かないつもりなのか。

これまで何度も俺を過去へと誘《いざな》ってきた朝比奈さん（大）とは、もう二度と会うことがないのか？

古泉の勢力は？　多丸兄弟や、森さん、新川さんたちはどうなるんだ？

「わからねー」

俺はガラガラ声でやくたいもないセリフを漏《も》らした。

今日、確実に何かが起こる。それも、今までにない巨大《きょだい》なイベントが放課後に待ち受けているのは間違《まちが》いない。そのほとんどの問題が、今日で解決されりゃいい。夜になって風呂《ふろ》にでも入りながらうろ覚えの洋楽ソングを機嫌《きげん》よく唄《うた》っていたい。いや、そうならなきゃ嘘《うそ》だ。

これで終わりにしないと、俺は延々と気に病んだり、部室でひとりぼっちの待ちぼうけを食らい続ける新二年生生活を送らなくてはならないような、そんな気がするのだ。

俺の居場所を奪《うば》われてたまるものか。

一年生だったあの授業中、背後からハルヒの頭突《ずつ》きを決められたあの日から、俺の中にあった歪《ゆが》んだ歯車はぴったりあいつに合致《がっち》してしまった。運命？　そんな単語は中性子星にでも放《ほう》り込んじまえ。ハルヒが望み、俺も望んだ、その結果が今という時間なんだ。

　過去も未来も知ったことか。何よりも守らないといけないのは、現在の現実であって、仮定の未来や宇宙人の考える常識などではない。文句のあるヤツは直接俺に言いに来るか、メールか手紙でも寄越《よこ》すんだな。もし俺より優《すぐ》れた意見がそこにあれば、大いに参考にしてもいいさ。

だが、これだけは忘れるな。すべてを決定するのは俺だ。どんなに頭のいいヤツの論文だろうが、聡明《そうめい》なる天才の意見だろうが、俺が却下《きゃっか》といえば却下なのだ。うまいこと俺を納得《なっとく》させるには古泉クラスの根回しか、長門レベルの信頼《しんらい》性か、ハルヒ並みの問答無用さが必要だぜ。

　この世で自分こそナンバー1だと信じる者、重々たる覚悟《かくご》をもって現れるがいい。しかし、これだけは言っておきたい。もしキミにそんな自信と覚悟があるのなら、自分の物語について考えるのが先だ。なぜなら、キミの周りに宇宙人や未来人や超能力者、ついでに異世界人がいないとは限らないのだからな。

　人の心配をするより、まずは自分の周囲に気を配ったほうがいいぜ。これは俺からのささやかにして無責任な忠告にすぎないから、あくまで自己責任で頼《たの》むぜ。

学校に行き、ちゃんと始業チャイムまでに教室の自席に着いているのは普段《ふだん》と変わらない、ひねもすのたり的な日常の範疇《はんちゅう》だった。長門が欠席続きのせいで、真後ろの席の住人が終始そわそわしているのを除いてな。

ハルヒにとって長門の体調不良以上に気がかりなことなど、再放送アニメの予告編ほどもないようで、授業中もシャーペンの尻《しり》をガジガジ噛《か》んだり、教師から当てられた問題にまるで誰《だれ》かロゼッタ石を持ってこいと言いたくなるような謎《なぞ》の文字列を板書したりと、アストラル界に精神を飛ばしっぱなしのような非集中ぶりであったが、そこはハルヒのいつもの奇行《きこう》ということでクラスメイトたちは冷静にスルーしていた模様だ。ハルヒが完全にハルヒ的であることもたまには役にたつものなんだな。いいやら悪いやらだが、成績のよさが物をいうのかね。

放課後になるや、ハルヒはもはや俺におざなりな言葉を投げかけただけで、すぐさま教室を飛び出していった。おおかた朝比奈さんをとっつかまえて長門マンションまでクロスカントリーの下り坂訓練じみた勢いで走るつもりなのだろう。

長門の不在はそこまでのものなのだ。いつ行っても部室の隅《すみ》っこにちょこんと座り、静かに読書にいそしむ小柄《こがら》な団員の姿がないというのは、それはもうSOS団の部活とは言えない。誰が欠けても成立しない、そんな間柄《あいだがら》に俺たちはなっちまった。この一年を思い起こせばいい。俺や朝比奈さんや長門が複雑怪奇《かいき》な事件に搦《から》め捕《と》られていたのは、そりゃそれでまあいいさ。そうではなく、むしろ蚊帳《かや》の外であったハルヒにとっても、やっぱり仲間意識はすっかり強固になってしまっている。何故《なぜ》か？　それは解《わか》らん。

あるいは野球大会だったのかもしれんし、孤島《ことう》への旅行か、遊びほうけた夏休みだったか、コンピ研とのゲーム対決とか、しょうもない映画撮影《さつえい》で連帯感を覚えた可能性、軽音楽部の助っ人やクリスマス以前の俺にまつわる入院事件であったり、冬休みの雪山で遭難《そうなん》したこととか、文芸部生徒会や――。

まあ全部かもな。いつの間にか、ハルヒは一年前のハルヒから大きく様変わりしている。身体的成長がどうかはかたくなに口を閉《と》ざしているが、精神面はあの頃《ころ》の勢いを残しつつ、だが少しずつ、確実に一歩一歩階段を上っているのは、いくら洞察《どうさつ》力がガラパゴスゾウガメの全力疾走《しっそう》より鈍重《どんじゅう》だと自覚している俺にだって解るぜ。

俺の手やネクタイをつかんで引っ張り回すエネルギーはまだ有り余っているよ

うだが、全身ハリネズミの針をロケットのように発射しまくるような無差別攻撃《こうげき》はすでに縁遠《えんどお》い。

少し寂《さび》しくはあるがね。

しかし、それも長門の回復までの期間限定なのかもしれぬ。

ならば――。

と、俺は思うのだ。

早く片を付け、長門をアホな任務から解放してやろう。それが俺に調合できる、ハルヒと長門に対する何よりの特効薬になるはずだ。

「やあ」

自転車を不法駐輪《ちゅうりん》し、いつもの駅前公園にやって来た俺を、佐々木が片手を振《ふ》って迎《むか》えてくれた。先日同様の落ち着いた笑《え》み、皮肉を我慢《がまん》して堪《こら》えているような表情は、何年も前から変わらない佐々木オリジナルのものだが、黙《だま》って微笑《びしょう》さえ浮《う》かべていればいいのに系の顔立ちは確かにハルヒと同種の匂《にお》いがする。

ハルヒにしろ佐々木にしろ、もう少し男の付け入る隙《すき》のような雰囲気《ふんいき》を醸《かも》し出していればな――と思っていたのも今は昔の話で、両者に性別を超越《ちょうえつ》した何とも上手《うま》く言えないし言いたくもない奇怪《きかい》な吸引力を感じるのは、俺が誘蛾灯《ゆうがとう》に吸い寄せられる虫みたいな習性を獲得《かくとく》してしまったからかもしれない。

どうもハルヒに出会って長門しかいない文芸部室に連れ込まれたあの日から、俺の目は他人とは違《ちが》う風景を映し出しているようだ。趣味《しゅみ》が変わったわけではないと思いたいところだが、自分のことなどさっぱり解らないのでね。この手の分《ぶん》析《せき》は古泉か国木田にでも任せるさ。後でな。

今は、目の前にいる佐々木と両脇《りょうわき》に付き従うように立っているそのお仲間について考えることが先だ。

二人の男女は、橘京子の小柄で控《ひか》えめな姿と、長身のくせに視線を低くして無表情でいる藤原の形をとっていた。自称《じしょう》超能力者の橘京子、未来人藤原。それと佐々木を合わせた三名が、待たせちまっていた全員らしい。

「九曜がいないな」

長門の件もあって一番用があるのはあいつなのだ。それとも目に見えないだけですぐそばに突《つ》っ立ってでもいるのか？　俺の不審《ふしん》あからさまな表情を見て取ったか、佐々木が答えた。

「九曜さんとは連絡《れんらく》がとれなかった。目下のところ行方《ゆくえ》不明中さ。もともとそういうところがあったからね、待ち続けてもいつ登場するか解らない。でもどうせ、必要なときには現れるよ。僕が保証する」

「そうなのか？」

俺は藤原に水を向けた。

「……ああ」

いつもは人をとことんバカにしているような藤原の顔だったが、なぜか硬《かた》い表情に見える。真面目《まじめ》な――じゃないな。緊張《きんちょう》しているような、思い詰《つ》めているような、そんな面構《つらがま》えで、人を小馬鹿《こばか》にする例の冷笑が口元から霧散《むさん》している。

「来るさ。あいつは」

藤原は固形物を吐《は》くような声で、

「必要な状況《じょうきょう》になれば必ず、どこにでも出現する。誰《だれ》が望もうと望むまいとお構いなしにな。ふん、異星人は余裕《よゆう》があって羨《うらや》ましいことさ。僕だって出来ればあいつとはこれっきりにしたいと思っているくらいなんだ。地球は異星人のものでも過去人、お前たちのものでもない。お前たちは僕たちの時間にとって、ありふれた生物の化石程度の価値しかない。廃棄《はいき》場所に困るくらいのな」

……いつにも増してムカつくセリフで安心するね。おかげで気兼《きが》ねなくこいつを憎《にく》たらしく思うことができるってもんだ。

「あの、あのー」

脇《わき》から顔を出した橘京子が、俺と藤原の視線上にある殺意光線の間に入ってきた。

「タクシーを手配してます。すぐに出発しましょう。あ、あと、今日は来てくれてありがとう」

ぴょこんと頭を下げた、橘京子のつむじを眺《なが》めていると、こちらはどうも憎めそうにない。彼女の組織にはよほど渉外《しょうがい》担当者が不足しているようだな。いや、ある意味うってつけなのか？

ま、疑い始めていては二年はかかる。佐々木もいることだし、エネミーマーカーは藤原一人に付けておいてやろう。九曜の不在は俺の精神に有効だ。朝倉再々復活の心配がないからな。いや再々再だったか？

「では、こちらにどうぞ」

橘京子が新米バスガイドみたいな不器用さで先頭を歩く。

彼女のほうがよほど緊張していたようで、タクシー乗り場に停留していた車のドアを叩《たた》く手も相当にぎこちない。驚《おどろ》くべきことに、それは本当に客待ちをしていた民営タクシーだったらしく、運転手は開いたスポーツ紙を顔に載《の》せて夕寝《ゆうね》をしていた。何度目かのノックでようやく目を覚ましたオッサンタクシードライバーが後部扉《とびら》を開き、佐々木、俺、藤原の順に後部座席に乗り込む。橘京子は助手席だ。

運転手があくびを嚙《か》み殺すような声で、

「どちらまで？」

「県立北高校までお願いします」

橘京子の言葉に、俺は初めて本日の目的地を知った。

「とんぼ返りかよ」

俺が胸中を漏《も》らすと同時にタクシーが出発し、俺たちは旅を道連れとする四人の同乗者となっていた。あらかじめ言っておいてくれれば北高で待っててもよかったんだぜ。

「僕もそう思ったさ」

藤原のセリフだ。

「何もこんな煩雑《はんざつ》な手順を踏《ふ》まなくてもよかったかもしれない。だが、ふん。これもまた既定事項《きていじこう》だったんだ。こんな些事《さじ》でわざわざ冒険《ぼうけん》することもない」

「ふうん」と、佐々木が顎《あご》を撫《な》でた。「既定事項か。つまり僕たち四人がタクシーに乗って北高に向かう、というのは未来から見て当然なくてはならない過去の歴史的事実なんだね」

「ああ」

藤原の返答は素っ気ない。それ以上は訊《き》くな、いや訊かれたくないという顔だ。

　そこに橘京子が助手席から身を乗り出し、

「もう終わりにしたいでしょ？　これは既定事項なんですから従うのがスジなのです」

　俺を見て、

「ふふっ、あなたは未来人の既定事項にはいろいろ振《ふ》り回されてきたんじゃないですか。だったらこれもその一つですよ」

　言い返そうと口を開きかけた俺の先手を取ったのは、意外にも藤原だった。

「黙《だま》れ」

　低いトーンの静かな一言だったが、妙《みょう》に腹に響《ひび》いた。特に橘京子には効果がてきめんだったようで、血の気の引いた顔で助手席に収まり、うつむく。

　どんよりした空気を内包したままタクシーは走り続けていたが、どうも運転手は細かい機微《きび》などには無頓着《むとんちゃく》らしく、

「あんたら、高校生かい？　若いねえー」

　などと訊かれてもいないのに話しだし、

「いやあ、うちの小せがれもこの春小学六年になったんだけどね。こいつがまた俺の子供とは思えないほど勉強熱心でいるのよ」

「はあ」

助手席という位置関係上、話し相手を務めざるを得ない橘京子が適当に相づちを打つのも構わず、話し好きとみえる運転手は格好の相方を見つけたとばかりに運転中、話し続けだった。

——小学六年生の息子《むすこ》が科学だかバケ学にハマってしまって難しいことばっかり言ってる。塾《じゅく》にも通わせてみたが、程度が低いとか言ってすぐに行かなくなって困る。今は近くの高校生に個人家庭教師をしてもらっているが学校の成績はまったく伸《の》びない。でも、本人は勉強するのが楽しくてたまらないみたいで、時間があればノートに何かの数式や文字やら書き込んでいるが、ただの落書きなんじゃないかねえ。家庭教師は放任主義だし、まったく困ったもんだよ——

橘京子は「はい」とか「へぇ」とか「うーん」とか「なるほどー」とか気のない返答を繰《く》り返している。しゃべり好きの運ちゃんに当たったらこうなるのも運のよしあしだと思うしかなかろう。橘京子が手配するくらいなら自前のハイヤーだろうと考えていたおかげで意表をつかれるだけはつかれたものの、古泉機関と違《ちが》って財政状況《じょうきょう》が芳《かんば》しくないのかもしれない。喫茶店《きっさてん》でも領収書貰《もら》ってたしな。

それにしても、なんとなくどっかで聞いたような声と話しぶりをする運転手だなと一瞬《いっしゅん》思ったが、思い出すのも面倒《めんどう》なので、俺は両脇《りょうわき》を挟《はさ》む二人の人間に集中力を傾注《けいちゅう》した。

ピリピリと前を凝視《ぎょうし》している藤原に、

「これは何かの罠《わな》か？」

躊躇《ためら》うような一瞬の沈黙《ちんもく》の後、

「罠なんかじゃないさ。ただの確認《かくにん》だ。僕だって意味など知らない。こうするものだと知っていただけだ。これは予定であり、結果でもある」

なぜ北高に行く必要がある。北高のどこだ。文芸部に行っても、とうに誰《だれ》もいないぜ。

「だろうな」

佐々木が行く必要はあるのか。

「あるから、ここにいる」

九曜は？　お前にとってあいつが一番役に立つ存在じゃないのか。

「いずれ来場するさ。その時が来たらな」

短い応答の後、藤原は木像のように沈黙した。命を吹《ふ》き込まなければ鳴くこともない木鶏《もっけい》のように。

代わりに佐々木が口を開いた。

「純然たる好奇心《こうきしん》で質問するんだが、藤原くん。キミは自動車が苦手なんじゃないのかな」

　藤原は沈黙中。

「キミの来た未来の世界がどうなっているのかは推測するしかない。でも、原油ベースの内燃機関を利用して推進力を得るような、こんな乗り物にはなじみがないんじゃないかな」

　藤原の頬《ほお》がぴくり、とした。

「だったらどうだと言うんだ」

「どうもしないよ」

　佐々木はやけに明るく、

「科学技術の発展は僕の喜びとするところだからね。未来には当然未来的な希望を持っていたいんだ。この時代、世界は様々な問題を抱《かか》えている。キミの未来でそんな過去の愚行《ぐこう》が解消されていることを望みたい。人は学び、学び続けるべき生命体だ。高度に発展した科学が人類の抱える破滅《はめつ》的な思想や技術を、快刀乱麻《かいとうらんま》に解決していると思いたいね。どうだろう藤原くん。その程度の願望を抱《いだ》く程度なら、過去人にも許されると思わないかな」

「好きに望め。好きに願え」

　藤原は険のある目を佐々木に向けた。

「お前たちのそんな希望が、未来を作ったんだ。そして、お前たち過去人の大それた過信もな。これ以上は…………ふ、さすがに禁則か。そうでなくともお前たちに教えてやるほど僕は寛大《かんだい》ではない」

「禁則事項《じこう》……じゃないね」

と佐々木は応酬《おうしゅう》した。

「キミのいう、これは既定《きてい》事項なんだろう？　だがその意味を藤原くん、キミも知っていない。キミが知っているのは今日のこの時間に北高に行かなければならない、というあらかじめ設定されていた行動計画なんだね。そこで誰と会うのか、何が起こるのか、キミは知ってなどいないんだ。ただ、それが既定されていた過去だからという理由しかキミは知らない。だから答えようがないんじゃないかな？」

藤原は、くっくっと小さく笑った。

「さすがだ。そうでなくては我々の器《うつわ》にふさわしい候補とは言えない。佐々木、お前にその資格があることを改めて確信したよ。涼宮ハルヒ以上の、お前はこの宇宙でただ一人の鍵《かぎ》だった。すぐに自覚するだろう。いや、そのヒマもないかもしれんな」

佐々木は眉《まゆ》を寄せて藤原の横顔をにらみつけたが、未来人はどこ吹く風とばかりに無視している。俺は不穏当《ふおんとう》な空気にさらされていることに気づいた。

「器って何だ。初めて聞いた言葉だぞ」

「もうじき解《わか》るさ」

俺に対してはとことんそっけない藤原だった。

「本来、お前はもう無用の存在なんだ。しかし既定事項に逆らうのは得策ではない。僕としても最小限に止《とど》めたいのさ。だから、お前もこうして呼んでやったんだ。過去人唯一《ゆいいつ》の目撃者《もくげきしゃ》として、存分に傍観者《ぼうかんしゃ》の立場を満喫《まんきつ》したらいい」

よくもまあ下に見られているものだ。ちったあ反撃してもバチは当たるまい。

「よう、藤原。お前は自分のいた未来をどうにかして変えようとしているのか？」

沈黙。

「だとしても、そりゃ無理だろ」

俺は最初に朝比奈さんとの不思議探しデートで聞いた説明を思い返しつつ、

「時間ってのはパラパラマンガだ。いくら未来から過去に介入《かいにゅう》しようが、そんなものは決まった時間の一枚にイタズラ描《が》きするのがせいぜいで、未来には何の関係もないんじゃねーのか？」

沈黙《ちんもく》。

「実際、お前が何をどうしたいのか知らんが、既定事項がどうのとか言ってるくらいだから知ってんだろうよ。だったらお前がこの時代で何をしようが——、」

「黙《だま》れ」

鋭《するど》い声が俺の耳に突《つ》き刺《さ》さった。殺意を秘《ひ》めた視線が付帯している。

「いいから黙っていろ、過去人。それ以上の妄言《もうげん》を吐《は》くと、僕の禁則は禁則でなくなるぞ」

ぞっとするほど冷たい声だった。藤原は本気だ。俺はやつの地雷《じらい》を一つ踏《ふ》んじまったらしい。

情けないことに俺の凍《こお》り付いた心臓が危機を訴《うった》えていた。

さりげなく佐々木が俺の袖《そで》をちょいと引き、無言の合図をしてくれなかったらそのまま藤原のペースでいくことになったかもしれない。サンキュー・フォー・テリング・ミー・佐々木。

後部座席三人組のこんな会話を運転手が聞いていたら、第三者からの面倒《めんどう》な質疑が始まるのではという危惧《きぐ》は杞憂《きゆう》のようだった。運転手は橘京子を相手にひたすら自分の子供話に熱意を傾《かたむ》け、人がよくて聞き役に徹《てっ》している娘《むすめ》と一方的に会話を弾《はず》ませている。

多少は同情したものの、橘京子もＳＯＳ団とは相容《あいい》れない敵方なんだよな。どうもそう思えなくなりつつあるのは決して籠絡《ろうらく》されたからではなく、ちょっとの付き合いでも彼女の人となりが理解できたせいだろう。何より、佐々木が橘京子をまるっきり危険視していないのが大きい。佐々木は俺より聡《さと》く、賢《かしこ》く、そして人を見る目がある、と俺は信仰《しんこう》している。俺のそばに佐々木がいる限り、悪い方向に事態が変転することはありえないと考えていた。

それは正しいはずだったんだ。

タクシーが北高の校門前で停車し、後部扉が開く。橘京子が運転手に金を払《はら》って、

「あ、レシートください」

という控《ひか》えめな声を聞いて、本日二度目の登校を果たした俺が、相変わらず開きっぱなしの鉄門の前に立つまで。

すでに空は薄暗《うすぐら》く、しかし校内にはまだ部活の片付けをやっているらしい運動部たちの声がまばらに聞こえてくる。

「どうした。行くぞ」

藤原が先陣《せんじん》を切り、校内に足を踏み入れた。おっかなびっくりという感じで橘京子も他校の敷地《しきち》に足裏を着地させる。俺はただ、なじみすぎの校舎を見上げながらごくごく自然に入門し、そして、数歩も進まないうちに立ち止まった。

「なんだ……。なんだ……これは？」

目を見開き、口も大開きにした俺は、呻《うめ》き声を上げていた。

空が――――。

淡《あわ》いセピア調のクリーム色に染まっていた。

数秒前までの金星が光ろうとしていたような夕暮れ空が消え、自然現象ではありえない光に包まれている。柔《やわ》らかく、優《やさ》しい気配のする、穏《おだ》やかな淡色《たんしょく》系のライティングが森羅万象《しんらばんしょう》を照らしていた。

俺はこの光を知っている。

かつて佐々木から喫茶店《きっさてん》に呼び出された俺が橘京子に誘《さそ》われて迷い込んだ、あの世界だ。

誰《だれ》もおらず、存在せず、ハルヒとは真逆の閉鎖《へいさ》空間……。

「！」

とっさに振《ふ》り向いた俺の条件反射も捨てたものではなかったろう。が。

無駄《むだ》に終わった。

タクシーを降りた後、俺のすぐ背後にいたはずの佐々木がどこにもいない。タクシー自体もだ。

わずか数十センチしか離《はな》れていない校門の内側と外側で、世界が一変していた。

俺が立っているのは、まるで無音の世界だ。さっきまで聞こえていた運動部の声も消えている。鳥のさえずりも、山から吹《ふ》き下ろす風の音も、何一つしない静《せい》謐《ひっ》なる空間がここにあった。

俺の目に映るものは、何一つ変わらない校舎と、上空から降り注いでいるセピア色をした間接照明のような光だけでしかない。

とっさに俺は校門にダッシュし、やんわりと押し返された。

「これは……！」

いつぞやハルヒと閉じこめられたときと同じ、柔らかな壁《かべ》が立ちはだかっている。それが意味するところは一つ、俺単体ではどうやってもここから脱出《だっしゅつ》できない──。

「立場が解《わか》ったか？」

背後から藤原の声が届いた。

「ここはもう、お前の世界ではない。今までの現実や常識とは離れた世界なんだ」

首をねじってみた先に、藤原の陰鬱《いんうつ》な悪党顔があった。その横に橘京子の気を揉《も》むような姿がなければ、俺はこの未来人野郎《やろう》の顔面に正拳《せいけん》突きを見舞《みま》っていたことだろう。こいつには俺の自制心が天井《てんじょう》知らずであることを感謝してもらいたいほどだ。

「礼を言えばお前は満足するのか？」

「……罠《わな》か」

精一杯《せいいっぱい》の呻きを漏《も》らした俺に、

「それはどうかな」

藤原ははぐらかすように言って、俺に背を向けた。

「僕たちはまだ最終目的地にたどり着いていない。さあ、行こうじゃないか。すべての決着をつけるために、僕たちの未来のために」

藤原は横顔だけで歪《ゆが》んだ唇《くちびる》を見せつけた。

「佐々木には感謝しなければならない。ここまでお前を連れてくることに成功したのは、アレのおかげだ。もっともアレは自分がただそれだけのために動かされていたとは気づいていなかっただろうがな。ああ、そんなに怒《おこ》るなよ。彼女にはこれからも働いてもらわないといけないことがある。その用が済んだら、自由の身にしてやるさ。そうしたら好きなだけイチャつけばいいだろう」

やっぱり殴《なぐ》ろう、と俺が決心しかけた時、藤原は見越《みこ》したような口調で、

「では行くか」

どこへだ。この閉鎖空間内で、いったいどこに行こうと言うんだ。

「決まっているだろう？」

藤原は顔を上向け、

「お前たちが根城にしている、しょぼくれた小部屋にだ」

ヤツの視線の直線方向に、文芸部室があることをその目を見ないでも理解できた。

だが、なぜだ。いったい、あの部室に何があるんだ？

「知っていたと思っていたがな」

藤原の言葉が至近から聞こえる。

「あそこがすべての元凶《げんきょう》なんだ。あらゆる勢力が集《つど》い、混じり合い、互《たが》いに影響《えいきょう》し合って未来への鍵《かぎ》になっている。いや、楔《くさび》と言うべきかもしれない。そこには、ありとあらゆる可能性が存在し、同時にまた、ありとあらゆる可能性への進展を妨《さまた》げている。促進《そくしん》と停滞《ていたい》のプロセスが同時に実行されている場所なのさ。まあ、旧人類には解るまいが」

ああ解らん。解ろうとも思わん。

しかし、どうして誰も彼もが俺たちの部室にこだわるんだ。廃部《はいぶ》寸前だった文芸部に一人でいた長門。それに目を付けたハルヒ。クリスマス前に改変された世界で俺がたどり着いた最終目的地。本の隙間《すきま》から滑《すべ》り落ちた栞《しおり》。旧式のパソコン。そろった鍵。エンターキー。過去に遡《さかのぼ》った俺が行き着いた夏の夜。七月七日。

そして、かつて古泉が放った言葉。

——あの部室ならとっくに異空間化していますからね。何種類もの要素や力場がせめぎ合い打ち消し合って、かえって普通《ふつう》になっているくらいです。飽和《ほうわ》状態と言ってもいいでしょうね——。
あれは本当だったのか。

「橘」

ようやく俺は、藤原以外にもツレがいたことを思い出した。

「あ……はい。え？」

「お前は知ってて俺をここに連れてきたのか」

「……いいえ、あたしは……」

まともな回答が期待できそうにないのは解っていた。橘京子は俺と同じくらい、今の状況《じょうきょう》を飲み込めていないようだ。暑くもないのに一筋の汗《あせ》を垂らし、意味なく両手をハタハタさせているところから読みとれる。

ということは、これは藤原のシナリオだ。そしておそらく、背後に九曜がいる。

藤原は悠然《ゆうぜん》と歩を進めた。一本道のRPGを進むように我が校の敷地《しきち》を踏みしめ、昇降口《しょうこうぐち》へと向かっていく。施錠《せじょう》の確認《かくにん》すらせずガラス戸を開き、そのまま土足で侵入《しんにゅう》する藤原の後を追いながら、俺は理不尽《りふじん》な怒《いか》りに捕《と》らわれていた。

確かにこの高校については今まで散々悪態をついてきた。駅前から長々と続く上り坂に、決して豪奢《ごうしゃ》とは言えない古びた校舎は創立時によほど予算を切りつめたのだろうと推測できる。エアコンも完備されていなければ壁もスカスカで、夏は暑いわ冬は寒いわで、褒《ほ》める点と言ったら山の緑に囲まれている野性的な自然と、夜になって見下ろすことのできる夜景の光源くらいだが、それでもこの北高は俺の母校なんだ。

ハルヒや朝比奈さんや長門や古泉や谷口や国木田と過ごす、俺の日常の大半を占《し》める空間なのである。そんな俺のテリトリーに遠慮《えんりょ》なく侵入する部外者を見て、心安らかでなどいられるものか。

ましてや藤原は俺たちの敵だ。なんでそんなやつに俺が付き従わねばならない。理《り》屈《くつ》など知ったことか、俺のムカツキは天井知らずに高まっていた。

なにより情けないのは、こいつの言うとおりにしないといけないということだ。今の俺は何をしていいのか解らない。ここでダダをこねて問題が改善するならいくらでもそうする。しかし、もはやそんな場合ではないらしかった。

藤原が何をしようとしているのか解《わか》らない以上、罠《わな》だろうがなんだろうがそれに乗るしかない。

ここは佐々木の閉鎖《へいさ》空間なんだ。古泉も侵入できない。そして長門は病床《びょうしょう》にある。ハルヒと朝比奈さんが長門の看病を捨て置いて颯爽《さっそう》と登場することなどもっとありえないだろう。最悪なのは、当の佐々木すら俺の横にいないってこった。あいつが自分の作る閉鎖空間内にタッチできないらしいのは、以前の喫茶店《きっさてん》の出来事で明らかだった。

藤原、橘京子、俺、だけの三人が佐々木製閉鎖空間に存在する全員だ。周防九曜がいないのも安心材料にはならない。あいつは見えないだけでどこかにいるはずだ。長年超常《ちょうじょう》現象に晒《さら》され続けた俺の勘《かん》がそう言っている。薄《うす》く淡《あわ》い光に包まれた校舎のどこかに、最も的確なタイミングで登場するために待機しているに違《ちが》いない。

——つまり。

俺は周りを完全なる敵に囲まれ、反撃《はんげき》の糸口すら見いだせないでいるのだ。

藤原が首をねじり、俺に敗者を見る目で、

「さあ、行こうじゃないか。それとも、ここで目と耳をふさいでうずくまりでもするか？　なんなら背負ってやってもいいぞ。無料サービスだ」

「うるせえ」

行ってやるさ。俺たちの部室、文芸部兼《けん》ＳＯＳ団の部室をそうそうなめるな。あっこは俺たちの日常空間だ。いつだって、あの場所に行きさえすればなんとかなった。

長門はいないが、鍵が隠《かく》されているかもしれないし、思わぬ何かが発現するかもしれない——。

藤原と橘京子は、すでに校内を歩き始めている。俺がついて来ようが来まいがどうでもいいといった風情《ふぜい》だった。なにくそ。無視するんじゃねえ。あの部室は俺たちのものだ。俺とハルヒと長門と朝比奈さんと古泉の帰るべき場所なんだぜ。他《ほか》の誰《だれ》にも先陣《せんじん》を切らせてたまるものか。

俺は笑いがちでカクカクする膝《ひざ》を気力で奮い立たせ、二人の後を追った。

第九章

α―12

　しばらくして、誰かが部室のドアをノックする音が聞こえた。控《ひか》えめというにはやや乱暴な叩《たた》き方で、ドア向こうにいる人間の対人マナーが知れるというものだ。

　反射的にヤスミに目をやると、この摩訶《まか》不思議な一年生女子は、工事計画が滞《とどこお》りなく進んでいることを知った建設会社の現場監督《かんとく》のような、実に満足げな笑《え》みを顔中に浮《う》かべていた。

　……なんなんだ、こいつは？

　俺の後に誰かが来ることを知っていたのか？　それともこいつが呼び寄せていたのか？　そして、その誰かが何者であることをも解っているのか？

　……とか、疑問に思っている暇《ひま》はなさそうだ。

　こちらから返答もしないうちに、ガチャリコとドアノブが回転する。扉《とびら》が動き始め、すぐに矩形《くけい》の空間が部室に口を開けた。

部室窓から照らし込む、西日の夕焼けの光に浮かび上がった人影《ひとかげ》は三つ。

ハルヒと朝比奈さんと古泉が戻《もど》ってきたという可能性はたったいま、雲散霧消《むしょう》した。

俺の知った顔を持つ三人だ。だからこそ意外性ぶっちぎりだったとも言える。

それは、突発性《とっぱつせい》失語症《しょう》になるくらいの驚愕《きょうがく》を俺にもたらす、超絶的に意表をつく三名でもあった。

「な……!?」

と言ったきり、俺の口は開きっぱなしのまま固定された。いま鏡を見たら生涯《しょうがい》でベスト3に入るほどのアホ面《づら》を観察することができるだろう。

しかし、わざわざ鏡を用意する必要はなかった。

なぜなら――。

β―12

藤原に誘《いざな》われるまま、俺は文芸部室の前まで来てしまっていた。

予感も何もない。佐々木のいない佐々木製閉鎖《へいさ》空間内で俺が出来ることなどありそうにないし、出来そうなやつなど傍《かたわ》らにいる橘京子くらいだが、こいつはそもそも藤原と談合している。頼《たよ》りなく見える姿に偽《いつわ》りはないとしても、この場で俺の味方になってくれるとは思いがたかった。

そうでなければ、俺をまんまとこんな罠《わな》空間に閉じこめたりはしない。

藤原は俺には目もくれず、部室扉を乱暴にノックした。

中にいる人物を目上とも対等とも思っていないような、完全にマナー無視な叩き方である。

内部からの返答を待たず、藤原はぞんざいな手つきでドアノブを握《にぎ》り、内側に向けて扉を開け放った。

部室の窓から差し込む西日がまぶしい。逆光になっているおかげで、室内にいる人影がまさしく影となってよく見えねえ。

しかし、それが二人であることと、北高の制服を着たそれぞれ男女であることはシルエットだけで解《わか》った。

……だが……しかし……。

「う……？」

両サイドからうめき声がステレオで聞こえた。

「……どういうことだ……？」

押し殺した声は藤原のもので、

「……どういうことなの……？」

素直《すなお》な驚愕の表明は橘京子のものである。

続けて今まで聞いたこともない感情を露《あら》わにした声で、藤原が、

「周防九曜はどこだ。お前たちは……いや、お前はいったい誰《だれ》だ……？」

どういうことだ、と言いたいのは俺のほうだ。何が起こっている。

九曜はどこだ、だと？　これは藤原と橘京子の計画ではなかったのか？

俺は夕日に手をかざしながら、棒立ちの藤原を押しのけて部室に足を——。

待て。

西日？

ここはとっくに淡《あわ》い光の支配する閉鎖空間になっているはずだ。なぜ、太陽が休み前の大盤《おおばん》振る舞《ま》いとばかりに悠々《ゆうゆう》と夕日を輝《かがや》かせている？　ガラス窓をすり抜《ぬ》けて内部を照らす光は力強いオレンジ色をしていた。この部室だけが変なのか？

しかし、その疑問も中にいた二人の顔を認識《にんしき》したと同時に吹《ふ》き飛んだ。

なぜなら、そこにいたのは——。

α―13

突然やってきた三人を見て言葉を失っているのは俺だけではなかった。訪問者三人も、三種類の呆然《ぼうぜん》を露わにして立ちつくしている。

「……どういうことだ……？」

「……どういうことなの……？」

調子の狂《くる》ったステレオのように声を発したうちの一人は、あの名の知らない未来人野郎《やろう》だった。

今年の二月頃《ごろ》、俺と朝比奈さん（みちる）の前に現れて、何やらもったいぶった言い回しのイヤミをかましたと思ったら、朝比奈さん（みちる）誘拐犯《ゆうかいはん》の車の中から最後に出てきて、イリュージョンマジックのように消えちまった優男《やさおとこ》のツラを忘れ去るほど俺は耄碌《もうろく》していない。

もう一つの小柄《こがら》な娘《むすめ》の顔もまたしかり、こっちは三度目の対面となる。確か橘京子と紹介《しょうかい》された。古泉とは別組織の超《ちょう》能力者グループの、朝比奈さん（みちる）誘拐の実行犯でもあり、俺の旧友佐々木の知り合いとかであるらしい少女だ。

いつぞや、SOS団御用達《ごようたし》の待ち合わせ場所で偶然《ぐうぜん》を装《よそお》ったように出くわしたうちの一人だ。あの時は未来人野郎はいなかったが、代わりに異様な髪《かみ》を持つ宇宙人モドキがいた。しかしそいつの姿は今は見えない。もちろんいて欲しいとは布団《ふとん》を干した後のイエダニの死骸《しがい》ほども思わなかったから、それはそれでいいんだ。どうでもいい。

どうでもよくないのは――。

「……誰だ、お前は」

そのセリフがどちらのものかは俺自身、自信がなかった。言ったと同時に耳に届いた言葉に、数瞬《すうしゅん》の狂いもなかったに違《ちが》いない。

「誰だ、お前は？」

もう一度言った。そして向こうもまったく同じタイミングで、同じ発音で、同じ語調で、同じ声で、同じ言葉を発していた。わずかのズレもなく、わずかな長短もなく、わずかな差違《さい》もなく、完璧《かんぺき》なユニゾンで、ステレオどころか完全に同一の声として一体化し、空間を震《ふる》わせた。

先客である俺とヤスミがいた部室に来たうちの一人は――。

俺だった。

そこにもう一人の《俺》がいて、唖然《あぜん》とした顔で俺を凝視《ぎょうし》していた。

β―13

俺だった。

「誰だ、お前は？」

そう言ったきり言葉を失った俺がとっさに思ったのは、またしてもタイムスリップしてしまったのかという疑問だった。

今まで何度も過去に飛ばされたことのある俺だからこその発想だろう。現に藤原と橘京子にとっては、よほど意外な光景だったようで、まだポーズセンスのない彫像《ちようぞう》化から脱《だつ》していなかった。未来人である藤原までもがそうなのだから、これはよほどの事態に違いない。

しかし待て。それはそれでおかしいじゃないか。

俺の意識には、『過去、もう一人の自分』にこんな状況《じようきよう》で出くわしたという記憶《おく》など明確にこれっぽっちも残っていない。ということは、これが時間移動の結果なのだとしたら、俺は未来から来た自分に出会ったことになる。俺が過去の記《き》憶を都合よく吹っ飛ばしているのではない限り、こんなあからさまに自分自身と顔をつきあわせた事実などないからだ。

だが、それにしては相手の《俺》の反応が妙《みょう》だった。

もし、この《俺》が未来からやってきたのであれば、過去人である今の俺と出会って、ここまで動揺《どうよう》の表情をあっけらかんと見せつけているわけはない。その《俺》にとっては既定《きてい》事項《じこう》のはずだからだ。あのハルヒ消失事件の際に、俺は長門と朝比奈さんとで過去に跳《と》んで、自分自身とバグった長門を救った。あっちの《俺》が本当に俺の未来人型なのだとしたら、ちゃんと解《わか》っているはずである。そうではなさそうということは、この《俺》は誰《だれ》かの化けた姿なのか？

「あ……」

と、《俺》が漏《も》らした。

その声に含《ふく》まれる成分と表情で、俺は今思いついたプロセスを、あっちの《俺》も同時に悟《さと》ったことを知った。こいつは紛《まぎ》れもなく俺自身らしい。過去から来たわけでも未来から跳んできたわけでもない。ということは時間移動ではないのだ。これはもっと、何か違う別の現象だ。

俺は俺で唖然としつつも、《俺》と一緒《いっしょ》にいる少女に目を留める。こいつは誰だ。小柄で、だぶついた制服を不器用に着こなし、髪には子供っぽいスマイルマークの髪飾《かみかざ》り……。待てよ、どこかで——。

その時、俺の背筋に電流じみたものが走った。昨日部室で出くわした謎《なぞ》の少女と、彼女が置いていった花の一輪挿《いちりんざ》しの映像が、脳内を特急電車のように通過する。目を向けると、ハルヒの団長机の後ろに、窓際《まどぎわ》にその花はあった。繋《つな》がっている。

この世界と、俺がいままでいた世界は、全然違うものじゃないんだ。しかし時間移動でも、時空改変でもないとしたら、これは何なんだ。

「フフ」

こんな状況でも、その娘《むすめ》は背後の花に負けないほどの柔《やわ》らかな微笑《ほほえ》みを浮《う》かべている。

完全にイレギュラーな闖入者《ちんにゅうしゃ》、この娘は……いったい……何者だ？

その解答を、もう一人の《俺》は知っているのか？

α―14

俺は《俺》から目を離《はな》せない。

こいつは俺だ。俺自身だ。過去からでも未来からでも来たのではない。たった今現在の俺と寸分と違《たが》わない、何から何まで同じ俺だった。

むこうも俺と同様の結論を得たらしい、驚愕《きょうがく》と疑念のダブルスパイラルに陥《おちい》っているのがよく解る。今の俺のようにな。

そして、こう思っているはずだ。

——いったい、何がどうなっているんだ？

さらには、こうも。

——俺と一緒にいるヤスミは、いったい何者なんだ？

そのくらいは《俺》の視線の一瞥《いちべつ》で解るさ。なんせ、相手は俺自身なのだから。

まるで冗談《じょうだん》のような膠着《こうちゃく》状態が続いていた。誰も彼もが驚《おどろ》いている。名前の知らない未来人男、橘京子、俺と《俺》。

全員がすべきことを見失っていた。ただ一人を除いて。

「先輩《せんぱい》っ」

ヤスミがすっと前に出た。幼げな顔で、嬉《うれ》しそうに俺と《俺》を見比べて、再び笑った。

「ヤスミ」

俺は乾《かわ》ききった声で、

「お前は……誰だ」

くふふ、とヤスミは子供みたいな笑い声を立て、立ちっぱなしでいることしか能のない俺の片手を取った。

次に、俺と同じ反応しかできていない《俺》へと手を伸《の》ばした。

《俺》は吸い込まれるように腕《うで》を上げ、ヤスミが自分の手を握《にぎ》るままにさせている。それが自然の行為《こうい》であるかのように。

ヤスミはぐい、と俺と《俺》を引き寄せた。

そして、

「あたしは、わたはし」

と言いつつ、俺と《俺》の手をやや強引《ごういん》に重ねさせた。


その直後、俺はすべてを理解した。

β―14

誰もが硬化《こうか》した、まるで時間が止まっているような空間で、唯一《ゆいいつ》動いたのは謎の少女だけだった。

「先輩っ」

少女がすっと前に出た。幼げな顔で、嬉しそうに俺と《俺》を見比べて、再び笑った。

「ヤスミ」

俺そっくりの《俺》が乾燥剤《かんそうざい》を飲み込んだような声で、

「お前は……誰《だれ》だ」

すると、もう一人の俺にとってもこの娘は名前を知っているだけの謎《なぞ》の人物だったのか。

くふふ、とヤスミと呼ばれた少女は子供みたいな笑い声を立て、立ちっぱなしでいることしか能のなくなっているらしい《俺》の片手を取った。

次に、《俺》と同じ反応しかできていない俺へと手を伸ばしてきた。さあ、どうぞ。そんな声が聞こえそうなほど、自然な歓待《かんたい》の意が感じられる。

俺は吸い込まれるように腕を上げ、ヤスミなる女子北高生が手を握るままにさせた。この温《あたた》かく、柔らかな指の感触《かんしょく》は、どこかで知っているものとよく似ているような気がする。

ヤスミはぐい、と《俺》と俺を引き寄せた。

そして、

「あたしは、わたぁし」

と言いつつ、《俺》と俺の手をやや強引に重ねさせた。

その直後、俺はすべてを理解した。

最終章

「うわっ⁉」

その言葉がどちらの俺から出たものかすら解《わか》らなかった。おそらく両方で、かつ同時だっただろう。ただ、耳に聞こえたのはユニゾンでもデュオでもなく、ただ一個体の人間が放つ声でしかなかった。

直後、頭の中に、凄《すさ》まじい記憶《きおく》の奔流《ほんりゅう》が侵入《しんにゅう》してくる。味わったことのない、異物としか言いようのない誰かの記憶だった。俺は目を閉じ、うずくまった。反射的に耳をふさいだのは、これ以上の情報を外部から取り入れることを拒否《きょひ》せよと本能が叫《さけ》んでいたからだろう。

「ううっ……」

朝比奈さんたちとの時間移動どころでない混乱が、俺の脳髄《のうずい》をかき回していた。

知らない情景、知らない行動、知らない状況《じょうきょう》、知らない歴史……。それらが知っている情景、行動、状況、歴史に襲《おそ》いかかってくる。太極図のように渦《うず》を巻き、俺をぐるぐると回転する渦のただ中に放《ほう》り込んでくる。

様々なフラッシュバックがきつく閉じたまぶたの裏で加速装置発動後の走馬燈《そうまとう》のように流れていった。


――長門が倒《たお》れて団員全員で看病に来たSOS団――怒《いか》り心頭に発した俺が九曜と邂逅《かいこう》して朝倉の復活と喜緑さんの仲裁を受けた――佐々木、橘や藤原、九曜たちと何度も会合したりしていた自分――橘に連れて行かれた薄明《うすあ》かりの佐々木式閉《へい》鎖《さ》空間――放課後ハルヒによる課外授業を受けていた俺――ハルヒが入団試験に邁進《まいしん》して片端《かたはし》から失格にしていた団員候補たち――唯一残された渡橋ヤスミ――そのヤスミが部室でお茶くみ指南を朝比奈さんから受けていたりサイトを弄《いじ》ったり――MIKURUフォルダ発見と書かれた紙飛行機――彼女が持ってきた一輪挿《いちりんざ》し――謎の花

どちらも間違《まちが》いなく俺だ。何一つ齟齬《そご》も矛盾《むじゅん》もない俺の記憶だった。

なんなんだこれは。

新学期になって春の調子にあてられたハルヒの部員集め。誰も来やしなかった部室。新入団員で溢《あふ》れていた部室。風呂《ふろ》に入っていた俺にかかってきた電話。その相手――。

ここからが違っている。

今は渡橋ヤスミだと解っているが、当時は聞き覚えのない声の主。

佐々木からの電話は俺とSOS団にとって深刻なものだった。

あの時だ。

まさにあの時から、世界が二つに分裂《ぶんれつ》していた。

能天気な団員試験と、シリアスな世界談義とに。後者の時系列は俺を散々に悩《なや》ませてくれやがった。佐々木の明るい閉鎖空間や周防九曜のコズミックホラー的リアクション。ついでに朝倉復活に喜緑さんの本気モード……。

たった一人の合格者、新団員渡橋ヤスミの謎なポジティヴ行動と、長門のノーリアクションに古泉の歯切れの悪い発言……。

ここ一週間ばかり記憶が、俺の中に二種類同居していた。

なんてことなんだ。どちらが真でどちらかが偽《にせ》という話じゃない。どちらも本当の、実際にあった記憶なのだ。まったく同じ時系列を、俺自身が分裂して過ごしていたとしか考えられない。

二つの記憶のどっちもまるで違和《いわ》感がないのだからな。自分の記憶力に絶大な信用を寄せているわけではないが、経験したことなら話は別だ。

共通しているのは入浴中にかかってきた電話の主がヤスミか佐々木かの違いでしか

なく、そこからがまったく異なっていた。

その時から今まで、俺は同時に二種類の人生を送っていた。そうとしか思えない。そしてその二つの記憶が現在、素粒子《そりゅうし》の移動速度なみの迅速《じんそく》さで融合《ゆうごう》しようとしている。神経シナプスがパチパチと音を立てているような錯覚《さっかく》に襲われ、俺は頭を抱《かか》えた。

「ぐ……ぐ……」

頭痛や吐《は》き気も酩酊《めいてい》感もなく、ただ記憶が猛《もう》スピードで回転している感覚を、こんなもの説明できようはずはないが、まるで太極図にある白と黒の勾玉《まがたま》が高速回転して、灰色にしか見えなくなるような一体感と言えばいいのだろうか？　異質だった二つの違う色の模様が一つの色へと結実していく。回転は止まらず、それは灰色としてあり続ける……。

「……む……ふ……う」

ヤドカリのように身を固めていた俺だったが、ようやく脳内タイフーンは過ぎ去ったようだ。いまだに混乱しているものの、目と耳を開けられるくらいには回復している。かたわらの団長机に手をつきつつ、小刻みに震《ふる》える両脚《りょうあし》をなだめすかしながら立ち上がれるくらいには。

朦朧《もうろう》としながらも、部室内に目を向けるくらいの気力はかろうじて残っている。

そして気づいた。

俺が一人になっていた。さっきまでいたはずのもう一人の俺はどこかに消え失《う》せている。だが、なぜかそれを不思議だと思えない。なぜかだって？　それは実に簡単な理屈《りくつ》だ。１＋１は確かに２である。しかし、そうでない場合もあることを俺は知っていた。例えば一つの砂山と別の砂山を混ぜたとしたら、誕生するのは大きな一つの砂山だ。

足し算とは違う計算方法、今ふさわしいのは乗算に他《ほか》ならなかった。１×２、その答えは小学生でも出すことが出来る。すなわち、２だ。

別の俺は消えた。その代わり、俺の中に二人分の記憶《きおく》がある。

一つは長門がピンピンしていてハルヒが入団試験に浮《う》かれつつヤスミが登場した数日間の記録であり、もう一つは長門が病床《びょうしょう》に伏《ふ》していて佐々木たちと会談したり九曜に襲《おそ》われたり朝倉が復活した数日間の思い出だった。

その二つが完全に並立して俺の頭の中に残っている。しかも、まったく違和感なく存在しているのだ。解《わか》りすぎて逆にワケが解らない。異なる二つの記憶が同居していれば普通《ふつう》は混乱するもんじゃないのか？

――そうでもありません。

ヤスミの声が朗《ほが》らかに答えた。声だけが。

――どちらも先輩《せんぱい》なんです。片方が正しくてもう片方が偽物《にせもの》というわけじゃないですよ。ただちょっと違《ちが》う歴史を持っているだけで、それは同じ時間、同じ世界なんです。

声がした方に目を向ける。


いない。


渡橋ヤスミが消えていた。もう一人いたはずの《俺》と同様に、燃え尽《つ》きた線香花《せんこう》火の煙《けむり》のように、最初からいなかったように、完全に消失していた。

どこに消えたのか？　《俺》に関してはすぐに理解することが出来る。

融合だ。

ヤスミによって俺と《俺》の手が重ねられた瞬間《しゅんかん》、俺と《俺》はこの時系列上で同一人物として合体したのだ。簡単な話だろう。俺たちは元から同じパーソナリティーを持つ、一人の人間だったのだから。それが何かの事情で、あるいは誰《だれ》かの思惑《おもわく》で、一時的に分裂していたに過ぎない。

ゆえに元に戻《もど》っただけのことだ。

だが、ヤスミは？　なぜヤスミにそんなことが出来たんだ？　で、どこに行った？

窓もドアも閉め切ったままである。密室から衆人環視《しゅうじんかんし》の前で消え失せるとは、テレポート使いだったのか、それとも幻影《げんえい》だったのか？

しかし、それでは説明できないのは、藤原や橘京子もヤスミを目撃《もくげき》したらしいことだ。完全なイレギュラーとして、あの驚《おどろ》きの表情は決してフェイクではない。ついでに、部室にいた俺を見た感想からして、これもまた予定外の事象だったのだろう。

かくして、藤原は珍《めずら》しく感情を露《あら》わに、

「既定事項《きていじこう》を外れた……？　バカな……。僕より先に禁則を外した者がいただと……？　これは、いったい誰の……？」

怒《いか》りと当惑《とうわく》、焦燥《しょうそう》の入り交じった声で、

「スケジュールにない規格外の異分子だって？　聞いていないぞ。誰の仕掛《しか》けだ。誰がヤツをここに呼んだ？」

苛立《いらだ》たしげに床《ゆか》を蹴《け》り、

「くそっ、こんなことは僕の予定にない。九曜、どこだ。どうなっている」

雷鳴《らいめい》が轟《とどろ》いた。

部室のちっぽけな窓がフラッシュしたように光り、ここにいる全員に影《かげ》を落とす。天空から墜《お》ちた唐突《とうとつ》な稲妻《いなずま》は、しかし名状しがたき色彩《しきさい》を伴《ともな》っている。反射的に外へ目を向けた俺は、さらに信じがたい風景を目の当《ま》たりにし、呻《うめ》き声を上げた。

「……何だ、この空は……？」

天上が渦巻《うずま》いていた。薄《うす》く輝《かがや》くクリーム色の空に、青灰色《せいかい》の暗い光が混在し、まるで銀河団の衝突《しょうとつ》のような、奇怪《きかい》な情景を描《えが》き出している。そこかしこで淡《あわ》く明るい光とぼんやりと暗い灰色の触手《しょくしゅ》が入り乱れ、互《たが》いに勢力範囲《はんい》を奪《うば》い合うように蠢《うごめ》いていた。絵の具を溶《と》かした容器に墨汁《ぼくじゅう》を垂らしたような、発狂《はっきょう》した画家が筆を自由に働かせたような色使いだ。

空だけではなく、矩形《くけい》の窓に切り取られた世界のすべてが、二種類の色彩で埋《う》め尽くされている。中庭の芝生《しばふ》も、そびえ立つ校舎も、渡《わた》り廊下《ろうか》も、葉ばかりの桜の木も、何もかもが。

淡色系《たんしょくけい》の色合いの世界はまだ解る。俺は佐々木が無意識に発生させている閉鎖《へいさ》空間内にいるのだから。

その空間に対抗《たいこう》するかのように蠢動《しゅんどう》している別の色、当然これにも見覚えがあった。

ハルヒの生み出す閉鎖空間。

佐々木とハルヒのものが、今、ここでせめぎ合っているのだ。

なぜだ？　さっきまで一緒《いっしょ》にいた佐々木の世界があるのは解《わか》る。橘京子がわざわざ北高まで来たのは、俺をその内部に取り込むためだろう。

でも、何故《なぜ》、ハルヒの閉鎖空間まで発生しているんだ？　ハルヒは今頃《いまごろ》、長門のマンションにいて……いや違う、普通に下校の途中《とちゅう》なのか……くそ、解らん。

もっと解らんのは、目に見える範囲の世界のところどころで幾何学《きかがく》模様のような線が明滅《めいめつ》していることだ。これにだって見覚えがある。朝倉が発生させた情報操作空間のそれによく似ている。

いったい俺のいるこの世界はどうなっちまったんだ？　すべての怪異《かいい》現象が混在しているじゃないか。何だこれは。何なんだよ。

「――これが始まり。あらゆる可能性への分岐点《ぶんき》……」

陰鬱《いんうつ》な声が耳を打った。顔を上げた俺の目の先に、異様なまでに漆黒《しっこく》の髪《かみ》を膝《ひざ》まで垂らした黒のブレザー姿があった。

ローマ時代の石膏《せっこう》像よりも無表情な周防九曜が、藤原と橘京子の間に立っていた。その目には何の感情もなかったが、薄い色の唇《くちびる》が、わずかに動いて空気を振動《しんどう》させる。

「――過去も未来も、現在でさえも、ここには存在しない。物質、量子、波動、そして意志。現実への認識《にんしき》。未来は過去に、過去は今に……」

九曜が突然現れたことなどに今さら驚いてなどやる義理はねえ。そんくらい息を吐《は》くくらいにするだろうよ、こいつは。

だが、俺が何かを訴《うった》えかける前に、

「お前は僕を裏切ったのか？」

藤原がそう言いつつ、九曜へ向けた視線は肉食獣《にくしょくじゅう》が天敵を見る目そのものだ。

九曜は微笑《びしょう》をひらめかせた。何もかもが唐突な、この地球外生命謹製《きんせい》エージェントの感情変化にも、もはや誰も反応しない。

「いいえ。わたしはここに来た。それが答え」

「ならば、これは何だ。まるで世界が——」

言葉を句切った藤原は、直後、何かから天啓を受けたように硬直し、振り絞るような声で、

「——そうか。なんてことだ。すでに分岐していたのか。いったい誰が……」

藤原のセリフに読点をつけさせる余地を許さないようなタイミングで、

がちゃり。

出し抜《ぬ》けに部室のドアが開いた。

「やあ、どうも」

まるでいつもの放課後のように、飄々《ひょうひょう》とした微笑《ほほえ》みとともに片手で挨拶《あいさつ》して、ついでのように俺にウインクして見せたその姿に、俺が真っ先に反応したのも当然だろう。

「古泉⁉」

「ええ、おっしゃる通り古泉一樹、嘘偽《うそいつわ》りなく本人です。本当はもう少しドラマチックな登場の仕方をやってみたかったのですがね。例えば窓をぶち破って入室するとか。しかし、検討している時間がありませんでしたので」

もう『驚』という漢字が使いたくない第一候補に躍《おど》り出た瞬間《しゅんかん》である。第二が

『愕』だな。さりとて、では、どんな表現を使えばいいのか、もはや俺には解らない。

大股《おおまた》で入ってきた古泉一樹その人は、俺と藤原、九曜を確認するように一瞥《いちべつ》すると、最後に橘京子へ妹を見るような目を向けた。

古泉に直視された橘京子の驚愕《きょうがく》は俺以上だったようで、

「まさか」と上ずった声を震《ふる》わせ、「ここは佐々木さんの閉鎖空間よ。古泉さん、あなたが入ってこられるはず、ありません！」

正答したはずの答案用紙に大きく×マークをつけられていた優等生のような反応だったが、

「残念ながら」

と古泉は舞台《ぶたい》役者のような大仰《おおぎょう》な一礼をし、

「今のこの学校に限っては、あなたがたの閉じた世界だけ、というわけではないのですよ。どうぞ外をご覧ください」

見るまでもない。灰色とセピア色の混じり合った風景がそこにあることにさっき気づいたばかりだ。ハルヒの閉鎖空間と佐々木のものが混合した世界――としか言い様のない世界がそこに広がっていることを俺は視認していたからだ。

さすがに橘京子も気づいていたらしく、

「そんなはずないわ。だってここには涼宮さんは……」

言いかけて、橘京子は虚空《こくう》に目を向けた。天敵であるハンターの足音を感知した牝鹿《めじか》のように身体《からだ》をビクつかせたのち、

「さっきのあの子……そういうことなのですか……？」

何やら悟《さと》った感じの語調だが、どういうことなんだ。何でこいつらに解ってることが俺には解らんのだ？　俺はと言えば混乱する両手で頭を抱《かか》えないようにするのに精《せい》一杯《いっぱい》の精神力を発揮しなければならないというのに。

おまけに、俺の精神力がさらなる試練に襲《おそ》われる事態が待っていたことが直後に明らかになるなんて。

不意の訪問客は古泉だけではなかったのである。

長身の副団長の背後から、すっと姿を露《あら》わにした人物を目撃《もくげき》して、俺は腰《こし》を抜かしそうになる。よくもまあひっくり返らなかったものだ。なんとか尻餅《しりもち》をつかずにすんだのは、毎日エブリディの坂道登校で強靭《きょうじん》な足腰《あしこし》が自然に出来上がっていたと思うしかなかった。入学以来にして初めて俺はあの過酷《かこく》な登下校の道のりに感謝した、と言いたいところだが、ええい、重ねて言うがその時の俺は周囲数メートルの範囲《はんい》の視覚に入る映像を処理するので精一杯で、脳《のう》みそが爆発《ばくはつ》スレスレだったのだ。

だから、その人の登場にも、とっさに頭と口が回らなくなったのも当然であろう。

「こんにちは、キョンくん」

白ブラウスとタイトスカートでは隠《かく》しようもない超《ちょう》グラマラスボディ、俺が何度も色々と数々のお世話になった妙齢《みょうれい》の美女、女教師のテンプレートなコスプレをしているかのような彼女は、何度も見たことのある慈愛《じあい》に満ちた笑《え》みを俺に向けていた。

「……朝比奈さん、あなたがどうしてここに……！」

精々振り絞って出せたセリフはその程度であり、いよいよ俺の首から上がせっぱ詰《つ》まっていることを表す実にしょうもない問いかけでもある。

朝比奈さん大人バージョン。朝比奈さん（大）にして俺の朝比奈さんの成長した姿。正真正銘《しょうしんしょうめい》の未来人が、ひょいと古泉の陰《かげ》から歩を進めてきた。

「古泉くんにつれてきてもらいました。閉鎖《へいさ》空間への侵入《しんにゅう》には彼の能力がいるもの。あなたも知っているでしょう？」

古泉に手を引かれて街中の閉鎖空間に入った思い出がよぎる。寒天のような手触《てざわ》りの閉鎖空間外周なら古泉と一度、ハルヒとも一度ならず体験した。

「本当は掃除《そうじ》用具入れから登場したかったんだけど……。時空間移動ではここには侵入できなかったの」

おちゃめなことを言いながら朝比奈さん（大）は小さく舌を出す。相変わらずメロメロになりそうなくらいの蠱惑《こわく》的な仕草だ。四年前の七夕に何度も出会ったときと変わらない愛らしく美しい妙齢の身体、あちこち主張している豊満ボディ……。

瞬間走馬燈《そうまとう》を幻視《げんし》している俺をよそに、ハイスクール少年エスパー戦隊副団長は実に満足そうに横にいる人物に話しかけた。

「やっと会うことができて光栄です、朝比奈さんの本来のお姿にね。過去にも増してお元気そうで何よりです。今のあなたは禁則処理がさほど厳重でもないでしょうから、できれば長話などしたいところなのですがね」

「そうでもないわ。わたしも初めて知らされました。最大級の特秘禁則だったの。この件に関しては、わたしも駒《こま》の一つだったんだわ」

そのセリフを認識《にんしき》するには少々、そして理解するにはどうやら無限大の時間が必要のようだ。何が何だか、俺にはさっぱり解らない。

朝比奈さん（小）を操《あやつ》る朝比奈さん（大）を、さらに駒のように動かしている誰《だれ》かがいるってのか？　どんなヤツだ。朝比奈さんにはさらに上があるのか。朝比奈さん（特上）か？　いやこんなことを考えている場合ではないんじゃないか？

「おい、古泉」と俺はようよう言った。「お前はどっちの古泉だ」

古泉は見慣れた仕草で両手を広げた。すべてを受け入れんばかりのオーバーアクトなそぶりは、こいつの得意とするところである。

「両方です。僕も先程《さきほど》自分と融合《ゆうごう》したんですよ。強《し》いて言えば、α《アルファー》のほうでしょうか」

α？　何の暗号だそりゃ。

「失礼しました。便宜上《べんぎじょう》のコードですよ。あなたもそうでしょうが、今、SOS団である僕たちには二種類の記憶《きおく》があるはずです。一つは新入団員試験にかまけた能天気な歴史、もう一つは長門さんが寝《ね》込んでからのSOS団が実質機能不全に陥《おちい》っていた歴史、その二つです。区別が必要かと思いまして、前者をα、後者をβ《ベータ》と呼ぶことにさせていただいたんですが、異論がおありですか？」

ねえ、ねえよ。AでもBでもNでも好きにしろ。どのみち今は一つになったらしいからな。

古泉は藤原、橘、九曜を順番に眺《なが》めてから、くくっと喉《のど》を鳴らし、

「どうやら、そこの方々の思惑《おもわく》とは大きくズレてしまったようですね。それはそうでしょう。僕たちを甘く見てもらっては困ります。あなたたちはまだまだ、涼宮ハルヒさんを解《わか》っていない。もちろん充分《じゅうぶん》に研鑽《けんさん》を重ね、対策もしておられたのでしょう。でなければ、ここまで大胆《だいたん》な作戦を決行するはずがありませんからね。でも、涼宮さんは——僕たちの畏怖《いふ》すべき団長閣下は、半端《はんぱ》な未来人やおそまつな超能力組織や、地球に来て時代の浅いエイリアンなどには裏をかかれたりはしないんです。彼女は神ではないかもしれません。しかし彼女は、ひょっとしたら神のような力を持っている存在ですら、解析《かいせき》することのできない反則的な人間なのです」

古泉は制服のポケットをまさぐり、ファンシーな便箋《びんせん》を取り出した。

「今朝、僕の下駄箱《げたばこ》に入っていたものです。お読みになりますか？」

その場の全員を代表して俺が受け取った。読む。たったの一行。

『午後六時に校門に来てください』

差出人の名は——渡橋泰水。

ヤスミは俺以外にも手紙を残していたのか。しかしなぜ、古泉にまで？

「βのほうの僕はあなたの跡をつけていたんです。佐々木さんと橘京子、そしてその未来人氏とつれだってここに向かうあなたをね。一方、αの僕は呼び出しに従って校門に来ました。そこで二種類の僕が見たものは同一です。お馴染《なじ》みの閉鎖空間ですよ。まるで前兆を感じていなかったので驚《おどろ》きました。おまけにβのほうの僕は、こちらにおられる朝比奈さんに声をかけられたんです。それから彼女を伴《ともな》って閉鎖空間に入る直前、βの僕は、単身でそこにいたαの僕と顔を合わせました。後は解りますね。触《ふ》れあった途端《とたん》に僕は一人になっていた。そしてすべてを理解したんです」

「それがあなたの難点だわ、古泉くん」と朝比奈さん（大）。「あなたが必要な存在だったのは確かだけど」

「ふざけるな！」

藤原の激昂《げきこう》したセリフが大音声《だいおんじょう》で室内に響《ひび》き渡《わた》った。

古泉の長話に業《ごう》を煮《に》やしたのかと思ったのだが、ヤツの鋭《するど》い視線は朝比奈さん

（大）のみを手術用レーザーメスのように貫《つらぬ》いている。

身体《からだ》を震《ふる》わせ、内なる怒《いか》りのあまり顔を歪《ゆが》めている藤原、それはいつも人を小馬鹿《こばか》にしていた上から目線のものとはまるで違《ちが》っている。俺が初めて見た、こいつの生の感情だ。

「あなたは……、あなたはこうまでして僕の邪魔《じゃま》をするのか！　世界を二つに割ってまで、あんな未来を固定させようとするのか！」

「すでに決定した時間平面を改竄《かいざん》しても、わたしたちの未来は変わらないわ。いいえ、変えてはならないんです」

朝比奈さん（大）は苦渋《くじゅう》に満ちた表情で言う。

「変わるさ。あなたには無理だろう。僕にも、ここにいる誰にも、それはできない。だが、涼宮ハルヒの持つ力ならできる。あの女の力を使えば、僕は僕の生きてきたすべての時空間情報を新たなものにできるんだ」

藤原は語る。

「この時点から未来への時空連続体を完全に、完璧《かんぺき》に書き換《か》えることができる。時間平面への逐次《ちくじ》修正程度じゃなく、無限に続く時間平面の全部を修正できるんだよ！」

叫《さけ》び終えた藤原は、吐《は》き出すものを終えたかのように下を向き、呟《つぶや》くように、

「僕は……。僕は、あなたを失いたくないんだ。……姉さん」

驚愕《きょうがく》のセリフだった。は？　なんだって？　姉さん？　朝比奈さんが？　この藤原の？　ということは藤原は朝比奈さんの弟で……しかし、俺の知る朝比奈さんにはそんなそぶりなど一かけらも、またそんなことを匂わすような言動も一つとしてなかったぞ？　これは藤原一世一代のギャグなのか？

朝比奈さん（大）は首を横に振《ふ》った。栗色《くりいろ》の髪《かみ》が悲しげに揺《ゆ》れる。

「……わたしには弟は……いません。同様に、あなたの姉であるわたしは存在しないんです。失われた過去は……人は……二度と戻《もど》ってこないのよ」

混乱に拍車《はくしゃ》がかかるだけの朝比奈さん（大）の返答だった。だが、藤原の表情は真剣《しんけん》さをいや増すだけで、

「だから僕はここまで来たんだ。この時間平面、人類が愚劣《ぐれつ》なおこないを見せびらかす、僕たちが忘れたくても忘れられない浅はかな過去まで。僕はあなたを取り戻す。地球外知性と手を組んだのもそのためなんだ。そうでなければ、誰《だれ》があんな連中と」

「わたしのことは忘れて。そんなことのためにＴＰＤＤを使ってはいけないわ。わたしたちは本来ここにいていい存在じゃないの。あなたにはこの時間平面が、涼宮さんがどれだけ貴重な人なのか解《わか》っているはずよ。もし彼女がいなければ、わたしたちの

未来は……」

「解っている。だから、僕は第二の可能性に賭《か》けた。未来が必要とするのは涼宮ハルヒではなく、その力だ。他の誰かに移せるなら、選択肢《せんたくし》は広がる。うってつけの人物をこちら側の協力者、橘京子が見つけてくれた」

橘京子の肩《かた》が再び跳《は》ねる。目を向けるとうつむき、やや涙目《なみだめ》になった顔と俺の目が合った。

少しずつ理解が可能になってきた。

そうか、それが、佐々木だったのか。

「あの女なら涼宮ハルヒよりうまく制御《せいぎょ》できる。僕たちには好都合だ。無限の可能性を得ることができるんだ。既定事項《きていじこう》に捕《と》らわれることはない。既定事項をなかったことにもできる。僕たちは未来を選択できる。僕はそうしたいんだよ、姉さん。僕はあなたのいる世界を選択したいんだ」

勝手なことをまくし立てやがる。バカめと言ってやりたい。朝比奈さん（小）がどれだけ善良か、ここに来て深く解った。あの人は何も知らされていない。未来の思惑《おもわく》も、ハルヒや佐々木の利用価値も。

それが得難《えがた》い特性だったんだ。役立たずなんてとんでもない。朝比奈さん（小）は最大レベルで愛すべき未来人だ。彼女だけが俺たちのいる時間帯の味方なんだ。過去を変えようとも、ハルヒを操《あやつ》ろうともしていないのだから。

そうさ。考えてもみろ。もし俺がいつでもいいから過去に時間移動して、自由に動き回れるとしたなら、きっと自分の知りうる知識を利用して歴史に介入《かいにゅう》していただろう。十年前、百年前、ロングレンジになればなるほど、その欲求《よっきゅう》に抗《あらが》えなかったに違いない。

だが朝比奈さんは何もしない。未来から来て、ただハルヒにいいように遊ばれているだけだ。これがどれほど凄《すご》いことなのか、俺は初めて悟《さと》った。朝比奈さん以外にこんな役は務まらないんだ。藤原が朝比奈さんの立場になっていれば、SOS団なんて成立していないだろう。

「だめだ」

藤原は再び、

「たとえ世界がどうなろうと、姉さん、僕はあなたを失ったままにしておくことはできない」

「あなたの時間線上にいたその人はわたしとは違います。わたしに弟はいません」

「同じことだ。僕の時間線にいたあなたが失われたということは、未来に訪《おとず》れる交差ポイントであなたも必ず失われる」

「未来は変えることができるでしょう。そうならないようにすることだって」

あやうく聞き逃《のが》さなかった自分の耳と脳みそを褒《ほ》めてやりたい。

なんだって？　朝比奈さんは今、何と言ったのだ？

「できるものか。あなたから見た未来は、その時間の先にいる他の観測者にとっての過去なんだ。固定された事実は常に不変状態を保たねばならないと、あなたも知っているじゃないか」

「そのためのわたしたちですから」

「だが、もはやここから四年前より先には遡《さかのぼ》れない。時間平面修正の機会はないんだよ。必ずどこかで破綻《はたん》を生む。なら、今ここでそうさせてもいいはずだ」

「許せないことです。あなたは自分の言っていることが解っているの？」

「誰よりも解っているさ。来《きた》るべき未来を固定させるために、ずっと時間平面をいじり続けてきたのはあなたたちだけじゃないからね。そう、ＴＰＤＤだ」

藤原は続ける。俺や古泉、橘京子どころか周防九曜の存在すら忘れたかのように、

「諸刃《もろは》の剣《つるぎ》とはよくいったものだ。時間平面を正常値に保つにはＴＰＤＤを使っての時間遡行《そこう》が不可欠だ。なのに遡行のたびに時間平面を破壊《はかい》してしまう。ＴＰＤＤで空いた時間の穴を埋《う》めるのは簡単じゃなかったよ。だが従事しているうちにいくつかの現象を発見した。僕たちは過去を変えられない。未来もだ」

「じゃあ、あなたはなぜ、ここにいるの？」

「今、この時のためさ。一瞬《いっしゅん》の今、刹那《せつな》の時の積み重ねによって時間は構築される。だったら『現在』の構成要素を我々の未来まで永続して変え続けていけばいい。時間平面を断層ごとに修正し続ければいい」

「不可能だわ。既定事項の消滅《しょうめつ》にいったいどれだけのエネルギーが必要だと思うの？」

「できるとも。何度でも言う。涼宮ハルヒの力を使えば。それができる」

橘京子は展開についていけないのか、

「あ……え……？　これ、いったい何の……」

呆然《ぼうぜん》の顔つきから脱《だつ》し切れていない。

藤原はそんな哀《あわ》れな少女を完全に無視して、言葉を続けた。

「この時間平面から未来へと時空連続体を一気に書き換《か》えるんだ。途中《とちゅう》の歴史などどうなっても構わない。時空間が僕たちの未来で確定したならば、あとで過去を顧《かえり》みる余裕《よゆう》もできるさ」

さらに、藤原はやや青ざめた顔で唾《つば》を飲み込み、

「そして、涼宮ハルヒはとっくに〝それ〟をやっていたんだ。僕たちがここに来る、遥《はる》か前に……」

「許し難《がた》い暴挙だわ。あなたは……あなたの時間線は重大な時間犯罪を犯《おか》そうとして

います」

悲哀《ひあい》に満ちた朝比奈さん（大）の表情は、まごうことなき寂寥《せきりょう》の成分が占《し》めていた。

そんな未来人同士の問答の最中に、ふと、古泉が空気を読まないようなおどけた口調で、

「激論の途中のようですが、やっとお会いできたところで朝比奈さん。初めまして、というのは変なあいさつになるのでしょうが、今のうちに言っておいたほうがいいと思いまして」

「古泉くん……」

朝比奈さん（大）は、伏《ふ》せがちな目を無理に上げるようにして古泉を見つめる。

「朝比奈さん、あなたにとっては僕との邂逅《かいこう》は、久しぶりなのではないですか？」

「そうかもしれません」

朝比奈さん（大）は古泉にも負けないペルソナ的微笑《びしょう》を花咲《はなさ》かせた。誘導尋問《ゆうどうじんもん》に気づいた検察側の証人のように。

「古泉くん、あなたには何も言えません。過去の人間の中であなたは上級要注意人物なんです。今のわたしでさえ禁則がかかるわ。でもそうね、言えたとしてもわたしは自分の判断で言うことはないでしょう。あなたは聡《さと》すぎます。わたしのたわいのない一言からでも、十の情報を得てしまいます。本当は昔話をしたいんですよ。これはわ

たしの本心です」

「解《わか》っています。あなたのそのセリフだけで僕は充分《じゅうぶん》ですよ。僕が何者なのか、未来からどう思われているのか、あなたは教えてくれた。仮にフェイクなのだとしても同じことです。情報の分析《ぶんせき》はこちらでさせていただきますよ。何より感謝をすべきでしょう、朝比奈さん。あなたがここに来てくれたおかげで、僕は自分のすべきことを理解できるのですからね。あなたが僕の前に姿を現すなどよほどのことです。つまり僕はそのよほどのことに立ち向かわねばならない。これから起こることは、あなた一人ではどうしようもなく、僕の力が必要なのでしょう。いえ、僕だけではありませんね。涼宮さんの力がどうしても要《い》るんです。違いますか？」

「もう解っているのに質問するのはいい趣味《しゅみ》ではないわ。前から感じていたことだけど、古泉くん。あなたはやっぱり、STCデータの中でも代わりの見つからない人間なんだわ。だから、SOS団に誘《さそ》われた。涼宮さんに選ばれたのよ」

「今は自覚していますよ。最初は半信半疑、偶然《ぐうぜん》の産物で説明がつきましたが、いまや疑いようはないですね。僕とSOS団は一心同体です。そして長門さんも、あなたの若き姿である朝比奈さんもね。ではあなたはどうなのでしょう。成長した朝比奈さん。未来に戻《もど》って、あなたは何を知ったのですか？　何をするためにこの過去や、かつての自分に干渉《かんしょう》しているのですか？　立場を教えて欲しいですね」

「禁則事項《じこう》です。……と言ったら？」

「なるほど、と思うだけです。僕が過去にタイムスリップして、現地人から尋《たず》ねられたら同じことを言うでしょうから。ただし、」

鋭《するど》い瞳《ひとみ》が二つばかり、朝比奈さん（大）と藤原に均等に向けられた。

「過去に生きる人間をなめないでいただきたいものですね。僕たちはそれほど愚《おろ》かではないつもりです。全人類がそうだとは僕も言い切れません。しかし、ちゃんと未来を憂慮《ゆうりょ》する現代人は間違《まちが》いなく存在するのです」

古泉の双眸《そうぼう》には、俺が見たこともない攻撃《こうげき》的な光が纏《まと》われている。

「少しずつですが、僕にも解ってきましたよ。エイリアンな方々がこれほど大騒《おおさわ》ぎしてくれているおかげでね。涼宮さんの持つ能力……現実を改変する力は、恒久《こうきゅう》的なものではないんですね？　使えば減るというわけではないが、永遠に彼女が持ち続けるものでもない。それは、いつか消えてしまう。違いますか？」

「さあ……」

朝比奈さんのはぐらかしなど通用しないと言わんばかりに、

「あなたが選択《せんたく》を迫《せま》られているわけではないんです。彼等《ら》はやろうと思えば、いくらでもあなたを操《あやつ》って、その結果、涼宮さんをも操れる。彼女の持つ能力を他者に移動することすらできる。かつて長門さんが実行したくらいですから、こちらの宇宙人な方にもできるでしょう」

木像のように突《つ》っ立っている九曜に侮蔑《ぶべつ》じみた視線を与《あた》え、

「これは僕が言うのはおこがましいのですが、どうしても言いたくてしかたがありません。ですので言わせていただきましょう」

大きく息を吸った古泉は、再度、本性《ほんしょう》を現した。

「地球人をあまりなめないでいただきたいですね。僕らはそれほど愚昧《ぐまい》な存在ではありませんよ。情報統合思念体や、その他の地球外知性が何と言おうと、僕たちは僕たちで頭を働かせているのです。少なくとも、そうしようとしている人間は数多く存在する」

敵であるはずの未来人に笑《え》みと挑戦《ちょうせん》をブレンドさせたような目を向け、

「あなたも同意見ではないですか？　藤原さん？」

「黙《だま》るんだな。小賢《こざか》しいだけの戯《ざ》れ言《ごと》にはヘドが出る」

宣言するように吐《は》き捨てた藤原は、破滅《はめつ》的な覚悟《かくご》を決めたような目の据《す》わり方をしていた。

俺の脳内に危険信号のサイレンが鳴り響《ひび》き、赤と黄色の回転灯が点滅《てんめつ》する。ヤバい。こいつは壊《こわ》れかけている。明らかに藤原は自らの自爆《じばく》導火線に炎《ほのお》をともした。そんな予感が俺の精神に迫り来る。

それは、ぶつぶつと呟《つぶや》くように昏《くら》い自答を発している藤原の様子からも明らかだ。

「……僕がバカだった。最初からこうしてやればよかったよ。ふふ。いくら言葉を費《つい》やしても解らないヤツは解らないんだ。九曜、——やれ」

全員が身構える。が、九曜は瞬《まばた》き一つしない。

「どうした九曜。約定を果たせ」

藤原が居丈高《いたけだか》に命じる。

「涼宮ハルヒを、殺してこい」

この状況《じょうきょう》、この展開での言葉。俺にしては、その衝撃《しょうげき》的なセリフを冷静に咀嚼《そしゃく》できていたと言うべきだろう。

器《うつわ》。そう、ハルヒの能力は奪《うば》い取ることができるのだ。かつて長門がしたことでもある。

器。だとしたら、ハルヒの能力は誰《だれ》にあってもいいことになる。しかし、やはりその人間にもよるだろう。

器。今、最もハルヒに近いのは誰だ。言うまでもない。

神的な能力を失わせる、最も直截《ちょくさい》的な方法はハルヒの死だ。死体は何の意思も持たない。せっかくの超常《ちょうじょう》能力なんだ。そのまま失わせるのは惜《お》しい……と、宇宙人も未来人も超能力者どももも思うだろう。

そして、ちょうどいい器たりうる人間がいる。ハルヒほど気まぐれではなく、ハルヒほどエキセントリックではなく、ハルヒほど何を考えているのか解らないわけではなく、SOS団団長でもなく、ハルヒより常識的で平和主義者でどこか超然としている、俺の元同級生。

佐々木。

俺自身、ちらりと考えたことがあるくらいなんだ。もし、ハルヒの神もどき能力が最初から佐々木に芽生えていたなら、と。

藤原はそうしようとしている。ハルヒを殺して、佐々木を新たな神とする。佐々木なら、ハルヒほど場を荒《あ》らしたりはしないだろう。もちろん佐々木が藤原たちの言うがままに操られるなどあり得ないが、藤原と九曜には出来るという確信があるに違いなかった。洗脳でも、性格改変でも、もしくは誰か……人質《ひとじち》を取っての脅《おど》しか。その人質はこの世界すべてかもしれない。

それとも、俺か。俺がその駒《こま》とされるのか。

くそったれども、このスットコアンポンゲスゴミどもが。

佐々木に苦労させるくらいなら、俺はこの場で出来る限りの抵抗《ていこう》を見せてやるぞ。

俺だけじゃない。古泉と朝比奈さん（大）の存在がこれほど頼《たの》もしかった例《ためし》などない。長門もいてくれたら、というのも本音だが、あいつはまだ多分動けないような状態にあるんだろう。でなけりゃ、九曜の出現とともにここに来てくれているはずだからだ。この際、朝倉や喜緑さんでもいい。来い。来やがれ。というか何故《なぜ》来ない。クソ役立たずのエイリアンめ。今度会ったら窒息《ちっそく》しない程度に首を絞《し》めてやるからな。

藤原はさらに九曜を促《うなが》しにかかる。

「涼宮ハルヒの生命活動を停止させるんだ。お前は出来る、と言ったはずだ」

「――――――」

九曜の茫洋《ぼうよう》とした表情は変化せず、異様に紅《あか》い唇《くちびる》だけが動いた。

「――わたしの転移を阻害《そがい》する現象が発生している。また、この時空連続体に現在している涼宮ハルヒには、わたしへの対抗手段が三重に取り巻き、覆《おお》っている。もう一つ、この閉鎖《へいさ》空間内からは脱出《だっしゅつ》できない。あなたの命令コードに従うのは困難である」

舌打ちをしたのは藤原だ。

「貴様、ここまで来て、それで済ますつもりじゃないだろうな？」

「困難であるとは言った――――」

九曜の長い髪《かみ》がざわりと蠢《うごめ》いた。次に見せたのは、紅く輝《かがや》く瞳《ひとみ》と、V字形に吊り上がった唇だ。悪い魔女《まじょ》。とっさにそんな言葉が表層に浮《う》かび上がる。

「――だが……対象を呼び寄せることはできる……。そう、このように――」

ほっそりした腕《うで》が上がり、真っ直《す》ぐに伸《の》びた指が、部室の窓の外を指した。

俺を含《ふく》めた全員の目がそちらに向けられ、

「ぐ……っ！」

思わず呻《うめ》き声を上げてしまった己《おのれ》の不覚を詰《なじ》る余裕《よゆう》もなかった。

なぜなら——。

地上三階にある部室の外、団長机背後の窓から数メートル離《はな》れた空中に浮かんでいたのは、

「ハルヒ！」

高校生活一年間と少しの間、毎日顔をつき合わせていた同級生にしてクラスメイトにして俺の後ろの机の占拠者《せんきよしゃ》にして、乗っ取った文芸部室の真の主、そしてSOS団団長の制服をまとった姿形以外の何ものでもなかった。

俺は寸毫《すんごう》の遅滞《ちたい》もなく窓に駆《か》けより、窓を開け放った。その間まったく目をそらしたり瞬《まばた》きすらしていなかったと賭《か》けてもいい。

「ハルヒ！」

反応はなかった。空中に浮かされているハルヒは、眠《ねむ》っているような無防備な表情で目をつむり、唇を薄《うす》く開けて、ただ呼吸する物体と化しているように見える。本当に眠っているのか、強制的に意識を失わされているのかまでは判別できない。手足を

だらりと垂らし、壊《こわ》れた人形のような格好でいるハルヒは、俺の呼びかけにもまぶたを開いてくれはしなかった。

「――閉鎖空間外の涼宮ハルヒを強制転送した。そこにいる存在は、ここにいる全員が涼宮ハルヒとして認識《にんしき》している存在である。これをもって、約定を果たした」

「まだだ」

藤原がきびすを返し、九曜を睨《ね》め付ける。

「僕の望みは涼宮ハルヒの完全なる死だ。生かして連れてこいとは命じていない」

「――まもなく実現する」

九曜は無機質な顔面に、わずかに朱《しゅ》の色を上らせていた。

「この高度から地表に落下させれば、惑星《わくせい》の重力加速度によって人間は致命傷《ちめいしょう》を負う――。大質量物体の大気圏《たいきけん》内では最も原始的な死を与《あた》えられる。有機生体の生命維《い》持《じ》を停止するための手段として、このやり方が最も自然現象に適《かな》っていると判断する」

「なるほどな」

藤原は憎々《にくにく》しげではあったが、

「迂遠《うえん》なやりかただ。それが天蓋《てんがい》領域の考えだというなら尊重するさ」

言ってから俺に向き直り、

「見ての通りだ、過去人。あの女を殺すことなどたやすいんだ。さあ、どうする？

お前の選択《せんたく》を聞かせてくれ。涼宮ハルヒの命をこの場で消すか、それともあんたの親愛なる佐々木を新しい神とするか。さあ、どっちなんだ？」

安い脅《おど》しだった。おまけに何てベタな演出なんだ。

ふつふつと怒《いか》りが沸《わ》き上がる。未来人も異星人もとことんアホウだ。こんなことで俺——ああーんど、ハルヒがどうにかできると思っているのか。だいたい、殺すだの死ねだの簡単に言いやがって、お前はキレたガキか。未来人がこんな有様だなんて、まったくもって人類の行く末に絶望しかできん。こんな野郎《やろう》に未来を任せられるか、クソ野郎が。

俺をなめるな。現代地球人をなめるな。なによりも、ハルヒをなめるな。

「やめて」

朝比奈さん（大）が悲痛な声で、

「意味のない行為《こうい》だわ。カタストロフを望むの？　それは航時法の中でも最大の重罪よ」

「望みやしないさ。だが僕は僕の時間線が存続するくらいなら、新しい時間を望む。たとえ僕自身が消え去ったとしても、そっちに賭ける。姉さん、あなたは残るんだ。いや、残ってもらう。僕の望むものはそれだけなんだからね」

くっくっ、と藤原は露悪《ろあく》的に嗤《わら》い、

「九曜、この物わかりの悪い観客たちに、もっと理解できそうな象徴《しょうちょう》を構築してくれ」

無言の九曜は身じろぎもせず、ただハルヒに向けた目をわずかに光らせた。部室棟三階の外、中庭上空に浮いていたハルヒの体位が変化を始めた。上体が起こされ、足先が下を向く。代わりに両腕が持ち上がり、真横に伸ばされたところで固定された。ハルヒの背後から黒い影《かげ》のような物体が滲《にじ》み出るように現れ、見る間にそれは、どんな世界でも共通の単語で表せるであろう、十字架《じゅうじか》を形成して完了《かんりょう》する。

この……やろう……何の茶番だ、これは……。

暗黒の十字架に磔《はりつけ》となったハルヒがそこにいた。

意識なく首をぐらりと傾《かたむ》け、熟睡《じゅくすい》中のように目を閉じているハルヒ。どこか苦しげに見えたのは俺の錯覚《さっかく》かもしれないが、これがハルヒの望んだ光景でないことは確かだ。

ましてや藤原と九曜は、ハルヒの殺害を宣言している——。

アホなのか、こいつらは。前世紀の三流マンガでもこんな解《わか》りやすい悪辣な手段を執《と》る能なしなんぞはいやしないぞ。磔刑《たっけい》に処せられた少女を前に悦《えつ》に浸《ひた》る行為も三流なら、それを俺に見せつけて嘲笑《ちょうしょう》を浮《う》かべるのは三流以下の唐変木《とうへんぼく》だ。解り易《やす》すぎてもはやギャグかスラップスティックの領域に達している。サムい。寒すぎるぜ藤原。お前には舞台《ぶたい》演出や芸人の才能がない。よーく理解させてもらった。お前は、現在この時空に存在している生命体の中でぶっちぎりにド低能だ。珪藻《けいそう》植物にも劣《おと》る。

しかし、ベタなだけにストレートな効果があった。あったともさ。

「ちくしょう……！」

　俺は開けはなった窓から身を乗り出し、手を伸《の》ばす。届く距離《きょり》ではない。それでもなお、俺はハルヒを捕《つか》まえたかった。抱《だ》きついてでもこの部室に引っ張り込みたかった。頬《ほお》を叩《たた》き、目を覚まさせてやりたかった。

　なによりも、藤原や九曜がハルヒを好き勝手にしているのが許せなかったのだ。二人ともただで済むと思うなよ。絶対必ずパーフェクトにぶっ殺してやる。

　俺の憎悪《ぞうお》に狂《くる》った双眸《そうぼう》を正確に読みとったのだろう、藤原は挑発《ちょうはつ》するように、

「お前の最も大事な存在を駒《こま》にされた気分はどうだ？　今までお前がどう思っていようと、僕たちにとって最重要事象は涼宮ハルヒであり、それ以外の人間に存在価値などないのさ。お前がこれからどんな一生を送るかなど、興味もなく、意味もない。涼宮ハルヒに発現した力のみが、あらゆる事象を決するんだ。彼女の意志や無意識、それも異なる器《うつわ》に移送しさえすれば、涼宮ハルヒにはもう価値はない」

　ギリギリと歯を嚙《か》みしめたおかげで前歯が欠けた。この野郎だけは絶対に許さん。

「待って！」

　痛切な声を発したのは朝比奈さんだった。

「あの涼宮さんが本物だという確証はないわ。あれは、幻覚《げんかく》かもしれません。キョンくん、あなたに決断を迫《せま》るための、視覚トリックだということもありえます」

「いえ、それはありません」

古泉が断じた。

「他《ほか》の誰《だれ》が騙《だま》されたとしても、僕には通用しませんよ。いわば、僕は涼宮さんの無意識が具現化した存在なのですからね。あそこにおられる、眠《ねむ》れる姫《ひめ》のごとき涼宮さんは、幻影《げんえい》でもクローンでもない、百パーセント純正の涼宮さんです。僕の、僕たちの、愛すべき団長その人ですよ」

真実だろう。古泉が俺に嘘《うそ》を騙《かた》るわけなんかないし、ここでハッタリをかますメリットもないはずだ。では、俺のすることはなんだ……！

「────」

九曜は黙《だま》っている。まるで誰かからの指令を待っているかのように。

「……あ……う？……あの……」

橘京子はうろたえている。状況《じょうきょう》の急展開に頭がついて行けていないかのように。

「交渉《こうしょう》にもならんようだな」

藤原が落ち着いた、覚悟《かくご》を決めきった黒い声で呟《つぶや》いた。

「涼宮ハルヒを亡《な》きものとする。安心しろ、残りの業務は佐々木が引き継《つ》ぐ。お前たち過去人にとって、世界は何も変わらないさ。ただ、涼宮ハルヒ抜《ぬ》きの生活をせいぜい楽しく送り、年老いて死んでいくがいい」

本当にそうなのか？　何も手はないのか？

俺は助けを求めて朝比奈さん（大）を見た。女教師ルックの大人版朝比奈さんは、潤《うる》んだ目をそっと伏《ふ》せていた。先ほどの藤原との問答、姉だの弟だのがどんな意味を持つのかは解らない。どちらの言うことが正しいのかなんて、もっと解るはずがない。ただ藤原の目的は理解できたように思った。なら、朝比奈さん（大）の思惑《おもわく》とはそれの阻止《そし》なのか。それだけなのか？

疑念の渦巻《うずま》きに飲み込まれそうになった俺を現世に戻《もど》したのは、清涼感《せいりょう》を極《きわ》めた仲間の声だった。

「できるものならやってみてください」

希望の反撃《はんげき》は思わぬ人物から始まった。古泉が藤原の前に立ちはだかる。未来人のハルヒ殺害計画に敢然《かんぜん》と反論するつもりのようだが、なぜそんなに余裕《よゆう》の面持《おもも》ちをしていられるんだ。

もしかして古泉、お前には何か策でもあるのか？

言っとくが俺は今にも三階の上空から落下しそうなハルヒを見てとうてい冷静ではいられないんだぞ。

小細工や罠《わな》を仕掛《しか》ける相談をする時間もなければ、アドリブもかませそうにない。くそ、くそ、くそ、情けなくて泣けてきちまう。

ここで暴れてなんとかなるのだったらいくらでもそうするが、俺の数々の体験履歴《りれき》にはさえない男子高校生が暴力に訴《うった》えても何の解決にも至らないと刻まれていた。せめてここに佐々木がいてくれたら、あいつの口車が頼《たよ》りになっただろうし、長門が平常モードでいたら、九曜に恐《おそ》れを抱《いだ》くこともなかっただろう。

アドバンテージは圧倒《あっとう》的に向こう側にある。たじろいで腰《こし》が引けている橘京子は無視できるとしても、周防九曜、情報統合思念体の人型端末《たんまつ》である朝倉や喜緑さんですら手を焼く、完全異質な宇宙人が藤原と共闘《きょうとう》し、今のこの部室をデンジャーゾーンに変えているのだ。

歯がみしている俺の背を押すものがいた。

「茨《いばら》に捕《と》らわれている姫君を助けるのは、いつだって王子の役割ですよ。むしろ義務ですかね」

古泉は肩《かた》をすくめ、

「もっとも、僕は縛《しば》られてじっとしているだけのお姫様に心当たりなどありませんが。違《ちが》いますか」

ああ。確かにねえな。だが古泉。まだ俺には藤原をぶん殴《なぐ》るという大切な用が残っているんだ。

「それは僕がやっておきます」

古泉の右手《みぎ》のひらの上にバレーボール大の赤く輝《かがや》く玉が浮《う》かんだ。

「いま、超《ちょう》能力マンガの主人公になっているような気分なんです。せっかくなので最後に僕にも活躍《かつやく》させてください。これが僕の夢が叶《かな》うラストチャンスになるかもしれませんのでね」

嬉《うれ》しそうに言っているが、相当怒《おこ》っているようだった。

そうだな、譲《ゆず》ってやるよ。たまにはお前も肉体労働に従事しないと身体《からだ》が鈍《にぶ》るだろうからな。

古泉はぽんっと俺の肩を叩いた後、背を押すようにして俺を狂《くる》った空が照らす中庭側へエスコートした。

窓枠《まどわく》から空中のハルヒまで数メートルの空間が広がっている。とうてい手を伸《の》ばしても届く距離《きょり》ではない。どうやってこっちに引っ張り込む？

それとも——。

「九曜！」

藤原の叫《さけ》びが耳に障《さわ》る。

「やれ！」

途端《とたん》、ハルヒが十字架《じゅうじか》のくびきから外れた。ふわりと頭がうなだれ、磔刑《たっけい》の戒《いまし》めを解かれた聖人のように、ゆっくりと、実にゆっくりと、頭を下にした落下の体勢をとっていた。直下にあるのは、中庭の石畳《いしだたみ》。墜《お》ちていく。

「ハルヒ！」

何の考えもなかった。後先も思い出も義務感も正義感もなにもない。必要ない。ただ俺は窓枠を蹴《け》った。宙を跳《と》ぶ。まるで羽が生えてでもいるようだった。誰《だれ》かの見えざる揚力《ようりょく》に押されるように、俺は落下寸前にあったハルヒを抱《だ》き留めた。そして当然、地球の重力に従って、二人して墜落《ついらく》する。頭頂部から。

ハルヒの身体は思いがけず華奢《きゃしゃ》だった。そりゃいままで真剣《しんけん》に抱きしめたことなどなかったから、俺の知りようはずもないわけだったが、こうしてやってみても意外なほど、ハルヒは細く——軽く感じる。

ただ温かく、柔《やわ》らかい感触《かんしょく》に俺はこいつが本物だと実感した。高校二年生になったばかり、年相応の思春期真っ盛《さか》りな少女にすぎない。

それが眠《ねむ》り姫《ひめ》の正体だ。今、俺の腕《うで》の中で目をつむり緩《ゆる》い呼吸をしているこの女は、俺が死んだ後でもその名を歴史に刻み続けるだろう、涼宮ハルヒに何一つ違いはなかった。

こいつは、本物のハルヒだ。九曜が出した幻《まぼろし》でも、誰かが用意した偽物《にせもの》でもない。

藤原は俺の脅《おど》しのために、マジにハルヒを使ったのだ。

本気だったたってわけだ……。そうまでして、藤原。お前はやりたかったのか。朝比奈さんを失いたくない、という不穏《ふおん》な未来状況《じょうきょう》の片鱗《へんりん》を俺に教えてまで、ハルヒを死亡リストに加えようとしてまで、お前には達成すべき未来の姿が見えていたのか。

だが俺に見えるのは目の前にいる唯一《ゆいいつ》人の姿でしかなかった。

古泉、朝比奈さん（大）、すまない。俺の目には他《ほか》には何も映らない。

涼宮ハルヒ。

俺たちの団長にして、君臨する部室の支配者。傲岸不遜《ごうがんふそん》で自信満々な楽天家。誰をも振《ふ》り回し、何をも乗り越《こ》えてゴールへと突《つ》き進む、リニアカタパルトで射出されんとするボウリングボールのような勢いの、俺のたった一人の上司の寝顔《ねがお》のみだったんだ。

ああ。

地上が迫《せま》ってくる。ハルヒの身体は意識がないせいかぐんにゃりと柔らかく、少し熱っぽく感じた。古泉の言ったとおりだ。やや華奢なくせして出るところの出ている身体や、意外なほどの肩《かた》の細さ、嗅《か》いだことのある独自の芳香《ほうこう》は、俺が誰よりも知り抜《ぬ》いているハルヒだった。

人間は高いところから落ちたら打ち所によっては死ぬ。ましてやこのまま重力加速度に従って真っ逆さまに激突《げきとつ》したら、石畳とハードランディングした頭蓋《ずがい》がどんな有様になるか想像するまでもなかった。

少し早まっちまったかな？　せめて下にマットを敷《し》くなり、パラシュートを背負っておくべきだったか――――。

もっとも、反省する時間などないんだがね。俺に思いついたのは、自分をハルヒの下に潜《もぐ》り込ませ、衝撃《しょうげき》の負担をハルヒになるべく与《あた》えないようにしようとする、ささやかな知恵《ちえ》だけだった。

大気を切り裂《さ》く音が耳朶《じだ》を打つ。そろそろ地表に到達《とうたつ》する頃《ころ》だろう。

俺は目を閉じた。固く。

俺はハルヒを抱きしめた。これ以上なく、固く。堅《かた》く。


飛び降り自殺と変わらない自由落下は、走馬燈《そうまとう》すら間に合わない距離のはずだった。接近してくる地面など見たくもない俺はきつく目を閉じ、母なる大地が俺たちのクッションとしての仕事意識に目覚めてくれるように祈《いの》るしかなかった。

の、だが。

覚悟《かくご》を決めかけた瞬間《しゅんかん》、俺の目蓋《まぶた》の裏が、青白い光で染まった。

「!?」

間一髪《かんいっぱつ》、地面に叩《たた》きつけられる寸前で、俺は軟体性《なんたいせい》の物体にめり込むのを感じた。

目を開ける。

俺とハルヒの周囲に青い光が充満《じゅうまん》していた。とっさに視線を前後左右に動かしてみると、石畳数センチ上に俺たちは浮《う》いている。青く光る何かがクッションの役割を果たしてくれたようだった。

目を上げると、そこには巨大《きょだい》な壁《かべ》が、狂《くる》ったような文様を描《えが》き天空にまで届いていた。

「これは――！」

いや、違《ちが》う。これは……《神人》だ。

中庭に《神人》が立っている。輪郭《りんかく》の曖昧《あいまい》な淡《あわ》く青い光をまとい、その腕であらゆる建物を破壊《はかい》する灰色の空間の孤独《こどく》な主。

「バカな！」

藤原の声が遠くから聞こえた。

「なぜここにアレが……」

《神人》の巨大な手のひらが、俺とハルヒを受け止めていた。

校舎よりも高く、朧《おぼろ》に輝《かがや》く巨人。かつてハルヒの閉鎖《へいさ》空間で大暴れしていた姿は忘れようもない。ハルヒのフラストレーションが形をとって出現するという閉鎖空間の虚王《きょおう》。

そいつの掌中《しょうちゅう》に、俺とハルヒは並んで乗っているのだった。

《神人》の意図、それは俺たちを墜死《ついし》から救おうとした以外の行為《こうい》であるはずがない。

でも何故《なぜ》、《神人》がこの場に登場できる？　発生源たるハルヒは意識を失っていて、おまけにここはハルヒと佐々木の閉鎖空間が二種類混合された世界だ。仮に登場できたとしても、ハルヒですらコントロールできない巨人が、まるで忠実な下僕のようにかしずき、ハルヒを助けるなんて、この状況とはどう考えても結びつかない。

ふわふわした《神人》の手の中から部室を見上げると、ちょうどオレンジ色の爆発《ばくはつ》が奔流《ほんりゅう》となって窓枠《まどわく》ごと吹《ふ》き飛ばしたところだった。古泉がついにキレちまったらしい。藤原はいいが、朝比奈さん（大）と橘京子が無事だといいが。

「ん……」

腕の中のハルヒが身じろぎをして、薄《うす》く開いた唇《くちびる》から小さな呻《うめ》きが漏《も》れた。

呼応するように、《神人》がもう片方の腕《うで》を上げ、握《にぎ》り拳《こぶし》を作った。そのまま強烈なパンチを部室に叩きつける——。

途端《とたん》、時間停滞《ていたい》現象が俺を襲《おそ》った。すべてがスローになって見える。

上空を仰《あお》ぎ見た俺は、部室棟《とう》の屋上に小さな人影《ひとかげ》があることに気づいた。

ぶかぶかの制服を着て、ややパーマがかった髪《かみ》をした女子生徒のシルエットは——、渡橋ヤスミだ。

俺二人が瞬間融合《ゆうごう》したと同時に消えちまった新入団員一号は、手すりもない屋上の端《はし》に立ち、俺とハルヒを見下ろしている。ぼやけた光源しかないこの空間では表情までは解《わか》らないが、微笑《ほほえ》んでいるのだろうとの確信が俺を貫《つらぬ》く。

ヤスミは下手な敬礼をすませると、顔を上げて正面へと視線を向けた。

俺もつられて部室棟とは反対側、中《なか》校舎へ視覚を転じた——が、そこまでが限界だったようだ。

俺の視界がぐにゃりと歪《ゆが》んだ。しかしその直前、目の先にある校舎の屋上に三つの人影がいたことだけは見て取れた。一つはショートヘアの、一つはロングヘア、一つはその中間くらいの髪をした、北高セーラー服姿……。

来ていたのか。やっぱりな……。喜緑さんに朝倉、そして——。

病床《びょうしょう》に伏《ふ》せったりせず、いつものように静かにピンピンしていた、もう片方の長門有希。この三人が時間軸《じく》の分岐《ぶんき》に気づいていなかったとは思えない。情報統合思念体は知っていたはずだ……。あの繰《く》り返す八月のように、世界の外側で。

彼女たちは俺たちを、自分を含《ふく》めたすべてを観測していたに違いない……。

「……！」

視界が急激に暗くなり、浮遊《ふゆう》感が俺の神経を狂わせ始める。これはあれだ。かつて飽《あ》きるほど味わった時間移動の前段階、あの眩暈《めまい》感が、ここできた。

完全に意識がブラックアウトする寸前、ヤスミの影がひらひらと手を振《ふ》った。さよならを告げる行為としては充分《じゅうぶん》すぎる。それは俺に向けてのものなのか、三人のヒューマノイドインターフェースに捧《ささ》げたものなのかは、たぶん二度と訊《き》く機会はないだろう。そんな気がする……。

いいさ。俺はハルヒを抱《だ》きしめる。どこに落ちるとしても、必ず二人でいるように。

暗転。

浮遊感の後、自由落下が訪《おとず》れた。ハルヒだけは離《はな》すまいとさらに腕に力を込《こ》めた。

どこか遠くで朝比奈さん(小)のほう、の声を聞いたように思った。

どんっ。

「痛《い》てっ！」

衝撃《しょうげき》は尾《び》てい骨から来やがった。尻《しり》から落ちるとはいささか不格好だなと思いつつ、目を開けた俺はまばゆさのあまり、急いでもう一度目を閉じた。

薄暗さに慣れていたせいで光受容器の調節が瞬時《しゅんじ》にはできない。にしても、ここはどこだ？　視覚以外の情報によると、俺が尻餅《しりもち》と手をついているこの感触《かんしょく》は、何やら芝生《しばふ》っぽいし、聴覚《ちょうかく》が認識《にんしき》するのは若い男女複数の声が入り交じる雑踏《ざっとう》のようである。

恐《おそ》る恐る細目を開けると、やはり広い芝生の一角に俺は座り込んでいて、周囲には学生にしか見えない私服の男女があちこちにいた。あるグループは連れ立って歩いているようであり、あるカップルは緑々とした芝生上で寄り添《そ》っていたりする。

「なんだ？　ここはどこだ。俺はどこに飛ばされたんだ？」

芝生の向こうに時計台のような建物が見えた。北高とは比《ひ》較《かく》するのもアホらしくなる現代風の校舎もだ。そして歩いている学生風の集団は、高校生以上にあか抜《ぬ》けてもいた。ここはどこかの大学の風景だ。風が暖かい。春だろうか……。

とっさの状況《じようきよう》判断にしては上出来だろう。でも、なぜ？　俺はこんなところに？

さっそく悩《なや》み始めた俺に、

「どうしたの？　キョン」

覚えがありすぎて人物特定に困ることなど一生ない女の声が降ってきた。

へたり込んだまま顔を上げた俺は、

「ハル……」

と言ったきり絶句する。俺は目を擦《こす》ることとさえ忘れていた。

どこか大人びたハルヒがそこにいた。俺の記《き》憶《おく》より髪がやや伸《の》びていて、身につけているのは春物っぽく、やわらかな色合いの服装だ。肩にひっかけているカーディガンがとてもマッチしている。いや、大人びているどころではなかった。俺の知っているハルヒはまだ高二になったばかりのはずなんだ。

なのに、このハルヒはそれから数年後としか思えないほど、ええと、なんだ。うまく言えないが……そう、何から何まで成長している。

「何やってんのよ。ねえ……」

そのハルヒは冗談《じょうだん》に付き合うような微笑みを見せた。くらっときた。

「そんな昔の制服なんて着ちゃって、いったいどういうつもり？　キョン……。あれ、あんた、何かちょっと若……えっ？」

言いかけて、そのハルヒは誰《だれ》かに呼ばれたように振り返り、

「えっ？」

再び、俺の視界が暗くなり始めた。

そのハルヒに誰かが声をかけている。ハルヒは驚《おどろ》いた仕草でそいつに「なんで？　あんたがそこにも……」とかなんとか言うような応対をし、また俺を振り返り、

「えっ？」

驚きの表情であったと思う。

が、俺の意識は急速に薄《うす》れようとしていた。芝生に立つそのハルヒの姿が特殊《とくしゅ》なカメラワーク演出のように遠ざかっていった。俺は動かず、ハルヒも動かず、ただ距離《きょり》だけが開いていく。両サイドから暗闇《くらやみ》が迫《せま》ってきた。これは扉《とびら》だ。本来の場所に俺を連れ戻《もど》そうとする、時間の意志だ。

黒い壁《かべ》が完全に閉《と》ざされる瞬間、ハルヒの口元が言葉を紡《つむ》いだのだけが見えた。

涼宮ハルヒの優《やさ》しげな微笑《びしょう》が、そう言っていた。

──キョン。またね。

再び足元が崩《くず》れたような落下、上下の感覚が失《う》せた浮遊《ふゆう》が俺の平衡《へいこう》感覚を狂《くる》わせる。さっきのは夢か幻覚《げんかく》だったのか？　正直、これがいわゆる時間酔《よ》いなのは解《わか》っていた。七夕にまつわる事件で俺は何度も現在と過去を往復しただけのことはあり、百聞は一見に如《し》かずなる故事成語は真実だと身体《からだ》と精神に叩《たた》き込まれているのだ。まあ、何回やっても慣れないんだが、その度《たび》に俺の三半規管はけっこう弱いと思い知らされて、しかし、誰だって曲がりくねった山道をロクなサスペンションもない車に乗せられワインディングされたらこんな感じにはなるさ。もうすでに、俺の胃の腑《ふ》はでんぐり返り寸前だ。

いつまで続く？　この暗闇の中の墜落《ついらく》は……。

だが、次の転移先に到着《とうちゃく》するまで、さほどの時間はかからなかった。短い落下の終着点、直後にふわりとした重力とは反する逆制動がかかったような、つんのめるブレーキングを体感したかと思うと、今度は妙《みょう》に弾力《だんりょく》のあるものに全身がぶつかって、その衝撃で目が覚めた。

「ぬぐあ？」

覚めたというのは比喩《ひゆ》的にも現実的にも間違《まちが》いじゃない。それまで脈絡《みゃくらく》のない夢の中にいたような非現実感をぬぐい去れていなかったのだが、今では完全に覚醒《かくせい》して、適度な睡眠《すいみん》時間を過ごした朝のように寝覚《ねざ》め爽《さわ》やか、くっきりはっきりとしている。見たばかりの夢もすぐに思い出せるくらいにな。まあ、それはいいのだが。

そんな俺の明敏《めいびん》なる思考能力でも、現状の把握《はあく》には三秒ほどかかった。

「……？　どこだ、ここ」

俺がいたのは、暗い部屋の、ベッドの上だ。ただし自分の部屋ではないと瞬時《しゅんじ》に悟《さと》る。他人の家特有の、慣れない香《かお》りが鼻孔《びこう》を刺激《しげき》している。それも、やたら甘ったるい香りだ。妹の部屋の匂《にお》いに似ているが、違う。俺の人生史上、決して見たことも入ったこともない部屋で間違いなかった。

では、どこか。俺はどこに落ちてきたんだ？

「……なに、してんの？」

押し殺した声が、真下から聞こえた。

不自然なまでに小さく、いささか闘気《とうき》すら感じるものではあったが、聞き覚えのある声なのは当然で、俺はほぼ毎日、この声を聞いている。

なるべくゆっくりと下を向く。

ハルヒの顔が、俺のど真ん前にあった。薄暗さなどなんのその、ハルヒが見たこともないほどの驚愕《きょうがく》の表情を浮《う》かべているのは、薄く開いたカーテンからこぼれる街灯の光でも充分《じゅうぶん》に見て取れる。

おまけに俺は四つんばいの体勢でいて、ベッドの上であおむけに寝転がっているハルヒを、掛《か》け布団《ぶとん》の上から両手と両足で押さえつけているような状態でいる……らしかった。ここに陪審員《ばいしんいん》的な第三者がいたら、即時《そくじ》の有罪判決の満場一致《まんじょういっち》を決して躊躇《ためら》わないだろう。言い逃《のが》れの余地など蛾《が》の鱗粉一粒《りんぷんひとつぶ》分しかなさそうな、そんなシチュエーション……。

「……ここは……」

やっと気づいた。不覚にも俺はハルヒの自宅にも自室にも入れてもらったことがなかったし、そりゃ知らない場所だと言うのは簡単だ。とっさに気付けというほうが無理かもしれないが、現にここにハルヒがいる。消去法的に答えは一つしかない。

ハルヒの部屋で、ハルヒのベッドだった。それも真夜中らしい。ハルヒはパジャマ姿で、驚きを通り越《こ》したと言わんばかりに目を見開いている。

「キョン、あんた、いくら何でも……」

状況《じょうきょう》が理解できないのは俺もなのだよハルヒさん。いやはや、確かにいくらなんでも落ちてきた先がハルヒの家の部屋でベッドの上だとは想像を超越《ちょうえつ》した出来事だぜ。

「ちょっと！」

ハルヒは上ずった声で、

「ちょっとでいいから目を閉じ……布団を被《かぶ》ってじっとしてなさい！」

ハルヒはやおら身を起こして俺をはねのけると、俺の頭から掛け布団をかぶせて視界を遮《さえぎ》った。ごそごそと何かやってる気配がしている。

その隙《すき》に、俺は載《の》せられた掛け布団に隙間《すきま》を作り、部屋の調度品を物色した。スケベ心からじゃないぜ。切実に、確認《かくにん》しなければならないことがあったのだ。

俺の目当てのブツは、ベッドサイドに置かれていた。

たいていどこの誰《だれ》の寝室《しんしつ》にもあるであろう、デジタル式目覚まし時計だ。ハルヒだって江戸《えど》時代の人間ではなかろうから、ニワトリの代わりに時計くらい枕元《まくらもと》に置いているだろうという俺の予想は当たった。

幸い、年月日まで表示するタイプをハルヒは愛用してくれており、まさにそろそろ太陽がひょっこり顔を出そうかという頃合《ころあ》いの数字を表示してくれている。

そして日付は、五月某日《ぼうじつ》となっている。

ええと？　するとどうなるんだ？　つまり、《神人》の手のひらで青い光に包まれたのは四月の中旬《ちゅうじゅん》の夕方なのだから、このハルヒ時計が思い切り狂《くる》っているのではない限り、なんてこった、今はさっきまでいた時間より一ヶ月近くの、未来だ。

過去に跳《と》ばされて現在に戻《もど》ってきた経験は何度もあるが、未来にジャンプしたのは初めてということになる。未来への時間旅行を俺に強《し》いたのは誰だ？　朝比奈さん（大）か？　それとも《神人》のまだ見ぬ謎《なぞ》の力なのか？

ハルヒはまだごそごそやってる。衣擦《きぬず》れの音から、着替《きが》えをしているのだと推察するが、俺の興味はまた別のところにあった。

ハルヒの部屋の壁《かべ》にぶら下がっていた素っ気ないデザインのカレンダーに目がとまったのである。ちょうどこの日、今日、現在の日付だ。夜も明けかかろうとしている本日を示す黒い数字が、あきらかにハルヒが付け加えたであろう、赤マジックによる花丸マークで囲われている。二重丸の上に花びらで縁取《ふちど》るという、まるで幼稚園児《ようちえんじ》の絵画を褒《ほ》めるがごとき大げさで派手なマーキング。

この日が何の記念日なのか、俺はよく知っている。

なぜなら、俺もまた、カレンダーの四月ページのある日付に、これと似たような真《ま》似《ね》をしていたからだ。

やっぱり覚えていたか。俺が覚えていたんだから当然だろう。一年前のその日は、俺たちにとって一年時の入学式と同じくらい、終生忘れ得ぬ日であることは間違《まちが》いなかった。

なぜなら、この日は――――。

その時、窓にこつんと小さいものがぶつかる音がした。

俺とハルヒが同時にぴくんと腰《こし》を浮かせる。ハルヒは普段着《ふだんぎ》に変身を終えており、俺が布団を頭からずり落としても文句は言わなかった。それより窓を鳴らした人物に興味が深まったらしく、つかつかと窓際《まどぎわ》に歩み寄る。俺もその横に並んで立った。ここで初めて、俺はハルヒ宅が一軒家《いっけんや》であることとハルヒの部屋が二階にあることを知った。なぜ今まで知らなかったのか不可思議と思うほかねえな。

カーテンを開けて下を見ると、街灯に照らされたハルヒ宅の前に、三つの人影《ひとかげ》がある。間違えるもんか。それは朝比奈さん（小）・古泉・長門の姿だ。

俺たちが反応したことで、古泉はやれやれとばかりに手を広げ、朝比奈さんは両手を胸の前で組み締《し》める。長門は普段通りの棒立ちだが、俺は心からホッとした。

ハルヒがそっと窓を開ける。外は静寂《せいじゃく》に包まれていて先ほどまでいた閉鎖《へいさ》空間を彷彿《ほうふつ》とさせる。こんな住宅地で騒《さわ》がしく走りまくっているのは新聞配達員くらいのものだろう。

示し合わせたわけでもないのに息をひそめて並んでいる俺とハルヒに、古泉が軽《かろ》やかに手を振《ふ》った。

もう片手に古泉が小包みたいなものを持っているなと見えたのも一瞬《いっしゅん》で、我らが副団長は手にしていた包みをこちらに向けワインドアップモーションで投擲《とうてき》した。緩《ゆる》やかな放物線を描《えが》いたそのブツは、長門のおかげだろうか、見事に俺の手元にストライクを決める。

綺麗《きれい》に包装された小振りの箱のリボンに添《そ》えられたカードの文字は、薄明《うすあ》かりの中でも、次のようにはっきり読み取れた。


『SOS団結成一周年記念日。団員一同より団長閣下へ、一年分の感謝を込《こ》めて』


団員全員がワンセンテンスごとに書いたような不揃《ふぞろ》いな文字で、その中には書いた覚えのない俺の筆跡《ひっせき》まで交じっている。いや、そんなことより。

……そう、日付が変わって本日この日は、ハルヒがSOS団の結成を宣言してちょうど一周年に当たるのだ。一年前、授業中に突如《とつじょ》として天啓《てんけい》を閃《ひらめ》かせたハルヒは俺の後頭部を机に叩《たた》きつけ、休み時間になるや階段踊《おど》り場にまで連行したと思ったら、昼休みに文芸部室に直行し、その放課後にはもう文芸部の乗っ取りを宣言し、さらに翌日、気の毒な朝比奈さんを拉致《らち》して来た。

——これからこの部屋が我々の部室よ！

——SOS団！　世界を大いに盛り上げるための涼宮ハルヒの団。

北高内に宇宙規模で迷惑《めいわく》を撒《ま》き散らすことになるミステリアス部員が構成員を占め

る秘密組織的なアジトが発生した瞬間である。

そうかよ、古泉。長門、朝比奈さん。

俺がここにいるのは、このためだということにすべきなんだな？

「ハルヒ」

俺はプレゼント様式の包みを手に、ハルヒへ身体《からだ》を向けた。

「ん……な、なによ」

とか知らないふうを装《よそお》っているが、ハルヒはとっくに状況《じょうきょう》を見抜《みぬ》いているようだった。俺の顔と箱の包みをチラチラ見つつ、しきりに目を泳がせている。くれると解っているお宝をどう受け取っていいのか迷っているトレジャーハンターの助手のように。

こういう時は直球で攻《せ》めるに限るね。俺はカード付きの玉手箱をハルヒに差し出し、

「この一年、団長ご苦労様。これからもご贔屓《ひいき》に頼《たの》むぜ」

「バカ」

言いつつ、ハルヒは素直《すなお》に受け取った。カードの文字に目を走らせ終えると、目を閉じ、ぎゅっと箱を抱《だ》きしめる。何やらウェットな空気が流れ出したなと思ったのもつかの間、

「キョン、あんた、どっから入ってきたの？」

いやぁ……。玄関《げんかん》からとは言えんな。

「そりゃ、窓からだよ。雨樋《あまどい》をつたって上ってきたのさ。戸締《とじ》まりには気を付けた方がいいぜ。鍵《かぎ》があきっぱなしだったのは都合がよかったが」

よくもまあ、とっさにベラベラと嘘八百《うそはっぴゃく》が並べ立てられるものだと自分でも感心する。

「もう、いくらなんでもやりすぎよ。ヘタすりゃよじ登ってる時に通報されてたわよ」

ハルヒは泣き笑いのような表情をしていたが、ふと俺の足元に目をとめ、

「なんで学校の上履《うわば》きはいてんのよ。すぐ脱《ぬ》ぎなさい、たった今。床《ゆか》が汚《よご》れるでしょ」

失念していたよ。俺はちょっと前まで北高にいたもんでな。で、お前もいたんだぜ。でもまあいいか。どうやらタイムスリップの餌食《えじき》になったのは俺だけだったようだから。

さっそく靴《くつ》を脱ぎ出した俺を眺《なが》めていたハルヒは、窓に寄って私道に立っている三人組を見下ろし、ふうっと聞こえよがしに息を吐《は》いた。

「サプライズイベントをするにしても、もうちょっと時間を選んで欲しかったわ。本当は、ちょっと期待してたのよ。何かしてくれるんじゃないかって。でもね、こんな深夜にたたき起こされるなんて、いくらあたしでも想像外よ」

「でないと、サプライズにゃならねえだろ。お前を驚《おどろ》かすにはこれくらいしないとな」

付け焼き刃《ば》だが俺のアドリブにもなかなか説得力があるじゃないか。これもハルヒが今まで無茶をやってくれていたおかげだ。俺たちがちょっとやそっとのことをしでかしてもサプライズイベントで済むんだから楽でいいやな。

ハルヒは、さらなる泣き笑い顔をしてうつむいた。本当に窓に鍵をかけていたかどうかなどどうでもよくなっているに違《ちが》いない。現に俺はここにいるのだ。

「キョン」

ハルヒが顔を寄せてきた。唇《くちびる》が耳元で囁《ささや》く。

「玄関まで案内するから、音を立てないようについてきて」

その吐息《といき》のくすぐったさに声を出してしまいそうだったのだが、何とか耐《た》えた。

家人に気取られないようにだろう、ハルヒは抜き足差し足で階段を下り、熟練の金庫破りのような手つきで自分家《ち》の玄関扉《とびら》を開けた。

ここでようやく、俺は外で待っていた団員たちと対面する。深夜の住宅街ということで全員無言だが、表情を見りゃ解《わか》る。今の俺にはまだ理解不能だが、ようはすべてうまくいったのだということを。

外履き用の俺愛用スニーカーは、長門が差し出してくれた。いつもの長門だ。熱に浮かされているわけでもなく、淡々《たんたん》と読書をし続ける普遍《ふへん》的長門の感情不要の顔である。

朝比奈さん――当然（小）――は、心配そうに俺とハルヒを窺《うかが》っていたが、俺が親指を立てて合図すると、ほうっと安堵《あんど》の息を吐いて、すぐ笑顔《えがお》になった。

古泉はまるでたまたま深夜のコンビニに行った帰りのような気さくさで、

「夜遅《よるおそ》くにすみませんでした、涼宮さん。でも、どうしてもという強硬《きょうこう》意見を熱心に唱える方がおりましてね」

何で俺を見ながら言うんだ。

ま、解るさ。俺はハルヒに向けて精々余裕《よゆう》口調を使い、

「お前相手のサプライズをしかけるんだ。寝込《ねこ》みを襲《おそ》うくらいしねえと、驚きゃしないだろうが」

しかしハルヒは聞いているのかどうか、朝比奈さんや長門の顔を順繰《じゅんぐ》りに見渡《みわた》した後、

「でも……ありがと」

プレゼントの包みを抱《だ》いて、満月がかすむほどの笑顔を浮《う》かべた。普段は大型恒星《こうせい》のような光を放つ笑みが、まるで静かな月のそれのようで、俺はちょっと……なんというか、いや、何とも言えずにハルヒを見つめ続けることしかできない。

どこかでカラスの鳴き声がした。闇《やみ》ガラスめ、お前にSEを依頼《いらい》した覚えはないぞ。

それが合図だったように、ハルヒは包みから顔を上げた。

「今日はもう遅《おそ》いわ。また今度、部室でね。ところでこの中身、何？」

「それは開けてのお楽しみということでよろしくお願いします。ちなみに選んだのは、ここにおられる寝室侵入者《しんしつしんにゅうしゃ》の方ですよ」と古泉。「いや、まあなんと、全部自分ですると言い張ってくださりましてね、僕たちはただの見届け人の役割を演じたにすぎません。いっそ彼だけですべてやってもよかったのではないかと」

古泉の口舌は俺がやつの足を踏《ふ》んづけたことでようやく止まった。

しかしなるほど、プレゼントの中身を決定したのは、どうやら過去の俺らしいな。

その程度の理屈《りくつ》なら解るさ。

ハルヒは振《ふ》り返り振り返り、静かに玄関に戻《もど》りながら、

「気を付けて帰るのよ。特にみくるちゃんと有希は、責任もってキョンと古泉くんに送ってもらうこと。いいわね。これ、団長命令だからね」

意外なほどの常識的な音量で言い残し、ハルヒは自宅に入っていった。

あいつも親や近隣《きんりん》の人たちにはちゃんと気を遣《つか》うんだな。なかなか可愛《かわい》いところがあったんじゃないか。


ハルヒと別れた後だ。俺と他《ほか》三人は人気の絶えきった夜の道を歩いていた。

今日が五月の中旬《ちゅうじゅん》だというのは解った。そして俺が部室に呼ばれて藤原や九曜と対決し、ハルヒと一緒《いっしょ》に落下して《神人》の手の内に軟着陸《なんちゃくりく》を決めたのは、俺からすればほんのちょっと前のことだが、あれから一ヶ月近く時間が跳《と》んでいるっつうことも理解できるし、時間を年単位で行ったり来たりしてきた俺にとってみりゃ、たいして驚きもしないが、一つ新鮮《しんせん》な発見がある。

つまり、俺にとってここは未来の世界ということになるわけで、さすがにそれは未

体験ゾーンだぜ。

「そうなりますね」

事も無げに言う古泉がやや憎々《にくにく》しい。こいつが妙《みょう》に上機嫌《じょうきげん》でいるからだろうか。

「てぇことは、これから俺はまた時間移動しないといけないのか？」

「ええ。そうしてもらわないと困りますんで」

「あの、えーとぉ」

朝比奈さんが小さく挙手した。さすがタイムトリップのエキスパート（見習い）、現状を訥々《とつとつ》と説明してくれた。

それによると。

あの時、《神人》に助けられた直後、俺は一ヶ月ほど未来に跳んで、それが今だった。ゆえにもう一度元の時間、一ヶ月ほど前に遡行《そこう》し直さなければならない。で、それをするのは朝比奈さんで、今これからである……。

俺は長門を見た。クルミ割り人形のような目が俺を見返してくる。そこにはハルヒの看病を受けていたほど弱っていた様子は微塵《みじん》も感じられない。

「時間凍結《とうけつ》でその時が来るまで寝てちゃダメか？」

「だめ」

即答《そくとう》する長門だった。

「問題の解決には不適切」

どういうことだ、古泉。

「実は、今のこの時間にはあなたがもう一人いるんですよ。ちょうどこの時間から一ヶ月前に戻ってきた、あなたがね」

もう一人の自分との融合《ゆうごう》はさすがにたくさんだぜ。

「あのケースとは別です。あれはもともとの一人が分裂《ぶんれつ》して二人になっていただけですが、時間移動の場合は正真正銘《しょうしんしょうめい》の同一人物なのですから。あなたがここに留《とど》まっていると、二重存在が解消されません」

横から朝比奈さんが顔を出した。

「それに、既定事項《きていじこう》に反してしまいますから……戻って貰《もら》わないと困るんです。あなたが過去に戻ることは、あたしたちにとって既《すで》に存在した事実なんですよー」

なるほど。俺がちゃんと元の時間に戻った証拠《しょうこ》に、実はこの時間にもちゃんと俺がもう一人いるわけだ。この時間から過去に戻ってきた《俺》、それは、今から俺がそうなるべき《俺》である。それにしても一ヶ月か。三年に比べりゃ些細《ささい》なもんだ。

「この時間帯におられるあなたにも来てもらって良かったのですが、自分と対面するのは嫌《いや》だと言い張りましてね。しかたなく僕たちだけで来た次第《しだい》です」

ま、俺だってそうするだろうな。

「ついでに涼宮さんへのプレゼントの中身は内緒にしておけと伝言されました。それは元の時間に戻《もど》ってからあなたが考えてください」

古泉はいたずらっぽく言う。

「それから一ヶ月前の僕たちにこの日のことを伝えるのを忘れないでくださいよ。まあ、あり得ないことですが」

「…………」

長門はすっかりいつもの無口無表情娘《むすめ》に戻っていて、一安心だ。

「詳《くわ》しい説明は過去の僕がしてくれますよ。実際、しましたからね」

「ああ、真っ先に尋《たず》ねるさ。部室でいいか」

「いえ、実は別の場所で会合を持ちました。それがどこかは、そうですね、お任せしますが、特に難しく考える必要もないでしょう」

俺は長門に目を向けた。

「…………」

無言を貫《つらぬ》くサイレント少女は何も言わない。あの時、最後に見た屋上の三つの人影《ひとかげ》。うち一つが長門であったことは間違《まちが》えようがない。そして古泉が言っていたαルートの長門はいつもと変化無しだった。ましてや、ヤスミの呼び出しにもむしろ行けというようなことすら言っていた。

お前はすべて知っていたのか？　ヤスミとは何かとか、あそこに《神人》が出現した理由も……。

だが、長門は黙《もく》したまま背を向けた。そのまま手を振《ふ》る古泉とともに歩いて去っていく。

古泉を信じるか。あいつによれば、俺にはもう説明したそうだからな。一ヶ月前の俺に。

俺はただ二人残された片割れである、朝比奈さんに、

「行きますか」

「はいっ」

朝比奈さんは役に立つことができるのが嬉《うれ》しそうだった。そうかもしれない。いつもはわけもわからず上司とやらの指令に従っていたばかりの朝比奈さんが、初めて主体的に時間移動の主導権を取ろうとしているんだからな。

だが、その前に。

「朝比奈さん」

「何です？」

「朝比奈さんには兄弟がいるんですか。特に弟がいたかどうか、訊《き》きたいんですが」

「うふ？」

朝比奈さんは唇《くちびる》に指を当て、完璧《かんぺき》なウインクとともに言った。

「あたしの家族構成については、特級の禁則事項です」

で、しょうね。


こうも何度もやってりゃいやでも慣れつつある時間移動の無重力的、眩暈《めまい》感的な時間は、すぐに終わった。一ヶ月というタイムスパンは三年より短く、移動時間も短くすんだからだろうか。

とにかく、次に目を開けたとき、俺は自分の部屋のベッドの上にいた。

突然《とつぜん》現れたことに驚《おどろ》いたか、俺の枕《まくら》で寝《ね》ていたシャミセンが飛び起きて転がり落ち、尻尾《しっぽ》を逆立てて俺をにらみつけるのを見ながら、俺は頭を一振りした。当然ながら、朝比奈さんの姿はない。

まずは時計を確認《かくにん》する。

四月某日《ぼうじつ》金曜日の午後八時前後、俺、自室に帰還《きかん》せり。

このたった二時間前、文芸部室で世界だか未来だかの命運を賭《か》けた一大事に巻き込まれていたことを、真面目《まじめ》に話しても信じてくれるのはその場に居合わせた連中を除けば、佐々木くらいだろうな。別に誰《だれ》かに吹聴《ふいちょう》したい話でもないから別にいいんだけどさ。

俺は大きく背伸《せの》びをして、日常に回帰したことを祝うセリフを呟《つぶや》いた。

「さて、風呂《ふろ》入って寝るか」

週末の一日くらい、ゆっくり頭を休めるとしよう。

エピローグ

週明け、世界は平穏《へいおん》を取り戻《もど》していた。

長門は何事もなかったかのように回復し、学校に来ている。実際、長門が熱で伏《ふ》せっていた記憶《きおく》と、団員試験の間でも部室で黙々《もくもく》と本を読んでいた記憶が混在しているわけだが、いくら考えてもその二つがまったく矛盾《むじゅん》しないという奇怪《きかい》な感覚は俺の中で今も続いている。

俺にとって、二つの歴史は現実にあったことであり、どちらが真実でどちらが虚偽《きょぎ》というわけではないんだ。どっちも同じ時間で、本当にあったことなのだろう。

現に古泉言うところのαバージョンの一週間を思い出そうとすると難なくヤスミたちの様子が目に浮《う》かび、βバージョンでの佐々木たちとのやりとりも鮮明《せんめい》に思い出すことができる。そして、二重記憶に混乱することもなかった。一方を思い浮かべている時はそちらにしか意識がいかず、もう片方を考えているときは、同じ時系列であったはずの別の行動はまったく浮かんでこない。

やや冷静になって、神経を集中させてやっと、二つの一週間がなんとか関連づけて想起できるという具合である。まるで二重螺旋《らせん》階段のようなすれ違《ちが》いだ。同じように階段を上っているはずなのに決して交わらず、それなのにスタートとゴール地点は同じという、俺が体験したのは、まさにそんな現象だった。

でもって、この分裂《ぶんれつ》した時系列を進んでいたのは何も俺だけではなかったのも明らかである。

いろいろあった一週間から代替《だいが》わりした、新しい月曜日。登校時における坂道行脚《あんぎゃ》は何も変わっておらず、時間はおかしくなっても空間的距離《きょり》は特に変化していないことを実感しつつ、俺が自分の席で窓からの春風に涼《すず》んでいると、始業チャイムギリギリで教室に無自覚な騒《さわ》ぎの総本山が駆《か》け込んできた。

今日の涼宮ハルヒは、なんとも不可思議な、半分笑って半分憮然《ぶぜん》としているという、器用な顔面を保持したまま俺の背後の席に着く。

その顔を見ながら、俺は必死に「このハルヒは、これから一ヶ月近く後にすでに俺が出会っていたハルヒの、まだ以前の姿なのだ」というややこしい文法からなるセンテンスを自分に思い聞かせなければならなかった。著《いちじる》しく時制が混乱している文章だが、これが真実なのだからしかたがない。この時点のハルヒは、まさか俺が深夜に部屋に闖入《ちんにゅう》して何やらバタバタすることになるとは露《つゆ》とも考えていまい。

……にしては、その妙《みょう》な表情のわけはなんだろう。

「ああ、それなんだけどね」

ハルヒは机に肘《ひじ》を突《つ》き、手の甲《こう》に顎《あご》を載《の》せて、

「昨日のことなの。ヤスミちゃんがあたしの家に来てさ」

……ほう。

「でさ、申し訳なさそうに、入団を辞退するって言い出したわけ」

……ほほう？

「驚《おどろ》いたわ。あの娘《こ》、実はまだ中学生だったんですって」

……ああ、そういうことになったのか。

「なんでもさ、彼女、実は近所の中学生で、北高の卒業生だったお姉さんの制服を借りて忍《しの》び込んでいたんですって。SOS団にどうしても入りたくて、放課後だけ潜《もぐ》り込んでいたそうよ。慌《あわ》てなくてもそのうち入学できるでしょうに、我慢《がまん》できなかったんだって言ってたわ。とんだイタズラ娘《むすめ》だったわねえ」

休み時間中に一年のクラスを捜し回ってもいなかったはずだ。もともと北高生じゃなかったんだったら見つかるはずがないよな。そりゃそうだ。

ハルヒはぐてっと机に突っ伏《ぶ》し、窓の外をぼんやり眺《なが》めている様子だった。そして呟《つぶや》くように、

「でも、有希はすっかりよくなったし、団員試験はそこそこ楽しかったし、今日はいい天気だし、文句を言うのも罰当《ばちあ》たりかしら。せっかく前途《ぜんと》有望な娘だったけど、モグリの高校生じゃあ、やっぱり無理があるしね」

ヤスミが本当にハルヒに会いに行ったのかどうかは解《わか》らない。そんな事実はなかったのかもしれない。しかし、ハルヒがそう言うのだから、それはそういうことなのだ。

「来年あたりに今度は正式に入学してるんじゃないか？　今度は試験免除《めんじょ》で入団させてやればいいだろ」

「中学の何年か聞きそびれちゃった。あの感じじゃ、二年後か、三年後かもね」

寂《さび》しそうに言ったかと思うと、ハルヒはいきなり顔を上げ、俺の鼻先にまで接近してきた。

「ところであんた。何か隠《かく》し事してない？　この土日に誰《だれ》かと会った……とか、何かあたしの知らないところで変な企《たくら》みを企《くわだ》ててたりとか……」

勘《かん》の鋭《するど》いところはますます成長しているようだな、ハルヒ。実はその通りだったが、

「何もねえよ。土曜は半日寝《ね》てたし、日曜はシャミセンの予防接種に行ってたくらいさ」

じとりとした目で俺を凝視《ぎょうし》していたハルヒがゴルゴーン的な視線を俺から離《はな》すには数秒ほどかかった。

「あっそ。なら、いいけど」

「なあ。ハルヒ」

ふと声をかけてしまったのは、横を向いたハルヒの顔つきが春の日差しに照らされて、どこか大人びた雰囲気《ふんいき》を醸《かも》し出していたからだろうか。

「なによ」

「そう遠くない未来にタイムマシンが開発されたとしてさ、その数年後のお前が今この時代に来れたとして、もし今の自分に会ったりしたら、その未来の自分が何を言うか想像できるか?」

「はあ?」

ハルヒは眉《まゆ》を寄せて怪訝《けげん》そうに、

「数年後ってことは大学生になってるかしらね。で、そのあたしが今の自分に来て……か。ふぅん? たぶん、あんたって全然変わんないのねって今のあたしが逆に言ってあげると思うわ。だってあたし、二年や三年や五年で自分の信念が変わったりしない自信があるもの。でも、どうしてそんなこと訊《き》くの?」

「思いついただけだ。未来の俺はどれだけ成長するだろうかなと気になってな」

「なら、安心しなさい。あんたはきっとずっとそのままだから。それともあんた、中学生の自分に説教できるほど精神的な成長を遂《と》げたとでも言いたいの?」

ぐうの音も出ないほど、反論の余地などまったくないね。

だがな、ハルヒ。数年後、高校二年生になったばかりの俺が時間を超《こ》えて未来のお前に会いに行ったら、そん時はよろしく頼《たの》むぜ。俺が見たとおりに、あの優《やさ》しげな微笑《ほほえ》みを向けてくれよな。

そして、その時間にいる俺にもな。

ハルヒは続けざまに俺をやりこめようと口を開きかけていたが、タイミングよく鳴りだした本鈴《ほんれい》と、同時に颯爽《さっそう》と現れた担任岡部が俺の救い主になってくれた。サンキュー、チャイム。と、熱血岡部教諭《きょうゆ》。

さて。

分裂《ぶんれつ》していた世界の記憶《きおく》は、各人とも矛盾《むじゅん》が発生しないように融合《ゆうごう》されていた。どちらも存在していたのだが、それが二重記憶になっているということは、無意識のうちに整理され、どちらかを思い出した時は、もう片方は浮《う》かばないシステムになっているようだった。

現にハルヒは長門が倒《たお》れた記憶も、ヤスミのことも覚えているしな。

もっとも、世界の大多数にとっては、古泉言うところのαもβもほぼ同じなので、重なった記憶にそれなりの差違《さい》が発生しているのは、SOS団関係者以外では、谷口、国木田、佐々木、橘京子くらいのものだろう。

というわけで新入団員はゼロってことで落ち着いた。こっちはこれで一件落着ということになるのだろう。

ついでに言うと、どうでもいいことに関してやたらと聡《さと》いハルヒが察したように、実は俺は日曜日に古泉と長門の訪問を受けていた。

というか、俺が呼んだのだ。さすがにどこかに出て行く気力は当分湧《わ》きそうになかったので、自宅までご足労頂いた。その時点で二人に訊きたいことが山ほどあったんでな。

例えば、俺がハルヒを抱《かか》えたまま落っこちて《神人》の掌中《しょうちゅう》に乗っかり、と思えばいきなり未来に跳ばされた後のこととかさ。

あれから部室で何が起こったのか、二つの世界はどう折り合いをつけたのか、藤原や九曜や橘はどうなったのか、そして渡橋ヤスミはいったい何者だったのか。

一ヶ月後のハルヒを除くSOS団員たちは全《すべ》てについて訳知り顔でいたから、今のこいつらにはすでに自明のことだろう。

約束通りの時間にインターホンが鳴り、出迎《でむか》えた俺と意味なくついてきた妹とシャミセンを目にして、これからデートかと言いたくなるほどな私服姿の古泉は苦笑《くしょう》を浮かべ、制服姿の長門は大理石製の彫像《ちょうぞう》のようにただ俺を見返した。いつもの冴《さ》え冴《ざ》えとした黒い瞳《ひとみ》で。

古泉はともかく、長門が元気な証《あかし》とばかりに無表情での棒立ちだったことは俺を無《む》闇《やみ》に安堵《あんど》させるに足りる光景だった。

玄関《げんかん》で靴《くつ》を脱《ぬ》ぐ二人の足元に、シャミセンが頭を擦《こす》りつけて回っている。たまに来るお客さんに愛嬌《あいきょう》を振《ふ》りまいていると言うより、縁《えん》の薄《うす》い人間に過《か》敏《びん》に反応しては自分の匂《にお》いをつけようとする猫族《ねこぞく》的本能のなせる業《わざ》だろう。特に長門のくるぶしに向かって頭を打ち付けながらゴロゴロと喉《のど》を鳴らしているのは、シャミセンの中にナントカ生命体が封《ふう》じられた件があったからかもしれなかった。

一方、妹は、

「有希っこに古泉くん、いらっしゃーい」

と溶鉱炉《ようこうろ》のような笑顔《えがお》で、これまた二人にまとわりついている。はっきり言って邪《じゃ》魔《ま》なので、俺は妹に台所に行くように申しつけ、なんとか追っ払《ぱら》うと二人を自室に案内した。

いつの間にか長門がシャミセンを抱《だ》き上げていたので、しょうがなく、二人と一匹《ぴき》が俺の部屋に短期滞在《たいざい》ということになった。猫に聞かれて困る話などねえし。

「どこからお話ししましょうか」

古泉はベッドに腰《こし》を下ろし、長い脚《あし》を組んで、

「いや、その前にあなたの話を伺《うかが》いたいところです。あなたと涼宮さんは僕たちの前から忽然《こつぜん》と姿を消してしまいました。涼宮さんの居所はすぐに解《わか》ったんですが……」

あいつはどこに跳んでいったんだ？

「自宅におられました。多少は違和《いわ》感を覚えたかもしれませんが、彼女は普通《ふつう》に帰宅しましたからね。そのままです。αでもβでも、とりたてて問題はありません」

長門は床《ゆか》にぺたんと座り込んだまま、無言でシャミセンを膝《ひざ》に載《の》せ、その腹を撫《な》でてやっていた。クルクルと声を鳴らすシャミセン。よほど懐《なつ》かれているようだ。

あのすべてが混在した閉鎖《へいさ》空間での後日談に関する情報でも、俺が最も知りたいことの一つがある。

「長門」

「…………」

長門は猫を緩《ゆる》やかにマッサージする手を止めずに、俺を見つめた。

「もう熱は下がったのか？」

ただ、うなずいた長門はシャミセンの肉球をプニプニと押している。

「天蓋《てんがい》領域との……なんだっけ、高度なコミュニケーションとやらは上手《うま》くいったのか？」

「一時的に中断された」

仰向《あおむ》けに転がっているシャミセンの喉を撫でつつ、

「必要な情報を最小限ではあるが受領した、と情報統合思念体、及《およ》び天蓋領域の双方《そうほう》は判断した。わたしを介《かい》する情報伝達は非効率的であり、正確性に欠けると認識《にんしき》された模様。よってわたしはその任を解かれ、新しく与《あた》えられた命令は、涼宮ハルヒに加えて周防九曜の動静を監視《かんし》報告任務に就《つ》くこと」

懸案《けんあん》だった長門の回復は、天蓋領域が一時的に干渉《かんしょう》を中断したからか。何にしろ以前の状態に戻《もど》ってくれてよかったよ。

「そうでもない」

残念そうでもなく、長門は、

「相互《そうご》理解フェーズは第二段階へと移行する予定。第一段階の任を帯びたわたしがコミュニケーションワークに不適格と判断されただけ。後任のインターフェースがどの個体か知らされていないが、わたしよりは上手くやるだろう」

最初から喜緑さんにやらせときゃよかったんだ。

「待てよ」

だが、ってことは九曜はまだこの世界にいるんだな？

長門はシャミセンのヒゲをひょいひょいと引っ張りながら、

「消えてはいない。まだ私立光陽園女子大学付属高等学校に在籍《ざいせき》している。彼女の存在目的と個体そのものの自律意識を理解するには、まだ時間がかかるだろう」

「藤原は？」

今度は古泉が答えた。

「彼は多分、もう二度と出てこれないでしょうね。いや、我々の現在、つまり彼にとっての過去に来ることができないと言ったほうが正しいかな。どうやら彼のいた未来との時間線は途切《とぎ》れたようです。朝比奈さんたちが四年以上前に行けないように、涼宮さんが新たな次元断層を生んだから——と、あの後、朝比奈さん（大）が説明してくれました」

そんな余裕《よゆう》があったのかよ。

「あなたと涼宮さんが消失した直後、《神人》も崩壊《ほうかい》を始めました。僕にはお馴染《なじ》みの光景でしたけどね。そして、完全に崩《くず》れ落ちたと同時に閉鎖空間も解けたんです。涼宮さんのものも、佐々木さんのものもね。平穏《へいおん》な世界が戻っていましたよ。その時、部室に残っていたのは、僕と大人版の朝比奈さん、おまけの橘京子だけです。藤原氏と周防九曜の姿はどこにもありませんでした」

渡橋ヤスミも、か。

「朝比奈さん（大）とは何か話したか？」

「多少は。彼女は藤原氏を相当に気の毒がっているようでした。これは僕の印象なので、ただのフリだったかもしれません。ですが、藤原氏の行動は半ば衝動的《しょうどう》なものであり、彼もまた、彼の属する時間線を守るために利用されたのかもしれないとは言っていましたね。詳《くわ》しく理解するには情報不足すぎるので、僕からはなんとも言えませんが」

藤原がハルヒを殺して佐々木を神にしたてあげたところで何が変わったんだろうな。

朝比奈さん（大）の未来が困ることになったのだろうか。

「ただ朝比奈さんは」

古泉はハタハタと揺《ゆ》れるシャミセンの尻尾《しっぽ》を見ながら、

「ポツリと、この時空平面から自分たちの未来までの時空連続体をまるごと書き換《か》えたとしても、どうせ一つに収斂《しゅうれん》されるのに――と、本音らしき言葉をこぼしまして」

ふん。それから？

「僕に悲しげな微笑《ほほえ》みをくれると、部室を出て行きました。すぐ後を追いましたが、その時にはもう姿はどこにも。未来に帰ったんでしょうかね」

どこまで信じていいものやら。古泉のセリフも、朝比奈さん（大）の言葉も。

「橘京子は？」

「世界が融合《ゆうごう》した後、呆然《ぼうぜん》としてましたね。しばらく頭を抱《かか》えてあぁとかうぅとか言っていましたが、落ち着いてからも肩《かた》を落として、まあ、まさにがっくりといった様子で」

そりゃそうなるだろうな。

「しょんぼりしたまま帰っていきましたよ。彼女には荷が重かったようです」

ここで古泉は自分の携帯《けいたい》電話を取り出し、

「ただ別れるのも何なので、一応、番号とアドレスを交換《こうかん》したんですがね」

あのどさくさにまぎれて、ちゃっかりそんなことをしていたのか、この色男めが。

「さっそくメールが届いていましたよ。内容は……」

橘京子は色々あって、手を引くことにしたそうだ。未来人や宇宙人相手にタメを張ることはできそうにないと痛感したので。でも出来ることをコツコツ考えていきたいかなという希望的観測はいまだに持ち合わせているらしい。

古泉は携帯電話をパチンと閉じると、

「ご安心を。また出てきたところで我々がしかるべき手を打ちます」

やけに嬉《うれ》しそうに言うな、お前。

「メールの追伸《ついしん》で、しばらく隠遁《いんとん》する、と書いていました。仲間ともども地下に潜《もぐ》ると。今後、彼女には佐々木さんの単なる仲の良い友達の身となったまま、その自覚をもってずっと過ごして欲しいところですが、どうなることやら」

佐々木が橘京子の甘言《かんげん》にのることは今後一切《いっさい》ないと確信できる。

俺と古泉が会話している間、長門はシャミセン専用のマッサージ師になったかのように、猫《ねこ》の毛並みばかりを気にしていた。俺たちの話なんぞには興味がないのか、それともナントカ生命体を脳内に移植された猫の生態のほうが気になっていたのか。

「キョンくーん、有希っこー」

だしぬけに扉《とびら》が開き、妹が飛び込んできた。

「有希っこー、一緒《いっしょ》に遊ぼうよぅ。ほら、シャミも一緒にー。下にいっぱい猫オモチャがあるよ。遊ぼうあっそぼー」

「…………」

シャミセンを抱《だ》き上げた長門は静かに立ち上がり、はしゃぐ妹に引っ張られるようにふらふらと部屋を出て行った。何かしら空気を読んでくれたのかもしれないし、後日談よりただ単に猫と子供とともに戯《たわむ》れることが優先されると考えたからかもしれない。

おかげで古泉とサシで話が出来るようになったので、ちょっとありがたい。

「あの時、佐々木の閉鎖《へいさ》空間があったのは解《わか》る。あいつのは恒常《こうじょう》的にあるらしいからな。しかし、ハルヒの閉鎖空間まで発生していたのはなぜだ」

淡色《たんしょく》系の明るい世界と灰色の空間が混在していた光景は、思い出すだけで混乱しそうだ。

「疑問の余地などないでしょう。涼宮さんが意図的におこなったのですよ。僕をあの場所に誘《さそ》うために、それから、《神人》を発生させるために、ね」

それはおかしいだろう。ハルヒはその時、学校の外にいて俺たちがどうなっているかなど意識していなかったはずだ。

「ちゃんと意識してくれていたのだ、と考えたらいかがです？」

古泉は意地の悪い塾講師《じゅくこうし》のように微笑んだ。正解が目の前にあるのに簡単な公式に四苦八苦する生徒を見るような目だ。

「あの場には僕たち以外の存在がいたことをお忘れですか？　まったく突然《とつぜん》に乱入してきたも同然の人間です。宇宙人でも未来人でも超《ちょう》能力者でもない、最初から正体不明にもかかわらず、いつのまにかその位置を確固たるものにしており、またあなたや僕を部室に呼び寄せた者です。そう、αの時空にいた僕たちをね」

渡橋ヤスミ……か。

あいつは何者だったんだ？

その問いに、古泉はあっさりと答えを出した。

「彼女の正体は涼宮さんですよ。涼宮さんが生み出した、もう一人の自分です」

今となればそんな気はしていたが、詳《くわ》しく聞こう。お前はいつそれに気づいた？

「最初からそう教えてくれていたではないですか。解りやすくね。ノートとペンをお貸し願えますか？」

俺が言われたとおりに渡《わた》すと、秀麗《しゅうれい》な手がさらさらと動いて真っさらな白紙にシャーペンを走らせ、まず『渡橋泰水』と書いた。

「単純で易《やさ》しいアナグラムです。ノーヒントで解けるレベルの簡易さですから、手がかりの役目を果たしていません。これは読んでそのまま、明らかな解答ですよ」

ご託《たく》はいいから、話を進めろ。

「泰水と書いてヤスミと読むのは目くらましです。これはそのまま、ヤスミズと発音すればいいんですよ。平仮名《ひらがな》にすると、『わたはしやすみず』。ここからアルファベットに置き換《か》えます」

――ｗａｔａｈａｓｈｉ　ｙａｓｕｍｉｚｕ。

「この文字列をアナグラム変換《へんかん》すると……」

――ｗａｔａｓｈｉｈａ　ｓｕｚｕｍｉｙａ。

――わたしは　すずみや。

古泉はポイとシャーペンを放《ほう》り出した。

「涼宮さんは無意識に力を行使したんです。予防線を張るためにね。だから世界を分《ぶん》岐《き》させた。一つは本来あるべくしてあった世界。もう一つは存在しなかった世界。彼女は無自覚にもかかわらず、何らかの危機感を抱《いだ》いていたのでしょう。この世界は涼宮さんに護《まも》られたんですよ。もし涼宮さんが世界を分裂《ぶんれつ》させなければ、あなたは敵勢力の意のままになっていたかもしれません。つまるところ、彼女はあなたと長門さんを守ろうとしたんです」

二の句が継《つ》げないとはこの事だろう。

「それがいつ始まったかは推測するしかありませんが、春休みの最終日から新学期初日の未明あたりが有力です。その時点で涼宮さんはこれから起こる事態を予測していた。もちろん無意識にです。これはとてつもない驚異《きょうい》ですよ。自覚なき予言と言えるでしょう」

記憶《きおく》にある限り、世界が共通していたのは、俺が風呂《ふろ》に入っていた時までだ。妹が持ってきた受話器に耳を当てた瞬間《しゅんかん》に分岐したとしか思えない。

佐々木がかけてきた世界と、ヤスミがかけてきた世界に。

「あなたと長門さんにとって不都合な未来が待っていることを涼宮さんは予知したんでしょう。そこで事前に布石を打った。それが僕のいうαルートであり、自身の分身の登場です。彼女は自分が持つ力を知らないどころか、もしかしたら知り得るにもかかわらず知りたくないと考えているのかもしれません」

古泉の表情はどこか恐《おそ》れを抱いているように見えた。

「渡橋ヤスミは涼宮さんの無意識が実体化した姿です。文字通り、意識の範疇《はんちゅう》になく自らの行為《こうい》に気づいていない状態を無意識と呼びます。そうであるがゆえに、渡橋ヤスミが消滅《しょうめつ》したのではなく、本体に統合されていたのだとしても、涼宮さん自身はそれを知らない。目覚めた瞬間に消え失《う》せる夢のようなものですよ。ひょっとしたら本当に夢だったのかもしれませんね。我々は涼宮さんの作った夢幻《むげん》のごとき世界にいたのです。万が一の可能性が現実となりかねなかった、非実在の世界に」

改めて実感するな。なんでもありか、あいつは。ハルヒは。

「舌を巻く思いですよ。僕は涼宮さんを神視する論調には懐疑《かいぎ》的でしたが、宗旨替《しゅうしが》えの必要があるかもしれない」

あいつをあがめ奉《たてまつ》る気にはなれないんだがな。

「僕は涼宮さんが徐々《じょじょ》に力を縮小させていると考えていましたが、まるで見当違《ちが》いだったかもしれません。彼女は進化している。感情的な能力の発露《はつろ》を制御《せいぎょ》し、意識的に操《あやつ》れるようになっている可能性が出てきました。理知的な《神人》の行動がそれを物語っています。無自覚なのは今までと同じですけどね。だからこそ凄《すさ》まじいんです。たとえばキーボードをデタラメに叩《たた》いて一定量以上の意味のある文章を作ることは、確率的に起こりうるというだけで実際にはゼロパーセントと言い切れます。ですが意図しておこなうのは簡単でしょう？　それを意識することなくやってのける。確率統計を完全に無視できるんです。もう神を超《こ》えていますよ」

だとしたら、もう手のつけようがないな。

「推測ですよ。涼宮さんの心理分析《ぶんせき》は僕ごときの手には余るようです。彼女が神に類《るい》似《じ》する存在なのだとしたらなおのことね。神話をひもといてみてください。神々の意志や言動はいつも気まぐれで不可解です。時には理不尽《りふじん》なこともある。ですが、人間たちへの温情が皆無《かいむ》とは言えない。たまに見せるその手の人間臭《くさ》さから解《わか》ることは一つ、神話の神は人が作り出したものだということです。それでは神にとっての神は、いったいどこにいてどんな姿をしているのでしょうね」

それこそお手上げだが、それならそれでまあいいさ。

ところで、朝比奈さん（大）と藤原の関係性はどうなんだ。というより、未来人の時間理論は。

「時系列が分岐していたことは我々が身をもって知った事実です。これが時空間の上書きなら、僕もあなたも気づくことはできなかったでしょう。あの一万何千回と繰《く》り返した去年の夏のようにね。分岐した二つのルートの記憶があるということが、逆説的な証明になっているんです」

それで。

「僕たちが体験した分岐は涼宮さんの力によって発生した人為《じんい》的な時空改変です。ですが、朝比奈さんと藤原某《なにがし》氏の未来がどうだったのかは解りません。そもそも同じ世代だったのか、別の世界の人物だったのか、あるいはどちらかが嘘《うそ》をついていたり、もっと言えば両方ともが偽《にせ》の証言をしていた可能性すらあります。それは確かめようがない」

未来人が本心を語らないのは禁則事項《じこう》とやらだけのせいではなさそうだな。

「まことに。これは僕の勘《かん》ですが、作為《さくい》的にしろ自然現象にしろ、未来は様々に分岐するものなのではないでしょうか。しかし、その分岐ルートの同時進行はあくまで有限で、いずれはまた一つに合流するのではないか……。そんなふうに分裂と統合を繰り返しながら進んでいく、それが我々の認知《にんち》する時間というものではないか、と、思うわけですよ。たとえば図にすると、」

再びペンを手にした古泉は、ノートに落書きめいた線を引き始めた。

「先述した通り、僕たちが本来経過するはずだったのはβルートのみだったはずです。そこに涼宮さんが強制介入《かいにゅう》して、αルートを作り上げ、そのおかげで僕たちの今があるわけです。αのあなたや僕、そして渡橋ヤスミがいなければどうなっていたか解りません」

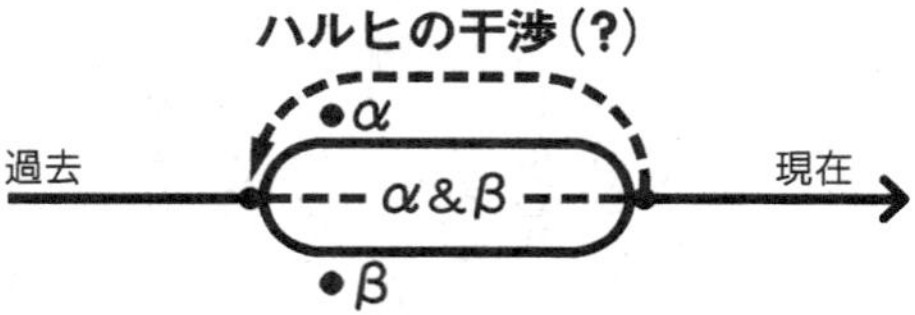

「一方で、朝比奈さんと藤原氏の未来が別個のものならば、このような感じでしょう。何かのきっかけで分岐《ぶんき》し、再び統合すると仮定しての話ですが」

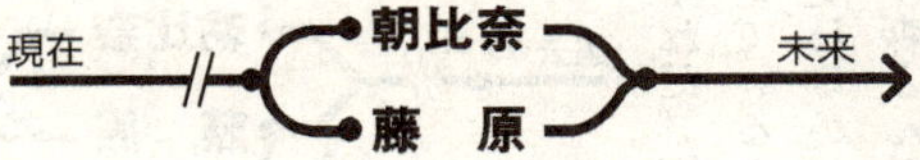

「中には統合されず分岐したまま交わることのない未来もあるのかもしれません。朝比奈さんは、自世界の先細りを防ぐために過去に来ているのかもしれない。自分たちの未来に時間の流れを誘導《ゆうどう》するためにね」

やれやれだ。俺の頭では追いつかないな。長門なら別の意見を発するんだろうか……と考えているうちに全然別のことを思い出した。

「話は変わるが、お前と森さんは……ついでに新川さんはどういう関係なんだ。俺はてっきり森さんがお前の上司筋だと思ってたんだが」

古泉は興味深そうな顔で俺を覗《のぞ》き込み、

「なぜそう思ったのでしょう。私ども『機関』に何か疑問な点でも？」

「森さんはお前を呼び捨てにしていた。では、お前は、俺たちのいないところだと森さんを何と呼んでいる？」

やや虚《きょ》を衝《つ》かれた顔をしたものの、古泉はすぐさまファニーなスマイルモードで、

「我々は目的を一つとした同志ですので。ゆえに会社組織のような階級なんて存在しないんですよ。誰《だれ》が偉《えら》いわけでもなく、まったくの同列です。仲間に上下関係はありません。森さんは森さんですよ。彼女もまた、僕を好きなように呼んでいるだけです」

ふぅん。

ま、そういうことにしておいてやるさ。特に知りたいことでもなかったし、よけいな詮索《せんさく》は野暮ってもんだ。

「ああ、それともう一つ。これは些末《さまつ》なことではありますが、一応お知らせしておきます。ヤスミさんが持ってきて部室に飾《かざ》ってある一輪挿《いちりんざ》しのことです。写真をしかるべきところに送って調べてもらった結果、完全なる新種であることが解《わか》りました。ラテン語の学名をつけることさえできるほどのシロモノですよ。彼女は約束を果たしたんです。入団試験の備考、何か面白いものを持ってこい、という指令に忠実にね。涼宮さんの分身でありながら、ひょっとしたら本人より可愛《かわい》げのあった少女だったかも

しれません。……おっと、これは失言だったかな。ともかく、いつかまた、会いたいものです」

照れたような微苦笑《びくしょう》とともに古泉が立ち上がり、休日のささやかな会合は、こうして終わった。

ああ、ちなみに二人して階下に降りると、リビングにいた長門と妹はシャミセンそっちのけで動物将棋《しょうぎ》に熱中していたことを申し添《そ》えておく。後で聞いたところ、妹は宇宙人相手に連戦連勝したそうだ。ほんとかね。

今でも思う。

——もし、あの時。

俺が佐々木を選択《せんたく》していたらどうだったろう。ハルヒから佐々木に乗り換《か》えて、偽《にせ》SOS団を結成する。古泉の代わりに橘京子、長門の代用として周防九曜、朝比奈さんを捨てて藤原に与《くみ》し、中央に佐々木を戴《いただ》いていたとしたら。

俺は殺されていたかもしれない。他《ほか》ならぬ朝倉の手によって。三度目の正直だ。喜緑さんは止めてくれはしなかったろう。その結果、長門がどう動いたかは解らない。長門は本気で思念体に反旗を翻《ひるがえ》したかも……ってのは俺の自意識過剰《かじょう》かな。

でも、そうはならなかった。なるはずもなかったんだ。俺はとっくにSOS団にどっぷり浸《つ》かっている。ここを抜《ぬ》け出すのは底なし沼《ぬま》の最深部からアクアラングなしで浮上《ふじょう》するくらいに困難なことなのさ。だから俺は浅瀬《あさせ》にいる。波打ち際《ぎわ》の遠浅の浜《はま》で、仲間たちと飽《あ》きることなく水平線を眺《なが》めているってわけだ。

もう不特定の誰にも尋《たず》ねる気にはならねえ。俺はこうしていたい。俺がそう思っているんだ。誰の意見も必要としない。ハルヒと朝比奈さんと古泉と長門。皆《みな》の意見が俺の意見で、俺の意見はみんなに共通する思いで間違《まちが》いのないはずだ。

だからこのまま行こう。行けるところまでどこまでも。敷《し》かれたレールなどいくらでも脱線《だっせん》してやる。施工《せこう》前の線路を俺たちの手で敷設《ふせつ》してまで。

そう、時の果てるところまで。

その月曜の放課後は、突然《とつぜん》の気まぐれを起こしたのか、何やら思うところでもあったのか、授業終了後《しゅうりょうご》早々に部活の休みを宣言すると肝心《かんじん》の団長はさっさと帰路についてしまい、これ幸いとばかりに俺たち団員のうち朝比奈さんと古泉も部室に寄ることなく個別に帰宅していた。

個人的にもう少し考えたいことがあったので、その猶予《ゆうよ》ができたことには感謝しておこう。

長門だけは文芸部部長としての義務感か、残って読書三昧《ざんまい》の時を過ごしていたようだが、魔《ま》空間になっているらしきあのエリアにうっかり足を踏《ふ》み入れる入部希望者がやってこないことを祈《いの》るばかりである。ま、そこは長門が情報操作あたりでうまいことやってくれるか。

学校終わりに駅前の駐輪場《ちゅうりんじょう》からチャリを引き出した俺は、自宅に至る道を素通《すどお》りして、違う方向に進路を向けてこぎ出した。

目指すはSOS団員なら『いつもの場所』で通用する、あの駅前だ。思えば今回の件の始まりは、そこで佐々木や九曜、橘京子とあたかも偶然《ぐうぜん》であるかのように鉢合《はちあ》わせしたことから発生していた。

もちろん俺は誰《だれ》とも何の約束もしていない。ただ、あそこに行けば会えるのではないかと思っただけだ。丁半博打《ばくち》のように、確率は五分五分だろうと考えていたのだが、俺が考えるようなことは、すでに読まれていたようだな。

「やあ」

佐々木が駅前に立って、手を振《ふ》っていた。

「ここに来れば会えると思ったよ。非科学的だけど、勘《かん》で行動するのも時には悪くなかったようだね。まあ虫の知らせや予知夢といったものはすべてにおいてただのこじつけだけど」

俺は自転車を適当に不法駐輪し、佐々木に歩み寄った。

穏《おだ》やかで人をからかうような微笑をたたえたまま、佐々木は俺を近くの木製ベンチに誘《さそ》う。

駅から吐《は》き出される下校途中《とちゅう》の生徒たちや、駅に向かう雑多な人々が川の淡水魚《たんすいぎょ》のように通り過ぎていくのを眺めながら、俺たちはしばらく無言で座っていた。

言葉を切り出したのは佐々木だ。

「先日はご苦労さん。と言っても僕は何も関《かか》われなかったわけだが、それにしても校門前でいきなり放置プレイを喰《く》らった時にはすっかり面食《めんく》らってしまったよ。あれが噂《うわさ》に聞いた閉鎖《へいさ》空間ってやつなのかい」

あの後、お前はどうしたんだ？

「することもないし、僕がその場に留《とど》まっているのも邪魔《じゃま》になるかと思って、早々に退散したよ。キミはあんな急勾配《きゅうこうばい》の坂道を毎日のように往復しているんだね。正直、感心した」

それほどでもないさ。慣れちまえば都会の地下街を歩くよりは楽なもんだ。

「詳《くわ》しいわけは橘さんから聞いたよ」

佐々木はぶらつかせている自分のローファーを見つめて、

「藤原くんには気の毒だけど、まあ上手《うま》くいったんじゃないかな。僕にとってもね。おかげで僕が神様だの、そんな妄言《もうげん》からは解放されそうだ」

佐々木が本音を語っているのは口調で解《わか》る。こっちも伊達《だて》や酔狂《すいきょう》で佐々木と中学時代を過ごしていたわけじゃないからな。だが一つだけ、

「訊《き》きたいことがある」

「何だろう。キミが僕に質問することなど、勉強以外にあったかな。中学時代はいつもそうだったと記憶《きおく》している」

「お前が俺の家に来たとき、藤原たちの件以外に理由がもう一つあると言ったな。そりゃなんだ」

佐々木は目を最大限に開いて、俺を見つめた。

「ああ、あれか。よく覚えていたね。さりげなく言ったつもりだったから、すっかり忘れてくれてるんじゃないかと期待していたんだが、キミの記憶力を甘く見ていたかな」

フフッ、と吐息《といき》のような笑声《しょうせい》を吐き、佐々木は空を見上げ、

「二週間ほど前の話になる。僕は告白された」

その瞬間《しゅんかん》、あらゆるコメントを封《ふう》じられた俺は、完全に無言でいることを強《し》いられた。まるで俺の頭から日本語のすべての単語が空中に離散《りさん》してしまったような、何も言えなさである。

佐々木は続けて、

「同じ学校の男さ。僕に告白するなんて、なかなか物好きな人間もいるもんだといささか感動したり、呆《あき》れたりしたものさ。とっさに返答するほど僕にだって余裕《よゆう》がなかった。不意打ちを喰らったようなものだからね。だから、今も保留ってことにしている」

考えてみればハルヒと佐々木はどこか似ている。口さえ開かなければ普通《ふつう》以上に異性の目を引く顔立ちであることもさながら、黙《だま》って立っていたら尚《なお》のこと目がその姿を追ってしまうという意味で。

「つまり僕は恋愛《れんあい》相談に来たんだよ。あんなメッセンジャーRNAにも満たない仕事一つのみで、僕が来るとでも思っていたのかい？　まあ、妹さんに会えたのは僥倖《ぎょうこう》だったけどね」

そりゃあ……。役に立てなくてすまなかった。

「いいよ。あの状況《じょうきょう》で相談事を持ち出しても困るだけだろう？　それにやっぱり、自分の問題なら自分で解決すべきだと直前で考え直したんだ。キミに余計なノイズを与《あた》えるのは得策ではなかっただろうしね」

また沈黙《ちんもく》が訪《おとず》れた。聞いた手前、俺が何らかのボケかツッコミかリアクションを返す番なのだろうが、思いつかないものは思いつかない。情けないことに、俺はまだまだ語彙《ごい》力に磨《みが》きをかける必要があるようだ。長門司書のお薦《すす》め本でも読むかな。

柔《やわ》らかなゼリーの中にいるような停滞《ていたい》感を破ったのは、またしても佐々木であり、そしてそれは、衝撃《しょうげき》の新事実だった。

「涼宮さんとは小学校が同じでね。ずっと違《ちが》うクラスだったが、そんな僕からも彼女の姿はいつも際《きわ》だっているように見えた。まるで太陽のような人だったな。違うクラスにいても、その光を感じることができるくらいのね」

そんなカラクリがまだあったのか。まさかハルヒと佐々木が俺より先に出会っていたなんて。

「同じクラスになれたらいいなと思っていたよ。そうはならなかったけどね。だから、中学が別だと知ったときは複雑な感じだった。寂《さび》しいような、安堵《あんど》するような——。そうだね、太陽を直視し続けていたら目を痛める。でも太陽がなければ僕たちは光と温度を失う……とでも言えばいいのかな。解るだろ？　キョン」

ああ。何となくな。

「家庭の事情で僕は小学校卒業と同時に名字が変わった。だから涼宮さんは佐々木と聞いてもピンとこなかっただろう。僕の容姿もけっこう変わっていたしね。涼宮さんに憧《あこが》れて長く伸《の》ばしていた髪《かみ》を切ったりさ。でも、よかったよ。今さら気づかれたとところで、僕は気後《きおく》れしただけだったろうからね。だから内緒《ないしょ》にしておいてくれよ。この告白も実は相当恥《は》ずかしいんだ」

俺は静かに息を吐《は》き出した。

知らないところで人間関係というものは様々に交差していることを改めて実感した思いだ。考えてみれば当然のことなんだ。この世にはごまんと人間がいて、それぞれがあちらこちらで無数の人間と出会い、別れ、再会してもいる。そうして数え切れないほどのドラマが発生しているに違いない。

結局俺は、自分とその周辺の人間関係しか知ることはできないんだ。知らないところでどんな事件や色恋沙汰《いろこいざた》があろうと、知り得ないものを事実と認識《にんしき》することは絶対にできやしない。

「そうでもないよ、キョン」

佐々木は明朗な笑《え》みを取り戻《もど》し、

「報道された出来事だけが事実となるかい？　そうだね、確かに僕たちは人として知り得《う》る以外の知識を得ることができない。宇宙の果てに何があるのか、宇宙の外に何があるのか、そもそも宇宙とは何なのか、僕にとって真相は未《いま》だ手の届かない深淵《しんえん》の底にある。しかし、認識できていないからといって、それらの解答が存在していないわけではないだろう。僕はこう考える。もし人類が種として終焉《しゅうえん》を迎《むか》えるに至っても認識できないような事実をやすやすと観測してのける生命体がいたならば、それこそ我々にとって神と呼ぶべき存在なのではないかとね」

宇宙スケールに広げられても余計に解らなくなるだけだぜ。

「僕たち人間には想像力が与えられている。これこそ、人間が自然界に誇《ほこ》る最大の武器だよ。神のような存在に対抗《たいこう》できる、たった一つの小さな矢のごときね」

くっくっ、と声を立てた佐々木は、

「キョン、キミが望むのならば、いつでも涼宮さんの代役を務めてみせよう――と、言いつつなんだが、僕はキミが針の穴ほども望んだりはしないと解っている。いや、逆かな。僕の望みをキミが解っていると言うべきだろう。いずれにしても、その可能性は最早《もはや》数字では言い表せないね。ゼロというのもおこがましい。まったくの無だ」

本当にお前は、いつも正しいことしか言わないんだな。

「それに結局、僕は何もしなかったわけだしね。やっぱり神様なんて向いてないのさ」

しなくてもいいことばかりやりたがる奴《やつ》のやたらと多いこのご時世、ちゃんと物事を理解した上で、何もしないという判断を下すことがどれほどの美徳であるか、佐々木にも解《わか》っているはずだ。

「うん、僕は解りやすい敵役になんかなりたくなかった。僕は自分にそれほどの高値を付けていないが、安請《やすう》け合いをするほど貧《ひん》していないつもりなのでね。チープなトリックスターはもっとケタ外れな内面を持つ人材が演じてこそ味が出るというものだよ。アクター・アンド・アクトレス、僕は舞台《ぶたい》に上がれそうもないね。良くも悪くも演技ができない」

俺の周囲で演劇の心得がありそうなのは古泉くらいだ。俺にも無理さ。きっと脚本《きやくほん》家《か》の書いたシナリオにだって文句をつけまくる自信があるぜ。

「それは僕が僕でしかなく、キミがキミでしかなかったというだけのことだ。涼宮さんの真似《まね》は誰《だれ》にもできない。きっと彼女自身も意識的にはできないよ。そこに意思の介入《かいにゆう》する余地はないんだ。どんな偉大《いだい》な知恵《ちえ》を持つ何者にも不可能さ」

判じ物なら間に合ってるぜ、佐々木。この哲学《てつがく》モドキ的な会話はいつまで続くんだ？

「失敬。もう終えるよ」

佐々木は不意に真面目《まじめ》な顔つきとなり、

「キミは着々と愉快《ゆかい》な人脈を構築して、そこに喜びを見いだしているようだが、今回つくづく思ったよ。僕は学業に専念したい。本当、中坊《ちゆうぼう》時代のようにクラスで浮《う》いている自分を楽しむ余裕《よゆう》がないんだ。僕のこの喋《しやべ》り方すら、特にと言うほどの注目を浴びない。何年か前まで男子校で、今も女子生徒は少ないんだが、僕自身はともかく周山の囲はそれほど面白《おもしろ》がってくれない。軽くスルーされるのみで壁《かべ》にぶち当たるのが関の山だよ。だから、キョン。僕はキミが好ましかった。僕に余計な詮索《せんさく》を入れず、ただあるがままに受け入れてくれた人は、先にも後にもキミだけだったよ。キミと机を合わせて給食を食べる時間は何よりも貴重だった。何か言いたいのだろうけど考えた上で何も言わない。それでいて一定の距離《きょり》を保ち、そこまでの気配りをしてくれて、その後も普通《ふつう》に接してくれた男子ともなれば世界で唯一《ゆいいつ》、キミだけなのさ」

また、くすくす笑い。

「イヤだなあ。まるで告白でもしているみたいじゃないか。誤解されるのは僕の本意ではないのだけれどね」

誰も誤解などしないさ。そんな変な気を回すヤツは頭がどうかしている。国木田の脳みそは勉強に特化しすぎて奇怪《きかい》な覚え方をするようにできてんだ。

「そうだね。嫌々《いやいや》覚えたことは、覚えていなくてよくなった瞬間《しゅんかん》に忘れてしまうものさ。僕なんか高校受験に必要な知識とテクニックをすべて忘れたよ。きっと今僕の中にある記憶《きおく》も、三年後には失われているだろうね」

佐々木は朗《ほが》らかに、

「それでもいいのさ。新しい別のことを覚えるとするよ。その時には、自分が覚えていたいことだけをね」

吹《ふ》っ切れたように佐々木は勢いよくベンチを立った。

「じゃあ、僕はこれから塾《じゅく》に行かなければならないんでね。話が出来て、嬉《うれ》しかったよ、キョン」

そのまま歩き出した佐々木は、振《ふ》り向きもせず駅前改札へと向かっていく。

ほっそりした華奢《きゃしゃ》な背中に、俺は目一杯《めいっぱい》の声を投げた。

「じゃあな、親友。また同窓会で会おうぜ」

俺の声が聞こえたかどうか、佐々木は手を挙げることもなかった。たとえ何年後に再会したとしても、第一声を「やあ、親友」と決めているかのような、そんな後ろ姿だった。

こうして、俺も佐々木と反対の道を歩き出した。急いだほうがいいような、あえてゆっくりでもいいような、どっちつかずな気分だったが、はてさて一ヶ月ってのは何か決まり事に決着を付ける時間としては長いのか短いのかね。まあ、決めるべき事柄《ことがら》にもよるか。

なにはともあれ、俺が歩いていく方向には、ハルヒへのプレゼントを何にするかを考えなければならない日々が待っている。

これだと思う方がいたら、是非《ぜひ》メールか手紙を寄越《よこ》していただきたい。今なら大いに参考になる、優《すぐ》れた意見を見いだせる気がするのでね。

そして翌、火曜日。

俺が一年間登り詰《つ》めてもまだうんざりの感情を抑《おさ》えきれない坂道を、黙々《もくもく》かつ淡々《たんたん》と歩いていると、

「よっ！　キョロスケくん！」

背中をゴキブリを叩《たた》き潰《つぶ》さんとするようないきおいでハタかれ、大げさでなくつんのめった。

振り返った俺の顔の間近にあったのは、ラミネート加工されたレアカードのように明るく輝《かがや》く大先輩《だいせんぱい》のイルミネーションのような笑顔《えがお》だ。

「鶴屋さん。あ、おはよっす」

「よっすー、キョンくん。今日は晴れ晴れとしてるねえっ」

俺は上空を見て、曇《くも》り空であることを確認《かくにん》し、再び鶴屋さんを見る。ケラケラっと笑った鶴屋さんは、

「天気じゃないっさ。キミだよキミぃ。爽《さわ》やかな顔してるよ！　まるで一週間くらい

うじうじ考え続けていた悩《なや》み事が先週末に晴れきった、みたいな面構《つらがま》えっさ」

と、まるで一連の顚末《てんまつ》をどこかで見ていたようなことをおっしゃった。

勘《かん》の鋭《するど》さではある意味ハルヒ以上のこの人のことだ。俺の顔面から必要以上の情報を読みとったところで不思議ではなく、それが不思議に感じられなくなっている自分に驚《おどろ》きつつ、

「ちょっと訊《き》きたいことがあるんですけど、鶴屋さん」

「なにかなー」

並んで歩調を合わせながら、

「俺ってどんなやつだと思います？　鶴屋さんから見てでいいですから」

「はぁん？　なになにどした？　あたしの感想なんてあてになんないよっ」

「率直《そっちょく》なところが聞きたいんですよ。古泉や長門からは正直な感想どころか、意味不明な戯言《たわごと》か概念《がいねん》的な答えしか返ってこないんで」

鶴屋さんは、タハタハと笑ってから、

「みくるに聞いてもダメだろねっ。あの娘《こ》はお世辞しか言いそうにないっし」

ここで鶴屋さんは、不意に俺の顔を覗《のぞ》き込み、

「うん。キョンくんはぁ、そっだね。マイナー好かれタイプだね。際《きわ》だって話しかけやすいほうじゃないけど、何か言ったら的確に言葉を返してくれる感じさっ。面白い

話にゲタゲタ笑うこともないかわりに、つまらない話に嫌《いや》な顔をするわけでもないよね。それでいてちゃんと返事をしてくれる人って、ホントはそんなにいないんだよ。キミがそれっさ！」

もっと褒《ほ》め言葉っぽい修辞はありませんかね。

「まあキミ、それなりにイイ男だし」

さすが鶴屋さんの眼力は軍事用ランドサットレベルに正確だ。もっと言ってください。

「つっても、それほどじゃないし」

盛りあがりかけた気持ちは、穴の空いた熱気球のように急速にしぼんでいった。

鶴屋さんはまたケタケタっと笑って、

「でもキミなら道を踏《ふ》み外さないと思うよ。そこは信頼《しんらい》してるっさ。みくるにオイタもしそうにないしねっ。この高校にいる間は、ふっつーにふっつーの生活を過ごすだろうね」

SOS団の活動がとうてい普通《ふつう》とは思えないのですが。

「それはどうかなぁ」

鶴屋さんの両眼《りょうめ》がにょろりと光った。

「キミからしたら、もう普通になってんじゃないかな。ハルにゃんがいて、みくるがいて、有希っこがいて、古泉くんもいる。まだ何か欲しいのかい？」

いりません、と即答《そくとう》できる。当分の間は新入団員もこりごりですよ。

「にゃははは。だろね」

ステップを刻むような歩で、鶴屋さんは俺を追い越していった。だが、その振《ふ》り返りざま、

「月末の花見大会、ちゃんと覚えておくにょろよ。いろいろ催《もよお》し物を企画《きかく》してっから、来なかったらこっちから桜持って行くからねっ」

そして、最後に、

「あたしん家《ち》で預かってるあの変なオモチャ、いる時が来たら言っておくれよし。じゃねっ！」

軽快な口調でそう言うと、ウインク一つを残してずんずんと坂道を踏破《とうは》していく先輩の姿には、どこまでも人生を遊び倒《たお》そうとしている気概《きがい》が見えた。かなわないな、鶴屋さん。たぶん、一生俺は彼女にかなったりすることはないだろう。でもそんな劣等《れっとう》感は、なぜか温かい嬉《うれ》しさを俺の胸中に差し込ませるのだ。

鶴屋さんの姿が小さくなったかと思ったら、今度は別種の知り合いが俺の肩《かた》を叩いた。振り向いた先に、同じクラスの奇縁《きえん》なる同級生、谷口と国木田が並んで立っている。

「よっ」

と復活したニヤケ顔の谷口の顔色を見る限り、周防九曜との一件はようやく吹《ふ》っ切れたらしい。あの偶発《ぐうはつ》的な邂逅《かいこう》以降、どこかこそこそと俺の目を憚《はばか》る様子でいたくせに、立ち直りだけはやたら早いようだなあ、モテ男谷口よ。

「おう、キョン。さっそくだが女紹介《しょうかい》してくれ」

いきなりアホか。

「国木田に聞いた話じゃ、佐々木さんってのはけっこうなイイ娘《こ》みたいじゃないか。それでいいからよ。どうせお前にゃもう縁がないだろ。涼宮ほっぽり出して他《ほか》の女に走るような甲斐性《かいしょう》なんざねえだろうしな。な、な？」

うるせえ。いいか、谷口。欲しいものは自分で勝ち取れ。それに宇宙開闢《かいびゃく》から今までの時間を費《つい》やして考えても結論は一つだ。お前に佐々木は向いていない。それこそ、九曜以上のこっぴどいフラれかたをすること、墨付《すみつ》きで書いてやるぜ。お前の額でいいか？

谷口は下手な演劇的ジェスチャーで不満を表現し、

「おお。どいつもこいつも俺の周りにはロクな女どころか男すらいねえみたいだな。もし俺が極上《ごくじょう》の美少女アイドルグループと知り合いになっても、キョン、てめえには紹介してやんねえから覚えとけ。そして今のセリフを思い出してさめざめと泣け」

ああ、いくらでも泣いてやるさ。ただし笑い泣きになるだろうがな。

「言うがいいさ。お前だって涼宮のお守《も》りばっかで高校の三年を過ごした卒業式の日に、いったい俺のこの人生ただ一度きりの青春の日々は何だったのかと舌打ちすることになるんだ。そんときに後悔《こうかい》してももう遅《おそ》いんだぜ」

ご忠告痛み入るね。充分《じゅうぶん》気を付けるさ。だが、俺は現在進行形で青春とやらを満喫《まんきつ》している最中だ。てめえはてめえで謳歌《おうか》でもなんでもしろ。ただし妙《みょう》な宇宙人とは二度と付き合ってくれるなよ。俺が迷惑《めいわく》する。

谷口のバカ話を聞くに堪《た》えなくなったか、横から国木田が割り込んできた。こいつにしては比較《ひかく》的真面目《まじめ》顔で、

「あのさあキョン。普通《ふつう》、似たような感性を持ってる人間同士だと反発することが多いんだよ。どっちかと言えば真逆のモノのほうが相性はいいんだ。自然界が証明しているだろう？　たとえば磁石のN極とS極とか、電荷《でんか》の＋と－とかさ」

おおう、歩きながら話すにはちょいと重厚すぎるだろ。物理の授業の予習か。

「でもね、ここからは物理の話になるけど、分子や原子からさらにミクロな世界に踏み入れたら、そんな電磁気力よりもっと近い力の存在が明らかになるんだ。水素以外の原子核《げんしかく》は複数個の陽子と中性子で構成されているんだ。中性子は電荷的にゼロだから、陽子と陽子は電磁気力でも、ましてや引力でくっついているのではないと解《わか》る。

いるのか」

では何故《なぜ》、お互《たが》い反発し合うはずの陽子たちが反発せずに仲良く原子核内に収まって

知らん。

「湯川秀樹《ゆかわひでき》という名前くらいは知っているだろ？　日本人初のノーベル賞受賞者だ。彼が予測したのは陽子と陽子を結びつける、より極小な粒子《りゅうし》の存在がある、ってことさ。その粒子は陽子と陽子の間で相互《そうご》作用し、磁力や万有《ばんゆう》引力とは比べものにならないほどの強力な吸引力を持っているに違《ちが》いないという仮説だった。後年、その理論は事実であることが判明した。よって湯川博士はノーベル賞を手にし、クォークやハドロンなどの素粒子へと至る道を発掘《はっくつ》したわけだよ」

その湯川秀樹先生の伝記的な話が今の状況《じょうきょう》と何の関係があるんだ？

「キョン、僕にはキミと涼宮さんは似たもの同士にしか見えないよ。どっちも＋か同じ極なんだ。その属性は本来なら反発するもんだと思っていて、僕はすぐに関係性も瓦解《がかい》すると思ってたんだ。だって、あまりにも同じすぎたからね。その印象は今も揺《ゆ》るがないよ。同じ属性だからこそ反発し合うのは当然の成り行きだよ。しかし、キミと涼宮さんは、もうちょっとやそっとのことでは引き離《はな》せないところまで来ている。ここで湯川博士が提唱し、のちに発見された核力の登場さ。弾《はじ》き飛ばされそうな複数の陽子をつなぎ止めている強い力が、キミたちの間にあるとしか思えないね。もちろ

んそれは今まで発見されている四つの力のどれでもない。強い力、弱い力、電磁気力、重力、そんな僕たちの知る自然界の力とは無縁のものじゃないかな」

じゃあ何だと言うんだ。

「僕にだって知るわけないよ。もしかしたら新しい力、フィフスエレメントなのかもね。いや、これは夢想科学的な発想だったかな。あくまで人間的な結びつきで考えるなら、キョンと涼宮さんの結びつきは他の人たちの存在が大きいんじゃないかと思うね。古泉くんや朝比奈さん、長門さんがその役割を果たしているんじゃないかなぁと、まあ僕としては無責任に考えるわけだよ。SOS団ってのは、今や一つの原子核みたいな構造になっているような気がするよ。大きな物質ならくっついたり離れたりするけど、ここまで小さくなるともう一蓮托生《いちれんたくしょう》、がっちりと接合して何一つ欠けようとしないほど安定しているんだ。その安定バランスを崩《くず》そうとしたら、それぞれの要素に相互作用する物質をぶつけることしかないけど、そんな人間がめったにいるとも思えないしね。それができそうな鶴屋さんは、たぶん知ってて何もしないことを選択《せんたく》してる」

そのくらいなら俺だって気づいているさ。

「本当に聡《さと》くて賢明《けんめい》な人だよ、鶴屋さんは。僕がこの高校に来た理由はただ一つ、彼女が北高生だったからなんだ」

……そうだったのか。今明かされるプチ衝撃《しょうげき》の事実だ。

「恥《は》ずかしながらね。キミにしか言ってないから」

国木田は谷口に横目を走らせ、お調子者のクラスメイトが登校途中《とちゅう》の新一年生女子の群れを目で物色しているのを確認《かくにん》してから小声で、

「谷口には内緒《ないしょ》にしておいてくれよ。僕が知る限り、鶴屋さんは本当の天才だ。わずかでも近くにいたかった。キョンや涼宮さんのおかげで、よく知る仲になれたのは本当に感謝している。おかげで鶴屋さんの底知れない器《うつわ》というものが、ちょっとだけだけど知ることができたからね。ただ少し落ち込んだよ。天才を知るには自身も天才でなくてはならない。それがよく理解できた」

そんなよく解らんことを理解できるお前も凄《すご》いよ。

「でもない。僕は天才とはほど遠く、せいぜい秀才《しゅうさい》の域から出ていないからね。あの高みにたどり着くには自己研鑽《けんさん》しかないけど、今の彼女に追いつくまでどれだけの努力が必要なのかと思うと眩暈《めまい》がするほどだ。まあ、あきらめるつもりはないけどさ。何年かかろうとも僕は彼女と同じところに行く。その時には鶴屋さんはもっと上に行っているだろうけど、だったら今度はその場所を目指すだけだよ。アキレスと亀《かめ》みたいだね。うん、僕は今、とても心地《ここち》よい気分だ。目標としている人が今なお停滞《ていたい》することなくどんどん先に進んでいるんだ。追いつくためにがんばらないとな、と考えるとそれだけでワクワクしてくる。こんな僕の心境を変だと思うかい？」

変でなどあるものか。素晴《すば》らしい向上心の持ち主だよ、お前は。ついでにこんなに喋《しゃべ》るやつだと初めて知ったさ。身近にいてもなかなか解らないもんなんだな、人間ってのは。

古泉ですら規格外として無視を決め込もうとした鶴屋さんにそこまで踏《ふ》み込もうなんて、全北高生だけでなく地球上の全人類を見渡《みわた》してもいやしないさ。お前ならいいとこまでいけるんじゃないか。鶴屋さんは鶴屋さんで、無駄《むだ》に頭の切れる人間が好きっぽいからな。俺なんかせいぜい年の離れた弟か甥《おい》っ子扱《こあつか》いしかされていない気がするぜ。

教室に到着《とうちゃく》すると、ハルヒはすでに席にいて、じろりという感じで俺を見上げてから、

「今日から平常運転よ。放課後は部室に直行すること」

はいはい。

俺は鞄《かばん》を机に置いて振《ふ》り返る。

「なあ、ハルヒ」

「何よ」

「お前、何で北高に来たんだ？」

唐突《とうとつ》な問いに思えたのだろう、ハルヒはオアシスの水場で水牛の群れと出くわした

ワニのような目になって数秒ほど俺を凝視《ぎょうし》し、それから、

「なんとなくよ。私立に行っても良かったけど、なんとなく、この学校に来たら面白《おもしろ》い部活が一つくらいあるような気がしたの」

へぇ。

「何そのニヤケ顔。いいえ、言いたいことは解《わか》ってるわ。結局そんなのなかったんだから、あたしの勘《かん》なんて当てにならないって思ってるんでしょ？」

そうでもないさ。でも、お前の考える面白い部活ってのは既存《きそん》のものじゃなかったろ？　それこそ堂々と、ここがその部活動の本拠地《ほんきょち》です、とかいう看板を掲《かか》げている解りやすさ満載《まんさい》の組織なんて、お前の眼鏡《めがね》に適《かな》う宝箱ではなかったはずだ。

「まあね。一見、何てことはなさそうな部活だけど、実は密《ひそ》かに結成されたひみつの組織がこの学校にもあるんじゃないかと期待してたの。ま、さっぱりなかったんだけどさ。あ、ひみつってのは、平仮名《ひらがな》で発音するのよ。秘密じゃないの。ひ・み・つ」

子供っぽく発音するハルヒの顔と唇《くちびる》を見ながら、俺はうなずいた。

願いは叶《かな》っているんだぜ、ハルヒ。お前の作り上げた秘密組織はこの高校に根を下ろし、ちょっとやそっとでは揺《ゆ》るぎもしそうにない気配だよ。どっかの未来人や地球外生命体が茶々を入れたぐらいでは微塵《みじん》も揺るがない程度にな。

ハルヒはじとりと俺を睨《ね》め付けていたが、やがて机上《きじょう》に組んだ腕《うで》に突《つ》っ伏《ぷ》して大き

く息を吐《は》き、何やら一首詠《よ》んだ。

「このたびは、ぬさもとりあえず、たむけやま、もみじのにしき、かみのまにまに」

意味はともかく、春の歌ではないことだけは解った。


その放課後。

「ちっす」

と、部室の扉《とびら》を開けた俺を、掃除《そうじ》当番で教室に残してきたハルヒ以外のメンツが出《で》迎《むか》えてくれた。

すでにメイド装束《しょうぞく》でいる朝比奈さん、部屋の端《はし》で読書に従事する長門、定位置で中国将棋《しょうぎ》の盤面《ばんめん》を見つめている古泉の三人である。

長門は顔も上げず、古泉は目線だけで挨拶《あいさつ》してきたが、珍《めずら》しいこともあるものだ、朝比奈さんは俺に背を向けたまま、窓際《まどぎわ》に立ちつくしていた。

よく見ると、

「はあ……」

ヤスミの持ってきた花の水を換《か》えながら溜息《ためいき》をついておられる。

やっと振り向いてくれた朝比奈さんは、

「もんのすごーぉく、かわいい人だったのに……残念です。あたしを先輩《せんぱい》って呼んでくれたし……」

言われて気づく。そういや俺は朝比奈さんのことを朝比奈先輩と呼んだことはないな。見た目がどうしても年下としか思えないせいもあって、何か先輩扱いすることが憚《はばか》られるのだ。でも、いいんじゃないだろうか。朝比奈さんは朝比奈さんで。本当の年齢《ねんれい》も不詳《ふしょう》のままだしね。

「中学生だったんですってね……。どうりで妹みたいだなぁと思うはずでした」

とりあえず、朝比奈さんの中でもヤスミの扱いはハルヒが説明した通りになっているようだ。

「もっとお話ししたかったなぁ」

窓の外を見て瞳《ひとみ》を潤《うる》ませるメイド衣装の上級生を眺《なが》めながら、ふと思った。

この現在の朝比奈さんを何らかの手でどうにかすれば、大人版朝比奈さんも何とかできるんじゃないだろうか。朝比奈さん（小）は今のところほとんど何も知っていない。俺が何度も出くわしている朝比奈さん（大）や藤原の一件について洗いざらい教えたら、未来に影響《えいきょう》を及《およ》ぼす可能性が出てくる。少なくとも、朝比奈さん（大）の行動は多少変わったものになるんじゃないか……？

てな、計算を働かせる俺に、朝比奈さんがちょこちょこと寄ってきて、

「これ、部室に落ちてました」

差し出してきたものを受け取ると、それは見覚えのあるバレッタ的な髪飾《かみかざ》りだった。詳細《しょうさい》に観察するまでもなく、ヤスミが付けていたスマイルマークみたいなアレだ。

意図的に置いていったのか、それともただの忘れ物なのか。

朝比奈さんはヤスミの残した蘭《らん》の花びらを指先で撫《な》で、

「もう会えないのかな。来年は、あたしも……」

言いかけて口を閉《と》ざす朝比奈さん。その意味するところは俺にも解った。

現三年生である朝比奈さんは放《ほう》っておけば一年後には卒業する。もうこの場所にはいないわけだ。ということは、未来人がらみの事件は、残りの一年間で打ち止めになるのか？　だから、朝比奈さんは同級ではなく、一つ上の学年として存在していたのだろうか。

知るか、そんなもの。

別にどうだって構わんさ。将来のことは未来人が何とかすればいい。俺はこの時代の人間で、過去とも未来とも無関係なんだ。今出来ることならいくらでもしてやるが、十年や二十年先のことはその時の俺次第《しだい》だろう。何か言いたいことがあるなら未来の俺に言ってやればいい。自分で言うのも何だが、今とそんなに変わってないと思うぜ。その時代の俺も、やはりすべきことはして、やらなくてよさそうなことはしないだろうな。それが正解だったかどうかは、さらに未来の俺が判断してくれる。それが人生ってもんじゃないか。たかが高校生が思うことではないかもしれないが。

などと、我ながら達観したような気分を味わいつつヤニ下がっていたら、

「遅《おく》れてごっめーん！」

ハルヒが飛び込んできた。悪い予感しかしない、例のいつもの笑顔《えがお》とともに。

どう考えても掃除の最中に余計なことを思いついたとしか想像できない、真夏のヒマワリも横を向きそうな明度と熱量を持つ笑みだった。

思わず身構える俺を無視して団長机に向かったハルヒだったが、途中《とちゅう》で歩を止め、俺の手元を覗《のぞ》き込んだ。

「あれ？」

さっと髪留めをかすめ取り、しげしげと見つめること数瞬《すうしゅん》、

「ああ、これ。あたしが昔付けてたやつだわ。思い出した。どっかで見たと思ってたのよね。小学生の時だったわ。中学に入った頃《ころ》になくしちゃったんだけど、あの子もそれ使ってたなんてね」

感慨《かんがい》深げに言い、手にしたそれを握《にぎ》りしめたまま、俺の前を通り過ぎる。

その後ろ姿が、俺が幻視《げんし》した未来のハルヒとダブった。

あの時、ハルヒに声をかけたのは誰《だれ》だったのだろう。

あいつが振《ふ》り向いた、その先にいたのは俺の知っている誰かなのか、それとも全然まったく見も知らぬ第三者だったのか。

だとしたら、あんまり楽しい想像ではないな——と考えている自分に気づき、俺は愕然《がくぜん》とする振りを忘れて納得《なっとく》した。それぱっかりは認めざるを得ねえ。

だが未来は不安定らしい。藤原や朝比奈さん（大）のやりとりから漠然《ばくぜん》と浮《う》かび上がってきた新たな情報を俺は忘れちゃいない。歴史改変なのか世界分岐《ぶんき》なのか、んなもん俺に解《わか》りはしないが、未来というものは分かれたりくっついたり変化したりするものらしい。

俺は俺が見た、一瞬だけ垣間見《かいまみ》ることの出来た、あの光景をずっと覚えているだろう。そして、あの場所にいることを望むだろう。

そのためには、まだ色々やることがありそうだ。ハルヒの強制家庭教師に付き合ったりな。高校生活はまだ二年ほど残っている。その間、長門と朝倉と喜緑さんの親玉や、九曜と天蓋《てんがい》領域なる宇宙組織一派が何もしないですっこんでいるとは思えない。あるいは、橘とは別の妙《みょう》な機関モドキがラスボス前の中ボスのようにわらわらやってこないとも限らない。

ま、なんとかやってやるさ。

幸い、俺は一人ではない。長門も古泉もｍｙ朝比奈さんもいる。アホの谷口や、やけに冷静な国木田や、天衣無縫《てんいむほう》な鶴屋さんだっている。いままで散々、走り回ったおかげで、俺は俺にとっての鍵《かぎ》とも言うべき仲間と少なからぬ知己を得たのだ。佐々木もそうだ。あいつだってこのまま退場してハイさよならなんて、俺はまったく考えちゃいないぜ。ちょっとセンチメンタルな別れを演じたところで俺は騙《だま》されない。また、節々で関《かか》わることになるだろう。なぜなら、俺が関わらせる気満々だからだ。

だが今はそんな起こるかどうか知りたくもない未来の出来事よりも何より、目下のところ、俺には欠かすことのできない仕事があった。SOS団結成一周年記念式典及び団長相手のサプライズ計画ってやつだ。数週間も先の話だから今から慌《あわ》てなくてもいいのだが、その前に鶴屋さん宅での八重桜鑑賞会《かんしょうかい》もしないといけないし、ハルヒが新入団員をすっぱりあきらめたのかどうかも定かではないし、これから一ヶ月、まだ色々ありそうだ。

だが、俺たち五人が揃《そろ》っていれば、なんだってできるさ。

どんな相手が来ようとな。

しかしそんなことは大した問題ではない。

俺に課せられた最大の懸案事項《けんあんじこう》。それは団長宛《あて》のプレゼントをいったい何にするか、あるいは何にしたのか、ということだった。これがもうからっきし全然思いつかず頭を痛めているところだ。どうかご意見ご教授のほどを期待したい。

という、長々としたモノローグを俺が垂れ流しているうちに、ハルヒは髪飾《かみかざ》りを団長机の引き出しに仕舞《しま》うと、さくっと身を翻《ひるがえ》してホワイトボードへ歩み寄った。無言のままペンを取ったハルヒは、一気呵成《いっきかせい》に次のような文言を書き上げて、再び振り返った時には見ているこちらの網膜《もうまく》が焼き切れそうな、得意げな笑みをほとばしらせながら、

「キョン、読みなさい」

団長命令とあれば仕方がなく、俺は粛々《しゅくしゅく》と応じる。

「新年度第二回SOS団全体ミーティング……って、おい。今日ミーティングするなんて俺は初耳だぞ」

「みんなにはもう伝えていたから問題ないわ。あんたには言ってなかったっけ？　だったらゴメン、忘れてたわ。でも、いま伝えたから別にいいわよね」

俺は床《ゆか》のどっかに苦虫が這《は》っていないかどうかと探し始めた。いたら奥歯で思いっきり嚙《か》みつぶして、その汁《しる》を味わってやろうと思ったのだが、幸か不幸かそのような昆虫《こんちゅう》はさすがにどこにも這い回っておらず、俺は望んでもいない悪食《あくじき》を免《まぬか》れた。

「で、何のミーティングを始めようと言うんだ、お前は」

ハルヒは裏拳《うらけん》でコンとボードを叩《たた》くと、

「決まってるでしょ。あたしたちは鶴屋さんの花見パーティに招待されてるのよ。タ

ダ飯食いの飲み放題じゃ申しわけないし、何よりSOS団としてのサービス精神とあたしの矜持《きょうじ》が許さないわ。だからね、キョン、古泉くん、みくるちゃん、有希」

古泉はニヤニヤと、長門は無常なまでの無表情で、朝比奈さんは口元を両手で押さえて、それぞれ俺を見つめていた。

いやな予感が、下りのエスカレータから転げ落ちているような勢いで迫《せま》って来る。

「みんなで余興をするわよ。列席者の数々から万雷《ばんらい》の拍手《はくしゅ》をもらえるような、すっごい芸をね！」

「おい待てよ。鶴屋家の大規模な花見大会なんだろ？　どうやら地元の名士とかそこのお偉《えら》いさんとかがこぞってやってくるようなんだが」

「観客の質がどうだって？　いい？　笑いは万国共通なの。政治家の数人や企業《きぎょう》の役員どもを楽しませないで何が芸よ。老若男女《ろうにゃくなんにょ》、人種や国籍《こくせき》さえ吹《ふ》っ飛ばしてその場の全員を笑かしてのけるの。芸の本質はそうであるべきだわ！」

勝手にテンションを上げているのはいいとして、いったいそれはどこの類語辞典に新規登録された冗談《じょうだん》だ？　ブリタニカに載《の》ってないことは賭《か》けてもいい。あと、俺のガラスハートに早くもヒビが入りつつあるんだが。

「やるわよ、余興！　いえ、もうメインイベントと言ってもいいわ。SOS団プロデュースの抱腹絶倒《ほうふくぜっとう》、未《いま》だかつてない斬新《ざんしん》なエンターテインメントによって人類平和をもたらす一大プロジェクト！」

ハルヒは牡牛座《おうしざ》の散開星団を丸ごと圧縮したような笑顔《えがお》で——、

紅海の水を一息で飲み込まんばかりに大口を開けて——、

高らかに宣言した。

「そのための事前作戦会議を、ここに始めます！」

解説

大《おお》森《もり》　望《のぞみ》

本書『涼宮ハルヒの驚愕』は、ゼロ年代を代表する日本SFにしてライトノベルの名作《涼宮ハルヒ》シリーズの記念すべき第十弾であり、現時点（二〇一九年五月）におけるシリーズ最新長編にあたる。二〇一九年一月から連続刊行されてきた角川文庫版《涼宮ハルヒ》も本書でスニーカー版の最新刊に追いついたわけで、とりあえず一段落と言っていいだろう。

ちなみに、本書の初刊本となる角川スニーカー文庫版は、東日本大震災からまだ三カ月も経たない二〇一一年五月二十五日午前零時、『涼宮ハルヒの驚愕（前）』と『涼宮ハルヒの驚愕（後）』の二冊本で発売された（ただし、奥付の発行日は二〇一一年六月十五日）。二冊をセットにしてシュリンクラップをかけた初回限定版は、当初の予定より四ページ増えた全六十八ページのオールカラー特製小冊子『涼宮ハルヒの秘話』が付属（中学三年生当時のキョンと佐々木《さ さ き》を描く三十三ページの新作短編「Rainy Day」を収録）。この初回限定版はなんと五十一万三千セット、二冊合わせると百二万六千部に達し、ライトノベル史上最高の初版部数を記録した。それだけでなく、この『驚愕』発売を記念して、同年五月～六月発売の角川グループ各社二十五誌の表紙に涼宮《すずみや》ハルヒが登場。創刊五十五年の老舗《しにせ》歴史雑誌、新人物往来社〈歴史読本〉七月号の表紙にまでハルヒが描かれるお祭り騒ぎだった。

というのも、本書の前作にあたる『涼宮ハルヒの分裂』の刊行が二〇〇七年四月一日。原作の刊行が四年以上もストップしているあいだに《涼宮ハルヒ》人気はうなぎ登りに在り、『驚愕』発売時点では、シリーズ全体の総売り上げは、この二冊分を含めて累計八百万部、海外版、漫画版を含めると総計一千六百五十万部（二〇一七年時点では二千万部以上）に達していたのである。『驚愕』の発売は、まさに待ちに待った〝事件〟だった。

青土社の評論誌〈ユリイカ〉は、このとき『涼宮ハルヒのユリイカ！』と題する、まるまるハルヒな増刊号を刊行。大森はその巻頭で、佐々木敦《あつし》氏（奇《く》しくも『分裂』で登場する新キャラと同姓）とハルヒについて二十ページくらい対談し、ハルヒにまつわるあれこれを語りまくっている。それ以外にも多数の考察やイラストギャラリー、年表などが満載されているので、興味のある方はネットで探してみてください。

さて、このへんでシリーズの歴史をざっとおさらいしておくと、第一作『涼宮ハルヒの憂鬱』は、角川書店(当時)が主催するライトノベルの公募新人賞、第8回スニーカー大賞の受賞作。なかなか大賞が出ないこの賞にあって、第3回の安井健太郎《やすいけんたろう》『神々の黄昏 ラグナロク』以来、五年ぶりに生まれた大賞受賞作だった。しかし、受賞した時点で、著者の谷川流《たにがわながる》は、すでに電撃文庫から『学校を出よう! Escape from The School』を刊行することが決まっていたため、両編集部の話し合いの結果、発売日を合わせて、二〇〇三年六月七日に、二社から同時刊行となった。すごい新人が現れたらしいとライトノベル界隈《かいわい》では発売前から注目を集め、まさに鳴り物入りのデビューだった。

主要登場人物は、素《す》っ頓狂《とんきょう》な美少女・涼宮ハルヒ、語り手のキョン、萌《も》えキャラの未来人・朝比奈《あさひな》みくる、クールな超能力者・古泉一樹《こいずみいつき》、無口な宇宙人(情報統合思念体によって造られたヒューマノイド)・長門有希《ながとゆき》。以上五人の高校生がハルヒの強力なリーダーシップのもとに結成したSOS団(世界を大いに盛り上げるための涼宮ハルヒの団)が織りなすドタバタ劇がシリーズの基本線。長編と短編集をとりまぜ、ユーモラスなモノローグで、自主映画製作や学園祭、野球に合宿に〝嵐の山荘〟に同人誌づくりを語る一方、タイムトラベルあり、フィリップ・K・ディック的な現実改変あり、異次元(閉鎖空間)あり。映画「うる星やつら2 ビューティフル・ドリーマー」の世界を現代SF的に再構築したライトノベル——と言えばあたらずといえども遠からずか。

いとうのいぢのイラストの魅力も相俟《あいま》って、『憂鬱』発売当初から《ハルヒ》はライトノベル読者の支持を集め、翌二〇〇四年には早くも『このライトノベルがすごい！2005』で作品部門1位を獲得している。

特徴は、ライトノベル的に計算しつくされたキャラクター配置とディープなSFネタ（プラス本格ミステリネタ）のブレンド。最初から、新人らしからぬ完成された作風だったが、それもそのはず、著者の谷川流は、作家デビュー前の二〇〇〇年前後、別名義で書評サイトを運営。内外のSFと本格ミステリを中心に膨大な量の新刊旧刊を読みまくり、毎月十数冊の感想を書いていた（その一端は、〈ザ・スニーカー〉二〇〇四年十二月号に掲載されたリスト「長門有希の100冊」や、アニメ版で長門が読んでいる本のチョイスに表れている）。そういう背景もあって、《ハルヒ》は、ふだんあまりライトノベルを読まないSF読者や本格ミステリ読者にも支持された。

その後、二〇〇六年までに、『溜息』『退屈』『消失』『暴走』『動揺』『陰謀』『憤慨』と、矢継ぎ早に刊行。スニーカー文庫の看板シリーズに成長したが、本格的に人気がブレイクするのは、二〇〇六年四月にスタートした京都アニメーションによるTVアニメ『涼宮ハルヒの憂鬱』から。独立UHF局を中心とした深夜枠の放送だったが、エンディング曲「ハレ晴レユカイ」がバックに流れる主要キャラクターによる踊り

（通称ハルヒダンス）がYouTubeを通じて世界的に大ヒット。世界各地のファンがハルヒダンスを踊りネットに動画を投稿するブームが巻き起こった（ちなみにこれは、「恋するフォーチュンクッキー」ダンス動画流行の七年前です）。角川文庫版『溜息』の解説で乃木坂46の松村沙《まつむらさ》友理《ゆり》さんが、「学校の授業以外だと、人生で初めて練習したダンスがこれです」と語っているが、そういう人は世界的にものすごくたくさんいたことだろう。

ちなみにこのTVアニメ版は、〝原作ファンに対するサプライズ〟を狙って、物語の時系列順を意図的に乱した順番で放送。初回にいきなり、作中作の自主映画『朝比奈ミクルの冒険 Episode00』（原作は、シリーズ六冊目の『動揺』に収録された短編）を持ってきて、朝比奈みくる（後《ご》藤《とう》邑子《ゆうこ》）の歌う主題歌「恋のミクル伝説」を冒頭から流し、視聴者の度肝を抜いた。私事で恐縮ながら、筆者の本名の読みは「みくる」なので、ハルヒが「みくるちゃん！」と呼びかけるたびに微妙な気分になってたんですが、もうここまで来ると、「ミクルビーム」を持ちネタにしてカラオケで歌ってましたね（朝比奈ポジでハルヒダンスを踊ったことはありませんが……）。

このアニメ人気の爆発により、原作の売れ行きも大爆発。Amazonの文庫売り上げランキングのベストテンがハルヒで埋めつくされる（それ以外の三冊は、角川文庫に入ったばかりのダン・ブラウン『天使と悪魔』上中下巻）という椿事《ちんじ》も起きた。こんなに売れる本をどうしていままで放っておいたんだ！　と角川書店の営業担当者が上司に怒られた——というような笑い話もあり、世の中はハルヒ一色に。

翌二〇〇七年には、前述の通り、第九作『分裂』がスニーカー文庫から刊行。その直接の続編というか（実際は『分裂』『驚愕』合わせてひとつの長編なので）話の後半部分にあたる『驚愕』は、当初、二〇〇七年六月一日発売予定だったが（『分裂』の投げ込みチラシに、〝続刊『涼宮ハルヒの驚愕』6月1日発売決定！〟と書かれている）、その刊行がなぜかのびのびになっているあいだにハルヒ人気はますます高まり、二〇〇九年にはTVアニメ版に新作十四話を加えた全二十八話が、物語の時系列順に再構成されて放送。新作パートでは、同じ夏休みが一万五千四百九十八回リピートされる中編「エンドレスエイト」（『暴走』所収）を、ほぼ同一の内容で（しかし毎回新しく作画して）八週にわたって放送するという前代未聞の実験的な試みを敢行し、視聴者の反応は毀誉褒貶《きよほうへん》真っ二つ。〝史上もっとも炎上した時間ループもの〟の称号を獲得することになる。

翌二〇一〇年には、初めての劇場映画「涼宮ハルヒの消失」が公開され、単館系ロードショーとしては驚異的な大ヒットを記録（全国二十四館でスタートし、興収八億四千万円）。シリーズ開幕から八年、ハルヒの知名度がマックスに高まった状態で、満を持して出たのが本書『驚愕』だったわけである。

あらためて本書について書いておくと、『分裂』『驚愕』二部作のテーマは、世界の分裂と統一。あるは、（本格ミステリ的に言えば）秩序の崩壊と回復。

キョンやハルヒが二年生に進級した春から始まる『分裂』の真ん中あたり、第一章の最後で入浴中のキョンにかかってきた電話から、物語はαとβの二パートに分裂。それぞれの物語が交互に語られてゆく。αではお気楽な日常が続く一方、βではSOS団に重大な危機が……。

第四章から始まる『驚愕』は、この流れをそのまま引き継いで、αパートとβパートが並行して進んでゆく。世界はなぜ分裂したのか？　はたしてSOS団に新入生は入団するのか？　というあたりが『驚愕』の読みどころ。SOS団と真っ向から対立する四人組との関係もいよいよヒートアップ。作中ではまったく時間が経過していないので当然と言えば当然だが、四年のタイムラグはみじんも感じさせず、最後まで一気に読ませる。

もっとも、それからさらに八年を経て、ここまで書いてきたようなあれこれの騒動も、すべて遠い歴史になっている。岩倉《いわくら》しおりさんのカバー写真に包まれた新しい《ハルヒ》を、まったくフラットな状態で、『憂鬱』から順番に読んでいくと、目につくのはむしろ（著者が通っていた高校をモデルにしたと言われる）学園生活のノスタルジックな細部だったり、語り手の回想好きで内省的な性格だったりする。失ってしまった青春に対する哀惜をライトノベルの様式に封じ込めた青春小説として読むのが正解かもしれない。ともあれ、小説《涼宮ハルヒ》の真価が定まるのはまだこれから。古くて新しいハルヒの世界を、この角川文庫版で探求し、発見してほしい。

本書は、二〇一一年六月に角川スニーカー文庫より刊行された「涼宮ハルヒの驚愕」(前)(後)を合本し、再文庫化したものです。

涼宮《すずみや》ハルヒの驚愕《きょうがく》

谷川《たにがわ》流《ながる》

令和元年 5月25日 初版発行
令和6年 11月15日 再版発行

発行者●山下直久

発行●株式会社KADOKAWA
〒102-8177 東京都千代田区富士見2-13-3
電話 0570-002-301（ナビダイヤル）

角川文庫 21609

印刷所●株式会社KADOKAWA
製本所●株式会社KADOKAWA

表紙画●和田三造

●お問い合わせ
https://www.kadokawa.co.jp/（「お問い合わせ」へお進みください）
※内容によっては、お答えできない場合があります。
※サポートは日本国内のみとさせていただきます。
※Japanese text only

ISBN 978-4-04-107423-7 C0193

角川文庫発刊に際して

角川源義

第二次世界大戦の敗北は、軍事力の敗北であった以上に、私たちの若い文化力の敗退であった。私たちの文化が戦争に対して如何に無力であり、単なるあだ花に過ぎなかったかを、私たちは身を以て体験し痛感した。西洋近代文化の摂取にとって、明治以後八十年の歳月は決して短かすぎたとは言えない。にもかかわらず、近代文化の伝統を確立し、自由な批判と柔軟な良識に富む文化層として自らを形成することに私たちは失敗して来た。そしてこれは、各層への文化の普及滲透を任務とする出版人の責任でもあった。

一九四五年以来、私たちは再び振出しに戻り、第一歩から踏み出すことを余儀なくされた。これは大きな不幸ではあるが、反面、これまでの混沌・未熟・歪曲の中にあった我が国の文化に秩序と確たる基礎を齎らすためには絶好の機会でもある。角川書店は、このような祖国の文化的危機にあたり、微力をも顧みず再建の礎石たるべき抱負と決意とをもって出発したが、ここに創立以来の念願を果すべく角川文庫を発刊する。これまで刊行されたあらゆる全集叢書文庫類の長所と短所とを検討し、古今東西の不朽の典籍を、良心的編集のもとに、廉価に、そして書架にふさわしい美本として、多くのひとびとに提供しようとする。しかし私たちは徒らに百科全書的な知識のジレッタントを作ることを目的とせず、あくまで祖国の文化に秩序と再建への道を示し、この文庫を角川書店の栄ある事業として、今後永久に継続発展せしめ、学芸と教養との殿堂として大成せんことを期したい。多くの読書子の愛情ある忠言と支持とによって、この希望と抱負とを完遂せしめられんことを願う。

一九四九年五月三日

角川文庫ベストセラー

僕と先輩のマジカル・ライフ　はやみねかおる

幽霊の出る下宿、地縛霊の仕業と恐れられる自動車事故、プールに出没する河童……大学一年生・井上快人の周辺でおこる「あやしい」事件を、キテレツな先輩・長曽我部慎太郎、幼なじみの春奈と解きあかす！

モナミは世界を終わらせる？　はやみねかおる

高校生の萌奈美は「おまえ、命を狙われてるんだぜ」と突然現れた男にいわれる。どうやら世界の出来事と、学校で起きることが同調しているらしい。はたして無事に生き延びられるのか……学園ミステリ。

最後の記憶　綾辻行人

脳の病を患い、ほとんどすべての記憶を失いつつある母・千鶴。彼女に残されたのは、幼い頃に経験したというすさまじい恐怖の記憶だけだった。死に瀕した彼女を今なお苦しめる、「最後の記憶」の正体とは？

Another（上）（下）　綾辻行人

1998年春、夜見山北中学に転校してきた榊原恒一は、何かに怯えているようなクラスの空気に違和感を覚える。そして起こり始める、恐るべき死の連鎖！　名手・綾辻行人の新たな代表作となった本格ホラー。

Another エピソードS　綾辻行人

一九九八年、夏休み。両親とともに別荘へやってきた見崎鳴が遭遇したのは、死の前後の記憶を失い、みずからの死体を探す青年の幽霊、だった。謎めいた屋敷を舞台に、幽霊と鳴の、秘密の冒険が始まる――。

角川文庫ベストセラー

氷菓　米澤穂信

「何事にも積極的に関わらない」がモットーの折木奉太郎だったが、古典部の仲間に依頼され、日常に潜む不思議な謎を次々と解き明かしていくことに。角川学園小説大賞出身、期待の俊英、清冽なデビュー作！

愚者のエンドロール　米澤穂信

先輩に呼び出され、奉太郎は文化祭に出展する自主制作映画を見せられる。廃屋で起きたショッキングな殺人シーンで途切れたその映像に隠された真意とは⁉大人気青春ミステリ、〈古典部〉シリーズ第2弾！

クドリャフカの順番　米澤穂信

文化祭で奇妙な連続盗難事件が発生。盗まれたものは碁石、タロットカード、水鉄砲。古典部の知名度を上げようと盛り上がる仲間達に後押しされて、奉太郎はこの謎に挑むはめに。〈古典部〉シリーズ第3弾！

遠まわりする雛　米澤穂信

奉太郎は千反田えるの頼みで、祭事「生き雛」へ参加するが、連絡の手違いで祭りの開催が危ぶまれる事態に。その「手違い」が気になる千反田は奉太郎とともに真相を推理する。〈古典部〉シリーズ第4弾！

ふたりの距離の概算　米澤穂信

奉太郎たちの古典部に新入生・大日向が仮入部する。だが彼女は本入部直前、辞めると告げる。入部締切日のマラソン大会で、奉太郎は走りながら心変わりの真相を推理する！〈古典部〉シリーズ第5弾。

角川文庫ベストセラー

きみが見つける物語 十代のための新名作 スクール編

編／角川文庫編集部

小説には、毎日を輝かせる鍵がある。読者と選んだ好評アンソロジーシリーズ。スクール編には、あさのあつこ、恩田陸、加納朋子、北村薫、豊島ミホ、はやみねかおる、村上春樹の短編を収録。

きみが見つける物語 十代のための新名作 放課後編

編／角川文庫編集部

学校から一歩足を踏み出せば、そこには日常のささやかな謎や冒険が待ち受けている——。読者と選んだ好評アンソロジーシリーズ。放課後編には、浅田次郎、石田衣良、橋本紡、星新一、宮部みゆきの短編を収録。

きみが見つける物語 十代のための新名作 休日編

編／角川文庫編集部

とびっきりの解放感で校門を飛び出す。この瞬間は嫌なこともすべて忘れて……読者と選んだ好評アンソロジーシリーズ。休日編には角田光代、恒川光太郎、万城目学、森絵都、米澤穂信の傑作短編を収録。

きみが見つける物語 十代のための新名作 友情編

編／角川文庫編集部

ちょっとしたきっかけで近づいたり、大嫌いになったり。友達、親友、ライバル——。読者と選んだ好評アンソロジー。友情編には、坂木司、佐藤多佳子、重松清、朱川湊人、よしもとばななの傑作短編を収録。

きみが見つける物語 十代のための新名作 不思議な話編

編／角川文庫編集部

いつもの通学路にも、寄り道先の本屋さんにも、見渡してみればきっと不思議が隠れてる。読者と選んだ好評アンソロジー。不思議な話編には、いしいしんじ、大崎梢、宗田理、筒井康隆、三崎亜記の傑作短編を収録。